Das Buch

»Das ist ein Krieg der Bettler gegen die Bourgeoisie und die Städter.« Frankreich im Jahre 1796: Im Westen des Landes, in der Vendée, führt die Bevölkerung einen erbitterten Kleinkrieg gegen die gnadenlos wütenden Truppen der Revolution. Um den republikanischen Husaren zu entkommen, hält sich ein Mann monatelang in einer Eiche versteckt. Als er sich endlich aus seinem Unterschlupf herauswagt, findet er die Dörfer dem Erdboden gleichgemacht. Einen Tag lang wandert »der Eichener« dahin, ohne auch nur eine Menschenseele zu treffen, erst nach und nach stößt er auf weitere Überlebende, Habenichtse wie er. Unter der Führung eines alten Priesters beginnt die kleine Schar den Wiederaufbau eines Dorfes. Eine Solidargemeinschaft ohne Privateigentum entsteht, getragen von einer tiefen, aber auch von großem Aberglauben durchsetzten Religiosität. Doch eines Tages kehrt der geflohene republikanische Bürgermeister zurück, und alles wird anders ... Ein blendend recherchierter historischer Roman, der die Französische Revolution einmal von einer ganz anderen Seite betrachtet und »Geschichte von unten« lebendig vor Augen führt.

Der Autor

Michel Ragon, geboren am 24. Juni 1924 in Marseille, ist Schriftsteller, Hochschullehrer und vielgelesener Kunstkritiker. Er lebt in Paris. Bereits sein erster Roman (›L'honorable Japon‹, dt. 1959) war ein großer Erfolg. Für das vorliegende Buch wurde ihm 1984 der Prix Alexandre Dumas verliehen.

Michel Ragon:
Die roten Tücher von Cholet
Roman

Deutsch und mit einem Nachwort
von Ernst Gerhards

Deutscher
Taschenbuch
Verlag

dtv

Lizenzausgabe
1. Auflage Mai 1989
Deutscher Taschenbuch Verlag GmbH & Co. KG,
München
Mit freundlicher Genehmigung des manholt verlags,
Bremen

Titel der französischen Originalausgabe:
›Les mouchoirs rouges de Cholet‹

ISBN 3-924903-56-5
Umschlaggestaltung: Celestino Piatti
Umschlagbild: Alexander Schütz
Gesamtherstellung: C. H. Beck'sche Buchdruckerei,
Nördlingen
Printed in Germany · ISBN 3-423-11066-X
1 2 3 4 5 6 · 94 93 92 91 90 89

Alle Eichen haben ihre Geschichte,
aber nicht jede rühmt sich damit.
Jules Renard, Tagebuch

Erstes Buch

I

Es war einmal eine Eiche, eine mächtige alte Eiche, und im Stamm dieser Eiche hielt sich ein Mann verborgen. So vollständig war er dem Baum verwachsen, dessen graue Farbe er angenommen hatte, so eingenistet in den hohlen Stamm, Erinnerung an einen Gewitterschlag, daß wohl niemand auf den Gedanken gekommen wäre, daß die Glieder dieses Wesens, das sich manchmal vom Baumstamm löste, um nicht gänzlich zu erstarren, einer anderen als einer pflanzlichen Gattung angehören könnten. In den Wochen, Monaten, Jahren, die die Schrecken der Verwüstung im Bocage, dem Land der Hecken, Felder und Wälder, andauerten, ist er dem Baum gleich, ist selbst Eiche geworden und sollte es sein Leben lang bleiben. Da er sich nach seiner Rückkehr in die Welt der Menschen nicht mehr seines Namens erinnerte, vielleicht hatte er auch nie einen Namen besessen, hieß man ihn »den von der Eiche«, kurz: den Eichener. Ein moos- und rindenfarbener Mann, der sich von Eicheln, rohen Pilzen, frischen Farnkrauttrieben genährt hatte; ein ausgedörrter Mann ohne Alter, mit erdverkrustetem Gesicht und schlohweißem Haar.

Solange Eichener in der Ferne das Stampfen der marschierenden Truppen, den Hufschlag der galoppierenden Pferde, die Karawanen hörte, die die Ausbeute der Plünderungen nach Paris abführten, solange die Gewehrschüsse und der Kanonendonner die Stille zerrissen, solange verzweifelte Schreie von dem nicht enden wollenden Gemetzel zeugten, blieb er in seiner Eiche, mit erstarrten Gliedmaßen; in seinem Dämmerschlaf hatte er das Gefühl für den Ablauf der Zeit verloren. Eines Tages glaubte er sich tot, denn es dehnte sich eine endlose Stille aus. Nichts. Kein Vogelgezwitscher. Kein Tier raschelte im Gebüsch. Keine Trommeln in der Ferne. Nichts. Absolute Stille. Leere. Eichener wähnte sich tot und war es wohl zufrieden.

Einstmals jedoch war Eichener im Namen der Götter und der Feen, der Priester und Zaubermeister in den Kampf gezogen, gegen die Leute aus den Städten, die in ihrem Dünkel beschieden hatten, daß all diese Dinge, die so alt waren wie die Welt, mit dem König untergehen sollten. Der König war nicht von allein gestorben. Sie hatten ihn geköpft. Jetzt töteten sie die Götter mit ihren Kanonen, verbrannten die Kirchen, vertrieben die Priester, legten Feuer an die Ernte, machten Treibjagd auf die Bauern, als seien sie Adelswild. Eichener wußte, daß auf die Todesstille die Auferstehung folgt, und die Stille hielt an. Das war also nicht der Tod. Jedenfalls nicht der seine. Vielleicht der Tod der Erde. Vielleicht hatte Gott alle diese Verdammten vernichtet, wie einst in Gomorrha, und ihn, den in seinem Baum verborgenen Eichener vergessen?

Er wartete noch eine Woche ab, kaute gemächlich seine Eicheln, kroch des Nachts bis zum Bach, an dem er der Länge nach auf den kühlen Kieseln ausgestreckt, wie ein Hund schlabbernd, seinen Durst löschte. Dann schließlich wagte er sich aus dem Wald heraus.

Kaum war er auf freiem Feld, fiel er auf die Knie, das Gesicht zur Erde gewandt, denn er hatte in gleißender Helligkeit das Antlitz Gottes geschaut. Aber er irrte. Das war nicht der katholische Gott, sondern ein viel älterer Gott; der, den seine Ahnen verehrt hatten: die Sonne. Er hatte die Sonne vergessen. Das Gleißen des Lichts brannte ihm in den Augen. So geblendet war er, daß er nicht mehr sehen konnte, wohin er trat; wie ein Bengel, der befürchtet, eine Ohrfeige zu bekommen, hielt er sich die Arme vor die Augen. Er hatte Angst. Er erkannte das Land nicht wieder, das so plötzlich kahl geworden war. Erst nach geraumer Zeit kam ihm zu Bewußtsein, daß alle Hecken, alle Ginsterbüsche, aller Niederwald, die dem Bocage sein schönes grün-goldenes Gefieder verliehen, abgeholzt, die Hohlwege nur noch Trampelpfade, die Böschungen und Gräben eingeebnet worden waren. Über allem lag ein Brandgeruch. Die Felder hatten in Flammen gestanden, wie die Hecken, wie der erste Bauernhof, auf den er stieß und von dem nur noch schwarze Mauern standen. Auf dem Innenhof ein Paar Holzschuhe, sonst nichts. Eichener zögerte, sie an sich zu nehmen. Er hob sie auf und stellte sie sorgfältig neben den Brunnenrand. Ein Gestank nach verwestem Fleisch verdrängte den Brandgeruch. Eichener schaute in den Brunnen und sah, daß er mit Leichen vollgestopft war.

Je weiter er ging, desto mehr Holzschuhe fand er; Eichener begriff, daß die Bauern sie stehengelassen hatten, um schneller flüchten zu können. Er nahm sich ein Paar, doch da er schon so lange barfuß gelaufen war, behinderten sie ihn schon bald, und so ließ er sie zurück.

Das erste Dorf, in das er gelangte, war völlig ausgestorben. Alle Häuser waren in Brand gesteckt worden. Allein der steinerne Kirchturm stand noch. Das Kirchenschiff war in sich zusammengestürzt, die schweren Holzflügel des Portals waren verkohlt. Im Inneren der Kirche lagen zuhauf Leichen, einige waren angesengt.

Eichener zog weiter. Das war in der Tat Gomorrha. Auf den Feldern, auf den Wegen stolperte er überall über leblose Körper: Männer, Frauen, Kinder. Manche waren nur noch Skelette, deren Fleisch die Raben schon zerfetzt hatten.

Im nächsten Dorf, gleichfalls niedergebrannt, lagen auf der Hauptstraße in zwei Reihen angeordnet die Leichen von Frauen und Kindern, denen man mit Gewehrkolben die Schädel zertrümmert hatte. Die meisten waren nackt. Vipern schlängelten sich zwischen den Leibern. Eichener vertrieb sie mit Steinwürfen. Dann setzte er seinen Weg fort, immer geradeaus, in ein Land, das er nicht wiedererkannte, ohne auf eine Menschenseele zu stoßen, ein fremdes Land ohne Baum und Hecke, gehäutet, schwarz vor Rauch, ohne Ochsen, ohne Schafe, ohne Hunde. Es war wie in früheren Zeiten, als Pilger in entvölkerte Gegenden kamen, die von der Pest heimgesucht worden waren. Sie hatten sich in aller Eile bekreuzigt und sind ihres Weges gezogen, die Hand vor dem Mund.

Eichener kam in einen Flecken, oder vielmehr in das, was übrig blieb von einem großen Dorf, das als solches nur noch an den Umrissen der geschwärzten Ruinen erkennbar war. Die von Kanonenkugeln zerschossene Kirche war in eine Pyramide aus Granit verwandelt. An der Hackbank einer Fleischerei waren Männer mit Schlachterhaken am Kinn aufgehängt. An dem großen Kreuz eines Kalvarienbergs hing noch ein Priester in schwarzem Gewand. Sein von Kugeln zerschmetterter Schädel baumelte über einer zerbrochenen Laterne, die auf seiner Brust befestigt war und die den Schützen wohl geleuchtet hatte. Gerippe von Pferden und Ochsen verfaulten zwischen den Trümmern. Plötzlich spürte Eichener die Gegenwart von Lebewesen, er wurde vorsichtig. Ein Wolf und eine Wölfin waren damit beschäftigt, ein Aas zu zerfleischen und hatten für Eicheners Nahen nur ein Knurren übrig. Der bewarf sie mit Steinen, jaulend ergriffen sie die Flucht.

Auf dem ehemaligen Marktplatz lagen alle Dorfbewohner,

starr, wie für eine Zählung. Eichener kam auf fünfhundertvierundsechzig Leichname, davon einhundertsiebenundvierzig Kinder. Die Kleinsten, die Knirpse, waren auf Bajonette, die man in die Erde gerammt hatte, aufgespießt. Die Frauen lagen mit hochgeschürzten Röcken da, sie zeigten ihre Scham, die von den eingeführten Patronen aufgerissen war. Der Bürgermeister war an seiner blau-weiß-roten Schärpe zu erkennen. Obwohl Republikaner, hatten ihm die Blauen Ohren und Nase abgeschnitten. Vielen der mit schwarzen Lammfelljacken bekleideten Dorfbewohner hatten sie den Schädel zerspalten und die Finger abgehackt. Schwaden von Fliegen schwirrten umher, berauschten sich an dem geronnenen Blut.

Den ganzen Tag wanderte Eichener über verbrannte Felder, fand nur zerstörte Gehöfte, zerstreut herumliegende Leichen von Mensch und Vieh. Bei seinem Nahen flogen die Raben träge auf, und Wölfe streunten in Rudeln umher, sie waren so sehr mit der reichlich bescherten Beute beschäftigt, daß sie diesen einzigen noch aufrechten Menschen nicht einmal zu bemerken schienen.

Bei Einbruch der Nacht fand Eichener die Geborgenheit des Waldes wieder und stand dort ganz überrascht einem Menschen gegenüber. Instinktiv stürzten beide im selben Augenblick aufeinander los, die Hände wie Krallenpranken vorgestreckt. Sie rollten in das Farnkraut und versuchten, sich gegenseitig zu beißen. Dann erkannten sie, daß sie Bauern und, wie sie sagten, »Aristokraten« waren, und standen, wie Wildschweine schnaubend, auf.

»Woher kommst du?«

»Von der Eiche.«

So kam er zu seinem Namen. Durch Wintersang fand Eichener wieder zur Gemeinschaft der Lebenden.

Die Dörfer waren ausgestorben; aber die Wälder verbargen Überlebende. Die Toten erhielten keine Grabstätte, solange die Lebenden sich selbst eingruben. Wintersang nahm Eichener mit zu einer Schlucht, die mit hochgewachsenen Bäumen und riesigen Ginstersträuchern bewachsen war. Durch das Dornendickicht hindurch gelangten die beiden Männer zu einem Lager aus mit Ästen und Laubwerk gebauten Hütten. Greise und Frauen in Lumpen kamen mit stumpfem Blick herbei, wühlten mit den Fingernägeln in den langen Haaren, um das Jucken der Läusestiche zu lindern. Verwundete stöhnten im Farnkraut, ihre mit einer dicken Blutschicht verkrusteten Verletzungen waren schwarz vor Fliegen.

Wintersang führte Eichener zu einer Hütte auf einer Art Platz, auf dem sich ein vom Dornengestrüpp freigehauener Dolmen befand. Die Hütte diente diesem eingegrabenen Dorf als Kirche, und auf dem Dolmen feierte der Priester, Pfarrer und Druide zugleich, jeden Morgen die Messe. Er verhörte Eichener, schien zufrieden mit dessen Antworten und nahm sein Brevier zur Hand, auf dessen Blatträndern er das standesamtliche Register seiner Pfarre führte; mit dem Stift trug er die Sterbefälle, die zahlreichen, und die Geburten, die seltenen, ein.

Der Pfarrer schrieb Eichener ein; und in Anbetracht des schlechten Aussehens und der weißen Haare des Neuankömmlings fügte er hinzu: vierzig Jahre.

Eichener lebte einige Wochen lang unten in der Schlucht, denn die Gemeinde fürchtete eine Rückkehr der Soldaten. Des Nachts gingen die Männer Schlingenfallen stellen und Fische fangen. Die Frauen machten sich auf die Suche nach herumirrenden Kühen, und bisweilen gelang es ihnen auch, eine zu melken. Die Fische wie auch das Wild wurden roh gegessen, denn die Gefahr war zu groß, durch den Rauch des Feuers das Versteck zu verraten. Aus Steinen und Baumstämmen hergestellte Handmühlen zermahlten die halbverkohlten Roggenkörner, die aus den Trümmern der Speicher geborgen worden waren. Aus dem Mehl wurde Brei gemacht. Viele der von Ruhr geplagten Pfarrkinder begnügten sich jedoch damit, Kräuter und Rinde zu kauen und unablässig die Perlen ihres um den Hals hängenden Rosenkranzes durch die Finger gleiten zu lassen.

Kein Hund, keine Ziege, kein Haustier wurde in der Schlucht gehalten; ihre Laute hätten auf das versteckte Dorf aufmerksam machen können. Die Pfarrkinder sprachen mit gedämpfter Stimme, und dies Flüstern vermischte sich auf merkwürdige Weise mit dem Rauschen einer Quelle.

Jeden Tag gingen Männer auf Erkundung aus: von Mal zu Mal stießen sie weiter vor, ohne aber auf Menschen zu treffen, es sei denn Leichen. Vielleicht war dies das Ende der Welt? Wie konnte man das wissen? Am Ende hielt sich der Pfarrer schließlich für Noah und beschied, die Zeit sei reif, um wieder ans Licht hinaufzusteigen und mit seinen Söhnen und Töchtern die Geschichte der Welt neu zu beginnen.

Zuerst galt es, die Toten zu bestatten, sie den Wölfen streitig zu machen, die tollwütigen Hunde zu töten, in dem ginsterbedeckten Ödland die verwilderten Kühe, Schafe, Ziegen einzufangen. Es galt, die Leichen aus den Brunnen und Zisternen herauszuholen. Allein die vereinzelten Quellen im Wald waren nicht vergiftet. Es kam nicht in Frage, die Dörfer wieder aufzubauen. In Pouzauges standen nur noch sieben Häuser; in Bressuire eins; in Les Herbiers keins; in Tiffauges waren nur zwei Kammern verschont geblieben. Also deckte man mit Laubwerk die Dächer der Schweine- und Schafställe und richtete sich dort ein.

Das war nicht das Weltende. Andere Pfarrkinder kamen nach und nach aus ihren Schlupflöchern hervor und kehrten in ihre verkohlten Dörfer zurück. Man zählte sich, und es kamen drei Frauen auf einen Mann, eine große Anzahl von elternlosen Kindern. In den meisten Dörfern waren zwei Drittel der Pfarrgemeinde getötet worden, fast alle Haustiere weggeschleppt. Es gab keinen Vorrat mehr an Korn.

Eines Abends brachten Reiter sechs Gefangene in das Dorf, das Eichener aufgenommen hatte. Sie waren mit Strikken an die Sättel gebunden; sie trugen blaue Uniformen mit roten Revers. Ihre weißen Hosen (weshalb die republikanischen Soldaten nicht die Blauen, sondern die Weißärsche genannt wurden) waren schlamm- und blutbefleckt. Sie trugen keine Schuhe mehr. Sie sagten aus, daß sie nicht gegen die Vendée hätten kämpfen wollen, daß sie sich nur als Freiwillige für den Krieg gegen den König von Preußen gemeldet hätten. Aber sie sprachen mit einem recht fragwürdigen Akzent, und der alte Pfarrer mit den Haaren voller Stroh sagte nur:

»Die sollen beichten, dann werden sie getötet.«

Die Dörfer, die allmählich in ihren Trümmern wieder zu leben anfingen, glichen einem Zufluchtsort für Bettler und Gesindel. Mit ihren Krücken, verstümmelten Gliedern und Schmissen sahen selbst die rüstigsten Männer aus wie Greise. Die Blinden, Einarmigen, Hinkenden irrten verkommen, ausgehungert umher. Die Kinder ohne Familie schlossen sich zu gefährlichen Banden zusammen. Alle blieben lange Zeit in Lumpen gehüllt, denn die Webstühle waren zerstört.

Als erster eröffnete Wintersang einen Laden. Er entsann sich, daß er einmal Schmied gewesen war; und allen fehlte das Werkzeug. Seine Angewohnheit, an seinem Amboß zu singen, selbst im Winter, hatte ihm seinen Namen eingebracht. Er war ein stets wohlgelaunter Mann, dessen Redseligkeit im Gegensatz zu Eicheners Wortkargheit stand. Er war klein, stämmig, hatte schwarze Haare und helle Augen; dreißig Jahre alt mochte er sein. Wie so viele andere Kämpfer aus Charrettes Armee stammte er aus dem Retzer Land, am linken Loire-Ufer, ehemals Besitztum des berühmten Gilles de Retz (oder auch Rais). Diese Männer hatten Klébers und Marceaus Soldaten das Fürchten gelehrt.

So setzte sich die neue Bevölkerung der Dörfer aus Flüchtlingen, Überlebenden zusammen, die vom Entsetzen und vom Umherirren ganz zufällig zusammengeführt worden waren. Eichener erinnerte sich nicht mehr an sein Heimatdorf, oder er wollte es nicht mehr. Aber man fragte ihn auch nicht danach; ein jeder hatte genug am Schrecken seiner eigenen Erinnerungen zu tragen, um sich nicht noch die der anderen aufzuladen.

Drei Frauen auf einen Mann, das soll heißen, Witwen, alte Frauen, Mägde im heiratsfähigen Alter. Unter den Männern gab es ebenfalls Witwer, auch Alte, auch Krüppel. Wenige Junge und Unversehrte. Hunderttausend waren die Vendéer, die 1793 die Loire überquerten für diesen langen Marsch durch den Nordwesten, der sie bis in die Normandie geführt hatte, wo sie auf die englischen Kriegsschiffe warteten; die Säbel der Husaren, die Ruhr, das Gewehrfeuer, die massenhaften Ertränkungen auf Befehl Carriers ließen sie zusammenschrumpfen auf zweihundert Überlebende. In diesem Dorf, das nach und nach wiedererstand, waren die meisten Paare unvollständig, so wie in allen anderen Dörfern des Bocage. Man konnte nicht mehr auf die Rückkehr der Gefangenen hoffen, denn sie waren alle erschossen worden, auch nicht auf die Wiederauferstehung der Toten am dritten Tag, wie man noch zu Beginn der Kämpfe geglaubt hatte. Also öffnete der alte Pfarrer mit den Haaren voller Stroh sein Brevier und trug auf dem unbeschriebenen Blattrand die neuen Eheschließungen ein. Auf Wintersang entfiel eine Witwe und deren drei Kinder; die unter Dach und Fach zu bringen, schien ihm dringend geboten. Eine lebhafte, widerstandsfähige Frau, mit einem spitzen Mausgesicht; sie machte sich sogleich in der alten Schmiede zu schaffen, die Wintersang enttrümmerte. Unter den Steinen des Gemäuers und den halbverkohlten Dachbalken fand er den Amboß, reparierte mit Fellhäuten die Löcher im Blasebalg und holte sich Eichener, damit dieser ihm beim Schmieden der ersten Werkzeuge zur Hand ginge.

Zunächst bestand ihre Arbeit darin, Eisen zusammenzusuchen. Die Straßen und Gassen, die umliegenden Felder waren übersät mit zerbrochenen Waffen, Wagenrädern, Säbelklingen, Kanonenkugeln, Ketten, Zaumzeug. Aus diesem Kriegsschrott stellten sie das Werkzeug für das tägliche Leben her; zuerst die drei Grundwerkzeuge: die Hacke zum Roden, die Sichel zum Mähen des Heus und des Weizens, die Hippe zum Schneiden der Hecken und der Rebstöcke.

Als Wintersang sie auf die soliden, von Eichener geschnittenen Eschenäste aufzog, war das für alle das erste Zeichen für die Wiedergeburt des Dorfes. Der alte Pfarrer segnete das Werkzeug, und am Abend tanzten Junge, Alte, Krüppel bis spät in die Nacht vor der Ruine der Kirche.

Das Dorf wurde zum Schreiner, um aus Nußbaumstämmen Näpfe und Schüsseln zu höhlen. Man schnitt vom Baum den Ast ab, der sich zur Forke eignete, oder die Astgabelung, die zum Pflugarm taugte. Man fällte Bäume, die zu Stütz- und Deckenbalken wurden. Man richtete die Mauern aus Granitsteinen wieder auf. Man versah die Dächer mit Strohgeflecht und rotem Ziegelbruch. Zum Winteranfang hatte jedes Haus einen Raum, in den es endlich nicht mehr hereinregnete. Aber des Sonntags bei der Messe war man überrascht, daß man so wenig zahlreich war. Der alte Pfarrer sah auf den Blatträndern seines Breviers nach: die Liste der Sterbefälle erwies sich als alarmierend. Fast die Hälfte der Überlebenden aus der Schlucht war in den vergangenen drei Monaten gestorben: die einen ganz einfach an Altersschwäche, die Mehrzahl jedoch an der Ruhr, an Wundfieber, an Blutsturz, an Geschlechtskrankheiten als Folge der Vergewaltigungen.

Vor dem großen Krieg von 1793, vor dem Ausrottungsfeldzug der zwölf höllischen Kolonnen Turreaus im Jahre 1794, der das verzweifelte Aufbegehren des zweiten Vendéekriegs vom Sommer 95 bis zum Frühjahr 96 heraufbeschwor, der mit der Gefangennahme und Hinrichtung Charettes und Stofflets endete, zählte das Dorf, das Eichener aufgenommen hatte, gut sechzig Herdstellen, also an die fünfhundert Seelen. Im Winter 96 rauchten dreißig Schornsteine und in der Kirche sah man nur an die hundert Gläubige.

Die Herdstellen waren im Verhältnis zahlreicher als vor

dem Krieg. Die zerstörten Höfe waren nur zum Teil wieder aufgebaut worden, und jeder Haushalt zählte weniger Seelen. Eine wiederhergerichtete Scheune diente als Gotteshaus.

Der Pfarrer Noah sah seine Arche in Gefahr und beschloß zusammenzufügen, was noch zusammenzufügen war. An die Liste der Sterbefälle schloß sich die der in aller Eile vollzogenen Eheschließungen an. Eichener hätte gerne bei der Verteilung die kleine Louise abbekommen, die Tochter der Bauern, bei denen er arbeitete, wenn er nicht in der Schmiede half. Aber sie war noch keine fünfzehn Jahre alt, und der Pfarrer entschied, daß er die Husarenzuhilf heiraten sollte. Eichener versuchte zwar einzuwenden, daß die Husarenzuhilf geistig beschränkt sei, aber der Pfarrer hatte eine Antwort auf alles: »Selig die Armen im Geiste, denn ihrer ist das Himmelreich.«

»Sicherlich, Herr Pfarrer. Die Husarenzuhilf verdient das Himmelreich, nach allem Leid, das sie hat erdulden müssen, aber für das Reich hienieden, das so schwer zu bestellen ist, da wäre die kleine Louise gar wohl beherzter.«

»Zuerst wirst du einmal Louisens Haus verlassen und in dem verlassenen Kotten bei der alten Mühle wohnen. Du wirst die umliegenden Felder bestellen, die niemandem mehr gehören. Du bist jetzt Eigentümer, mein Sohn.«

»Das ist gar viel der Güte, Herr Pfarrer, aber die Husarenzuhilf erwartet etwas Kleines.«

»Aus gerade diesem Grunde braucht sie einen Ehemann.«

Die arme Husarenzuhilf war so mager, daß es schien, als müßte sie mit ihrem dicken Bauch nach vorne kippen, wenn sie mit ihrem hohlen Blick daherkam. Sie war von einem Husarenspähtrupp vergewaltigt worden; bisweilen überkamen sie plötzliche Anwandlungen des Entsetzens, und dann schrie sie mit schriller Stimme: »Zu Hilfe, die Husaren! Die Husaren! Zu Hilfe!«. Nach der Vergewaltigung hielt man sie für tot, sie mußte aber mit ansehen, wie die stolzen Reiter mit ihren quer über die Brust gestickten Totenkreuzbeinen den Bauern, die sie niedergesäbelt hatten, die Ohren abschnitten, auf Spieße aufzogen, brieten und mit einer Vinaigrette aßen.

An die Westermannschen Husaren, Schrecken der Vendéer, die auf der Straße nach Le Mans und in den Sümpfen von Savenay die Große Katholische und Königliche Armee aufrieben, mußte sich Eichener wohl oder übel erinnern.

Und er fürchtete sich davor, mit dieser ständigen Erinnerung leben zu müssen, die das Kläffen der Husarenzuhilf wachrief. Ganz zu schweigen vom Kleinen ... Eichener sah im Geiste die spitzen Pickelhauben der republikanischen Reiter, ihre Husarendolmane und Säbeltaschen. Abgefeimte Plünderer, die sich sogar noch damit brüsteten. An den Fingern und an den Glocken ihrer Säbel trugen sie die Ringe, Ohrringe, Armbänder, die goldenen Kreuze der Frauen, denen sie Gewalt angetan hatten. In den Patronentaschen der gefallenen Husaren fand man Schmuckstücke und Goldmünzen und die spitzenumrandeten Schnupftücher junger adliger Fräulein, in die sie hineintrompeteten.

Die Husaren! Zu Hilfe! Zu Hilfe, die Husaren! Diese unvermittelten Schreie des vergewaltigten Mädchens, dessen Eltern, Bauern auf einem abgelegenen Gehöft, in Stücke zerhauen worden waren, diese Schreie wurden unerträglich für die Überlebenden des großen Blutbads. Man gewöhnte sich zwar daran, aber jedesmal, wenn sie einen Anfall hatte, machte sich allgemeine Panik breit.

»Du mußt ihr beibringen, den Mund zu halten«, hatte der alte Pfarrer Eichener befohlen.

Als das Kind der Vergewaltigung zur Welt kam, schrie das Mädchen Husarenzuhilf zum letzten Mal, noch lauter als gewöhnlich; sie kreischte, aufrecht stehend, die Beine gespreizt, hielt sich mit beiden Händen am Tragebalken fest. Eichener arbeitete gerade auf dem Feld; er stürzte herbei. Die Husarenzuhilf hatte den Balken losgelassen, war in die Lache aus Blut und Schleim gesunken und rang mit dem Tode; neben ihr ein nacktes, lebendes Kind, das Eichener von der Nabelschnur trennte. Das Mädchen Husarenzuhilf starb in derselben Nacht.

In aller Frühe wickelte Eichener das Kind in ein Schafsfell und brachte es zum Pfarrer Noah.

»Das Mädchen Husarenzuhilf ist gestorben, und ich bin Vater geworden. Ich brauche jetzt die kleine Louise.«

»Wenn du dir etwas in den Kopf gesetzt hast ... Die kleine Louise ist ein gutes Mädchen. Sie wird dir helfen, diesen Sohn des Teufels zu einem guten Christenmenschen zu erziehen.«

Die kleine Louise zog zu Eichener und dem Kind der Vergewaltigung in den Kotten. Ein liebes Mädchen, mit runden Wangen, so rosa wie ein Apfel, mit haselnußbraunen

Augen. Wollte man sie beschreiben, drängte sich der Vergleich mit Obst geradezu auf. Immer war sie zu einem Scherz bereit, sie hatte ein sonniges Gemüt; die Jahre des Entsetzens, denen man gerade entkommen war, schienen sie nicht gezeichnet zu haben. Eichener wußte, daß mit ihr ein neues Leben beginnen würde. Mit seinen schlohweißen Haaren, mit seinem ausgemergelten Gesicht, seiner greisenhaften Magerkeit hätte man ihn für den Großvater der kleinen Louise halten können. Aber das Dorf hatte andere Sorgen. Den ganzen Winter über herrschte emsige Geschäftigkeit; es wurde gemauert, gezimmert, getischlert, geschmiedet, das Brachland wurde gepflügt, die Böschungen der Hohlwege aufgeschüttet, die Giftschlangen, von denen es in den Trümmern nur so wimmelte, getötet.

Im Frühling geschah das Wunder: das geschwärzte Gras wurde wieder grün. Stech- und Besenginster breiteten einen goldenen Teppich aus. Mit den geißblattdurchwachsenen Hecken aus Weißdorn, Stechpalmen, Mispel-, Hagebutten- und Brombeersträuchern wurde auch das Muster der Felder wieder sichtbar. Neue Äste sprossen aus den Krüppeleichen. Die Haselnußbüsche wuchsen aufs neue bei den Bächen, denen Kressebüschel wieder einen grünen Schimmer verliehen hatten. Der Winter hatte den Hohlwegen die Tiefe wiedergegeben, und auf den Böschungen verkündeten nun auch die Schlehen, Dornensträucher, Eßkastanienbäume und der Efeu die Wiederauferstehung der Natur.

Der Bocage war nicht mehr kahl. Weizen und Roggen wurden ausgesät. Die Brachfelder wurden für den Kohl, die grünen Bohnen, Saubohnen hergerichtet. Man pflügte in den Weinbergen und schnitt die verwilderten Rebstücke zurück. Man traf auch Vorkehrungen für Flachs und Hanf.

Privatbesitz gab es nicht mehr. Es gab lediglich ein Dorf, eine einheitliche Sippe mit ihrem Oberhaupt, dem Pfarrer Noah. Er war das natürliche Oberhaupt, allseits anerkannt und geachtet, nicht etwa wegen seines Priesterstandes (die »Schwörer«, die einen Eid auf die republikanische Verfassung abgelegt hatten, waren auch Priester und mußten doch vor den Mistgabeln ihr Heil in der Flucht suchen, so sie die Dörfler nicht in Stücke gerissen hatten); vielmehr weil er alt war: er gehörte der Alten Zeit an, verkörperte das lebendige Gedächtnis der Familien.

Die Pächter hatten keine Herren, die Bauern keine Eigentümer mehr. Das ganze Dorf hatte Anteil an der Wiederauferstehung. Dem Pfarrer Noah gelang es sogar, die Banden der herumstreunenden Kinder aufzulösen, indem er jedes einzelne in einer Familie unterbrachte und eine Schule eröffnete. Er beschleunigte die Verheiratung der Ledigen und die Wiederverheiratung der Witwen und Witwer. Jedes neue Ehepaar war unverzüglich Vater und Mutter einer kleinen Schar von Waisenkindern. Eichener und Wintersang waren nicht die einzigen in dieser Lage. Aber wie er es auch anstellen mochte, es wollte ihm nicht gelingen, den Überhang an Frauen zu beseitigen, so viel Einsicht und Macht er, der Pfarrer Noah, auch hatte. Drei Frauen auf einen Mann; was tun? Die Bibel sprach zwar, in Ausnahmesituationen, von der Vielweiberei, die dem »Wachset und mehret euch« Nachdruck zu verleihen erlaubte. Aber die Evangelien schwiegen zu diesem Punkt. So wie die Bauern keine Herren, so hatten auch die Pfarrer keine Bischöfe mehr. Er mußte bei sich selber die Antwort auf seine Fragen finden. Der Pfarrer Noah konnte sich nicht damit abfinden, arme Frauen, arme Mädchen allein leben zu lassen. Jeder verheiratete Mann wurde also gezwungen, zwei weitere Frauen unter seinem Dach aufzunehmen, eine alte und eine junge. Nun walte Gott!

Das Dorf fand sich zu gemeinsamen Arbeiten zusammen, das sich alsbald in Feste verwandelten. Für das Roden eines Ödlands mußten alle Hand anlegen. Wintersang hatte ausreichend Hacken geschmiedet, diesen Pflug des Armen, der schon im alten Ägypten bekannt war; so bildeten alle arbeitsfähigen Männer und Frauen Gruppen, die tief gebeugt den Boden aufscharrten und Erde und Ginstergestrüpp durch ihre gespreizten Beine rückwärts beförderten. Eine jede Gruppe stand im Wettstreit mit den anderen! Die Mannschaft, die das größte Stück Land gerodet hatte, erhielt eine Belohnung. Da man nichts besaß, bestand die Belohnung in dem Vorrecht, den Tanz zu eröffnen. Denn von Zeit zu Zeit tanzte man auf dem Ödland, um die Müdigkeit zu vergessen. Man hatte noch keine neuen Musikinstrumente gebaut, jedoch spielten die geschicktesten unter den Männern Melodien auf Blättern, auf die sie bliesen und die sie zum Schwingen brachten.

Eichener, seine kleine Louise, das Kind der Husarenzuhilf (es war ein Junge) erhielten ihre zwei Frauen. Die ältere war zahnlos; ihr zerknittertes Gesicht hatte eine Haut wie ein angefaulter Apfel. Sie warf sich in eine Ecke der Scheune, durch deren Dach hindurch man den Himmel sehen konnte, und entschied, daß sie hier ihr Zuhause hatte, daß Eichener ohnehin nur ein Fremdling war, von wer weiß woher gekommen. Sie weigerte sich, über die Schwelle des einzigen bewohnbaren Raumes im Heuerhaus zu treten, weswegen sich Eichener und die kleine Louise auch nicht allzusehr grämten, denn die Alte in ihren Lumpen stank schlimmer als ein Ziegenbock.

Die junge, die nicht mehr sehr jung war, mochte wohl doppelt so alt sein wie Louise. Ihr Mann war vom großen Marsch in den Nordwesten nicht zurückgekehrt, ihre drei Kinder hatte sie verloren: eins starb an einem bösen Fieber, ein anderes wurde mitten in der Brust von einer Kugel getroffen, als es gerade ihre beiden Schafe hütete, und das dritte war auf der Flucht für immer verschwunden. So viel hatte sie geweint, daß die Tränen von den Augen bis zum Mund Falten in ihr Gesicht gegraben hatten, die ihr ein verstörtes Aussehen verliehen. Sie hieß Léonie. Sie war nicht groß noch stark, sie sollte keine spürbare Hilfe für Eichener sein. Aber man mußte sich gegenseitig beistehen. Eichener legte noch einen Armvoll trockenen Farn in eine Ecke ihres Wohnraums. Sie hatten noch nicht die Zeit gefunden, Betten zu zimmern, ebensowenig einen Tisch. So aßen sie auf Hackklötzen sitzend, mit den hölzernen Näpfen auf den Knien. Die Alte gesellte sich nicht zu ihnen; zu den Essenszeiten verkroch sie sich und kaute an irgend etwas Unbestimmbarem herum.

Die Pfarrgemeinde fand wieder Freude am Leben. Aus seiner Schmiede hörte man Wintersang, vom Stakkato der Hammerschläge begleitet, seine Liedchen trällern. Er sagte zu Eichener gewandt: »Sing doch mit.« Doch Eichener entgegnete: »Ich habe so viel Elend erfahren, daß ich darüber all meine Lieder vergessen habe.«

Da fing Wintersang an zu singen, spöttisch und das »R« rollend, wie es die Pariser taten:

»Dein kleines Schürzlein, mein Mägdelein,
Dein kleines Schürzlein, das ist nicht fein,
Das ist nicht fein, das ist nicht rein.
Mein Mägdelein, dein Schürzlein,

Das ist nicht fein, das ist nicht rein,
Mein Mägdelein, dein Schürzlein.«

Zur selben Zeit hallten auch die Felder und Weiden, die bis dahin so traurig still gewesen waren, von den unaufhörlichen Rufen der Hirten, den Anfeuerungen der Ochsentreiber und jähen Freudenschreien wider. Die Vögel, die Feuersbrünste und Kugelhagel vertrieben hatten, kehrten zurück. Der Weizen und der Roggen kamen aus der Erde hervor.

Es geschah auch, daß Eichener mitten in der Nacht erschreckt auffuhr und glaubte, Trommelschlag zu hören. Aber es war nur der Regen. Er prasselte auf die Planen, mit denen die Löcher im Dach geflickt waren.

Manchmal vermeinte er, Schritte zu hören. Er rüttelte die kleine Louise aus dem Schlaf, die lauschte und flüsterte, damit Léonie sie nicht verstehen konnte: »Das ist vielleicht die Husarenzuhilf, die ihren Kleinen holen kommt?«

»Nein, nein«, beteuerte Eichener und biß sich auf die Lippen.

»Dann ist es eine große Ratte?«

»Ja, das ist eine große Ratte. Recht hast du. Schlaf jetzt weiter.«

Und Eichener blieb mit geöffneten Augen liegen, wagte nicht, sich zu rühren, und zitterte vor Angst. Schließlich faßte er Mut und stand auf, um das Kind der Vergewaltigung zu berühren, das in einem Schaffell eingerollt an einem Dekkenbalken angehängt war.

Er hörte die Wölfe rennen und an den Türen des Heuerhauses schnüffeln. Dann und wann riß ihr Geheul die beiden Frauen aus dem Schlaf, die sich dann heftig bekreuzigten.

Die Nächte schienen kein Ende nehmen zu wollen. Alles Leid der Welt brach mit der Dunkelheit wieder über sie herein. Alle Ängste. Alle Teufel und alle Wölfe. Alle entsetzlichen Erinnerungen an den großen Krieg. Eines Nachts erwachte Eichener schweißgebadet, vor Fieber zitternd. Er glaubte, den galoppierenden Hufschlag der Husaren zu hören. Im Handumdrehen zog er die kleine Louise und Léonie mit sich in das Versteck, das er unter dem Kaminmantel eingerichtet hatte. Das Pferdegetrappel verlor sich in der Ferne.

In jedem Haus hatte man die galoppierenden Husaren gehört. Sollte der Krieg wieder ausgebrochen sein? Aber die

Husaren trauten sich doch nicht, des Nachts über das Land zu reiten.

In der folgenden Nacht kam das Pferdegetrappel wieder.

Man fragte sich, ob es nicht besser sei, wieder aufzubrechen und sich im Wald zu verstecken. Nach reiflicher Überlegung zog der Pfarrer Noah den Schluß, daß es sich nur um Gallerys wilde Jagd handeln konnte. Dieser Ritter Gallery, der den ganzen Tag über in der Hölle brennt und der allnächtlich mit seinem Säbel aus Eis gegen die Sarazenen kämpft. Um die Verwünschung abzuwenden, sang sich Wintersang die Seele aus dem Leib:

»Gallery zieht voran,
Reit' auf einem Gaul,
Der hat vom Untier den Hals
Und von der Kröte das Maul.«

Aber in der folgenden Nacht kam das Pferdegetrappel wieder. Jede Nacht. Wintersang verstummte.

Man nahm sich vor, des Nachts wachzubleiben und zu beten. So vernahm man den Hufschlag und sogar das Wiehern noch deutlicher. Dann beschloß man, Späher auszuschicken, die mit Gewehren bewaffnet ihnen auflauern sollten. Eichener und Wintersang waren dabei. Die Nacht war klar, mit einem schönen Mond, der eine Sicht wie am hellichten Tag erlaubte. Eine Schleiereule flog langsam und wie auf Samtflügeln vorbei; etwas weiter entfernt schrie eine andere Eule. Eule oder Chouan? Ein jeder Späher blieb auf der Lauer, das Gewehr im Anschlag. Und mit einemmal ließ sich, noch in weiter Ferne, Hufschlag ausmachen. Reiterlose Pferde wurden sichtbar, die merkwürdigerweise ganz plötzlich, wie von panischer Furcht ergriffen, stehenblieben oder, was noch seltsamer erschien, in vollem Lauf gegen Stämme und Büsche stießen und sich aufbäumten. Es waren an die zwanzig Pferde, mit Zaumzeug und Sätteln.

Pferde wären sehr nützlich gewesen für das Dorf, das, abgesehen von einigen Kühen, die wie Ochsen eingesetzt wurden, keine Zugtiere besaß. Die Gelegenheit war zu günstig. Den ganzen Tag über bereitete man sich auf die kommende Nacht vor: Seile wurden gespannt, mit Pflöcken und Dornenbündeln versperrte man auf den offenen Feldern so viele Durchgänge wie möglich.

Fast die ganze Gemeinde blieb nach Einbruch der Dunkelheit auf den Beinen; die einen hielten die Seile, die anderen waren als Treiber vorgesehen. Nach langen Stunden des Wartens ließ sich unverkennbar das Getrappel galoppierender Pferde vernehmen, zuerst noch in weiter Ferne, dann immer näher und lauter, und wieder erschienen die Pferde im Licht des Vollmonds, wieder stießen sie unbegreiflicherweise gegen alles, was ihnen im Wege stand. Die Pfarrkinder schlossen die Falle und versuchten, die Tiere zu beruhigen; schließlich gelang es ihnen, fünf Pferde einzufangen und ins Dorf zu bringen.

Aber als man am nächsten Morgen diesen unverhofften Fang näher untersuchte, war die Enttäuschung groß. Wohl handelte es sich um Husarenpferde, erkennbar an den Sätteln, aber ihre Augen waren erloschen, mit Nadeln zerstochen. Daher rannten sie also wie verrückt umher, stießen an alle Hindernisse. Die blinden Pferde stellten sich mehr als eine zusätzliche Last denn als Hilfe heraus. In ihrer Blindheit hatten sie etwas Furchterregendes an sich, so als wären sie keine wahrhaftigen Tiere. In der Tat vergegenwärtigten sie die Grausamkeit eines Krieges, dem man entronnen zu sein meinte.

Eichener sagte immer wieder, daß man die Husarenpferde nicht hätte behalten dürfen. Alles Unheil kam von daher. Diese Pferde waren Teufelspferde, und der Pfarrer Noah hatte nicht erkennen können, daß Satan sie ritt.

Nach den Pferden kamen auch tatsächlich die Patauds. Patauds, so nannte man die Republikaner, die sich unablässig als Patrioten bezeichneten. »Wir, die Patrioten ... Die Patrie ... Die Patrie verteidigen ... Die Ehre der Patrie ...« Aus Patriot wurde in der Mundart Pataud. Man sagte niemals Republikaner, man sagte Pataud.

Wenige Tage nach dem Einfangen der blinden Pferde hörte man von den Wegen im Osten einen großen Lärm von Fuhrwerken. Und neue Pferde erschienen, vor schwere Wagen gespannt, auf denen zwei Familien gestikulierten; sie wurden von »blauen« Reitern eskortiert. Richtige »Blaue«, das heißt Nationalgarden in blauer Uniform. Alle Gemeindemitglieder, die sich im Dorf befanden, kamen herbeigeeilt und betrachteten mit aufgesperrten Mündern die seltsamen Besucher.

Von dem einen Wagen sprang ein langer, schlaksiger Kerl mit narbenzerfurchtem Gesicht, und voller Entsetzen raunten einige unter den Gemeindemitgliedern: »Der Schmied! Der Schmied!« Vom anderen Karren stieg umständlich ein rothaariger Kerl ab, und entmutigt ging es durch die Reihen der Gemeindekinder: »Der Müller! Der Müller!«

Der Schmied lachte schallend auf: »Na so was! Ich höre den Amboß klingen. Habt Dank, ihr Leute, daß ihr mein Schmiedefeuer geschürt habt.«

Der Müller, den man seinerzeit den dicken Müller hieß, der aber jetzt ganz abgemagert war, blickte zum Hügel hin und sah die geschwärzten Mauerreste seiner Mühle. Er fluchte auf die »Räuber«, die die Vendée zu einem verwünschten Land gemacht hatten. Dann peitschte er auf seine Pferde ein und trieb sie zu den Trümmern.

Die Nationalgarden verlangten zu trinken. Aber man hatte noch keine Reblese hinter sich. Sie sagten, daß sie von Cholet kämen, daß in Paris der neue Führer der Sansculotten Barras hieße und daß die Pfaffenknechte und Königstreuen wieder einmal tüchtig einen auf den Deckel bekommen sollten. Dann bestiegen sie ihre Reittiere und verschwanden in einem Staubwirbel.

Mit seinen Karren, die vollbepackt waren mit Truhen, Bettzeug, Geschirr, Frau und Kindern, begab sich der patriotische Schmied zur Werkstatt, in der Wintersang unbeirrt das Eisen schlug. Händereibend trat er ein: »Gib mir diesen Hammer, Gesell, damit ich sehe, ob ich es nicht verlernt habe.« Wintersang zögerte erst, reichte ihm aber doch den Hammer.

Der patriotische Schmied schlug, daß die Funken sprühten, wendete das Eisen mit der Schmiedezange, die er von der Werkbank nahm, formte das Metall erst mit wuchtigen, dann mit kleinen, leichteren Schlägen. Ein Sichelblatt nahm Form an.

»Gesell, du bist nicht von hier. Ich frage dich nicht, woher du kommst. Auch nicht, warum du in meiner Schmiede bist. Aber nimm diesen Rat von einem, der es gut meint: Du tätest besser daran, in deine Wälder zurückzugehen.«

Wintersang holte seine Frau mit dem Mausgesicht, die drei Kinder, außerdem die Alte und die Junge, die der Pfarrer Noah ihm zugeteilt hatte, und alle machten sie sich auf den Weg zu Eicheners Kotten. Sie hatten keinerlei Gepäck mit sich zu tragen, außer einigem Werkzeug, einem Kessel und zwei am Vortage mit der Schlinge erlegten Wildkaninchen.

In der Nähe des Kotten gab es noch andere zerfallene Gemäuer, die man herrichten konnte. Wintersang und sein Gefolge richteten einige Mauern auf, die sie dann mit Ästen und Laubwerk abdeckten, bereiteten sich Bettstellen aus Farnkraut und zündeten ein Feuer an, um die Kaninchen zu braten.

Am Abend saßen die beiden Familien zusammen. Eichener sagte, daß der Kotten dem Müller gehörte und daß auch mehrere Pachthöfe ihm Zins schuldeten. Der Müller hätte ihn nicht vertrieben, aber er würde ihm von nun an die Hälfte der Ernte abgeben müssen. Zur Zeit wartete alles Saatgut in der Erde, und man müßte zum Herrgott beten, auf daß er es wohl aufgehen ließe. Aber würde der Herrgott zulassen, daß die Samenkörner Frucht trügen für einen Pataud?

Eichener vergaß, daß der Herrgott sich nie so geziert hat, daß, seit die Welt die Welt ist und es Mühlen gibt, die Müller mit dem Teufel unter einer Decke steckten, um die Armen auszupressen. Es hieß, daß zu Anbeginn der Zeiten Luzifer persönlich alle Berufe durchging, um den einträglichsten herauszufinden, und daß er, ohne zu zögern, den des Müllers auswählte. Und da wurde der Teufel Müller.

Die Müller und die Vorsteher der berittenen Post gehörten unter dem Ancien Régime zum ländlichen Bürgertum. Der Müller war ein angesehener Mann, der sich in Naturalien bezahlen ließ: zwanzig Pfund Weizen für acht Scheffel Mehl. Die Müllershäuser, ob sie nun an die Mühle angrenzten oder nicht, glichen mit ihren vier Wohnräumen den Bürgerhäusern. Die Müller trugen offen Goldschmuck zur Schau. Trotz allem wurden nicht alle Müller Patauds, und als im Januar 93 die Kunde vom Tod des Königs kam, trugen viele Windmühlenflügel im Bocage einen schwarzen Trauerflor; später dienten viele von ihnen als Signal für die Vendéer Armeen, sogar als Holz für die Kreuze, an die die blauen Gefangenen geheftet wurden.

Der Müller, den man hartnäckig weiterhin den dicken Müller hieß, obwohl er während seines Exils in republikanischen Landen um die Hälfte seines Specks verloren hatte, bezog das ehemalige Rathaus und dienstverpflichtete die Männer des Dorfes, damit sie die Ruinen wieder aufbauten. So kam mit der Rückkehr der Patauds der Frondienst wieder. Der dicke Müller war in der Tat der Bürgermeister der

Gemeinde gewesen (und noch immer) und besten Willens, seine Macht auch auszuüben. Gestiefelt, mit Hut, Krawatte, einem für seinen flachen Bauch zu weiten Gehrock ging er im Dorf auf und ab, sprach die an, deren Gesichter ihm nicht bekannt vorkamen.

»Woher kommst du denn, du da? Ich kann mich nicht an dich erinnern. Und du? Aber wo kommen die bloß alle her? Und was ist aus Zacharie vom Wäldchen geworden, aus Jacques von der tiefen Quelle, und aus Mathurin von der Schäferei, aus Auguste von der kleinen Brücke?«

Niemand gab Antwort. Der dicke Müller suchte den Pfarrer Noah auf, der zu ihm sagte: »Alle, die im Dorf geblieben waren, sind von Ihren Freunden umgebracht worden. Die Sie nicht kennen, befanden sich mit mir in den Wäldern. Ihre Dörfer sind niedergebrannt, ihre Verwandten dahingeschlachtet. Alle sind sie meine Kinder.«

»Bravo, Pfaffe. Hier geht's ja rüstig zu. Wenn alle deine Kinder sind, dann sind alle Frauen deine Frauen. Ein richtiger Preisbulle, der Herr Pfaffe. Welch eine schöne Herde von Zuchtkühen!«

Der dicke Müller schüttelte sich vor Lachen. Dann wurde er ernst: »Weißt du, Pfaffe, daß der Bürger Barras beschlossen hat, etwas Ordnung in diese gottverdammte Vendée zu bringen? Ihr seid nur noch um die hundert Geistliche im Departement, aber achtzig von euch, die wie die Füchse aus den Wäldern kommen, sind noch aufsässig, sind Verweigerer. Du doch sicherlich auch? Du wirst den Eid leisten müssen. Ihr alle werdet den Eid auf die Republik schwören müssen ...«

Noch in derselben Nacht ging der Pfarrer Noah in die Wälder zurück.

Am Abend, als alle von den Feldern zurück waren, schlug der patriotische Schmied die Trommel, und die ganze Pfarrgemeinde versammelte sich vor der Kirchenscheune. Der Müller-Bürgermeister hielt eine lange, für das Volk recht wenig verständliche Rede; aber es kam immerhin dabei heraus, daß man im Jahre fünf der Republik lebte, daß die Regierung Direktorium hieß, daß die Tyrannen wie Robespierre und Carrier guillotiniert worden waren, daß im Frühjahr Wahlen stattgefunden hatten, an denen die Gemeinde nicht hatte teilnehmen können, da gemäß der Verfassung von 95 das Gesinde, des Lesens und Schreibens Unkundige, Unbemittelte, diejenigen, welche keine Steuern entrichteten, nicht wählen durften (nun hatte die Gemeinde ja auch seit 93 keine Steuern mehr gezahlt, sondern es vorgezogen, sich der Chouan-Erhebung anzuschließen); daß nach der Abschaffung der Sonntage die Woche zehn Tage zählte, wobei jeder zehnte Tag ein Dekadi war, an dem die Arbeit ruhen mußte; daß es einen Freiheitsbaum zu pflanzen galt; daß es keine Kirmes mehr gab, die nur Anlaß für gefährliche Volksaufläufe war; daß das Essen von Fisch am Freitag verboten war; und noch ein ganzer Rattenschwanz anderen ungereimten Zeugs.

Am folgenden Sonntag saßen der Müller-Bürgermeister, der patriotische Schmied und ihre Familien allein im ausgestorbenen Dorf. Die gesamte Pfarrgemeinde war zum Pfarrer Noah in den Wald gegangen. Einige alte Frauen kehrten nicht zurück. Zur Enttäuschung Eicheners fand sich jene, die er geerbt hatte und die sich stets saft- und kraftlos in der zerfallenen Scheune aufhielt, wieder auf dem Pachthof ein.

Der Müller-Bürgermeister, der, da er keine Mühle mehr hatte, um so mehr den Bürgermeister hervorkehrte, beschloß alsbald, daß der seit vier Jahren nicht bezahlte Miet- und Pachtzins entrichtet werden müßte. Im Augenblick war er der einzige Eigentümer, der sich bemerkbar machte, aber da die Rasse der Eigentümer als einzige vom Aussterben verschont ist, würden die anderen auch bald wieder auftauchen. Diese Drohung versetzte das Dorf in tiefe Bestürzung. Nach einem Jahr Arbeit, in dem man das Dorf aus Trümmern wieder aufgebaut, die Felder vom Gestrüpp befreit, Werkzeug hergestellt hatte, nach einem ganzen Jahr, in dem man elendig gelebt hatte, aber unter seinesgleichen war, sich aufs selbstverständlichste gegenseitig beistand, eine einzige große Familie bildete, nach einem Jahr, in dessen Verlauf aus dem Unglück eine wahrhaftige Bauerngemeinschaft entstanden war, da kamen nun die Herrschaften zurück.

Man ging mit weniger Begeisterung an die Arbeit. Die Ungewißheit nagte an den Gemütern. Man hatte die blinden Pferde bei der Feldarbeit eingesetzt; aber häufig hielten diese jäh inne, wie von panischem Schrecken gepackt, besonders wenn man sie über einen Brückensteg aus Bohlen führte und sie bei einem plötzlich veränderten Klang ihrer Hufe vor Entsetzen aufwieherten. Die panische Angst der Pferde übertrug sich auf die Menschen.

Zwei Kriege waren schon über das Land gezogen. In Wirklichkeit waren diese beiden Kriege aber nur ein einziger, mit dem kurzen Zwischenspiel des Hocheschen Waffenstillstands. Man ahnte den Ausbruch eines dritten Krieges, jedoch war die schreckliche Unterdrückung durch die höllischen Kolonnen Turreaus noch so gegenwärtig, daß alle noch vor Entsetzen gelähmt waren.

Die Ernte war karg und brachte nicht die erwartete Freude. Da es nur wenige Dreschflegel gab, ließ man die Garben von den Pferden stampfen. In den großen Haufen, zu denen man die Körner in der Mitte des Dreschplatzes aus gestampftem Lehm aufwarf, waren auch Spreu, Stroh, Unkrautsamen, Stein- und Erdreste. Da man keine Siebe benutzte, mußte man mit großen Schaufeln, die aus dem Stamm der Nußbäume geschnitzt waren, die Körner gegen den Wind werfen.

Aber das Dreschen mit den Pferden machte das Stroh kaputt. Wenn man die Halme in brauchbarem Zustand erhalten wollte, zur Verwendung als Schnüre und vor allem zum Ausbessern der Dächer, dann erlaubte allein eine Behandlung mit Kalkmilch ein sauberes Entkörnen der Ähren. Frauen und Kinder nahmen die Weizenhalme bündelweise und schlugen sie auf Steine; mit Liedern oder Rufen feuerten sie sich bei der Arbeit an.

Eicheners und Wintersangs Hausgemeinschaften verrichteten vereint all diese Arbeiten. Aber es waren zuviele Münder für so wenig bestellbaren Ackerboden. Zuviele Frauen und Kinder auf so kleinem bewohnbaren Raum machten das Zusammenleben schwierig. Die älteren Frauen wollten befehlen, die jüngeren muckten auf und wehrten sich. Die kleine Louise verstand sich gut mit Léonie, aber regte sich schnell über Wintersangs Frauen auf, zu Eicheners Verdruß.

Die Hälfte des Weizens und des Roggens mußten sie an den Müller-Bürgermeister abgeben. Mit dem Rest würden die beiden Familien nicht über den Winter kommen können. Und obendrein mußte noch das Saatgut beiseite gelegt werden.

Da es seit der Rückkehr des alten Pfarrers in die Wälder keine Schule mehr gab, waren auch die Kinder schwieriger zu halten. Aufs neue schlossen sie sich zu Banden zusammen, verschwanden bisweilen für mehrere Tage und kamen mit Wunden und Beulen zurück, ganz stolz darauf, sich im

Marktflecken geprügelt und dort den Freiheitsbaum ausgerissen zu haben, von dem sie die blau-weiß-roten Kokarden mitbrachten.

Die schlechten Vorzeichen mehrten sich. Wintersangs Frau, die mit dem Mausgesicht, fand Viperneier unter der Legestange ihrer Hühner.

Fast jede Nacht grollten Gewitter, und ein jeder lag schlaflos, hörte mit zusammengebissenen Zähnen diese Bauernheere, die mit ihren Holzschuhen am Himmel umherliefen.

Es gab Felder, die man nicht zu bestellen wagte. Das Blut der Metzeleien schien hier aus der Erde hervorzuquellen und sich zu großen Lachen auszubreiten.

Um den irrenden Seelen, die seit dem großen Blutbad so zahlreich geworden waren, den Eintritt zu verwehren, malten alle mit Kalkfarbe große weiße Kreuze über ihre Haustüren. Als der Müller-Bürgermeister dessen gewahr wurde, geriet er in eine solche Wut, daß er unvermittelt auf sein Pferd sprang und nach Osten entschwand. Einen halben Tag später sah man ihn wieder, in Begleitung dreier Gendarmen.

Wie gewöhnlich pflanzte sich dieser große Schwätzer vor der Kirchenscheune auf, inzwischen Rathaus geworden, und begann vor den drei Gendarmen, die zusammen mit dem herbeigeeilten patriotischen Schmied sein ganzes Publikum waren, eine Rede zu halten. Trotzdem erfuhr jedermann am Abend, daß die weißen Kreuze abgewischt werden müßten, daß jedes Haus, das sich versteifte, oberhalb der Türe die »Spuren des Obskurantismus« zu bewahren, mit Kanonen beschossen würde, daß die Gendarmen bis zur restlosen Ausführung des Befehls im Dorf bleiben, daß sie die Einhaltung des Arbeitsverbots am Dekadi überwachen und den Wald durchkämmen und den aufsässigen Pfarrer herbeischleppen würden.

Da die Gendarmen keine Kanone mit sich führten, blieben die Kreuze, wo sie waren. Am folgenden Tag jedoch, einem Freitag, trauten die drei Gendarmen, der Bürgermeister und der patriotische Schmied ihren Nasen nicht: Aus allen Bauernhäusern stieg der unverkennbare Geruch von gebratenem Fisch empor. Man hatte die Teiche und den Fluß unten im Tal fast leergefischt, um den Patauds einen standesgemäßen Freitag zu bescheren.

Die Gendarmen, die zu jener Zeit wenig Sinn für Humor zeigten, nahmen diesen Scherz allzu ernst; sie verwüsteten einige Herdstellen und warfen die gebackenen Fische auf den Misthaufen.

Am Sonnabend brachen sie in aller Frühe in Richtung Wald auf und kamen am Abend zerschunden, schmutzstarrend zurück, geradezu bissig, obwohl sie großartig von den Dörflern begrüßt wurden.

Am Sonntag standen der Bürgermeister, der Schmied und die drei Gendarmen im Morgengrauen auf, um sicherzustellen, daß das ganze Dorf ordnungsgemäß der Arbeit nachginge: Das ganze Dorf war schon, ohne den geringsten Lärm, zur Messe fortgegangen. Und da die Pfarrgemeinde aufs neue vereint war, blieb sie auch noch am Nachmittag im Wald, für den Vespergottesdienst.

Ein im Wald versteckter Pfarrer ist nicht leichter aufzufinden als ein Fuchs, aber ein gutes Hundert Männer, Frauen, Kinder, mit einem großen Anteil an Greisen und Behinderten, mußte Spuren hinterlassen. Aber so sehr die Gendarmen auch den Wald durchkämmten, das einzige, was ihnen gelingen wollte, war, sich im Dornengestrüpp ihre schönen Hosen aufzureißen.

Am Dekaditag begab man sich selbstverständlich auf die Felder. Da ereignete sich etwas Unerwartetes. Weil es den Gendarmen nicht gelingen wollte, des alten Pfarrers habhaft zu werden, und da sie wahrscheinlich auch nicht mit leeren Händen von dannen ziehen mochten, nahmen sie Wintersang fest.

Warum Wintersang? Vielleicht weil er mit dem Akzent der Leute aus dem Retzer Land sprach, der Retzer Charettes ...

Später erfuhr man, daß überall wieder Verhaftungen erfolgten. Nicht nur die Verweigerer-Pfarrer wurden festgenommen, sondern auch die Pfarrhauptleute, die doch ihre Waffen abgegeben hatten.

Man erfuhr auch, daß es wegen der Rekrutenaushebung wieder zu Revolten kam; in Vieillevigne, Rocheservière, Legé waren die Werber mit Buhrufen und Schlägen empfangen worden. Allerorten wuchs die Feindseligkeit zwischen Bauern und aus dem Exil zurückgekehrten Patauds.

Eichener lebte nun mit sechs Frauen und vier Kindern, was sich als unhaltbar erwies. Die kleine Louise verlor darüber ihre Rundungen, von Obst wurde sie zu welkem Gemüse. Der Herbstregen drang durch die Dächer aus Ästen und Laubwerk, durchnäßte die Bettstellen aus Farnkraut, auf denen man gleichwohl zu schlafen versuchte, trotz des bellenden Hustens und Ächzens.

Glücklicherweise erkannte der Müller-Bürgermeister, der nicht zwei Sätze sagen konnte, ohne die zwei Schlüsselbegriffe der Patauds einfließen zu lassen: Vaterland und Tugend, die List des alten Pfarrers und empörte sich über die Aufteilung der männerlosen Frauen.

Es war nun zwar unerläßlich, sie aufzuteilen, er aber wählte eine Lösung, für die überzeugende Erfahrungen sprachen und der noch eine große Zukunft bevorstand: Diejenigen, welche weder Ehemann noch Vater oder älteren Bruder hatten, sollten Dienstmägde bei den anderen werden. Um einen Anfang zu machen, wies er sich eine Köchin, eine Waschfrau und ein Zimmermädchen zu. Die Familie des Schmieds erhielt nur eine Dienstmagd; schließlich mußten die Rangunterschiede gewahrt bleiben. Die anderen Frauen wurden auf das Dutzend Herdstellen verteilt.

Eichener hätte Léonie gerne behalten wollen. Man ließ ihm die Alte, die sich immer noch eingeschlossen in ihrer Scheune aufhielt, die sich nicht einmal zu den Mahlzeiten blicken ließ und sich wohl von Erde ernährte. Wintersangs Frau und ihre drei Kinder blieben allein. Eichener sorgte für sie, so gut er konnte.

Léonie fing wieder zu weinen an. Ihre Tränen flossen ohne Unterlaß, wie ein kleiner Regen, setzten sich in die Falten, die von ihren Augen bis zu ihrem Mund reichten. Der Pachtbauer, bei dem sie gelandet war, mochte so viel Gram nicht erdulden, der ja schließlich so weit gehen konnte, daß die Milch seiner Kühe davon sauer würde. Er brachte sie zu Eichener zurück, der zufrieden war.

Der Winter war sehr streng. Es schneite zwei Wochen lang. Sogar der Kohl erfror. Am 24. Januar bebte die Erde, und man glaubte das Weltende nah.

Im Februar verschwand ein großer Teil der vom Müller-Bürgermeister zu Dienstmägden gemachten jungen Frauen. Man sah sie wieder bei Banden stellenloser Knechte und arbeitsloser Handwerker in der Nähe von Les Herbiers auftauchen. Bald waren sie zweitausend an der Zahl, in den Wäldern versteckt.

Es kam der Tag, da man aufs neue aus der Ferne die Trommeln schlagen hörte. Dann das Hämmern des Marschtritts.

Da waren sie wieder, die Weißärsche mit ihren Gewehren und Bajonetten, ihren Patronentaschen, ihren kleinen, von Maultieren gezogenen Kanonen, ihren tuchüberdeckten Munitionskisten. Der Müller-Bürgermeister und der Schmied (der sich bis dahin zurückgehalten hatte) konnten den Mund nicht weit genug aufreißen.

Die Weißärsche stellten rund um das Dorf ihre Gewehre zu Pyramiden zusammen, und der Bürger Bürgermeister verlas eine Bekanntmachung, in der die Dorfbewohner aufgefordert wurden, das Versteck des alten Pfarrers zu verraten. Er fügte in einem umgänglicheren Ton hinzu: »Ihr Dummköpfe! Die Soldaten halten das Dorf umzingelt. Sie lassen euch bis morgen Zeit. Habt ihr denn nicht genug von euren Pfaffenknechten und euren Adligen? Ihr werdet alle verrecken, in der Asche eurer Bruchbuden. Und das alles für nichts. Es gibt keinen Gott! Gottverdammtnochmal!«

Am nächsten Morgen kam der alte Pfarrer mit den Haaren voller Stroh zurück, ganz allein, bis zum Tor seiner früheren Kirchenscheune. Er hatte die Biwaks der schlafenden Soldaten durchquert. Er wartete.

Als erster sah ihn der Schmied. Er brach in ein solches Geschrei aus, daß die Soldaten sogleich herbeistürzten.

»Da ist der Pfaffe, Gottverdammich!«

Die Soldaten packten den alten Mann, der ihnen seine Hände entgegenstreckte, fesselten ihn mit einem Seil und führten ihn unter Stößen aus dem Dorf. Bis nach Montaigu zogen sie mit ihrem Gefangenen; unterwegs machten sie in Schenken Rast. Vor jedem Wirtshaus stellten sie den gefesselten Pfarrer zur Schau, so wie ein seltsames Tier, das sie eingefangen hatten. Es fand sich immer ein boshafter Lümmel, der bereit war, ihn zu beschimpfen und ihm ins Gesicht zu spucken. Alsdann setzten die Soldaten, die der Wein in gute Laune versetzt hatte, ihren Weg fort und trieben ihren Prügelknaben mit Gewehrkolbenschlägen in den Rücken voran. Als sie nach zweistündigem Marsch Montaigu erreichten, bluteten die nackten Füße des alten Pfarrers. Vor Erschöpfung konnte er kaum noch atmen. Wieder stellte man ihn vor einer Schenke zur Schau. Er wagte, zu trinken zu verlangen. Der Schankwirt ging zum Misthaufen, füllte einen Becher mit Jauche und reichte ihm diesen. Der Pfarrer bat um Wasser. Die Soldaten machten sich einen Spaß daraus, dem Schankwirt dabei zu helfen, ihn mit Gewalt die

Jauche schlucken zu lassen; mit ihren Händen öffneten sie den zahnlosen Mund des Greises. Dann vergnügte sich ein Soldat damit, mit seiner Bajonettspitze die Soutane aufzuschlitzen, um, wie er sagte, zu sehen, wie es bei einem Pfaffen da unten stände. Es bildete sich ein Haufen von Gaffern, die lachten und obszöne Witze machten. Am Ende seiner Kräfte angelangt, brach der Pfarrer ohnmächtig zusammen.

Am 17. Februar verjagten die Einwohner von Les Epesses mit ihren Mistgabeln ihre Gendarmerieabteilung. Am achtzehnten nahmen sechs Unbekannte mit weißen Kokarden die Gendarmen von Chatillon-sur-Sèvres unter Beschuß. Am siebenundzwanzigsten wurden die Steuereintreiber von Bressuire ausgeraubt, die unter dem Geleitschutz der Dragoner ihre Einnahmen abtransportierten. Am 10. Juni wurde der Notar Blaizot von Saint-Sulpice-en-Paredes zusammen mit seiner Frau getötet und die Steuerrolle vernichtet. Am 28. Juni fielen zwei Gendarmen in Foussais und drei in Tiffauges. Am dreißigsten fällten La Gaubretière und Les Herbiers ihre Freiheitsbäume. Der dritte Vendéekrieg war ausgebrochen.

Eichener besaß kein Gewehr. Er zog mit seiner Sense los, die er senkrecht auf dem Stiel befestigt hatte; durchquerte auf kürzestem Weg das Geflecht von Labyrinthen und Biegungen, das die nach dem Frühjahrsregen unbefahrbaren Hohlwege bildeten. Verlassene Ochsenkarren verfaulten im Schlamm, bis zur Radnabe eingesackt. Eichener ging immer geradeaus, der aufgehenden Sonne entgegen. Er kletterte über die Abgrenzungen der Felder, sprang über Lattenzäune. Von Zeit zu Zeit entdeckte er einen Pachthof, am Hang eines Hügels vor dem Wind geschützt, wie verankert auf den ausladenden grauen Felsen. Aber wenn er sich näherte, bellte kein Hund, und er sah, daß der Pachthof weder Dach noch Bewohner hatte.

Eichener ging unter Laubgewölben hindurch, die so dicht waren, daß es fast stockfinster war. Eine Unzahl Vögel schreckte mit Gekreische auf.

Als er ein ginsterbewachsenes Ödland durchquerte, sah er eine Gruppe von vier oder fünf Männern auf sich zukommen; sie wirkten nicht wie Bauern, liefen aber barfuß, trugen keine Waffen. Sie machten Gesten der Begrüßung. Es waren Webereiarbeiter aus Cholet, die versuchten, zu den Truppen des Schlossers Caillaud zu stoßen, eines 93er Veterans.

Eichener schloß sich ihnen an. Sie schlugen den Weg nach Norden ein. Beim Durchqueren eines Waldes stolperten sie über die Leichen von vier Gendarmen, deren Schädel mit Äxten eingeschlagen waren. Auf einer Anhöhe erschien vor ihnen ein großer Marktflecken.

»Das ist Saint-Michel-Mont-Mercure«, sagte einer der Weber.

»Hört!«

Ein großer Tumult kam von der Anhöhe, Schreie, Gesang, Trommelschlag.

»Die Weißärsche!«

Im Schutz des Unterholzes stiegen Eichener und seine Gefährten vorsichtig den Hügel hinauf.

»Verdammt«, sagte ein Choleteser, »das ist ihre vermaledeite Marseillaise.«

Eichener hörte genau hin und erkannte, daß das Lied in Mundart gesungen wurde. »Leute, das ist unsere Marseillaise! Die Marseillaise des Poitou!«

Sie stürmten auf den Flecken zu. Der Text war jetzt gut zu verstehen, und sie sangen wie aus einem Munde mit:

»Auf denn, ihr katholischen Heere,
Der Tag des Ruhms ist angebrochen.
Gegen uns hat die Republik
Ihre blutigen Standarten erhoben,
Ihre blutigen Standarten erhoben.
Hört ihr allerorts im Land
Die unreinen Schreie der Verbrecher,
Die bis in euer Haus kommen,
Um euch Frauen und Töchter zu rauben.
Zu den Waffen, Leute des Poitou!
Schließt fest die Reihen,
Marschiert, marschiert, das Blut der Blauen
Wird unsere Ackerfurchen röten.
Was! Die schändlichen Ketzer
Wollen in unseren Häusern bestimmen!
Was! Unter den Füßen der Krämerlaffen
Sollen wir zertreten werden!
O heilige Jungfrau Maria,
Führ', stärke unsere rächende Hand,
Gegen der Feinde Klüngel,
Kämpfe mit Deinen Ergebenen ...«

Eine große Menschenmenge drängte sich in den Straßen des Marktfleckens. Seit langer Zeit hatte Eichener nicht so viele Menschen gesehen. Er war wie benommen. Sein Kopf drehte sich – gleichermaßen vor Freude und vor Hunger. Man hörte Querpfeifen, Trommeln, Dudelsäcke. Zweihundert Chouans mit den breitkrempigen, an der Seite hochgebogenen Hüten, mit weißen Kokarden geschmückt, mit langläufigen Pistolen in ihren roten Gürtelbändern; zweihundert Chouans in Holzschuhen, die Waden gefüttert mit tuchenen Gamaschen; die zweihundert Chouans sahen prächtig aus, und sie wußten es. In der Menge der Bauern, die sich an diesem Markttag im Flekken eingefunden hatten, wirkten sie wie Hähne in einem Hühnerstall. Ihr Anführer, stolz zu Pferd, mit seinem kleinen, von einer weißen Feder geschmückten Hut, seinem ordentlich geknöpften Rock, Brustkrause und Manschetten aus Klöppelspitzen, ließ sein Pferd tänzeln, als wollte er eine Vorführung geben. Eichener und seine Gefährten, eher graues, glanzloses, gerupftes Geflügel, betrachteten voller Verlangen und Wehmut diese Prahler, denen sie nicht ihre Dienste anzutragen wagten.

Plötzlich gab der Reiter mit dem kleinen, weißgefederten Hut einen Befehl, und die Chouans versammelten sich unter dem großen Lärm ihrer aneinanderstoßenden Holzschuhe. Noch bevor sich Eichener und die Weber aus Cholet versehen hatten, waren die Chouans verschwunden.

Hoch oben auf dem Berg hatten sich vor der Kirche Gruppen von Bauern gebildet. Manche streckten senkrecht aufgezogene Sensen in die Höhe, wie die, welche Eichener noch immer in der Hand hielt. Eine lebhafte Diskussion setzte ein, denn es galt, einen Pfarrhauptmann zu wählen, bevor man zu den Waffen griff. Schließlich wurde der Großknecht eines Pachthofs ausgewählt. Eine Gruppe von Männern begab sich mit Brechstangen in die Kirche, entfernte einige Grabplatten und holte aus den Gräbern dutzendweise Gewehre heraus. Allerdings reichten sie nicht für alle, und so behielt Eichener seine Sense.

Der Großknecht hob die Hand. Gut dreißig Männer, Kinder und einige junge Frauen folgten ihm. Unter ihnen Eichener und die Weber.

Sie stiegen den Hügel von Mont-Mercure hinab und schlossen sich einer anderen Gruppe an, die von Le Boupére kam und von Patauds erbeutete Munitionskisten mit sich führte. Man teilte die Patronen untereinander auf.

Eichener schloß Freundschaft mit einem der Weber: Jacques, der noch keine dreißig Jahre alt war. Im zweiten Vendéekrieg hatte er durch einen Kanonenkugelsplitter das rechte Auge verloren. Dennoch war er noch immer ein guter Schütze; jedesmal, wenn er einen Weißarsch aufs Korn nahm, bekreuzigte er sich, und vor dem Abdrücken empfahl er Gott die Seele dessen, den er töten würde.

Die Chouanerhebung dauerte bis zum Winter. Die Aufständischen waren in Schafspelze gehüllt, die breiten Krempen ihrer Hüte schützten sie vor dem Regen, das Stroh in ihren Holzschuhen wärmte ihnen die Füße, und nie in ihrem Leben hatten sie so gut gegessen, denn die Vorräte in den geplünderten Städten schienen unerschöpflich, fast täglich gab es Wein. So waren sie nicht sehr erfreut, als sie erfuhren, daß ihr oberster General, der Graf von Autichamp, mit dem neuen Herrn Frankreichs, einem gewissen Buonaparte, einen Friedensvertrag abgeschlossen hatte.

Ein jeder begab sich auf den Heimweg, hinkte über die Wege, die die Räder so vieler Karren und Kanonen aufgerissen hatten. Die Holzschuhe versanken im Schlamm, und bisweilen kam der Fuß nackt heraus, den Holzschuh hatte die Erde verschlungen. Eichener nahm den Weber Jacques mit in sein Dorf. Man hatte ihnen zwar neue Kleider gegeben, aber nach sechs Monaten Krieg kamen sie so zurück, wie sie losgezogen waren, in Lumpen und barfuß.

Als sie sich dem Dorf näherten, hörte Eichener das Hämmern der Schmiede. Er dachte an Wintersang. Was war wohl aus ihm geworden? Und aus dem alten Pfarrer mit den Haaren voller Stroh? Und aus Louise?

Die Schornsteine rauchten. In der Tür der Schmiede stand, ein rotglühendes Eisen schwenkend, das er mit einer Zange am einen Ende hielt und in ein Becken mit Wasser warf, Wintersang. Beim Anblick Eicheners ließ er aus Überraschung und Freude seine Schmiedezange fallen. »Da ich vor dir weggegangen war, kam ich auch vor dir zurück. Der patriotische Schmied hat sich mit seinem Hühnerstall davongeschlichen. Ich nutze die Gelegenheit, um ein paar Werkzeuge zu schmieden..«

»Wohin hatten sie dich gebracht?«

»Bis nach Le Mans. Aber die Chouans aus dem Maine haben die Patauds für vier Tage aus der Stadt verjagt und das Gefängnis geöffnet.«

»Ist der Dicke Müller noch da?«

»Wo denkst du hin! Noch vor dem ersten Alarm hat er sich aus dem Staub gemacht.«

»Und die kleine Louise?«

Wintersang mußte lachen. »Sie erwartet dich dort hinten. Man erwartet dich.«

Weber Jacques hatte stumm dabeigestanden, und Wintersang sah ihn ratlos an.

»Das ist der Weber Jacques. Wir waren zusammen bei den Chouans. Er kommt aus Cholet.«

»Das Dorf hat seit langem keinen Weber mehr. Sei willkommen, mein Freund.«

Eichener rannte zum Kotten. Was er da im Halbdunkel des einzigen Wohnraums auf dem farnkrautbedeckten Boden erblickte, verschlug ihm die Sprache. Die kleine Louise saß, rund wie ehedem, gegen den Kamin gelehnt und gab einem Säugling die Brust; der wandte, als er das Geräusch hörte, jäh den Kopf ab und begann zu schreien. In der entgegengesetzten Ecke des Raumes saß Léonie, auch sie hatte die Brust aus dem Mieder genommen und stillte ein anderes Kind, das der Doppelgänger des ersten zu sein schien.

»Es ist ein Mädchen«, sagte die kleine Louise. »Wir haben sie Victorine genannt, denn wir haben den Krieg gewonnen.«

Und dann, mit dem Kinn auf Léonie weisend: »Ihr Kleiner ist fast am selben Tag geboren. Also haben wir ihn Victor genannt.«

2

Als die großen Feuersbrünste erloschen, achteten in jedem Dorf die Menschen darauf, ihr Quentchen Feuer nicht zu verlieren. Ein Dorf ohne Feuer war ein totes Dorf. Man zählte nicht die Köpfe, sondern die Feuerstellen. Das Feuer war für das Haus, was die Seele für den Körper bedeutete. Noch lange sollten Eichener und seine Gefährten nicht die Erinnerung an jene vermaledeite Zeit aus dem Gedächtnis auslöschen können, da sie im Wald in finsteren Suhlen ohne Feuer zu überleben hatten, und an ihr Grauen bei der Rückkehr in die Dörfer mit den stummen Kaminen.

Sie mußten das Feuer wieder entdecken, mußten mit Steinen Funken schlagen. Und seitdem pflegten und hüteten sie dies Feuer. Der eine gab es an den anderen weiter, wie das Heilige Sakrament. Die Glut wurde unter der Asche bewahrt, weitergegeben, ausgetauscht; die Männer trugen sie in der hohlen Hand, wechselten sie hastig von der einen in die andere, um sich nicht zu verbrennen. Es war ein ständiges Geben und Nehmen von Haus zu Haus. Die Frauen, die ein Feuer nicht den ganzen Tag über unterhalten konnten, kamen bei der Nachbarin um eine Schaufel voll Glut betteln oder füllten sie in die Schalen ihrer Fußwärmer. Im Winter sah man frühmorgens die Schäferinnen aufbrechen, in einen schäbigen Umhang gehüllt und mit Spinnrocken an der Seite; in der einen Hand hielten sie einen Stock und in der anderen den Fußwärmer aus Ton, in dem rot die Glut schimmerte.

Ein Raum ohne Kamin hieß man ein blindes Zimmer. Und in den wenigen Häusern mit mehreren Zimmern hatte nur ein einziges, der Gemeinschaftsraum, seine beiden Augen geöffnet, das heißt: Die Wärme und das Licht aus dem Kamin, vor dem die gesamte Hausgemeinschaft ihre Abende verbrachte.

Vor dem Krieg besaß jedes Heim einen Anfacher, ein langes schmiedeeisernes Rohr mit einer kleinen Harke am Ende zum Schüren. Der Anfacher ersetzte den Blasebalg. Man kniete sich vor den Kamin, blies in das Eisenrohr und fachte so das Feuer an. Seit Ende der Kämpfe benutzte man dazu alte Gewehrläufe oder ersatzweise Holunderstöcke.

Zwei- oder dreimal in der Woche kam man unter Nachbarn zusammen, um gemeinsam im Halbdunkel die Abende zu verbringen. In Eicheners Heuerhaus fanden sich Wintersang und seine Frau mit dem Mausgesicht ein, und auch Weber-Jacques gesellte sich hinzu.

Wintersang erzählte von seiner Gefangenschaft in Le Mans, von dem lustigen Leben mit dem Herrn von Charette, vom flachen Land der Sümpfe und vom Geruch der Salzgärten, dort in der Ferne, wo die Sonne untergeht.

Weber-Jacques sagte: »Der Stoff ist der wahre Reichtum, gleich nach der Erde. Ihr, die Bauern, ihr sät den Flachs und den Hanf, und doch hat niemand mehr von euch Tuch. Die Bettler waren in früheren Zeiten besser bekleidet als wir heute.«

Voller Staunen hörten Eichener und Wintersang ihren Freund Jacques von den vierzigtausend Webern in Cholet erzählen, die an den zwölftausend Webstühlen der Stadt der Tücher arbeiten. Wie sollte man sich zwölftausend Webstühle vorstellen können? In der Regel gab es nur einen einzigen Webstuhl in einem Dorf. Zwölftausend – so viele Dörfer gab es im ganzen Poitou nicht.

»Die Kellergewölbe waren mit Webstühlen vollgestellt«, erklärte Jacques. »Sehr dicht, so dicht beieinander, daß man kaum um sie herumgehen konnte und man drei- bis vierjährige Kinder einstellen mußte, die unter die Gestelle krochen, um die Fäden aufzulesen. Trotz der Harzfackeln war es dort so duster, daß einem die Augen schmerzten. Es war so feucht, daß man husten mußte, man Fieber bekam und die Hälfte von uns an Blutsturz starb. Als wir sahen, daß unsere Fabrikanten sich zur Republik bekannten, da haben wir schnell begriffen, daß diese Republik nicht für uns gemacht war. Die Bauern, die kannten wir gut, denn bei unseren Hungerlöhnen waren wir gezwungen, uns bei der Ernte und der Weinlese zu verdingen. Auch wir haben uns zu Räubern und Aristokraten gemacht.«

»Der Vendéekrieg ist ein Krieg der Arbeiter und Bauern«, pflichtete Wintersang bei. »Auch ich bin Arbeiter.«

»Das ist ein Krieg der Bettler gegen die Bourgeoisie und die Städter«, sagte Eichener. »Die haben sich geschlagen, weil sie alles wollten. Wir haben uns geschlagen, weil wir nichts wollten.«

Die Mehrzahl der Dienstmägde, die mit den Banden von Les Herbiers gegangen waren, kehrten nicht ins Dorf zurück; ebensowenig der narbenübersäte Schmied und die im dritten Krieg gefallenen Männer. Der Müller baute seine Mühle wieder auf und waltete im Rathaus im Namen des Ersten Konsuls seines Amtes, so wie zuvor im Namen des Direktoriums und davor im Namen der Konvention. Da Buonaparte eine Amnestie für die Vendéer und Chouans erlassen und mit dem Papst das Konkordat abgeschlossen hatte, das die Religionsfreiheit gewährleistete, war der Müller-Bürgermeister wohl oder übel gezwungen, dem alten Pfarrer mit Ehrerbietung zu begegnen. Dem war es gelungen, die brutale Behandlung durch die Soldateska zu überleben. In Anbetracht seines hohen Alters war er nicht in die Strafkolonie von Cayenne verschleppt worden, sondern in das Lager auf der Insel Ré.

Der alte Pfarrer nahm wieder die Kirchenscheune in Besitz und ließ als erstes die versammelten Dörfler (mit Ausnahme des Bürgermeisters) das ›Vexilla Regis‹ singen.

Er stieg auf ein Faß und hielt eine lange Predigt, die gleichzeitig das Wort zur Wiedervereinigung sein sollte. »Meine lieben Kinder! Das ›Vexilla Regis‹, das ihr so oft auf euren langen siegreichen Märschen angestimmt habt, ist die Hymne auf das Kreuz, aber auch die Hymne auf den Baum, der den Heiland der Welt getragen hat. Gott herrscht durch den Baum unserer Wälder. Der Wald hat uns vor den Bösen versteckt. Der Wald hat uns vor den Qualen bewahrt.«

Glücklicher Wald! Er hatte dem Ansturm der Patauds standgehalten, er sollte die Rückkehr des Grafen nicht überleben. Man hatte ihn vergessen, den, der schon 91 emigriert war. Sobald er in Nantes angekommen war, wo er von seinen Pachtzinsen lebte, mietete er eine Kutsche mit zwei feurigen Pferden, um »seine Dörfer« abzufahren. Denn wie alle Adligen (außer den armen Adligen, die sich mit ihren Bauern den Chouans angeschlossen und sich somit ruiniert hatten) war er Eigentümer ganzer Dörfer und der umliegenden Ländereien und Wälder. Er kam eines Tages um die Mittagszeit an, mit dem gewaltigen Lärm eisenbeschlagener Räder und Peitschengeknall. Sein Verwalter begleitete ihn. Während der Kutscher die Pferde ausspannte, erkundigte er sich laut schimpfend nach dem Verbleib des Bürgermeisters, der bei seiner Ankunft nicht zur Stelle war, verzog beim Anblick des zerstörten Dorfes das Gesicht zu einer Grimasse.

Der Bürgermeister kam ohne besondere Eile herbei, trat vor den Grafen, ohne sich zu verbeugen, und sagte: »Sie wissen sicher, Herr Graf, daß die Titel für die Nationalgüter durch den Ersten Konsul bestätigt worden sind. Sie können Ihre Ländereien wieder in Besitz nehmen, ausgenommen jene, die ich rechtmäßig erworben habe.«

Der Graf zuckte mit den Schultern und spuckte in sein Spitzentaschentuch. »Verwalter, lesen Sie ...«

»Dorf mit sechzig Feuerstellen, elf Pflügen. Von sechshundertfünfzig Morgen Land sind zweihundertsiebzig ausgesät ...«

»Das Dort hat nur noch an die dreißig Herdstellen und fünf oder sechs Schwingpflüge.«

Der Verwalter fuhr fort: »Waldungen, Obstbäume, Weizenanbau in geringem Maße, Esel und Maultiere, Waldbestand in der Wolfsschlucht ...«

»Die Wölfe haben die Schlucht verlassen, Herr Graf, und bewohnen jetzt Ihre Ruinen. Die Esel und Maultiere sind aufgefressen worden. Es bleibt uns gerade genug Weizen für eine neue Aussaat. Die Obstbäume sind abgeholzt, und die einzige Hoffnung sind die Schößlinge ...«

»Man schuldet mir zehn Jahre Pachtzins. Mein Verwalter ...«

»Herr Graf, man schert kein Ei. Die Leute hier haben während Ihrer Abwesenheit schlechte Gewohnheiten angenommen, und es ist meine Pflicht, Ruhe und Ordnung aufrechtzuerhalten. Ich habe keine Lust, Ihren Verwalter an ein Scheunentor genagelt zu finden.«

»Dann schere ich eben den Wald. Ihr habt ihn nicht gekauft, Müller, soviel ich weiß. Die Arbeitskräfte sind billig in Nantes. Ich werde euch Holzhauerkolonnen schicken. Alles in allem sind diese Bäume ohnehin zu nichts gut und können mir einige Louisdor einbringen.«

»Herr Graf«, sagte der Müller-Bürgermeister mit spöttischem Unterton, »es gibt keinen Louis mehr.«

Der alte Pfarrer kam hinzu: »Herr Graf, der Wald hat uns vor den Republikanern geschützt. Ohne ihn gäbe es heute hier weder Bauern noch Pfarrer.«

»Ihr werdet mir doch nicht sagen wollen, daß der Herr Bürgermeister sich mit euch im Wald versteckte.«

Der Pfarrer schwieg.

»Also seht Ihr selbst, daß man sich auch anderswo verstecken konnte. Wohlan, ich muß meine Rundfahrt fortsetzen. Kutscher, die Pferde ...«

Eines Morgens gegen drei Uhr wurde das Dorf vom Lärm genagelter Pantinen geweckt. Im Schein ihrer Fackeln kamen die Holzfäller daher, arme Schlucker in Lumpen, manche barfuß, mit Frauen und Kindern, die ihre ganze Habe in einem Bündel mit sich trugen. Da niemand ihnen den Weg zum Wald weisen wollte, mußten sie bis zum Tagesanbruch im Dorf warten, niedergekauert und aneinandergeschmiegt wie verängstigte Schafe.

Das Dorf mußte sich an das Dröhnen der Axthiebe, das Getöse der Bäume, die im Niederbrechen die Äste zerdrückten, gewöhnen. Eines Tages hielt es Eichener nicht mehr aus und ging nachsehen.

Eine breite Schneise fraß sich schon tief in den Wald. Die Holzfäller hatten sich mit Rundhölzern Hütten gebaut, die sie mit Schindeln aus Borken abgedacht hatten. Darin lebten sie zu mehreren Familien, jede auf einer Schlafstatt aus Farnkraut. Die Männer schlugen die Bäume mit der Axt, die Kinder ästeten sie mit der Heppe ab, und jeweils zwei Frauen zersägten sie mit der Strecksäge.

Eichener ging auf zwei bärtige Holzfäller zu, die ihre Axt in der Hand behielten, wie um sich zu verteidigen. »Ihr kommt von der anderen Seite des Stroms?«

»Ja.«

»Ich bin auch von dort gekommen.«

Als Eichener die Holzfäller reden hörte, erinnerte er sich mit einemmal an einige Wörter, die aus seiner verschütteten Vergangenheit emporstiegen. Zu seiner großen Verwunderung brachte er sie so vor, als spräche sie ein anderer aus. So faßten die Holzhauer Vertrauen zu Eichener und folgten ihm in den Wald, durch das Dickicht, bis zu einer mächtigen Eiche.

Er streichelte die Rinde, riß Efeuranken ab, fuhr mit seiner Hand über den Baum, so wie man die Flanke eines zahmen Tieres liebkost, verschwand dann im Inneren des Baums. Er trat wieder ins Freie und schüttelte sich mit drohender Gebärde: »Wenn Ihr an meine Eiche rührt, dann werdet Ihr zu schwarzen Hunden, Werwölfen und eure Frauen zu Kröten und Hexenweibern.«

Die beiden Holzfäller brummten, spuckten auf die Erde.

»Eichener nennt man mich hier. Weil ich sozusagen aus ihrem Bauch gekrochen bin. Als das Ungeheuer Turreau die Vendée ausblutete, hat mich die Eiche in ihre Arme geschlossen wie ein kleines Kind.«

»Wir werden auf deinen Baum aufpassen, Landsmann.«

Als sie wieder in das Lager der Holzfäller gelangt waren, holte einer von ihnen aus der heißen Asche eine Art Frucht und reichte sie Eichener.

Eichener hielt in seiner Hand die seltsame, glühend heiße Frucht; ihre Schale war so kroß wie Brotkruste.

Die Holzfäller holten weitere Früchte aus der Asche und aßen sie. Eichener kostete, fand, daß sie nach Mehl schmeckte, und bewahrte sie auf, um sie dem Pfarrer zu zeigen.

Das Dorf gewöhnte sich an den Frieden. Zwischen der Alten Zeit, verkörpert durch den Pfarrer, und den neuen Zeiten, die im Zeichen des Müller-Bürgermeisters standen, stellte sich ein Gleichgewicht her. Wintersang war nun der richtige Dorfschmied. Schon früh am Morgen hörte man seine Hammerschläge und gegen zehn Uhr seine ersten Lieder. Zu den drei Kindern seiner Frau war ein kleiner Pierre hinzugekommen, ihrer beider Kind, das der Pfarrer bei seiner Rückkehr aus der Strafkolonie getauft hatte. Weber-Jacques hatte sich in den zerfallenen Gemäuern, die neben Eicheners Kotten lagen, einen Webstuhl gebaut. Er lebte dort mit Léonie, die nicht mehr weinte, und dem kleinen Victor.

Victor und Victorine, beide voller Leben und unzertrennlich, strotzten vor Gesundheit. Das Kind der Vergewaltigung war mit seinen fünf Jahren schon groß genug, um die drei Schafe, die Ziege und die Kuh hüten zu können. Sein seltsam gestrecktes Gesicht mit der langen Nase, das an eine Hundeschnauze erinnerte, hatte ihm einen Spitznamen eingetragen, der für immer seinen Vornamen verdrängte, falls er überhaupt jemals einen solchen besessen hatte: Wolfskopf.

Ein weiteres Kind kam in Eicheners und Louises Haus. Es wurde Henri genannt, selbstverständlich zum Andenken an den Herrn Henri de la Rochejaquelein, der im Alter von zweiundzwanzig Jahren durch eine Kugel starb, die ihn mitten in die Stirn traf.

Die menschenscheue Alte, die sich in der Scheune mit dem löcherigen Dach verschanzt hatte, ging schließlich den Gang allen Fleisches. Man begrub sie tief in der Erde hinter der Kirchenscheune, aber sie kam dennoch allnächtlich zurück und scharrte an der Tür der Eicheners, ohne Furcht vor den Wölfen, die noch immer herumschnüffelten, sobald die Dämmerung hereinbrach.

Die blinden Pferde arbeiteten für die ganze Dorfgemeinschaft. Niemand wollte sich auch nur eines aneignen. Sie flößten noch immer etwas Angst ein, besonders ein Apfelschimmel, der, wenn man ihn zu reiten versuchte, einen unversehens in das Brunnenbecken warf, genau wie das Zauberpferd Malet, das er wohl auch war. Louise wußte wohl, wie man sich vor dem Pferd Malet schützen konnte: man mußte eine Handvoll Klee auf den Gargantua-Stein legen. Der befand sich jedoch in der Wolfsschlucht. Das war der Dolmen, auf dem der alte Pfarrer die Messe las, als sie im Wald Unterschlupf gefunden hatten. Zwischen der Furcht vor dem Pferd Malet und der Furcht vor dem Wald mit den Holzfällern aus dem Norden zog Louise es vor, sich zu bekreuzigen, wenn sie dem Apfelschimmel begegnete, der sie mit seinen erloschenen Augen anstarrte.

Eichener zeigte dem alten Pfarrer die seltsame, heiße Frucht, die ihm die Holzfäller gegeben hatten.

»Wirf das sofort weg, mein Sohn! Das ist ein Apfel des Teufels, ein Apfel aus der Erde geboren und nicht am Baum, so wie die Äpfel des Paradieses. Im Lager auf der Insel Ré warf man uns diese giftigen Früchte in unsere Tröge. Alle, die davon aßen, sind gestorben.«

Es galt, alles neu zu erfinden. Alles mußte neu aufgebaut werden. Die Axthiebe im Wald erschienen um so schmerzlicher – sie taten so weh, als hätten sie den eigenen Leib getroffen –, als man ja das Holz benötigte für alle fehlenden Gebrauchsgegenstände, Werkzeuge, Dachstühle und Möbelstücke, die man zu schreinern anfing, für die Karren, die Wintersang sich anschickte herzustellen. Die Beschlagnahme des Waldes durch den Grafen erschien genauso ungerecht wie seinerzeit die Aushebung von Wehrpflichtigen für die Armeen der Republik. Man hörte, wie die noch nicht entrindeten Stämme durch die schlammigen Schlaglöcher in Richtung der befahrbaren Landstraße gerollt wurden, die von Nantes bis La Rochelle die Vendée in zwei Hälften teilte.

Louise bat Eichener, ihr eine Truhe zu schreinern, denn Eichener hatte in der Tat unter einem Haufen von Trümmern den Backofen des Kotten wiederentdeckt und ihn instandgesetzt. Sie würden also ihr eigenes Brot backen können.

In früheren Zeiten schreinerte man sich die Brottruhe aus

dem Holz des ältesten Kirschbaums im Obstgarten. Man würde warten müssen, bis die Kirschbäume nachwuchsen. In diesem Jahr hatten sie schon die Güte besessen, zum ersten Mal seit den höllischen Kolonnen zu tragen. Eichener schreinerte die Truhe aus Nußbaumbrettern, die er unter den Trümmern gefunden hatte, und füllte sie mit Gersten- und Roggenmehl, zwei Drittel Gerste, ein Drittel Roggen.

Louise knotete um ihre runden Hüften eine Schürze aus weißem Tuch, das Weber-Jacques gerade fertiggestellt hatte. Sie machte eine Vertiefung in das Mehl und gab ein Stück Sauerteig hinein, goß ein wenig Wasser aus dem Kochkessel hinzu, knetete den Teig, dann wickelte sie ihn in ein weißes Handtuch und schloß den Deckel. Am nächsten Tag rief Eichener, kaum vom Farnkraut aufgestanden: »Ist der Teig aufgegangen?«

Ein Glücksschauer durchzog Louise. Sie fühlte sich Frau. Sie fühlte sich vollkommen als Frau dieses Mannes, der genauso rief wie einst ihr Vater auf dem Hof dort unten auf halbem Wege vom Dorf zum Wald.

»Ist der Teig aufgegangen?«

Während Eichener in der Truhe den Teig für sechs bis acht Zehnpfundbrote durchknetete, bestäubte Louise die an den Abenden aus Roggenstroh geflochtenen Teigkörbe, in die Eichener dann den zerteilten Teig legen sollte.

Sodann zündete er das Feuer im Backofen mit Ginsterzweigen und Reisig aus Heckenholz an.

Angezogen von dem guten Duft nach warmem Brot kamen Weber-Jacques und Léonie aus ihrer Behausung. Alle vier betrachteten nachdenklich den Backofen, als ob da ein Wunder geschehen sollte, und es geschah ja auch eine Art Wunder durch die Verwandlung des Korns in Brot, dies Brot, ihre wichtigste Nahrung, die sie allem anderen vorzogen. Neben dem Brot aßen sie Knoblauch und Zwiebeln, Hirse, die in irdenen Mörsern gestoßen und mit Milch oder Sauermilch zu zähflüssigem Brei verrührt wurde.

Bei Eichener gab es dank der Kuh und der Ziege etwas Butter und Käse, die sie aber als Zinsabgabe ausnahmslos an den Müller-Bürgermeister abführten. Sie behielten nur so viel Milch zurück, wie sie für die Kinder brauchten, für den mit Gerstenmehl verdickten Brei, und für ihre Suppe aus Sauermilch und eingeweichtem Brot, die im Winter die Gemüsesuppe ersetzte.

Als Getränk mochten sie gern das Wasser aus ihrem Brunnen, das sie aus einem Steinkrug tranken, ohne ihn an den Mund zu setzen. Aber noch immer waren viele Brunnen von verwesten Leichen vergiftet, und diesmal waren Bürgermeister und Pfarrer derselben Meinung, sie verboten den Genuß des Wassers und empfahlen für die Übergangszeit, bis die Reben Früchte trügen, ein Getränk aus Eschenblättern, das sie ganz einfach Eschentrank nannten.

Da man einen Weber hatte, baute man wieder Hanf an. Die Hanfäcker lagen im allgemeinen direkt hinter dem Gemüsegarten. Der Flachs hingegen wurde auf offenem Feld angebaut. Die jüngsten Frauen des Dorfes setzten sich zusammen, um ihn zu brechen. Die weniger jungen sponnen den Hanf mit dem Spinnrad oder der Kundel. Jacques webte grobe rauhe Tücher aus dem Hanfwerg; dabei vermied er es peinlich, auch nur einen einzigen Faden fallen zu lassen, aus Angst, zur Strafe dafür allnächtlich mit den Gnomen das Gewebe wieder auflösen zu müssen. Mit dem Flachs webte er feine Stoffe, und er dachte dabei an die Körper der Frauen, die sie bekleiden würden.

Eines Tages, zur trägen Stunde der Mittagsruhe, wurde das Dorf jäh aus dem Schlaf gerissen: Lärm von Karren, Geschrei, Glockengebimmel der Maultiere. Man sah einen Zug schwer beladener Wagen mit Frauen, Kindern, Federvieh, Schweinen, Haushaltsgeräten, Werkzeug. Sie gaben sich als Holzschuhmacher aus. Die Holzschuhfabrikanten aus Nantes hatten dem Grafen eine Parzelle Wald abgekauft, und nun waren sie gekommen, um sich hier niederzulassen.

Niemand wollte ihnen den Weg zeigen, sie suchten jedoch den Müller-Bürgermeister auf, wiesen Schriftstücke vor, und der mußte sie wohl oder übel durch die verschlungenen Hohlwege führen.

Und aufs neue erklang der Schlag der Äxte. Man hörte das Stöhnen der Bäume. Man hörte, wie sie röchelten, auseinanderrissen und schließlich mit einem Aufschrei der Länge nach, mit gekreuzten Armen, zu Boden schlugen.

Eichener konnte nicht mehr an sich halten und ging nachsehen. Die Holzschuhmacher hatten Hütten aus Lehm und Ästen gebaut. Aus dicken Stubben hatten sie sich Hauklötze und mit geschältem Holz Werkbänke angefertigt. Jede Familie war auf einen Arbeitsgang spezialisiert. Die des Grobhauers schlug den Kloben auf die Länge eines Holzschuhs zurecht. Die des Höhlers hub mit dem Stangenbohrer das aus, was das Innere sein sollte. Die des Zurichters machte die letzte Feinarbeit. Frauen und Kinder waren allesamt an der Arbeit beteiligt, die einen schafften das Holz herbei, die anderen schälten mit der Dexel die Absätze heraus oder reichten den Höhlern das Arsenal von Schnitzlöffeln.

Der Wald wurde allmählich löchrig. Der Einschlag der Holzfäller und dann der Holzschuhmacher hinterließ schon große Lichtungen, mit leeren Blockhäusern und Hütten, denn Holzfäller und Holzschuhmacher ließen ihre Lagerstätten zurück, wenn der Schlag beendet war, um weiterzuziehen und dort, wo sie arbeiteten, neue aufzubauen.

Eichener stattete seinem Baum einen Besuch ab, der nun allein stand, aufrecht, inmitten kreuz- und querherumliegender abgeästeter Stämme. Eichener hatte nichts von den Holzschuhmachern zu befürchten, die nur weiches Holz suchten: Erlen, Buchen, Birken, und die niemals in Eichenholz bohrten. Als er wieder durch das Lager kam, sah er unter den Kesseln in der Asche diese erdfarbenen Äpfel, die auch die Holzfäller aßen. Die Leute des Waldes hatten ohne Zweifel Mägen wie Wildschweine.

Henri und Wintersangs Pierre, die im selben Jahr, nur wenige Monate auseinander, geboren waren, konnten beide noch nicht laufen. Wenn sich die beiden Elternpaare auf den Weg zur Arbeit machten, stellte man sie, den einen neben den anderen, in kleine Bütten, mit Strohkissen gefüllte ausgehöhlte Baumstümpfe, durch die sie aufrecht gehalten wurden. So wie Victor und Victorine gewöhnten sie sich an, sich für Geschwister zu halten. Da sie noch nicht sprechen konnten, mußten sie sich damit begnügen, sich anzuschauen. Ihre Hände waren in der Bütte festgebunden, so konnten sie sich nicht berühren. Von Zeit zu Zeit aber gerieten sie wegen der Krätze, der Läuse, des Urins, in dem sie standen, so in Aufregung, daß sie schrille Schreie ausstießen, was für ihre Eltern ein Zeichen guter Gesundheit war.

Victor und Victorine, die ihr zweites Lebensjahr vollendeten, trugen Kleider mit Lätzchen und eine runde Kappe mit dickem Rand, der beim Fallen ihren Kopf vor dem harten Aufschlagen schützte. Um den Hals trugen sie eine Kette aus Knoblauchzehen gegen die Würmer und Maulwurfpfoten, um ihnen Zahnschmerzen zu ersparen. Bald krochen sie auf allen vieren, bald torkelten sie, manchmal marschierten sie munter drauflos: Sie versinnbildlichten das Schwanken und die Hoffnungen des neuen Jahrhunderts, das gemeinsam mit ihnen angefangen hatte.

Die Wiedergeburt des Dorfes begann eigentlich erst richtig mit der Einweihung der Mühle. Oben auf dem Hügel ächzten die hölzernen Flügel wie die Masten eines Schiffes. Die schiefwinkligen Segel klatschten im Wind. Der Müller, der wieder zu seinem dicken Bauch gekommen war, seine Frau, die ihren üppigen, nach Art der Städter tief ausgeschnittenen Busen mit Goldschmuck behängt hatte, seine Kinder, die in falbelbesetzte Kleider und schwarze Samthosen gezwängt waren, standen stramm wie auf dem Kasernenhof vor der Mühle, deren Flügel zu drehen begonnen hatten.

Die gut hundert Dorfbewohner strömten vollzählig auf die Anhöhe zu. Sogar der alte Pfarrer, mit einem Eimer in der Hand und seinem Weihwasserwedel für die Segnung.

Aber der Müller-Bürgermeister kam ihm zuvor: »Bloß kein Weihwasser auf mein Mehl, Pfarrer; das gibt Schimmel!«

Der Pfarrer war ganz betreten mit seinem Eimer und seinem Weihwedel, murmelte aber doch einige Gebete vor sich hin.

Der Müller-Bürgermeister hielt eine Rede, in der er von Vaterland und Tugend sprach, und dann kündigte er händereibend an: »Bürger, der Wald wird nicht kahlgeschoren. Die Schäden sind zwar schon beträchtlich, aber ich habe Antwort erhalten vom Präfekten von Fontenay-le-Peuple auf meine berechtigte Klage bezüglich der Verwüstung, die der vormalige Graf angestellt hat. Es hat den Anschein, daß die Emigranten, die dank der Milde des Ersten Konsuls zurückkehren dürfen, allerorts die Wälder abholzen, um Geld zu machen, das sie mit ins Ausland nehmen. Der erste Konsul hat soeben ein Dekret erlassen, um dem Waldschlag Einhalt zu gebieten. Wir werden unsere Bäume behalten.«

Aus hundert Kehlen stieg das Hipp-Hipp-Hurra, dieser Freudenschrei des Bocage, der einst den Weißärschen Angst und Schrecken eingejagt hatte und den man, von Hügel zu Hügel getragen, so weit hörte, daß die armen Holzfäller und Holzschuhmacher augenblicklich die Arbeit fallen ließen, vor Entsetzen und bösen Vorahnungen wie gelähmt.

Wintersang, Weber-Jacques und einige andere bildeten aus

dem Stegreif eine Musikkapelle. Wintersang hatte sich aus einem Holunderzweig eine Schalmei geschnitzt und Jacques aus Schilfrohr eine Querflöte. Ein Pfarrmitglied, das unten in der Senke zu Haus war, spielte auf einer Oboe aus Eschenholz; ein anderer, der auf dem Teichhof arbeitete, auf einer Pfeife aus Borke.

Die Frauen stellten sich sogleich auf die eine Seite, die Männer auf die andere, und man tanzte eine Gavotte. Man hüpfte zu zweit, vollführte Luftsprünge, tanzte im Reigen. Die Kinder machten es den Großen nach. Und die Hunde (denn die Hunde, die es nicht geschafft hatten, Wölfe zu werden, waren zurückgekehrt) begleiteten die Musikanten mit ihrem Gekläffe. Man tanzte, wie üblich, bis zur völligen Erschöpfung, noch lange nachdem der dicke Müller mit seiner kostümierten Familie nach Hause gegangen war, noch lange nach dem Abgang des alten Pfarrers, der ganz betrübt mit seinem Eimer und Weihwedel herumgestanden hatte. Man tanzte sogar noch nach Einbruch der Dunkelheit, dann sank alles todmüde in das Gras rings um die Mühle und blieb liegen, bis der Hahnenschrei die vom Morgentau triefend nassen Pfarrkinder weckte.

Die Holzfäller und Holzschuhmacher verschwanden, einer ausgenommen, der ganz allein ins Dorf kam, mit seiner Werkzeugkiepe auf dem Rücken, und fragte, ob ein Holzschuhmacher dort Beschäftigung finden könnte. Bis dahin hatte man die Holzschuhe selbst hergestellt, aus dicken Pappelästen. Aber es galt noch viele Häuser wiederaufzubauen, und wenn dieser Holzschuhmacher beherzt zugreifen könnte, hätte er wohl schon – warum nicht – alle Hände voll zu tun. Zur selben Zeit fand Eichener beim Umpflügen eines Ackers eine Axt aus geschliffenem Stein.

Am Abend zeigte er sie dem Weber-Jacques, der sagte: »Da hat eine Fee ihren Donnerstein verloren. Leg ihn unter dein Dach, dann wird bei dir kein Blitz einschlagen.«

Am selben Abend wurde die Gemeinde von einem Gewitter heimgesucht, die Pfarrkinder mußten unweigerlich an den Kanonendonner von früher denken, und eine Feuerkugel schlug in Weber-Jacques' Behausung ein. Es blieb ihm gerade noch Zeit, nur mit einem Hemd bekleidet, sich, Léonie und den kleinen Victor in Sicherheit zu bringen, da stand schon das Dach in Flammen, und wieder stürzten die neu errichteten Mauern ein.

Am drauffolgenden Tag stieß der Bauer, der in der Senke wohnte, auf dem Rückweg von einer Brache auf ein blökendes und erschöpft daliegendes Lämmchen. Voll Freude über dies Geschenk des Himmels lud er es auf seine Schultern; je näher er aber dem Dorfe kam, desto schwerer wurde das Lämmchen. So schwer, daß er mit einemmal begriff, daß er einem bösen Zauber anheimgefallen war. Er strauchelte unter dem Gewicht und lag, eh er sichs versah, in einem Dornenbusch; das Lamm machte sich unterdessen mit einem schallenden Gelächter davon.

Nach den Hunden kehrten die Katzen zurück. Man versuchte, sie zu verscheuchen, denn Katzen sind, ganz wie die Hasen, Geschöpfe des Teufels. Nach dem Donnerstein und dem Schaf begriff man, daß der Böse aufs neue der armen Welt übel mitspielen wollte. Aber die Katzen wanden sich wie Schlangen, verschwanden in den Mauern, kletterten auf die Bäume.

Da sie es sich nun einmal in den Kopf gesetzt hatten zurückzukommen, hätte es mindestens des Ungeheuers Turreau bedurft, um ihnen das Leben in der Menschengesellschaft zu verleiden.

Das Maß war voll, als jener, der auf dem Teichhof arbeitete, eines Abends blaue Gespenster aus dem trüben Wasser aufsteigen sah.

Man suchte den alten Pfarrer auf. Der nahm seinen Eimer und Weihwedel und kam feierlichen Schrittes herbei, gefolgt von zwei Dutzend Pfarrkindern, die unablässig ihren Rosenkranz durch die Finger gleiten ließen, den sie noch immer als Kette um den Hals trugen.

Der alte Pfarrer schwang seinen Wedel, besprengte den Teich mit Weihwasser und rief laut: »Ihr Exkommunizierten, Zauberer, Hexer, ihr alle, die ihr schwarze Magie betreibt, tretet heraus!«

Nichts trat heraus. Vielmehr setzten die blauen Gespenster an diesem Abend, wie auch an allen folgenden Abenden, ihre Tänze auf dem Wasser fort.

Man suchte den Müller-Bürgermeister auf. Der verordnete, daß das Wasser wohl zu schmutzig wäre und daß ihm Dämpfe entstiegen, daß man folglich den Teich leeren und reinigen müßte.

Ein jeder fand diese Antwort unsinnig und ging nach Hause. Jedoch begnügten sich die blauen Gespenster nicht mehr damit, aus den stehenden Gewässern herauszutreten, sie erweckten auch die anderen Nachtgeister. Man wurde vom Knirschen sich drehender Steine aus dem Schlaf gerissen, durch die Bleuelschläge der Wäscherinnen der Nacht. Und Käuze schrien von den Dächern.

Der Müller-Bürgermeister bestand auf seiner Ansicht, daß der Teich gesäubert werden müßte. Wer würde sich trauen?

Die Schmiede standen im Ruf, den Teufel nicht zu fürchten, hatten sie doch wie er mit dem Feuer zu schaffen; also versuchte der Müller-Bürgermeister, Wintersang zu überreden.

»Schau, mein Junge, du wirst mir doch nicht weismachen wollen, daß du an diese Ammenmärchen glaubst! Meinetwegen kannst du ja auf deinen alten Pfarrer hören, schließlich hat der Erste Konsul höchstpersönlich das Konkordat mit dem Papst abgeschlossen, aber du glaubst doch nicht im Ernst an Hexerei?«

Wintersang dachte lange nach und sagte: »Mag wohl sein, daß es keine Hexen gibt, aber Sie werden mir nicht erzählen, daß es keine böse Welt gibt.«

»Nun gut, aber ihr könnt nicht weiter so verängstigt herumsitzen. Ich sage euch, daß dieser Teich geleert werden muß. Er stinkt so sehr, daß ihr euch noch die Pest holen werdet. Also, da sich niemand freiwillig bereitfindet, ordne ich an, daß eine Mannschaft gebildet wird, und zwar von den Fremden ...«

Von den Fremden? Von welchen Fremden? Wintersang begriff nicht. Meinte der Müller-Bürgermeister die Holzfäller und Holzschuhmacher, die doch alle schon weg waren? Bis auf einen, das ist wahr ... »Von welchen Fremden, Herr Bürgermeister?«

»Nun ja, Eichener, der Weber, der Holzschuhmacher.«

Wintersang verstand mit einemmal, was die Vorzeichen bedeuteten. Sie kündigten den Bruch der Einheit des Dorfes an, einen ersten Riß in dem bedingungslosen Zusammenhalt der Überlebenden des großen Blutbads.

In der Tat war seit Beginn des Konsulats der alte Pfarrer, der sie aus dem Wald herausgeführt hatte, kein Noah mehr. Den Müller mochten sie nicht, aber gleichwohl war von nun an die Macht aufgeteilt zwischen dem Priester und dem Bürgermeister. Sie spielten sie gegeneinander aus, indem sie von dem einen verlangten, was ihnen der andere nicht zugestand.

Wintersang, Weber-Jacques, Eichener und der Holzschuhmacher gingen also den Teich leeren. Eine Unmenge menschlicher Gebeine trat im Schlamm zutage, mit Fetzen von blauen Uniformen.

So wurden der Retzer Wintersang, der Choleteser Weber, der Holzschuhmacher aus der Gâtine und Eichener aus der Eiche für das Dorf Fremde. Obwohl sie mit den Töchtern des Dorfes Familien gegründet hatten, ausgenommen der Holzschuhmacher natürlich, der gerade erst gekommen war. Noch viele Jahre später, als die Könige wieder auftauchten, mußte sich der schon betagte Eichener, der kaum aus dem Dorf herausgekommen war, von Neuankömmlingen sagen lassen: »Ihr, Vater Eichener, der Ihr nicht von hier seid ...«

So ist der Lauf der Dinge ... So sind die Leute ...

3

Eines Morgens, im Jahre 1803, brachte der Westwind ausnahmsweise nicht jenen feinen Nieselregen, der nichts andres ist als eine zarte Liebkosung der See; an diesem Morgen trug er seltsame Klänge heran, die die Kinder unter zehn Jahren noch nie gehört hatten. Mitten in die Stille des Morgengrauens läuteten die Glocken zum Angelus.

Alle Kirchen des Bocage hatten 1793 ihre Glockentürme verloren, mit Ausnahme einiger weniger, die die Patauds gekauft hatten, um sie zu Spitälern oder Munitionslagern zu machen. Die Kirche des benachbarten Marktfleckens war eine dieser wenigen. Wie sie da feierlich zu ihrer Wiederauferstehung läutete, gab sie den umliegenden Dörfern zu verstehen, daß sie nun nicht mehr allein sein würden.

In den Hohlwegen entstand ein reges Kommen und Gehen. Man wollte wissen, was es Neues gab. Selbst der alte Pfarrer machte sich zu Fuß auf den Weg zum Marktflecken, um aus nächster Nähe die Glocken zum Abendangelus läuten zu hören. Zutiefst entrüstet kam er am darauffolgenden Tag zurück und versammelte sogleich seine Pfarrkinder in der halbzerfallenen Scheune, die noch immer als Kirche herhalten mußte.

»Meine Söhne und meine Töchter! Ich habe euch eine ernste Nachricht zu unterbreiten. Seine Eminenz der Bischof von Luçon hat das Konkordat verworfen. Buonaparte hat dem Heiligen Vater die Unterschrift abgepreßt. Die Eindringlinge, die ohne Weihe das Priesteramt ausüben, sind in ihren Pfarren bestätigt. Der Friedensrichter im Marktflekken, ein abtrünniger Mönch, spricht nur Recht, wenn er dafür in Wein bezahlt wird. Nicht nur ist das Ehescheidungsgesetz beibehalten, jetzt haben die Geschiedenen sogar das Recht, sich erneut kirchlich trauen zu lassen. Die von den Patauds gestohlenen Kirchengüter werden nicht zurückerstattet. Weiterhin wird von den Geistlichen verlangt, daß sie den Eid auf die weltlichen Behörden schwören. Davon wollen sie einfach nicht ablassen, diese verdammten Patauds! Stellt euch vor, ich würde einen Eid auf den Müller leisten. Meine Söhne und meine Töchter! Ich werde immer euer Pfarrer bleiben. Gar viele Generäle der Republik haben wir schon vorübergehen sehen. Ein gutes Dutzend von ihnen hat die Gebeine auf unserer Erde lassen müssen. Der General Buonaparte, der wird auch vorübergehen.«

Das zweite bedeutende Ereignis kam vom Holzschuhmacher. Der hatte sich in einer ganz in der Nähe von Wintersangs Schmiede gelegenen Ruine eingenistet, in der er sich notdürftig eine trockene Ecke zurechtgemacht hatte. Auf einem Teil des Geländes, das er von Trümmerresten befreit hatte, legte er sich einen Gemüsegarten an und pflanzte darin einen jener Erdäpfel der Leute vom Walde an. Als es an der Zeit war, die Knollen auszumachen, rief er seinen Nachbarn, den Schmied, der Überraschung beizuwohnen. Aus einer Kartoffel waren zwölf weitere entstanden.

»Drei davon esse ich, die neun anderen pflanze ich im nächsten Jahr aus. Dann werde ich hundert ernten.«

Die Nachricht machte im ganzen Dorf die Runde. Der Gâtiner Holzschuhmacher wurde schief angesehen. Reichte es denn nicht, daß er mit seinem hochgezwirbelten Schnurrbart aus dem Rahmen fiel, mit dem er aussah wie ein Gendarm? Langsam begann man sich zu fragen, ob es nicht allzu unvorsichtig gewesen war, soviel Fremde aufzunehmen, von denen doch nur Unheil zu befürchten stand.

Als einziger gab der Müller-Bürgermeister dem Holzschuhmacher recht: »Die Republik hat schon immer gewünscht, daß sich die Armen sattessen können. Die Kartoffelpflanze vermehrt sich so stark, daß es keine Hungersnot mehr gäbe, wenn jedermann von euch welche anpflanzen würde. In den Weisungen der Republik ist die Kartoffelkultur...«

Republikanisch also war sie, die Kartoffel! Ein Grund mehr, sich vor ihr in acht zu nehmen. Und wenn der Müller-Bürgermeister sie verteidigte, dann mußte der Pfarrer recht haben, der sie als Teufelskraut bezeichnete.

Der Gâtiner Holzschuhmacher wurde gemieden. Da niemand Holzschuhe benötigte, wurde er vom Müller-Bürgermeister als Handlanger für alle erdenklichen Arbeiten eingestellt. Er lieferte den Bauern das gemahlene Korn in Säcken, die so groß waren wie er selber, sein eigenes Gewicht jedoch bei weitem übertrafen. Und da die Esel bei der Fortpflanzung dieselbe Trägheit und denselben schlechten Willen bewiesen wie bei der Arbeit, verdingte sich der Holzschuhmacher nunmehr als Packesel; aber auch als Erdarbeiter, Maurer, Zimmermann, Dachdecker, Schlosser, denn der Müller-

Bürgermeister hatte ihm aufgetragen, damit er auch in müßigen Stunden beschäftigt wäre, die Wassermühle unterhalb des Dorfes, dort, wo sich der Fluß in einer Schleife um den Wald krümmte, wiederaufzubauen.

Jedes Dorf hatte nämlich eine Sommermühle, die Windmühle, und eine Wintermühle, die Wassermühle. Der reichliche Wind im Sommer, der Überfluß an Wasser im Winter sorgten dafür, daß sich die Mühlräder ständig drehten. Bevor die Blauen sie zusammenschossen, gab es so viele Mühlen im Bocage, daß die Landschaft überall von ihren großarmigen Gebärden geprägt war und das Knirschen der Mahlsteine wie ein allgegenwärtiges Stöhnen war.

Auch Weber-Jacques zog seine vom Unwetter zerstörten Mauern wieder hoch, bedeckte sein Dach mit Laubwerk. Dann ging er sich kräftige Buchen- und Eichenäste schlagen, um seinen angekohlten Webstuhl wieder instandzusetzen. Kaum hatte er sich wieder an seine Arbeit gesetzt, da stellte sich der Müller-Bürgermeister bei ihm ein: »Bürger Weber, du zahlst mir also nicht nur keine Miete für dies Haus, das mir gehört, sondern du stiehlst obendrein noch mein Holz.«

Jacques war so überrascht, daß er sein einziges Auge schloß, und da er nichts mehr sah, wähnte er sich vor den Vorwürfen in Sicherheit. Gleichzeitig versuchte er zu begreifen. Sein Holz? Was für Holz? Er schlug das Holz irgendwo, so wie alle anderen auch.

Aber der Müller-Bürgermeister fuhr fort: »Du weißt doch genau, daß hierzulande alles, was nicht dem vormaligen Grafen gehört, mein Eigentum ist. Dieser Webstuhl ist aus meinem Holz gebaut, folglich gehört er mir. Aber ich belasse ihn dir. Dafür, daß ich ihn dir vermiete, wirst du mir ein schönes Paar Leintücher weben.«

Der Müller-Bürgermeister machte auf dem Absatz kehrt, daß seine Lederstiefel knarrten, zog beim Herausgehen vor dem tiefhängenden Deckenbalken den Kopf ein, besann sich plötzlich aber eines anderen; er drehte sich nach Jacques um, der ihn wie eine Schleiereule aus seinem einzigen Auge starr anblickte, und fügte hinzu: »Und außerdem ein Dutzend Choleteser Taschentücher.«

Auch wenn das Dorf im Laufe der Friedensjahre immer mehr von dieser vollkommenen Zusammengehörigkeit verlor, in der es während all der Jahre des Krieges, der Zuflucht im Walde, des Wiederaufbaus aus den Trümmern und des Wiederurbarmachens gelebt hatte, so bewahrte es gleichwohl noch einen ausgeprägten Gemeinsinn, der seinen Ausdruck in dem gegenseitigen Beistand bei den Gemeinschaftsarbeiten fand. Das waren Anlässe fröhlichen Wetteiferns, bei denen sich unter dem urwüchsigen Klang des Kuhhorns Männer, Frauen, Kinder ins Zeug legten.

Man bildete Männerriegen zum Ausreißen des Stech- und Besenginsters, Frauenriegen zum Brechen und Waschen des Flachses, Karrenkolonnen zum Enttrümmern der Ruinen und zum Wegschaffen der Steine, Gemeinschaftsriegen der ganzen Dorfbevölkerung für die Ernte und die Weinlese.

Das Getreide mußte in praller Sonne gedroschen werden, also begutachtete man am Vorabend den Himmel. Versprach das Wetter gut zu werden, wurde zur Stunde der Mette ein großer Ball veranstaltet, damit die Tänzer und Tänzerinnen den Boden plattstampften, auf dem der Weizen gedroschen werden sollte. Es war auch eine Art und Weise, in Schwung zu kommen. Nichts hatte einst die republikanischen Soldaten mehr erstaunt, als mitten in der Nacht die Quadrillen und Rigaudons dieser Bauern zu hören, die sich so, in einem Rausch der Erschöpfung, auf die Schlacht des kommenden Tages vorbereiteten.

Im Morgengrauen kletterten die Tänzer und Tänzerinnen frisch und munter auf die Garbenhaufen und warfen mit ihren Holzforken die Garben auf den Dreschplatz, wo sie von Burschen mit bloßen Armen gepackt und für die Aufbereitung zurechtgelegt wurden. Das war damals die Arbeit der Alten und der Frauen; sie banden die Garben los und reihten sie wie Dachschindeln auf, wobei sie darauf achteten, daß nicht eine Ähre den Boden berührte.

Eichener hielt einen ganz neuen Dreschflegel in der Hand. Er hatte dessen Stiel aus einem kerzengerade gewachsenen Eschenast und das schlagende Teil, den Flegel, aus einer Bohle aus Erlenholz geschnitten. In früheren Zeiten verbanden die Sattler den Stiel und den Flegel mit einer drehbaren Kappe, die aus dem getrockneten Ziemer eines Stiers hergestellt war. Aber die Stiere waren noch zu selten und ihre Ziemer zu wertvoll, als daß man auf den Gedanken gekommen wäre, für die Flegelkappe etwas anderes zu verwenden als eine geplättete Aalhaut.

Mit nur einem Auge war Weber-Jacques nicht imstande, den Dreschflegel zu schwingen, dessen Schläge mit ebensoviel Kraft wie Genauigkeit ausgeführt werden mußten; an seinem Platz stellte sich Wintersang Eichener gegenüber. Zu acht standen die Männer, hoben die Flegel hoch über den Kopf und ließen sie im Gleichtakt auf die aufgefächerten Garben niederprasseln. Jeder schlug aus Leibeskräften, stets darauf bedacht, den Rhythmus einzuhalten.

Sodann wurde die Ernte aufgeteilt, anteilsmäßig nach den eingesäten Feldern. Eichener erhielt einige Sack Korn, und es war sein ganzer Stolz, einen Teil davon in den Flecken auf den Markt zu bringen.

Weizen zu verkaufen, war für diese Bauern mit sehr kleiner Anbaufläche ein großer Luxus. Großer Luxus und Stolz. Eichener bürdete den Sack einem der blinden Pferde auf und verschwand in einem engen, dunklen Hohlweg, durch dessen dichtes Gewölbe aus Kastanienlaub kein Sonnenstrahl zu dringen vermochte. Nachdem er den Hof am Fuße des Hügels linkerhand hatte liegen lassen, schlug er einen dieser Feldrandwege ein, wie sie die Bauern zwischen den Äckern und den Hecken anlegen, um dort ihre Ochsen weiden zu lassen. Er ließ den Wald links hinter sich und ging in möglichst gerader Linie nach Westen.

Hinter einer Hecke von Krüppeleichen waren urplötzlich der Kirchturm des Marktfleckens und seine vier auf der Anhöhe gelegenen Mühlen zu sehen. Sodann die mit roten Ziegeln gedeckten Häuser. So viele Häuser, eins an das andere gereiht, so aneinandergedrückt, daß sie nur noch wie ein einziges riesiges Haus wirkten. Aber beim Näherkommen wurde man großer Löcher in der schönen Anordnung der Dächer gewahr. Auch hier hinterließ der Krieg schwere, noch nicht verwischte Spuren. Stockrosen blühten in den Trümmern, machten Haselnußsträuchern und Schwertlilien das bißchen Erde streitig. Eichener hörte ein Brummen, und als er näher herankam, eine Art Geschrei. Er gelangte mit seinem blinden Pferd und seinem Sack Korn auf die Hauptstraße des Marktfleckens und mußte sich mitten durch die mit Kleiderbündeln, Wasserschläuchen, Reisigpacken beladenen Esel und Maultiere einen Weg bahnen. Schreie, Gelächter, heftige Wortwechsel, Gedränge – diese ganze Aufregung kam ihm wie ein Sturm vor. Er blieb einen Augenblick stehen und hielt das blinde Pferd am Halfter zurück; ihm wurde schwindlig. Plötzlich sah er wieder die Wellen vor sich, die in einem Gischtgetöse gegen die Granitfelsen brandeten, in weiter Ferne, hoch oben in der Bretagne, als er mit seinen hunderttausend Gefährten des großen Marsches durch den Nordwesten auf das Meer gestoßen war. Nach so vielen Tagen, die er in seiner Eiche verborgen und dann in der großen Stille des entvölkerten Dorfes verbracht hatte, befand er sich nun wieder in einer Menschenmenge und verspürte bei deren Ausgelassenheit ein leichtes Schaudern.

Eichener stieß weiter in die große Straße des Marktflekkens vor, er mußte das blinde Pferd, das von all dem ungewohnten Lärm verängstigt war, hinter sich herziehen. Zu beiden Seiten war die Straße von Geschäften und Handwerkerläden gesäumt, in denen sich Kauflustige und Neugierige drängten. Aus dem Laden des Gerbers drang ein penetranter Geruch. Ein Färber hängte mit einer langen Stange rote und blaue Wollstränge auf. Man hörte die knappen Schläge des Schlachters mit dem Hackbeil, das dröhnende Hämmern des Böttchers mit seinem Holzhammer. Ein Sattler krempelte im Freien Roßhaar. Kesselschmied, Blechschmied, Schreiner, Perückenmacher, Maßschneider, Bäcker, Nagelschmied, Holzschuhmacher, Töpfer, Tuchmacher, Werggarnspinner, Sergeweber – so viele Handwerker gab es, und zudem war Markttag. Bauern und Dörfler aus der Umgebung füllten den Flecken, trugen wieder ihre breitkrempigen schwarzen Hüte aus Wollfilz, die Haare auf der Stirn kurz geschnitten, aber sehr lang im Nacken, wo sie in langen, ungekämmten Strähnen herunterhingen; sie waren in kurze Jacken, Pluderhosen mit groben weißen oder blauen Strümpfen gekleidet, die am Knie mit einer farbigen Schnalle befestigt wurden; lange Gamaschen aus Tuch lappten auf die Pantinen, so daß von ihren Füßen nichts mehr zu sehen war.

Die Frauen trugen gestreifte Wollkleider oder aber blaugestreifte Röcke, unter denen ihre weißen Strümpfe in den kleinen schwarzen Holzschuhen hervorlugten. Ihre hochgesteckten Haare wurden von hellen Hauben zusammengehalten.

In dieser sonntäglich herausgeputzten Menge fühlte sich Eichener in seinen alten, von Louise zurechtgeflickten Kleidern unbehaglich. Er hatte keinen Hut, sondern nur eine grobgestrickte Mütze aus fuchsroter Wolle. Das einzig Kokette an ihm war das Choleteser Tuch, ein rotes, ein Geschenk seines Freundes Jacques, das er um den Hals gebunden trug.

Auf dem Marktplatz wurde der Menschenandrang noch größer. In die Schreie der Ochsen, der Zicken, der Schafe mischte sich das Rufen der Händler. Um zwei junge Burschen, die unter den anfeuernden Zurufen der Zuschauer mit Knütteln aufeinander einschlugen, bildete sich eine Menschentraube.

Eicheners ganzer Stolz, einen Sack mit seinem Weizen zu Markt zu tragen, schwand dahin vor dem Kornhaufen, der eine ganze Ecke des Marktplatzes ausfüllte. Das Getreide wurde wagenweise angefahren. Gleichwohl gelang es ihm, seinen Weizen zu verkaufen; er kehrte in die Hauptstraße des Marktfleckens zurück, um ein Geschenk für Louise zu suchen. Er wußte nicht so recht, was für eins, denn Louise besaß gar nichts.

Da traf er auf einen Mann in Gehrock, enganliegender Kniehose und Strümpfen, einen Herrn, der ihn von Kopf bis Fuß musterte und dessen Blick ihn an jemanden erinnerte.

Erneut klaffte seine Vergangenheit auf, und wie immer stieg in ihm die Zeit des langen Marsches durch den Nordwesten empor. Er sah einen Offizier, der in den Straßen von Laval von einer Kugel verletzt worden war und den er, aus seiner Wunde blutend, auf den Schultern davontrug. Eichener nahm die Wollmütze ab: »Herr Baron!«

Der Baron nahm Eichener in seine Arme und küßte ihn dreimal auf die Wangen. »Was machst du da mit diesem blinden Pferd?«

»Das ist ein Husarenpferd. Ich habe mich in einer Eiche versteckt, nach Savenay. Man nennt mich den Eichener. Ich bin jetzt einer von hier. Ich habe eine Familie gegründet und habe Kinder.«

»Eichener, du mußt mich besuchen. Sie haben mein Schloß niedergebrannt, ich wohne jetzt mit meiner Schwester im Pfarrhaus, das wir mit dem Pfarrer gemeinsam bewohnen. Wie ist euer Pfarrer? Hat er den Eid geleistet? Wie du weißt, sind die Vereidigten von 1804 um nichts besser als die Schwörer von 1791.«

»Unser Pfarrer ist Verweigerer. Und wir auch.«

»Du bist noch ganz der alte.«

Das blinde Pferd zog mit kurzen ruckhaften Bewegungen an der Leine, so als wollte es Eichener daran erinnern, daß die Zeit im Marktflecken schnell verging und daß es noch vor Einbruch der Nacht den weiten Weg zurückzugehen galt.

»Versprich mir zurückzukommen«, sagte der Baron. »Du wirst mich im Pfarrhaus antreffen. Das läßt sich leicht behalten.«

Eichener hielt sich noch eine Zeitlang vor den Läden auf, denn er suchte nach einem Geschenk für Louise, das zugleich nützlich und nicht zu teuer sein sollte. Er kam an einer Schenke vorbei, die so voll war, daß die Zecher sogar davor auf der Straße tranken; aufgestellte Weinfässer dienten als Tische. Betrunkene rauften sich, sie konnten aber nicht richtig aufeinander losgehen, weil sie überall über die längs der Straße ausgestreckten Körper schlafender Zecher stolperten.

Eichener trat in ein Geschäft ein und kaufte für einige Sous ein schönes scharlachrotes Band.

Louises Freude über ihr erstes Geschenk wäre groß gewesen, hätte nicht das Unglück den Hof ihrer Eltern heimgesucht. Das Ochsengespann, mit dem ihr Vater am Morgen zum Pflügen ausgefahren war, war allein nach Hause zurückgekommen, den umgekippten Pflug hinter sich herziehend. Der Bauer wurde in einer Ackerfurche gefunden; sein Schädel war mit einem großen Stein eingeschlagen, der einige Schritte weiter, noch blutbeschmiert, liegengelassen worden war.

Auf den Ruf des Müller-Bürgermeisters hin kamen die Gendarmen; keiner freute sich darüber, sie wiederzusehen. Sie entdeckten in der feuchten Erde Spuren von Holzschuhen, was zu beweisen schien, daß es sich um einen Täter aus dem Dorf handelte. Da der Holzschuhmacher aus der Gâtine mit Wiederaufbauarbeiten an der nicht weit vom Hof der Eltern Louises gelegenen Wassermühle beschäftigt war, wurde er als erster verdächtigt. Aber der Müller-Bürgermeister verbürgte sich für seinen Handlanger, was überraschte, denn seine Mitbürger waren an Anflüge von Großzügigkeit bei ihm nur wenig gewöhnt.

Wie selbstverständlich suchten sodann die Gendarmen die Schuld bei Wintersang, bei Weber-Jacques und schließlich bei Eichener, denn die von auswärts Gekommenen sind zwangsläufig verdächtig. Mit seinen Hammerschlägen und seinen Liedern gab Wintersang so überzeugend Beweis seiner Anwesenheit, daß ihn ein jeder in seiner Schmiede wußte. Weber-Jacques war an seinem Webstuhl gesehen worden. Letztendlich war es doch möglich, daß sich Eichener, der Schwiegersohn, mit seinem Schwiegervater gestritten hatte und handgreiflich geworden war. So sehr auch Louise und ihre Mutter beteuerten, daß zwischen Eichener und seinem Schwiegervater niemals ein lautes Wort gefallen war, so sehr sie auch weinten, schrien – die Gendarmen, die nicht gern mit leeren Händen heimkehren, führten ihn ab, schleppten ihn an einem Seil, das sie am Sattel festgebunden hatten, hinter sich her.

Der alte Pfarrer, der nicht an Eicheners Schuld glaubte, verkündete am darauffolgenden Sonntag in der Scheunenkirche, daß er Monitorien durchführen würde. Daraufhin entstand ein wirres Durcheinander von Holzschuhklappern, Stimmen, einige Frauen schrien auf. Der alte Pfarrer stieg wie für das Totenamt in seine gestärkten schwarzen Meßgewänder gekleidet auf die große Holzkiste, die ihm als Kanzel diente, und rief mit brennender Kerze in der Hand das erste Monitorium aus.

»Verdammter, der du deine Hand gegen deinen Bruder erhoben hast, sei nicht Kain bis in alle Ewigkeit! Befreie dich von der Last deiner Sünde, gestehe dein Verbrechen!«

Ein tiefes Schweigen war die Antwort auf diese erste beschwörende Mahnung.

Der Pfarrer sprach sodann das zweite Monitorium aus: »Verdammter, der du deine Hand gegen deinen Bruder erhoben hast, sei nicht Kain bis in alle Ewigkeit! Befreie dich von der Last deiner Sünde und gestehe dein Verbrechen!«

Husten, Räuspern war zu hören, einige scharrten mit den Holzschuhen über den gestampften Lehmboden. Man starrte sich gegenseitig an, in Erwartung, daß sich das Grausen auf dem Gesicht des Schuldigen abzeichnen müsse. Aber nichts geschah.

Der Pfarrer forderte sodann die werdenden Mütter auf, die Kirche zu verlassen, um ihnen die Verängstigung zu ersparen. Alsdann schwenkte er, wie ein Engel der Apokalypse, seine brennende Kerze, verurteilte den Mörder zu den Qualen der Hölle, die er eine nach der anderen langsam aufzählte, und blies die Flamme der Kerze aus, wobei er rief: »Erlöschen soll die Seele des Missetäters wie dieses Licht. Verbrennen soll die Flamme, die ich ausblase, den Schuldigen noch zehn Meilen von hier. Widerhallen soll der Bannfluch auf seinem Rücken wie auf einem Amboß. Verwandelt soll er werden in ein Geschöpf der Nacht, ständig hinter dem Ziegenmenschen Galipote her!«

Louise verließ den Kotten, um auf den Pachthof ihrer Eltern zurückzukehren, in ihrem Gefolge ihre inzwischen schon große Familie: Wolfskopf, der sieben Jahre alt war, Victorine mit ihren vier, Henri mit seinen drei Jahren und dazu der kleine Ernest, der im Jahr zuvor geboren und der noch sehr schmächtig war.

Wolfskopf nahm seine kleine Herde mit: die drei Schafe, die Ziege und die Kuh. Victorine stampfte vor Wut mit dem Fuß auf, weil der kleine Victor bei seiner Mutter, bei Weber-Jacques blieb.

In der ersten Nacht ihres Auszugs wurde einem der drei Schafe die Kehle durchgebissen; so wußte man, daß die Monitorien des Pfarrers ihre Wirkung taten, denn der Mörder verwandelte sich in einen Werwolf. Da Werwölfe nur mit geweihten Kugeln erlegt werden können, holte der alte Pfarrer seinen Eimer und seinen Weihwedel hervor und besprengte die Waffen und die Munition der Pfarrkinder, denen die Nachtwache im Dorf und in dessen Weilern aufgetragen war. Mit seiner Flinte bezog Wintersang im Stall von Louises Eltern Posten.

Als erster sah allerdings der Pachtbauer, der unten in der Senke seinen Hof hat, den Werwolf, als er über den Lattenzaun sprang. Da er keine Flinte besaß, stürzte er ihm mit einer Forke nach, aber es gelang ihm nur, dem Werwolf eine Pfote zu durchbohren.

Am folgenden Tag sah man im Dorf natürlich jemanden hinken; das war niemand anderes als der Werwolf, der tagsüber wieder in eine Menschengestalt schlüpft. Es war einer der Knechte vom Teichhof, der angab, er habe in der Schenke des Marktfleckens zu viel getrunken und dann mit Louises Vater einen Streit vom Zaum gebrochen; an die Gründe für die Auseinandersetzung konnte er sich nicht mehr erinnern. Er wußte lediglich, daß der Wein im Flecken irre machte.

Die berittenen Gendarmen brachten Eichener zurück, der

neben den Pferden einherging und auf dem Rücken das Seil trug, mit dem der Knecht vom Teichhof an den Sätteln festgebunden werden sollte.

Der Pfarrer zeigte sich zufrieden mit den Ergebnissen seiner Monitorien. »Der Verfluchte hat Glück gehabt. Wäre er nicht so früh gefaßt worden, hätte er sieben Jahre lang Nacht für Nacht in sieben Pfarren als Werwolf herumirren müssen. Aber der Herrgott hat uns geschwind unseren guten Eichener zurückgegeben.«

Da Louises Mutter nun allein war, denn alle anderen Kinder waren im Großen Krieg ums Leben gekommen, gab Eichener den Kotten auf und wurde Schwiegersohn.

Der Pachthof von Louises Eltern gehörte dem emigrierten Grafen und lag auf halbem Wege zwischen dem Dorf und dem Wald, nicht weit von der Wassermühle und dem Fluß entfernt. Mit einer langen grauen Fassade und einem niedrigen Dach bildeten die Gebäudeteile ein U. Seinerzeit besaß einer der Flügel des U's, der als Wohnteil diente und dessen Fenster zum Innenhof gingen, drei hintereinander gelegene Räume. Aber nur noch einer war bewohnbar. Die Stallungen für die Pferde, Kühe, Ziegen und Schafe lagen in Trümmern; so wurde das Vieh in der Scheune untergebracht.

Von Louise wußte Eichener, daß der Pachthof vor den Ereignissen acht Ochsen, sechs Kühe, sieben Färsen, einige Kälber, eine unbestimmbare Anzahl von Eseln und gut fünfzig Schafe zählte. Es war also einmal ein ansehnlicher Hof gewesen, mit mehreren Knechten und einem Hirten. Auch heute noch stellte er, obgleich nur noch zwei Ochsen, drei Kühe, ein knappes Dutzend Schafe übriggeblieben waren, einen der größten Höfe der Gegend dar. Stech- und Besenginster bedeckten die Hälfte der brachliegenden Felder. Zudem bestand die Bodenfläche ohnehin zu einem Viertel aus grünen Hecken und Feldrainen.

Louises Mutter war eine kleine rundliche Frau in den Fünfzigern, mit einem von Sonne und Wind gegerbten Gesicht. Mit ihrem grauen, glatten Haar unter der weißen Haube, mit dem ausgeprägten Nachziehen der einen Hüfte beim Gehen, die Folge eines Bajonettstoßes, wirkte sie wie eine greise Frau. Von dem Tag an, da Louise auf den Pachthof zurückkehrte, wurde ihre Mutter, die ebenfalls Louise hieß, dann von den Dorfbewohnern nur noch die »alte Louise« genannt. Sie zog sich in eins der beiden zerfallenen Zimmer zurück, in dem Eichener ihr eine Ecke herrichtete und dessen löchriges Dach er mit Astwerk bedeckte.

Wolfskopf ließ schon seinen Sinn für Unabhängigkeit durchscheinen, als er sein Lager in der Scheune zwischen dem Vieh aufschlug. Jeden Morgen brach er bei Sonnenaufgang mit seiner Herde auf, die sich beträchtlich erweitert hatte, seit zu seinen zwei Schafen, zu der einen Ziege und Kuh das Vieh das Pachthofs hinzugekommen war. Er hielt sich fernab vom Wald, in dem die Wölfe eine ständige Gefahr waren, und trieb sein Vieh in Richtung Teichhof. Dort brach er einige Binsenhalme und flocht für Victorine und Henri kleine Heuschreckenkäfige. Dann ging er, langsam über die brachliegenden Felder ziehend, den Hügel hinauf der Windmühle entgegen. Auf der Anhöhe angekommen, hielt er seine Hände trichterförmig vor den Mund und stieß einen Ruf aus. Aus weiter Ferne, von anderen Anhöhen, kamen Antwortrufe von Kindern. Hirten und Hirtinnen, die sich wohl niemals begegneten, riefen und verständigten sich auf diese Art mit mal längeren, mal kürzeren Lauten, die zu einer richtigen Sprache wurden.

Des Abends kehrte Wolfskopf so spät heim, daß er manchmal Wölfen begegnete. Aber er verstand es, sie abzuschrecken, indem er seine Holzschuhe aneinanderschlug. Oder vielleicht erkannten auch sie eine gewisse Ähnlichkeit zwischen ihren Schnauzen und dem langgestreckten Gesicht des Kindes, das so sehr von den runden Köpfen der anderen Kinder abstach? Wie dem auch sei: knurrend wie Hunde machten sie sich davon.

Wochenlang schnitzte Wolfskopf voller Eifer eine Halskette aus Buchsbaumholz, die er Louise schenkte. Nie hatte ihm jemand gesagt, daß Louise nicht seine richtige Mutter wäre, ebensowenig wie Eichener sein Vater; nie hatten die beiden Eheleute den geringsten Unterschied zwischen dem kleinen Bankert und ihren eigenen Kindern gemacht.

Nach dem scharlachroten Band von ihrem Mann und der Halskette von ihrem Sohn glaubte Louise, daß sie endlich wieder glücklich sein dürfte. Und doch sollte alles wieder von vorn anfangen.

Das Jahr 1804 ging seinem Ende zu, als eine bestürzende Nachricht von Dorf zu Dorf eilte: Der General Buonaparte wurde Kaiser. Und der Papst kam höchstpersönlich aus

Rom angereist, um ihm die Krone Karls des Großen auf den Kopf zu setzen.

Der alte Pfarrer stieg mühsam auf die Kiste in der Scheunenkirche und schleuderte vor den versammelten Pfarrkindern seine Bannflüche: »Buonaparte ist ein falscher König, er wird nicht vom echten Papst gekrönt, sondern von einem Gegenpapst. Diese Teufel von Patauds sind mit allen Wassern gewaschen. Napoleone Buonaparte, das ist der Antichrist!«

Einige Tage später sah man die berittenen Gendarmen zurückkommen. Der Müller-Bürgermeister band sich seine blau-weiß-rote Schärpe um und führte sie zur Scheunenkirche: »Bürger Pfarrer, Ihr habt den Kaiser beleidigt und Euch geweigert, den Eid zu leisten. Ihr seid Eures Amtes enthoben. Ihr werdet Euch dafür vor den Richtern von Montaigu zu verantworten haben. Folgt den Gendarmen.«

Die Ankunft der Gendarmerie hatte die zahlreichen Pfarrkinder angelockt, die an diesem frühen Wintertag nicht auf den Feldern arbeiteten. Es entstand ein Gedränge, ein Gendarm wurde von seinem Pferd gestoßen, der Bürgermeister verlor seine blau-weiß-rote Schärpe, die man einige Tage später einer Sau umgebunden sah; der alte Pfarrer nutzte das Durcheinander und verschwand ein weiteres Mal im Wald.

Dann kam die Krankheit des schmächtigen Ernest. Da seine Halskette aus Knoblauchzehen ihm nicht die vermaledeiten Würmer austrieb, die an allen Krankheiten schuld sind, versuchte es die alte Louise mit Beten, um den Durchfall zu heilen. Sie legte dem Kind zuerst ihre rechte Hand auf die Brust, anschließend betete sie drei Vaterunser und drei Gegrüßtseistdumaria und sagte dann im Namen des kleinen Ernest ganz langsam, wobei sie mit Nachdruck die Wörter betonte: »Du Durchfallgift, das zwischen meiner Leber und meinem Herzen, meiner Milz und meiner Lunge sitzt, hör auf im Namen des Vaters, des Sohnes und des Heiligen Geistes.«

Aber der Durchfall hörte nicht auf, und der kleine Ernest winselte vor sich hin. Schweißtropfen liefen über sein glühendheißes Gesicht. Eichener ging auf den Hof hinaus und fing eine Kröte, die er mit einem Stein tötete. Er steckte sie in einen kleinen Stoffbeutel und band diesen dem Kind so um den Hals, daß er die Haut berührte. Das Fieber wurde schlimmer. Man machte ihm Aufgüsse aus Birkenrinde, stapelte auf seinem sich in Krämpfen windenden Körper alle Schaffelle auf, derer man habhaft zu werden vermochte, damit er sein Übel ausschwitzen könnte. Es war nichts zu machen. Der kleine Ernest verstarb in derselben Nacht.

Es gab keinen Pfarrer mehr für die Beerdigung. Eichener hub in der Nähe des Schafstalls ein tiefes Loch aus, zu tief für die Witterung der Wölfe, und begrub das Kind.

Louise weinte ein wenig, aber sie war schwanger, und bald darauf, als sie gerade allein mitten auf dem Feld war, gebar sie ein Mädchen. Sie kam, das Neugeborene in der Schürze tragend, zum Hof zurück; sie schämte sich etwas, eine »Kindsverliererin« zu sein. Das kleine Mädchen lebte nur einen Tag.

Louise zog sich in den Verschlag zurück, den Eichener für seine Schwiegermutter eingerichtet hatte. Die alte Louise sorgte sich um das ganze Haus bis zum Ende des Kindbetts, denn bis dahin war die Wöchnerin unrein, durfte weder Wasser aus dem Brunnen ziehen (das besudelt würde), nicht den Milchtopf anrühren (die Milch würde sauer), noch die Nachbarn besuchen gehen und schon gar nicht sich ihrem Mann nähern.

Eichener begrub das Neugeborene neben dem kleinen Ernest. Dann stieg er zum Dorf hinauf, um ein blindes Pferd zu holen, und brach zum Marktflecken auf.

Im Pfarrhaus öffnete ihm ein Mann in bürgerlicher Kleidung. Da Eichener einiges Mißtrauen zeigte, sagte er ihm, daß die Priester noch immer nicht die Genehmigung erhalten hätten, wieder ihre geistlichen Gewänder zu tragen, daß er aber nichtsdestoweniger der Pfarrer der Kleinen Kirche sei.

»Unser guter Pfarrer muß sich im Wald verstecken. Die Gendarmen sind gekommen ...«

»Auch ich werde bald eine Zuflucht finden müssen. Ich habe nicht mehr das Recht, die Messe zu lesen. Einen Konkordatspriester hat man auf meine Stelle kommen lassen, aber der hat es nicht gewagt, mich aus dem Pfarrhaus zu vertreiben. Auch den Baron nicht. Kommt herein und wärmt Euch am Kamin, Ihr werdet dort unsere Freunde antreffen.«

In der Tat saßen der Baron und seine Schwester vor dem Kaminfeuer, in gepolsterten Sesseln. Wie er sie so sah, in ihren alten Kleidern aus der Zeit Louis XVI. und in diesem großen Gemeinschaftssaal mit den tiefen Schränken aus dunklem Eichenholz und mit kupfernen Beschlägen, mit dem langen Tisch in der Mitte und den Bänken zu beiden Seiten, da überkam Eichener für einen Augenblick ein Schwindelgefühl. Es schien ihm, als machte die Zeit kehrt und als ginge er plötzlich rückwärts in ihr, als wäre das, was er in den vergangenen zehn Jahren erlebt hatte, nur ein Alptraum gewesen, aus dem er jäh erwachte.

Der Baron erhob sich, umarmte ihn und führte ihn zum Kamin, dessen Abzug mit drei Flinten und einem Jagdhorn geschmückt war. Eichener setzte sich auf einen Eckstein des Kamins und wärmte sich die Hände am Feuer. Er erzählte vom Tod seines Schwiegervaters, von seiner Verhaftung durch die Gendarmen, von dem großen Pachthof, um den er sich nunmehr zu kümmern hatte und der dem Grafen gehörte, von der Flucht des alten Pfarrers in die Wälder. Er wollte auch vom Tod seiner zwei Kinder sprechen, aber er verschwieg es. Diese Wunde ging niemanden etwas an.

»Der Graf hat sich auf die Seite des Kaiserreichs geschlagen«, sagte der Baron. »Aber Mademoiselle de La Rochejaquelein, Henris Schwester, ist ein Apostel unserer Kirche. Erinnerst du dich an den Bäcker Pierre Tessier, der in der Armee von Lescure kämpfte? Er ist jetzt Pfarrer in Courlay. Er zieht von einer Pfarre zur anderen und hält den Pfarrern, die sich beugen, seine Pistole unter die Nase. Wir sind mindestens vierzigtausend. Aber der Antichrist ist gerissener als Robespierre. Er hat wohl verstanden, daß er die Vendée nicht mit Soldaten unterwerfen würde, sondern eher, indem er sie von innen aushöhlte. Er verfolgt seinen Plan. Zuerst die Landstraßen, um den Bocage zu zerstören und um notfalls Kavallerie und Artillerie im Eilschritt heranzuschaffen. Alle Zuchthäusler wurden, soweit irgendmöglich, aus den Gefängnissen geholt und eingesetzt zum Bau zweier schnurgerader Straßen, von Poitiers nach Nantes und von Saumur nach La Châtaigneraie. Dann will er die Vendée von den Überresten der Katholischen und Königlichen Armee säubern und sie seiner eigenen einverleiben. Als er Erster Konsul war, träumte Buonaparte von einer Legion, die aus den besten Elementen der Chouantruppen bestehen sollte. Siehst du, der Buonaparte mag uns nämlich. Er sagt, wir seien Giganten. Giganten ... So etwas kann nur ein Zwerg von sich geben. Er hat Forestier angeboten, Kommandant der Kavallerie zu werden, Louis de La Rochejaquelein den Rang eines Obersten. Sie haben abgelehnt. Bourmont, d'Andigné,

Suzannet ebenfalls. Aber die Söhne der Offiziere aus der Vendée werden zwangsweise eingezogen. Man schießt zwar immer noch auf die Gendarmen, wenn die Zeit der Rekrutenaushebung kommt, aber es fehlt die rechte Begeisterung. Stattdessen sieht man Burschen, die sich als Ersatzmänner verkaufen, nach Gewicht, vierundzwanzig Francs das Pfund.«

»Herr Baron«, sagte Eichener, »das Elend ist so groß in unseren Ruinen, daß man eigentlich nur sein Fleisch verkaufen kann, wenn man überhaupt das Glück hat, noch welches auf den Knochen zu haben.«

»Für deins gäbe man dir nicht viel. Du bist nur noch Haut und Knochen. Aber jetzt stehst du einem schönen Pachthof vor.«

»Ach, wenn Ihr nur unser gnädiger Herr wärt, dann würde ich ja nichts sagen. Aber dieser Graf, den wir überhaupt nicht kennen, der sich in Nantes ein schönes Leben macht, das muß ich Euch sagen, der kennt keine Liebe für seine Erde.«

»Wenn er seine Erde geliebt hätte, dann wäre er wie wir geblieben, um sie zu verteidigen.«

»Wir müssen die Gemäuer wiederaufbauen, die Dächer decken, die Brunnen entgiften, die guten Äcker gegen die wuchernde Heide verteidigen, das Saatgut von unserer kümmerlichen Kost abziehen, dürfen weder Geflügel noch Ferkel schlachten, weil sie sich vermehren sollen, und dann kommt der Herr und nimmt die Hälfte ...«

»Das ist so Brauch«, unterbrach ihn der Baron leicht gereizt.

»Herr Baron, der Brauch will es, daß die Pacht sich auf die Häfte der Erträge beläuft. Aber der Herr muß dann die Gebäude, die Äcker und das Vieh stellen. Er hat uns in unserem Elend gelassen und verlangt jetzt von uns einen Teil, so als wären wir Reiche, als hätte es keinen Krieg gegeben.«

»In Koblenz, da führten sie nur einen Salonkrieg ... Ich habe Nachrichten aus Nantes. Die zurückgekehrten Emigranten feiern und schlemmen einträchtigt mit den Bourgeois. Die Theater sind geöffnet, die Bälle, so heißt es, sind so prunkvoll wie noch nie, und im Wald von Princé werden wieder Treibjagden veranstaltet. Aber ich bin, wie du siehst, mit meiner Schwester hier in diesem Pfarrhaus, und unser

Zufluchtsort wird gar ungewiß. Der Herr Pfarrer wird nur noch geduldet. Meine Höfe sind abgebrannt. Meine Pachtbauern sind tot. Ich müßte eigentlich den Usurpator um ein Amt ersuchen. Lieber verrecken.«

Der Pfarrer holte einen angebrochenen Brotlaib. Er schnitt einige dünne Scheiben ab und verteilte sie an die Anwesenden; nach kurzem Zögern schnitt er eine zusätzliche Scheibe ab, die er Eichener gab: »Für die Kinder ...«

Eichener steckte die beiden Scheiben in seinen Leibgurt. Er hatte sich in seiner Eiche daran gewöhnt, nicht zu essen. Oder jedenfalls wenig.

Es folgte ein langes Schweigen. Eichener brütete über etwas. Von Zeit zu Zeit schabten seine Holzschuhe am Kaminstein, wie die Hufe eines Pferdes, das ungeduldig wird.

»Du bist doch nicht gekommen, um mit mir über den Grafen oder über die Pacht zu sprechen«, sagte der Baron.

»Unser Dorf liegt zwar weit abgelegen in seinem Ginster, hinter dem Wald, aber manchmal spricht des Abends von der See her der Wind zu uns ...«

»Und was hat er dir erzählt, dieser Wind?«

»Daß der König in Les Sables gelandet wäre.«

»Das war ein guter Wind. Er hat dir fast die Wahrheit gesagt. Des Königs Bruder, der Graf von Artois, sollte mit Suzannet und d'Antichamp in Les Sables landen, geleitet von Dumouriez. Forestier hatte angefangen, seine Kavallerie wiederaufzustellen. Aber das Blatt hat sich gewendet. Einmal mehr sind sich unsere Prinzen zu gut für einen Krieg der Chouans gewesen. Suzannet ist mit Bourmont und d'Andigné im Temple eingekehrt, Forestier wurde zum Tode verurteilt, konnte aber nach England entkommen. Der König wird nicht landen. Aber der König soll trotzdem hochleben!«

»Ich geh heim«, sagte Eichener.

Sonntag für Sonntag leerte sich das Dorf, gingen die Gemeindemitglieder in den Wald zu ihrem alten Pfarrer, der aufs neue seine Messe auf dem Gargantua-Stein zelebrierte. Alle Pfarrkinder, ausgenommen zwei: der Müller-Bürgermeister und der Gâtiner Holzschuhmacher. Da er noch immer nicht sein Handwerk ausübte und er weiterhin des Müllers Hausknecht war, schloß man, daß er es nicht wagte, seinem Herrn zu mißfallen, oder daß jener es ihm verbot, des Sonntags in den Wald zu laufen, oder auch, daß er noch den Groll des alten Pfarrers fürchtete, hatte er sich doch unterstanden, Kartoffeln anzubauen, obschon eindeutig bewiesen war, daß es sich hierbei um Teufelsfrüchte handelte.

Apropos Teufel: eines Mittags sah es ganz danach aus, als käme er in leibhaftiger Gestalt daher, auf seinem Maultier, von Kopf bis Fuß schwarz gekleidet, mit doppelten Augen, die der Müller-Bürgermeister später eine Brille nannte, als man ihn über dies Phänomen befragte.

Es handelte sich um eine in den Dörfern noch wenig bekannte Persönlichkeit, die aber schnell eine Art arger Landteufel wurde, der sozusagen über Regen und Sonnenschein entschied, der Grundstücke begrenzte, von den einen das Geld einstrich und den anderen Renten auszahlte, den Nachlaß der Familien und schwierige Erbfolgen sicherstellte, eine Art Richter und Wucherer, mit anderen Worten: ein Notar.

Dieser Notar aus Fontenay war während seiner viertägigen Reise auf dem Rücken seines Maultieres mehrmals um ein Haar in Wolkenbrüchen ertrunken, es hatte nicht viel gefehlt, und er wäre in den Schlammlöchern der Hohlwege steckengeblieben, in denen sein Maultier bis zum Bauch versackte; und wenn er einem Rudel reißender Wölfe entkam, so nur dank der panischen Angst seines Reittiers, das sich plötzlich in einen Hasen verwandelt hatte; und sein schwarzer Anzug hatte im Wald von Chaize eine Bande von Räubern in die Flucht gejagt, die ihn, was ihm ausgesprochen gelegen kam, für einen Kirchenmann hielten. Mit Schlamm bespritzt, zerschlagen, durchnäßt, hustend, spuckend verlangte der Notar nach der Schmiede. Der Müller-Bürgermeister führte ihn hin.

Sie trafen dort Wintersang an, der, wie immer guter Laune, vor seiner Esse stand und mit dem gewaltigen ledernen Blasebalg sein Schmiedefeuer anfachte.

»Der Herr möchte sein Maultier beschlagen lassen? Nichts einfacher als das. Dann möge sich das Maultier des Herrn bitte setzen.«

Der Notar zog eine Grimasse zu diesem Witz und fragte den Müller-Bürgermeister: »Wer ist dieser Schmied?«

»Das ist unser Schmied.«

»Irrtum, Herr Bürgermeister. Ihr Schmied ist am 21. April 1800 verstorben, am Tag selbst, da der Kaiser, damals noch

Erster Konsul, die Amnestie für die Chouans erließ. Die einen freuten sich darüber. Ihrem Schmied jedoch ging dies im Gegenteil so sehr ans Herz, daß er ins Gras biß.«

Der Müller-Bürgermeister zog nun seinerseits eine Grimasse, griff sich an die Nase, nieste, um sich die Verlegenheit nicht anmerken zu lassen.

»Die Witwe des Schmieds«, fuhr der Notar fort, »hat mich beauftragt, den Verkauf der Schmiede in die Wege zu leiten.«

»Nichts ist selbstverständlicher als das«, sagte der Müller-Bürgermeister, »das Privateigentum ist heilig. Wintersang, du wirst die Schmiede abkaufen müssen.«

»Womit denn«, rief Wintersang wie vom Schlag getroffen. »Wer hat denn die Essen wieder aufgerichtet, den Blasebalg repariert, die Mehrzahl der Werkzeuge angefertigt? Doch ich!«

»Ich muß eine Inventarliste aufstellen», fuhr der Notar fort.

»Das wird wohl nie ein Ende nehmen«, sagte Wintersang. »Einmal kommt der Schmied mit den Schmissen zurück, ein andermal seine Witwe. Ich habe auch eine Witwe, mit drei Kindern. Dazu noch eins, das wir zusammen haben.«

Der Notar machte sich an die Arbeit. Er stellte ein Tintenfaß auf die Werkbank, holte eine Gänsefeder aus seiner Tragetasche und schrieb die Liste der Gegenstände, einen nach dem anderen, und ihren geschätzten Wert auf ein Blatt. Darüber verbrachte er den Tag, wobei er die Maße nahm und das Gewicht veranschlagte. Am Abend bat er den Müller-Bürgermeister, ihm Unterkunft zu gewähren. Am nächsten Morgen kam er dann wieder zu Wintersang, der ganz aus der Fassung geraten war; er arbeitete nicht, saß hingesunken auf der steinernen Schwelle, die wie ein alter Mahlstein ausgetreten war und über die man in die Schmiede gelangte.

»Ich werde Ihnen vorlesen«, sagte der Notar und holte seine Papierrolle hervor.

»Ich kann lesen«, erwiderte Wintersang.

Er nahm die Rolle, rollte sie auseinander und las:

– ein Amboß, Gewicht sechzig Pfund . . . 12,00 Francs
– ein Schmiedeblasebalg . . . . 20,00 Francs
– ein Vorschlaghammer . . . . 9,00 Francs
– eine Zange, drei Abschröter,

ein Beschlaghammer . . . . 6,00 Francs
– eine Brottruhe aus Nußbaumholz,
stark abgenutzt . . . . 10,00 Francs
– ein Bettgestell, mit Strohmatratze
und Decke, alles in
schlechtem Zustand . . . . 8,00 Francs
– ein Kesselhaken, geringwertig . . . . 0,50 Franc
– eine Feuerschaufel,
eine eiserne Lampe . . . . 0,60 Franc
– ein eiserner Kochtopf mit Deckel . . . . . 2,00 Francs
– ein Kupferkessel, stark abgenutzt . . . . . 3,00 Francs
– ein Bettwärmer, in schlechtem Zustand, fast nicht mehr zu gebrauchen . . 1,00 Franc
– eine Schüssel, sechs Teller, drei Näpfe,
ein Wasserkrug, alle aus Ton,
vier Holzlöffel, eine Flasche
aus schwarzem Glas . . . . 1,00 Franc
– zwei stark abgenutzte Bettlaken . . . . . 5,00 Francs
– zwei stark abgenutzte Hemden . . . . . . 2,00 Francs

»Aber«, sagte Wintersang, »das sind die Hemden von meiner Frau und von mir.«

»Beweisen Sie es!«

Die Rechnung belief sich auf 80 Francs und 10 Centimes.

Wintersang knotete seine lederne Schürze auf und hielt sie dem Notar hin.

»Ihr habt sie nicht berechnet, aber ich gebe sie Euch zurück. Obgleich ich sie eigenhändig zugeschnitten habe, aus einer verendeten Kuh.«

Der Notar fügte mit seinem Gänsekiel hinzu:

– eine Lederschürze . . . . 3,00 Francs

Die Übernahmekosten beliefen sich nun auf 83 Francs und 10 Centimes.

Wintersang rief seine Frau mit dem Mausgesicht, scharte seine Kinder um sich, und alle machten sie sich auf den Weg, um auf Eicheners Pachthof Zuflucht zu suchen.

Am Tag darauf kamen der Müller-Bürgermeister und der Notar, ein jeder auf einem Maultier, zu Eichener:

»Die Schmiede steht zum Verkauf«, sagte der Müller-Bürgermeister, »aber wir haben keinen anderen Schmied als Wintersang. Ich will dir wohl die Schmiede und die Nachfolge des Narbengesichts kaufen, aber du mußt mir dafür ein

Schriftstück unterzeichnen, das besagt, daß du mir jedes Jahr zu Sankt Michael den zehnten Teil zurückzahlst.«

»Sieh da, auf einmal erinnert sich der Herr Bürgermeister wieder an die Heiligen«, brummte Eichener vor sich hin.

Der Müller zuckte mit den Achseln: »Wenn ich, wie es sich gehört, sage: an jedem Octidis des Vendemiaire, wollt Ihr ja nicht hören. Aber Ihr werdet verstehen, wenn ich hinzufüge: Kapitalerstattung zuzüglich, versteht sich, Zinsen.«

»Das ist gar viel der Güte«, seufzte Wintersang.

»Außerdem«, fügte der Müller-Bürgermeister hinzu, »wirst du mir etwas in der Mühle arbeiten, jeden Sonntag.«

»Nicht am Sonntag.«

»Ach ja, richtig. Da macht der Herr seinen Familienausflug. Dann eben jeden Montag.«

So kehrte Wintersang ein weiteres Mal, nachdem er aus ihr verjagt worden war, in die Schmiede zurück.

Victorine riß von zu Hause aus. Sie wartete einen günstigen Augenblick ab, wo Louise oder die Großmutter dabei waren, die Kühe zu melken, das Schwein zu füttern, zu buttern, oder man sie damit beschäftigt glaubte, weiße Bohnen auszupalen – und schon lief sie davon, in ihre langen Röcke eingezwängt, barfuß, ihre schwarzen Haare unter einer kleinen Haube aus weißem Tuch zusammengehalten. Weil sie Angst vor dem Hunde hatte, machte sie um den Hof unten am Fuß des Hügels einen weiten Bogen, lief bis zur Scheunenkirche hinauf und bog dann ab in Richtung Eicheners ehemaligem Kotten. Aber es zog sie nicht etwa zu der Behausung, in der sie zur Welt gekommen war. Sie lief nach nebenan, zu Weber-Jacques' Werkstatt, wo Victor sie erwartete.

»Die da«, sagte Jacques und zwinkerte mit seinem einen Auge, »das sind zwei richtige Turteltäubchen.«

Die beiden Kinder gingen lachend, Hand in Hand, über die Felder. Je nach Jahreszeit kletterten sie auf die Bäume, hoben Vogelnester aus, verschmierten sich beim Ausschlürfen der Eier das ganze Gesicht oder schlugen sich den Magen mit Brombeeren voll, sammelten Pilze und Eßkastanien, die sie in ihren Schürzen mit nach Hause brachten.

Eines Abends nahm Victorine Victor mit zum Pachthof. Und Victor wollte nicht mehr fortgehen. Eichener und

Louise waren in Verlegenheit. Als Léonie ihren Sohn holen kam, entgegnete Eichener ihr: »Es ist deiner, aber auch der meine.«

»Du hast schon zwei Kinder mit Louise. Jacques und ich haben überhaupt keins.«

Léonie begann wieder zu weinen, wie früher rannen die Tränen durch diese Rillen, die immer stärker ihr Gesicht durchfurchten. Sie wurde allmählich alt, die Léonie, und im Dorf betrachtete man sie mit einer gewissen Verachtung. Gerade in diesen Zeiten der Entvölkerung, da die vollen Wiegen dem Tod trotzten, da der Kindersegen gegen den Massenmord ankämpfte, erschien die Unfruchtbarkeit eines Paares als ein Fluch – ähnlich der Dürre der Erde, dem Versiegen der Brunnen, der Hungersnot. Niemand schien sich an Léonies frühere Geburten zu erinnern, an ihre Kinder, die vom Ungeheuer Turreau verschlungen worden waren, an ihre Niederkunft mit dem kleinen Victor. Oder aber man sagte ihr nach, daß sie zwar früher eine gute Legehenne war, nun aber nichts mehr taugte. Wenn der Weizen nicht aufging, dann beschuldigte man die Erde, nie den Samen. Die Erde vermochte nicht das Samenkorn aufzunehmen. Die Erde verweigerte das Keimen. Die Erde wurde schlecht. Genauso war an der immerhin seltenen Kinderlosigkeit eines Paares immer die Frau schuld.

»Du mußt Weißdorntee trinken«, riet Louises Mutter.

»Davon hab ich schon so viel getrunken.«

»Und Misteltee?«

»Davon kriege ich Durchfall. Mehr bewirkt der bei mir nicht.«

»Seinerzeit kannte ich eine Frau, die konnte keine Kinder bekommen. Die ging in den Wald und setzte sich mit dem nackten Hintern auf den Gargantua-Stein. Danach hat sie einen ganzen Schwarm von Kindern zur Welt gebracht.«

»Ja«, sagte Louise, »aber das war, bevor der Pfarrer seine Messe darauf gelesen hatte. Jetzt würde ich mich nicht trauen.«

»Vielleicht wäre es jetzt noch besser«, sagte Eichener.

»Jacques mag ihn so gern, den kleinen Victor, ihr könnt ihn ihm nicht wegnehmen.«

Eichener überlegte. Schließlich bestand das einzige Problem in der großen Entfernung zwischen dem Pachthof und der Weberwerkstatt. Der Pachthof war ohnehin zu groß und zur Hälfte unbewohnt. Aber er war nur der Schwiegersohn. Er mußte sich an die alte Louise wenden: »Mutter, wir könnten dem Jacques und der Léonie den leerstehenden Teil der Pferdeställe überlassen. So bräuchten wir uns nicht um den kleinen Victor zu streiten. Wolfskopf wird von nun an mit mir auf dem Feld arbeiten, und zwei kleine Hirten werden nicht zuviel für uns sein.«

Die alte Louise biß sich vor Überraschung auf die Lippen, hustete mit diesem langgezogenen Räuspern, das dem Gakkern einer Henne ähnelt und sagte nur: »Mal sehen.«

Während man auf ihre Antwort wartete, wurde sie geschäftig, brach Reisig, das sie unter den schwarzen Kessel schob, blies auf die Glut, das Feuer anzufachen, ging mit einem hölzernen Eimer hinaus, Wasser zu schöpfen, goß das Wasser in den Kessel, sah niemanden an. Dann drehte sie sich plötzlich zu ihrem Schwiegersohn: »Diese Victorine, also nein, die wird uns noch närrisch machen.«

Am 15. August 1806 wurde Mariä Himmelfahrt abgeschafft und durch das Fest des heiligen Napoleon ersetzt. Darüber lacht man heute noch, außer auf Korsika. Da Louise an diesem 15. August ihr fünftes Kind zur Welt brachte, witzelte das ganze Dorf, und es hieß, daß die Eicheners ihr Neugeborenes, so wie es sich gehört, Napoleon nennen würden.

Nachdem ihnen zwei Kinder gestorben waren, hatten Louise und Eichener Angst vor dieser Geburt. So viel Unheil lief durch diese Welt, daß sie eigentlich weniger den Tod fürchteten, der so alltäglich ist und gegen den man ohnehin nichts ausrichten konnte, als vielmehr die Geburt eines verwunschenen Kindes, eines Wolfsmenschen, eines Schwachsinnigen oder eines Ungeheuers. Louise hatte in dem vergangenen Monat wohl darauf geachtet, keiner Kröte zu begegnen. Sie hatte sich wohl gehütet, beim Nähen der Kindswäsche den Faden um ihren Hals zu legen, damit sich ihr Kind nur nicht mit der Nabelschnur erwürge.

Da sie einen Jungen erhoffte, trank Louise Aufgüsse aus Seerosen. Ihr runder Bauch war ein gutes Vorzeichen, denn bei Mädchen haben die schwangeren Frauen einen spitzen Bauch. Die Geburt dauerte lange und war schmerzhaft. Drei Tage lang blieb sie im Bett, denn sie wollte nicht noch einmal eine »Kindsverliererin« sein, aber diesmal kam es erst gar nicht dazu, denn das Kind lag nicht gut und zerriß ihr den

Unterleib. Sie blutete so stark, daß ihre Mutter dem Neugeborenen Gesicht und Brust mit dem Geburtsblut waschen konnte. Da es ein Junge war, würde dies Blut ihm Kraft und Männlichkeit verleihen.

Die alte Louise und Léonie versuchten, die Schmerzen der Gebärenden zu lindern, die so laut stöhnte, daß Jacques von seinem Webstuhl aufsprang und herbeieilte. Eichener war noch nicht vom Feld heimgekehrt, und der kleinen Victorine hatte man aufgetragen, mit den Kindern wegzugehen.

Weber-Jacques warf eine Handvoll Kienäpfel ins Feuer, ein unfehlbares Mittel zur Linderung von Kindbettschmerzen, aber Louise hörte nicht auf zu schreien. Und doch war ihr Kind geboren, von oben bis unten mit Blut beschmiert. Und seine Schreie vermischten sich mit denen seiner Mutter.

Die alte Louise vergrub die Nabelschnur, die sie selbst abgebunden und durchgeschnitten hatte, unter einem Rosenstock im Hof, damit das Kind eine schöne Haut bekäme. Dann band sie dem strampelnden Säugling einen blauen Baumwollfaden um den Bauch, das Band der heiligen Jungfrau. Alle denkbaren Vorsichtsmaßregeln waren getroffen.

Léonie wickelte das Kind mit Armen und Beinen fest in eine Windel ein, damit es steif war und nicht versuchte, auf allen vieren wie ein Tier zu laufen.

»Nehmt die Gelegenheit wahr«, sagte die alte Louise, »schlüpft in die Holzschuhe meiner Tochter. Die Schuhe einer Wöchnerin, das ist das Beste, was es gibt, damit die Fruchtbarkeit euch über die Füße und die Beine genau dorthin steigt, wo es nötig ist.«

Zwei Tage später brachen Eichener, die alte Louise, Jacques und Léonie auf, um im Wald den alten Pfarrer zu suchen. Beim Dolmen angekommen, dem sogenannten Gargantua-Stein, legte Eichener seine Hände zu einem Trichter vor den Mund und stieß einen Eulenschrei aus. Fast gleichzeitig antwortete eine Eule aus dem Hochwald.

»Der Pfarrer wird alt«, sagte Eichener. »Das klingt wie ein kranker Kauz.«

Er legte noch einmal seine Hände vor den Mund, stieß einen weiteren Schrei aus, der sich zweimal überschlug.

Von weitem hörte man das Knacken von zertretenen

Ästen, dann Schritte, die das Dornengestrüpp zerteilten. Der alte Pfarrer kam aus dem Unterholz hervor. Er segnete sie, als er sie sah und lächelte das Kind an: »Welchen Namen wollt ihr ihm geben?«

»Wenn es ein Mädchen geworden wäre, hätten wir es Marie genannt, wegen Himmelfahrt. Da es nun ein Junge ist, soll er Jean-Marie heißen.«

Der Pfarrer schöpfte mit der hohlen Hand etwas Wasser aus einer Vertiefung des Dolmens und betröpfelte den Kopf des Kindes: »Jean-Marie, ich taufe dich im Namen des Vaters, des Sohnes und des Heiligen Geistes.«

»Amen«, sagte Eichener. »Sein Taufpate ist Jacques und die Patin die Großmutter. Ich habe Euch ein Stück Brot und etwas Käse mitgebracht, Herr Pfarrer. Paßt nur gut auf Euch auf!«

»Wie alt bist du, Eichener?« fragte der Pfarrer. »Als ich dich im Wald aufnahm, hattest du dieselben weißen Haare wie heute. Ich hielt dich für einen Greis und sieh da, du zeugst ein Kind nach dem anderen. Du bist wie ich, ohne Alter. Hab keine Angst, die frische Luft hält mich jung.«

Die frische Luft hielt ihn zwar jung, aber er war nicht mehr der Pfarrer Noah, sondern Noah und Moses zugleich, denn nachdem er seine Pfarrkinder vor dem Untergang errettet hatte, führte er sie in ein gelobtes Land. Nun war er Johannes der Täufer geworden, gejagt, auf seinen alten Kopf mit den sonderbaren Haaren war eine Belohnung ausgesetzt.

Die berittenen Gendarmen versuchten wiederholt, der Pfarrgemeinde auf ihrer sonntäglichen Wanderung in den Wald zu folgen, aber auf geheimnisvolle Weise lösten sich die Dörfler in Nichts auf, spurlos und ohne den geringsten Lärm.

Also hielten sie sich an Eichener schadlos. Warum an Eichener? Der Pachthof lag abgelegen zwischen dem Dorf und dem Wald. Außerdem hatten sie Eichener schon einmal ins Gefängnis gesteckt, und obwohl seine Unschuld im Mordfall seines Schwiegervaters erwiesen war, machte ihn allein die Tatsche seiner Verhaftung schon verdächtig.

In aller Frühe, als die beiden Louisen die Kühe melken und sich Eichener und Wolfskopf auf den Weg machen wollten, das Feld zu pflügen, hörte man eine Reiterschar den Hügel herunterstürmen; unwillkürlich mußten sie an einen

Ausbruch der blinden Pferde denken. Alsbald näherte sich der Galopp der Pferde. Sie hörten Schreie, Stiefellärm, Waffenklirren; die Gewißheit, daß die Husaren zurückgekehrt waren, stürzte den Hof in tiefe Panik. Unvorsichtigerweise hatten sie sich an den Frieden gewöhnt und keinen Schlupfwinkel vorgesehen. Eichener sah, wie Wolfskopf geschwind eine der Flinten vom Kamin abnahm und am Fenster in Stellung ging. Er war darüber so verblüfft, daß er vergaß, selber zu einer Waffe zu greifen. So wurde also das Kind der Husarenzuhilf ein Mann. Zwölf Jahre waren schon verstrichen seit ihrer Rückkehr aus dem Wald mit dem Pfarrer Noah. Zwölf Jahre, in denen sie allmählich das Dorf wieder zum Leben erweckt, die Zahl der Herdstellen verdoppelt, die der Einwohner verdreifacht hatten. Zwölf Jahre, und das Kind der Husaren, das es selber nicht wußte, war drauf und dran, auf Reiter zu schießen, die denen ähnelten, die dereinst seine Mutter gepeinigt hatten.

Die Eingangstür zerbarst unter einem gewaltigen Ansturm der Gendarmen. Eichener riß Wolfskopf die Flinte aus den Händen und warf sie unter die Truhe. Der Gendarmerieunteroffizier trat auf ihn zu: „Wo ist der Pfarrer, Gottverdammich?«

Das war's also!

»Welcher Pfarrer?«

»Wir wissen, daß du ihn versteckt hältst.«

»Ich habe diese Ehre nicht.«

»Dummkopf!«

Zu seinen Gendarmen gewandt: »Stöbert alles durch. Vergeßt den Misthaufen nicht, er soll sich früher oft mit Jauche besoffen haben.«

Die Brottruhe wurde umgekippt und das Mehl auf dem gestampften Lehmboden verstreut. Ein Gendarm zwängte sich in den Kamin, der als Versteck mittlerweile allgemein bekannt war, und in seiner Wut, nichts gefunden zu haben, riß er mit einem Schulterstoß die von Wintersang geschmiedete Halterung herunter, so daß der schwere gußeiserne Kessel auf den dreifüßigen Tontopf, in dem die weißen Bohnen kochten, fiel und ihn zertrümmerte.

Draußen suchte ein anderer Gendarm im Brunnen nach. Wolfskopf, den Eichener zurückhielt, ähnelte in der Tat einem kleinen Raubtier. Wenn Eichener ihn nicht mit aller Kraft am Arm festgehalten hätte, wäre er sicher auf die Gendarmen losgestürzt, um sie zu beißen. Seine unterdrückte Wut war so groß, daß ihm Geifer aus dem Mund lief. Vom Hof hörte man Geschrei, und ein Gendarm meldete dem Unteroffizier die Festnahme des Pfarrers.

»Ihr Schwachköpfe!« sagte der Unteroffizier. »Der Pfarrer ist alt wie Methusalem und hat noch beide Augen. Aber was machst du überhaupt hier?«

»Ich bin Jacques, der Weber.«

»Woher kommst du? Ich wette, daß du nicht von hier bist. Das ist ja unglaublich, ihr seid so viele, daß man gar nicht mehr weiß, woher ihr kommt. Das schießt aus dem Boden wie Pilze im Wald.«

»Ich bin aus Cholet gekommen.«

»Und wenn wir ihn mitnehmen, Chef?«, sagte ein Gendarm.

»Bist du der einzige Weber im Dorf?«

»Ja. Bevor ich kam, gab es kein Leintuch und keine Tischwäsche mehr. Alles ist von mir gewebt worden.«

»Nun gut, Weber, wir nehmen dich mit. Deine Mitbewohner werden zu wählen haben zwischen dem Nutzen eines Pfarrers in den Wäldern und dem Nutzen eines Webers in seiner Werkstatt. Wenn sie keinen Stoff mehr haben, um ihn sich vor den Arsch zu hängen, dann werden sie dich schon holen kommen und uns ihren verdammten Pfaffen an den Sackhaaren herbeischleifen.«

4

Im Wald von Herbergement, gleich hinter der Kreuzung der beiden einzigen Landstraßen, die einstmals die Vendée in vier Teile zerschnitten und die noch heute die »Quatre-Chemins-de-l'Oie« heißen, hielt sich Eichener versteckt, mit dem Rükken fest gegen einen Baum gelehnt, in der Hand eine Flinte.

Er lag auf der Lauer. Die Krempe seines großen schwarzen Hutes hatte er an einer Seite mit einer Nadel festgesteckt, um nicht beim Zielen behindert zu werden. Ein rotes Stoffherz war auf seine Brust genäht, und der traditionelle Rosenkranz hing als Halskette über seine schwarze Schafslederjacke.

Er wartete, nur ein paar Schritte abseits der Landstraße, legte sich ab und zu mit dem Ohr auf die Erde und lauschte, ob sich nicht aus der Ferne ein Rollen vernehmen ließe. Aber diese Maßnahmen waren überflüssig, denn als der Zug in die Quatre-Chemins-de-l'Oie einbog, entstand ein ohrenbetäubender Lärm von Rädern, Achsen, Gewieher. Seit der katastrophalen Niederlage von Le Mans im Jahre 93 hatte Eichener nicht Vergleichbares mehr gehört.

Als erstes sah er einen von vier Pferden gezogenen Packwagen herankommen, beladen mit Reisekoffern, Kochtöpfen und Fässern, auf dem hoch oben Köche und Küchenjungen saßen. Dann Reiter. Er glaubte, drei Unteroffiziere des Jägerregiments auszumachen, drei Kuriere, einen Stallmeister, einen Vorreiter, einen Pagen; alle in überladen bunten Uniformen. Sodann ein zweispänniges Coupé, in dem ein Bischof saß. Dann andere Wagen mit Generälen, die Zweispitze trugen, und schließlich eine große, von sechs Pferden gezogene und von zwei Kutschern gelenkte Berline.

Eichener legte sein Gewehr an, zielte. Da geschah etwas Unerwartetes. Der Zug hielt an.

Um die Berline schwänzelte ein merkwürdiger Reiter herum. Ein dicker, pausbäckiger Bursche mit einem weißen Turban auf dem Kopf, mit einer roten Pluderhose und einem grünen Bolerojäckchen mit gelben Ärmeln. Dieser buntgescheckte Vogel überraschte Eichener so sehr, daß er darüber das Schießen vergaß. Zudem war die Kutsche im Handumdrehen von Soldaten umringt, die Eichener wegen ihrer mit Rockschnüren besetzten Dolmane und Krummsäbel in seiner Wut für Husaren hielt. Ihre breiten Knebelschnurrbärte erinnerten ihn zudem an den Gâtiner Holzschuhmacher; diese gedankliche Verbindung von Holzschuhmacher und Husaren verwirrte ihn. Seit ziemlich langer Zeit hatte er, außer in seinen Alpträumen, keine Husaren mehr gesehen. Vier von ihnen sprangen vom Pferd. Man konnte erkennen, daß ihre Sättel mit Leopardenfell bestückt waren. Sie kamen auf Eichener zu, sahen ihn aber nicht, da er im Unterholz verborgen war. Die Tür der Berline ging auf. Ein kleiner gedrungener Mann stieg aus, fettleibig, mit kurzen Beinen, die in weißen Seidenstrümpfen steckten; auf dem Kopf trug er einen kleinen Gendarmenhut.

Die vier Reiter, die in Wirklichkeit Jäger der Leibgarde waren, zogen die Säbel und präsentierten die Waffen.

»Ich muß mal pissen«, sagte der kleine Mann.

Die vier Männer stellten sich, ihm den Rücken zugewandt, im Karree auf. Eichener sah nur undeutlich, wie er da in der Mitte, mit einer Hand auf die Schulter eines Jägers gestützt, diesem mit einem kleinen Strahl an die Stiefel pißte.

War Er das? War das der Antichrist, den er niederschießen sollte? Der tief in die Stirn gedrückte Gendarmenhut erstaunte ihn nicht. Wenn Er das war, war er dann nicht auch der Obergendarm oder gar der oberste Chef der Obergendarmen? Das Pißmännchen trug dieselbe blaue Jacke mit den roten Aufschlägen wie die Gendarmen. Seine goldenen Schulterstücke wiesen ihn wohl als einen Offizier aus, und all diese Medaillen, diese Kreuze, diese Orden, diese Sterne, mit denen seine Weste bespickt war, als einen Ober-Offizier. Ja, das konnte nur Er sein.

Aber Eichener hatte sich allzusehr ablenken lassen. Die Jäger geleiteten schon wieder den kleinen Mann, der von hinten gesehen gebeugt wirkte, zur Kutsche, in der er eilig verschwand.

Der Zug setzte sich in Bewegung. Eichener sah andere Wagen vorbeifahren, sah Kürassiere mit ihren metallenen Brustpanzern und ihren weißen Schulterstücken, sah Dragoner mit ihren buschigen Helmen, sah Grenadiere ... Dann war es zu Ende. Er blieb noch einen Augenblick wie benommen stehen, die Flinte in der Hand, dann lief er durch das Gehölz bis zu einer Lichtung, wo sein Pferd stand, saß mit einem Sprung auf und ritt mit verhängten Zügeln über den Waldweg davon.

Er stieß zu einer kleinen Schar von Reitern, die alle den breiten schwarzen Hut auf dem Kopf und das rote Stoffherz auf ihrer Jacke trugen, außer drei Edelleuten, die Federhüte schmückten. Eichener berichtete ihnen von seinem Mißgeschick.

»Man darf nicht außer acht lassen, daß der Antichrist Luzifer gleicht«, sagte einer der adligen Reiter. »Wir haben ihn auch in Fontenay entkommen lassen, obwohl die Falle ausgezeichnet war.«

»Nie wieder werden wir eine solche Gelegenheit finden«, seufzte der Baron. »Ohne die vernichtende Niederlage der kaiserlichen Armee in Spanien wäre Buonaparte niemals von Bayonne nach Bordeaux aufgebrochen und wäre ihm nicht diese launische Idee in den Sinn gekommen, auf der Rückreise nach Paris einen Umweg über die Vendée zu machen. Wie konnten wir vermuten, daß dieser Lümmel das Haus des Bürgermeisters von Fontenay um vier Uhr in der Frühe verlassen würde. Unser Scharfschütze erwartete ihn für sieben Uhr, das war schon zeitig genug.«

»Und dabei hatte der Bürgermeister von Fontenay«, sagte ein anderer adliger Reiter, »keine Niederträchtigkeit gescheut, um den Tyrannen zurückzuhalten. Bei seinem Einzug in die Stadt ging er unter einem Triumphbogen hindurch, auf den man zu schreiben gewagt hatte: ›Ruhm dem Großen Napoleon, dem Friedensstifter Europas!‹ Kniende Frauen boten dem Ungeheuer einen Korb mit Vendéer Herzen dar. Jawohl, meine Herren! Diese Vendéer Herzen, all unser Stolz, unser Emblem, schenkte dieser verfluchte blaue Bürgermeister, ohne mit der Wimper zu zucken, dem Freund Robespierres! Die Kinder der Stadt waren als Mamelucken verkleidet, wie dieser Affe, der Pirouetten um die Berline herum macht. Es brauchte nur um Mitternacht ein Bote aus Spanien die Nachricht zu überbringen, in der sein Bruder Joseph, den er gewagt hatte, zum König zu machen, vom Abdanken sprach, und schon zerschlug er die Fayenceschüssel, in der er seine Füße badete, und gab Befehl zum Aufbruch im Morgengrauen.«

»Gehen wir«, sagte der Baron, »wir müssen ihn in La Roche-sur-Yon einholen.«

Diese neue Stadt, die mitten im Bocage, im Herzen der Vendée entstand, um sie besser kontrollieren zu können, nannten sie weiterhin wie den kleinen Marktflecken, der sie ursprünglich war, und niemals »Napoleon-Vendée«, seit 1804 ihr offizieller Name. Napoleon hatte, als der Zug mit den acht Wagen und den Reitern ankam, seine Stadt noch nie zuvor gesehen, sie war eine einzige Baustelle. Der leitende Ingenieur Duvivier hatte im Glauben, dem Kaiser damit zu gefallen, für die Stadt den Grundriß eines Feldlagers entworfen: ein Fünfeck, von dem sechs schnurgerade Straßen ausgingen. Es fiel ein dichter, alles durchdringender Nieselregen, der die Straßen in Wassergräben verwandelte, in denen sich Enten tummelten.

Napoleon und sein Gefolge waren aus den Wagen ausgestiegen und wateten im Schlamm aus Schutt und Mörtel. Talleyrand, dessen Seidenstrümpfe mit Schlammspritzern beschmutzt waren, glaubte eine geistreiche Bemerkung zu machen, als er dem Kaiser sagte: »Sire, wie schon Richelieu richtig erkannte, ist die Vendée das verdreckteste Bistum Frankreichs.«

Napoleon warf ihm einen bösen Blick zu. Aber da er sich vor Talleyrand in acht nahm, suchte er die Schuld lieber beim Marschall Berthier, seinem gewöhnlichen Prügelknaben, dem er mit dem Handrücken eine Ohrfeige versetzte. Die Schleppe von Josephines Kleid aus weißem Musselin verfing sich wie ein Scheuertuch im Unrat. Napoleon zerriß sie, indem er mit seinen Sporenstiefeln darauf herumtrampelte. »Das wird Ihnen eine Lehre sein, sich mit englischen Spitzen herauszuputzen. Auf Ihre englischen Spitzen, da scheiß ich drauf.«

Josephine begann zu weinen und zog wie ein kleines Mädchen schluchzend die Nase hoch. Ihr triefendes gelocktes Haar war fest an den Kopf geklatscht, und die rote und weiße Schminke, mit der das Gesicht so überladen war, daß man es für eine Maske hätte halten können, rann ihr am Hals herunter. Ihren Begleitdamen de Montmorency und de la Rochefoucauld klebte der Regen die Kleider auf den Leib, so daß sie nur mit kleinen Schrittchen vorankamen, wobei ihre Schnallenschühchen in der aufgeweichten Erde einsackten.

Napoleon zog seinen Degen, piekte in die Mauer eines neu gebauten Hauses; der Degen drang tief in den frischen Strohlehm ein. Napoleon stampfte wütend mit dem Fuß auf und geiferte in einem unverständlichen Kauderwelsch, einem Gemisch aus dem unflätigen Sansculottenfranzösisch und dem Korsischen; man hörte gleichwohl deutlich heraus, was er zu dem wenig genialen Genie von Ingenieur sagte: »Sie haben mir eine Matschstadt gebaut! Sie sind ein Nichtskönner. Abgesetzt! Sie sind abgesetzt!

Als die kleine Reiterschar unter der Führung des Baron in La Roche-sur-Yon ankam, zogen Napoleon und sein Zug gerade ab.

In Saint-André-Goule-d'Oie, wo Wagen und Geleit haltgemacht hatten, stießen sie wieder auf ihn. Da es noch immer regnete, betrachtete Napoleon aus seiner Berline heraus die Bauern, die dichtgedrängt stumm am Straßenrand standen. Kein Winken, keine Hochrufe. Der Regen durchnäßte die Lumpen, die sie auf dem Leib trugen. Sie erkannten ohne Schrecken, dafür aber mit Abscheu die Uniformen der Soldaten der republikanischen Armee wieder. Einer fragte: »Ist das der König?«

»Nun ja«, antwortete ein anderer, »aber das ist nicht der König, den wir vorher hatten.«

Napoleon bemerkte hinter den Bauern eine Gruppe von Reitern mit dem roten Herzen. Er rief Duroc zu sich und trug ihm auf, sie näher herankommen zu heißen.

»Wozu diese Flinte im Anschlag?« fragte er Eichener.

Eichener antwortete nicht. Wieder sah er diesen kleinen Mann, den er für den Bruchteil einer Sekunde in seinem Visier gehabt hatte und dessen eisengraue, fragend auf ihn geheftete Augen bei ihm ein Gefühl des Unwohlseins verursachten.

»Hast du im Großen Krieg gekämpft?«

Eichener verstand schlecht. Zwar sprach er Poitou, aber er verstand fließend das von den Bourgeois und den Adligen gesprochene Französisch. Die Stimme des kleinen Mannes mit ihrem singenden Tonfall verblüffte ihn, die übertrieben vielen Vokale ließen ihn den Faden verlieren, es gelang ihm nicht, dem schnellen und abgehackten Rhythmus zu folgen.

Napoleon wurde ungeduldig.

»Warum redet er nicht?« fragte er Duroc.

Der Präfekt trat vor und bot sich als Dolmetscher an.

Auf die vom Präfekten aufs neue gestellte Frage antwortete Eichener in seiner Mundart.

»Was? Was hat er gesagt?« wollte Napoleon voller Ungeduld wissen.

»Ja, Sire«, antwortete der Präfekt, »er hat im Großen Krieg gekämpft, bis Granville und Savenay. Er war Reiter bei Stofflet.«

»Wenn du nicht so alt wärst, dann hätte ich dich gern in

meiner Kavallerie gehabt. Du befandest dich also bei denen, die alle anderen geschlagen haben. Ich wäre stolz, ein Vendéer zu sein. Ihr habt einen rechtmäßigen, edlen und schönen Krieg geführt. Einen Krieg der Giganten. Heute gehört das alles zur Vergangenheit, und in meiner Armee sind die Vendéer meine besten Infanteristen. Ihr habt mir diese Art des Kämpfens beigebracht, und meine Scharfschützen vollbringen Wundertaten auf allen Schlachtfeldern.«

Der Baron lenkte sein Pferd auf die Berline zu. »Sire«, sagte er, »es leben in unseren Wäldern noch arme Pfarrer, die von den Gendarmen wie wilde Tiere gejagt werden.«

»Sind Sie adlig?«

»Ja, Sire.«

»Wir, die Adligen, werden uns auf kurz oder lang miteinander verständigen. Schauen Sie nur in den Wagen der Kaiserin, Sie werden dort zwei Ihrer Herzoginnen sehen. Aber erzählen Sie mir nichts von den aufsässigen Pfarrern. Fragen Sie den Bischof von Poitiers, der sich in meinem Gefolge befindet, was er von ihnen hält. Seit meinem Machtantritt gibt es keinen Grund mehr für Chouan-Kriege. Jetzt gibt es nur noch Banditen, Emigrierte und Söldlinge Englands.«

»Auf«, rief er Duroc zu, »weiter geht's!«

Der Zug machte sich auf den Weg zum Oberen Bocage. Die meisten Dörfer, durch die sie kamen, lagen noch in Trümmern. Ein Menschenspalier von Bauern und Handwerkern bildete sich die ganze Landstraße entlang, blieb aber stets schweigsam.

Napoleon rief aus seiner Berline heraus den Präfekten zu sich, der ihm im Trab folgte.

»Warum all diese Trümmer?«

»Der Krieg, Sire ...«

»Es sind jetzt acht Jahre her, daß ich Frieden geschlossen habe mit Autichamp, und seitdem hat es keinen Krieg mehr in der Vendée gegeben.«

»Das Elend, Sire ...«

»Sie werden den zweitausend ersten wiederaufgebauten Häusern für fünfzehn Jahre die Steuer erlassen.«

Der dichte Nieselregen fiel noch immer, und die Wagen kamen nur mühsam auf der ausgefahrenen Straße voller Schlaglöcher voran.

»Warum läuten bei meiner Ankunft in den Dörfern und

Marktflecken nicht die Glocken?« fragte Napoleon den Präfekten.

»Sie wurden zu Kanonen eingeschmolzen, Sire.«

»Bezahlen Sie ihnen die Glocken.«

»Da müßte man auch die Kirchtürme wiederaufbauen.«

»Dann bauen Sie sie eben wieder auf, Präfekt. Als Erster Konsul hatte ich zu La Fayette gesagt, daß ich die Priester so kleinkriegen würde, wie es nicht einmal die Konvention geschafft hatte. Aber ich habe festgestellt, daß es immer noch die Religion ist, die gegen jede kühne Denkweise immun macht. Sie bewahrt vor allen gefährlichen und unsinnigen Vorstellungen. Es reicht, daß ein Barmherziger Bruder einem Mann aus dem Volke sagt: ›Dies Leben ist nur ein Übergang.‹ Wenn Sie dem Volk den Glauben nehmen, werden Sie nur noch Straßenräuber haben. Wenn man Ruhe und Ordnung sichern will, dann braucht man eine Polizei und einen Klerus, die beide dem Staate treu ergeben sind. Um die Polizei kümmert sich Fouché, den Klerus hält Talleyrand im Auge. Und da beide ehemalige Priester sind, habe ich meine Ruhe.«

Längs der Landstraße bemerkte Napoleon plötzlich ein gutes Hundert Kinder, barfuß, in Lumpen gehüllt, mit langen, regennassen Haaren. Sie waren so anders als die hübschen kleinen Städter von Fontenay in ihren Mameluckenkostümen. Er rief von der Tür aus den Präfekten zu sich.

»Sie werden mir einen Bericht über die Zahl der weiblichen und männlichen Subjekte erstellen, die in den nächsten zehn Jahren in fortpflanzungsfähigem Alter sein werden. Ich wünsche, daß die Aufzucht der Kinder und ihr Überleben gesichert sind. Je weniger Kinder in frühen Jahren sterben, desto mehr Soldaten findet man unter den Zwanzigjährigen. Da wir gerade dabei sind, Präfekt: die Rekrutenaushebung stellt doch keine Probleme mehr in der Vendée?«

»Die Deserteure sind hier seltener als in allen anderen Departements. Ich bin stolz darauf, Sire. Aber die Hälfte der Gezogenen wird wegen körperlicher Gebrechen ausgemustert. Die Kinder, die 1793 fünf Jahre alt waren, sind heute zwanzig. Viele sind taub, blind, sind Epileptiker. Ganz zu schweigen von den offenen Geschwüren an den Beinen, die sie von ihrem verdammten Stechginster bekommen.«

Der Präfekt hielt inne, sprach dann etwas leiser weiter: »Heute desertiert man nicht mehr, Sire, aber viele Krankheiten der Rekruten werden simuliert. Die Vendéer sind am Boden. Und da sie es überdrüssig sind, sich aufrecht zu wehren, versuchen sie es mit List.«

Mehrere Dorfbürgermeister kamen mit ihrer blau-weiß-roten Schärpe um die Brust auf die Berline zu. Napoleon hieß den Kutscher anhalten. Die Bürgermeister brachten in Tonschüsseln zubereitete Pasteten, einen Schinken und Obst.

Napoleon hatten die letzten Worte des Präfekten in eine so üble Laune versetzt, daß er den Mamelucken Roustan anfuhr: »Jag sie weg. Die wollen mich vergiften.«

Den Säbel schwingend ging Roustan mit dem Pferd auf die Bürgermeister los und stieß sie zur Seite.

Mit rumpelnden Rädern fuhr die Kutsche an. Es war Nacht, als der Zug in Chavagne-en-Paillers ankam. Zu beiden Seiten der Straße leuchteten wie eine Glühwürmchenprozession kleine Lichter. Es waren die Schüler und Lehrer der geistlichen Internatsschule. Ein jeder trug eine Kerze. Hinter ihnen waren die Ruinen eines niedergebrannten Schlosses zu erkennen. Zur Begrüßung Napoleons erscholl ein zündendes: »Vivat Imperator!«

Napoleon war so überrascht von diesem Empfang, daß er dem Präfekten auftrug, Geld unter die Seminaristen zu verteilen. »Zumindest der Nachwuchs der Kirche ist gesichert, Präfekt.«

Der Zug durchquerte im Trabschritt Saint-Georges-de-Montaigu, wo noch nicht ein einziges Haus wieder ganz aufgebaut worden war und die Kirche noch immer in Trümmern lag. Montaigu, die größte Ortschaft im Oberen Bocage, war als Etappenquartier vorgesehen. Die acht Wagen und die Kavallerie erreichten die Stadt im Galopp.

Der Baron und seine kleine Truppe machten einen Bogen um Montaigu, um nicht auf sich aufmerksam zu machen. Sie wollten kurz vor Aigrefeuille einen Hinterhalt legen, genau an der Stelle, an der die Landstraße eine leichte Biegung macht und über die Kleine Maine führt.

Zu Eicheners Enttäuschung bestimmte der Baron einen anderen zum Scharfschützen: »Das ist das erste Mal, daß er sein Ziel verfehlt. Sogar zu Pferd traf er alles, was er wollte. Aber er ist aus der Übung.«

»Herr Baron«, protestierte Eichener, »das war die Überraschung. Ich hatte nicht damit gerechnet, ihn pissen zu sehen.«

Ein Reiter brachte Nachrichten aus Montaigu.

»Der Anwalt Tortat hat ihm ein prunkvolles Festmahl aufgetischt, das er wie üblich ablehnte. Aber Josephine ließ sich herab, ein Glas Wasser zu trinken, und hat es dann erbrochen. Buonaparte zwang in einem Wutrausch den Unterpräfekten, den Rest der Karaffe auszutrinken. Da der Unterpräfekt nicht daran gestorben ist, wird Montaigu nicht zerstört.«

»Diese ständige Angst vor Vergiftung«, sagte der Baron. »Auch das Essen des Bürgermeisters von Fontenay wies er zurück. Zumindest hätten wir damit erreicht, daß alle Patauds beleidigt sind, weil er alles, was sie ihm zu essen vorsetzen, ablehnt. Dabei hat er nichts zu befürchten. Wir greifen nicht zu den Mitteln der Feiglinge. Und danach?«

»Seine Köche brachten ihm wie gewöhnlich sein gebratenes Hähnchen, das er in einer Viertelstunde aufaß, dazu seine übliche halbe Flasche Chambertin, rittlings auf einem Stuhl sitzend, den Rücken zum Kaminfeuer. Denn er hatte darauf bestanden, daß ein großes Feuer im Kamin angezündet würde. Mitten im August! Und da er alles zu schnell hinunterschlang, bekam er wieder seine Magenschmerzen, wälzte sich auf dem Teppich und schrie, man habe ihn vergiftet.«

»Und dann?«

»Er verlangte eine Karte, um den weiteren Verlauf seiner Reise zu überprüfen. Er fand, daß die Karte schlecht gefaltet war, und schlug sie dem Marschall Berthier ins Gesicht. Man brachte ihm die Post, die er schnell überflog. Was ihm ohne Belang zu sein schien, warf er eins nach dem anderen ins Feuer. Dann verlangte er ein heißes Bad und stieg in die Wanne und plantschte, wobei er aus vollem Halse sang: Marat, des Volkes Rächer du ... Zweifellos schläft er jetzt den Schlaf des Ungerechten!«

»Es fragt sich nur, wie lange er schlafen wird«, sagte der Baron.

»Ah, noch etwas«, sagte der Bote nach einer Pause. »Als er seine Kleider ablegte, um in sein Bad zu steigen, habe ich erkennen können, daß er sich die Kaiserkrone auf seine Strümpfe hat sticken lassen.«

Wie immer hatte Napoleon, um Anschlägen aus dem Weg

zu gehen, sein Gefolge um ein Uhr morgens geweckt. Nachdem er die Kleine Maine im Galopp und ohne Wagenbeleuchtung überquert hatte, erreichte der Zug um drei Uhr Nantes.

Nach seinem Abenteuer mit den Reitern des Barons, in dem sie ein Schattendasein geführt hatten, ging für Eichener das tagtägliche Einerlei auf dem Pachthof weiter. Wintersang schmiedete, der Müller-Bürgermeister glaubte, seiner Gemeinde an jedem Tag der Woche vorzustehen, während der Pfarrer in seinem Wald alle Fäden in der Hand hielt und am Sonntag alle Entscheidungen traf. Louise hatte wieder einen Sohn geboren, der den Namen Arsène erhielt. Léonie vertrocknete zusehends, weil sie kein Kind von Weber-Jacques bekommen hatte, der noch immer von den Gendarmen gefangengehalten wurde. Selbst wenn sie gewußt hätte, daß die Kaiserin Josephine dieselben Qualen der Unfruchtbarkeit erduldete, hätte sie das keineswegs getröstet. Wie zur Herstellung eines innergemeindlichen Ausgleichs gebar Wintersangs Frau mit dem Mausgesicht jedes Jahr ihr Kind. Sie besaßen jetzt schon sechs, zwei hatten nicht überlebt. Der Gâtiner Holzschuhmacher pflanzte weiterhin die Hälfte der Kartoffeln, die er jedes Jahr erntete, wieder an. Der Müller-Bürgermeister verpachtete ihm ein Feld, und das Wunder war geschehen, wie er es vorausgesagt hatte. Von seinen neun Kartoffeln des Jahres 1804 erntete er 1805 ein gutes Hundert. Davon aß er fünfzig und pflanzte die fünfzig anderen, die ihm im Jahre 1806 sechshundert Knollen brachten.

Im Jahre 1809 konnte er sie nicht mehr zählen und ging daran, Brot aus Kartoffeln zu backen. Mit dem Erfolg, den Müller-Bürgermeister und den alten Pfarrer gegen sich zu vereinigen. Den Müller-Bürgermeister natürlich, weil das Kartoffelbrot eine Konkurrenz für das Weizenbrot wurde, den Pfarrer, weil eine derartige, in den Evangelien nicht vorgesehene Brotvermehrung, schlicht und einfach Hexenwerk war. In diesem Sinne hatte der alte Pfarrer auch stets davon abgeraten, die Edelkastanien zu essen, die man umsonst und im Überfluß an den Bäumen der Hohlwege herunterholen kann. Dieser verschwenderische Reichtum der Natur konnte nicht mit rechten Dingen zugehen. Denn, wie hieß es doch: Im Schweiße deines Angesichts sollst du dein Brot essen. Nur die Vögel in der Luft weben nicht und ernten nicht...

Dabei hätte es der Pfarrer sehen müssen, daß der himmlische Vater sich kaum um sie kümmerte und daß viele von ihnen vor Hunger und Kälte mit offenem Schnabel starben.

Der Gâtiner Holzschuhmacher, der noch immer keine Kundschaft hatte und völlig vom Bürgermeister abhing, für den er weiterhin als Handlanger arbeitete, durfte sich nicht die Dreistigkeit erlauben, dessen Mißfallen zu erregen, indem er sich darauf versteifte, Kartoffelbrot zu backen. Also versuchte er, seine Kartoffeln loszuwerden. Wenn er sie schon nicht verkaufen konnte, so wollte er sie doch wenigstens gegen etwas anderes eintauschen, denn im Dorf wurde weder gekauft noch verkauft, man begnügte sich noch mit Tauschgeschäften. Da die Wassermühle, in der er wohnte, nicht weit von Eicheners Pachthof lag, machten die beiden Männer nähere Bekanntschaft miteinander. Manchmal kam der Gâtiner Holzschuhmacher des Abends, nach seiner Arbeit beim Müller, auf den Hof und half etwas aus.

»Eichener, du solltest Kartoffeln anbauen. Du hast viel Land, das du nicht bestellst. Deine Kinder haben im Winter fast nichts zu essen. Und du selber bist ganz zusammengeschrumpft. Was nimmst du denn zu essen mit, wenn du für den ganzen Tag mit Wolfskopf und deinen Ochsen zum Pflügen hinausgehst?«

Eichener mochte diese Art Unterhaltung nicht. Der Gâtiner Holzschuhmacher sprach zu viel und zu gut. Er hatte in Nantes gelebt und dort gelernt, sich gewandt auszudrücken.

»Sag mir, was du zu essen mitnimmst?«

»Ein Ei.«

»Ein Ei für euch beide?«

»Ja, das ist genug. Da Wolfskopf jung ist und noch groß und stark werden muß, gebe ich ihm das Eigelb und esse selbst das Weiße. Vielleicht sollte ich ihm aber auch das ganze Ei lassen.«

»Mein guter Eichener, mit meinen Kartoffeln hättet ihr nie wieder Hunger, weder du noch deine Familie. Und im Winter, wenn man sie noch heiß mitnimmt, halten sie einen warm.«

»Der Pfarrer will's nicht.«

»Siehst du denn nicht, daß dein alter Pfarrer in seinem Wald Unsinn quasselt. Er lebt ja wie ein wildes Tier.«

»Du hast nicht das Recht, so von einem guten Pfarrer zu sprechen.«

Eichener und der Gâtiner Holzschuhmacher misteten den Kuhstall aus. Mit der Forke trugen sie das schmutzige Stroh zum Misthaufen auf dem Hof.

»Wie alt wird sie jetzt, deine kleine Victorine? Sie ist schon fast eine Frau.«

»Sie wurde im dritten Krieg geboren.«

»Also ist sie zehn Jahre alt. Neulich konnte sie kaum laufen bei all dem Dornengestrüpp und den Steinen auf dem Weg, die ihr die Füße kaputtmachen. Ihr wollt nicht, daß ich euch Holzschuhe mache, weil ihr daran gewöhnt seid, sie selber zu machen. Aber da ihr keine Zeit dazu habt, lauft ihr barfuß. Laß mich nur machen. Ich werde ihr ein hübsches Paar Holzschuhe schnitzen.«

»Nein.«

»Du brauchst nichts dafür bezahlen.«

»Nicht deshalb. Da könnten wir uns schon einig werden. Aber ich will nicht, daß Victorine Schuhe trägt, wenn Victor keine hat und auch Henri nicht. Sie könnte sich was drauf einbilden.«

»Ein schöner kleiner Junge, dein Henri. Er ist ungewöhnlich, findest du nicht? Ganz zierlich. Man könnte ihn für einen Monsieur halten. Er ist so ganz anders als Wolfskopf, man könnte sie kaum für Brüder halten.«

»Er ist sein Bruder«, widersprach Eichener barsch. »Du gehst mir auf die Nerven mit deinem Gequatsche.«

»Sei nicht beleidigt. Ich sehe, wie du vor dich hin brütest. Vielleicht rede ich viel, aber du, du redest nicht genug. Wenn man zu viel für sich behält, erstickt man daran.«

Eichener blieb eine gute Weile stumm, dann sagte er plötzlich zwischen zwei Ladungen Mist: »Mag ja sein, daß der Müller dein Herr ist, aber du scheinst gar nicht so schlecht mit ihm auszukommen.«

»Das sagst du, weil ich nicht mit euch zur Messe gehe.«

»Das und vielleicht noch was anderes.«

»Es ist wahr, ich bin wie der Müller. Ich liebe die Pfarrer nicht besonders und die Adligen auch nicht.«

»Bist du ein Pataud?«

»Weder Pataud noch Chouan, sondern Holzschuhmacher. In der Gâtine haben wir schon lange vor 1789 mit dem Krieg, wie ihr Chouans ihn geführt habt, angefangen. Wir vertrieben die Steuereintreiber des Königs, die auf den säumigen Pachthöfen die Türen und Fenster ausreißen kamen.

Ich war ein kleiner Knirps damals, und ich sehe meinen Vater, als wäre es erst gestern gewesen, wie er die Steuereintreiber mit der Sense empfing. Und dann die Flucht der ganzen Hausgemeinschaft. Wir waren viele auf den Landstraßen. Die Hälfte der Höfe in der Gâtine war verlassen. Erinnerst du dich an das schreckliche Jahr 1788? Im Sommer hatte der Hagel die Felder verwüstet. Im Winter hielt das Eis die Wassermühlen an. Das Vieh verreckte in den Ställen. Im Jahr darauf waren wir am Ende und alles platzte. Du erinnerst dich doch daran, daß das, was sie die Revolution nennen, zuerst der große Aufstand der Bauern war?«

»Wo standst du während des Großen Krieges?«

»Ich war weder mit euch noch mit ihnen einverstanden. Ihre Revolution wurde die Angelegenheit von Bourgeoisie und Adel. Weißer Adel gegen blauen Adel. Der Graf von Bonchamp greift Nantes an, im Namen des Königs, und der Graf von Canclaux verteidigt Nantes, im Namen der Republik. Soll ich dir sagen, was ich davon halte: alles nur Mätzchen. Ich arbeitete bei einem Holzschuhmachermeister in Nantes. Carrier hat mir die Republik verleidet, und die Brüder von Louis XVI. sind schuld daran, daß mich ein König anwidert.«

Alle diese Ideen, die der Gâtiner Holzschuhmacher hervorbrachte, drängten sich in Eicheners Kopf. Man kann nicht sagen, daß er nicht nachdachte, wenn er hinter seinen Ochsen daherstapfte und darauf achtete, daß die Furche auch richtig gerade wurde; wohl aber war sein Denken schwerfällig. Der Holzschuhmacher dachte zu schnell. So schnell, daß man meinte, er rede irgend etwas Unsinniges daher. Und zudem brachte er alles durcheinander, den König und den Adel, den guten Pfarrer im Wald und die Steuereintreiber. Eichener mochte den Baron gern, weil sie zusammen auf dem langen Marsch von der Loire bis zum Ärmelkanal und wieder zurück gekämpft hatten. Aber er teilte die Abneigung Stofflets, Cathelineaus, Jolys gegen die Adligen. Sie hatten die Adligen aus ihren Schlössern holen und sie zwingen müssen, ihre Offiziere zu werden. Denn zu des Königs Zeiten gab es keine anderen als adlige Offiziere. Man mußte mit dem vorlieb nehmen, was man hatte. Die Patauds handelten auch nicht anders. Denn ihre Anführer waren in der Mehrzahl Aristokraten, ehemalige Offiziere Louis XVI. und blieben, ohne die geringsten Skrupel zu zeigen, in einer

Armee, die nicht mehr weiß, sondern blau geworden war. Die beiden schrecklichsten Feinde der Vendée, der eine, der den Befehl zur Ausrottung der Vendéer gab, Barère, und der andere, der das Verbrechen ausführte, das Ungeheuer Turreau, waren Aristokraten. Bertrand Barère de Vieuzac und Louis-François Turreau de Garambouville mit ihren richtigen Namen. Also war der König von seinen Adligen verraten worden, ganz so wie Gott von seinen Priestern. Der Baron stellte die einzige Bindung dar, die Eichener zum König hatte, und der alte Pfarrer die Bindung zur wahrhaftigen Kirche. Aber bei dem jüngsten Abenteuer mit dem Baron und bei der Reihe von fehlgeschlagenen Hinterhalten, die darauf folgten, hatte Eichener gesehen, wie wenige nur noch wagten, die Gefahr eines Krieges gegen die Patauds einzugehen. Nun waren schon sechzehn Jahre vergangen, seit Louis XVI. enthauptet, vierzehn Jahre, seit der Thronfolger im Gefängnis des Temple dahingesiecht war ... Die meisten Überlebenden der großen Vendéer Armee waren gestorben, niedergemetzelt vom Ungeheuer Turreau oder nach der großen Verwüstung des Landes verhungert, gestorben vor Gram, an Altersschwäche ... Eichener fragte sich, warum er nicht gestorben war und welche gewaltige Energie ihn dazu getrieben hatte, in seiner hohlen Eiche zu überleben, dann dem Pfarrer Noah zu folgen in dies Abenteuer, das Dorf wieder aufzubauen, wie eine neue Bundeslade.

Das Dorf lebte nun wieder auf mit seinen beiden Mühlen, der windgetriebenen oben auf der Anhöhe und der wassergetriebenen, in der der Gâtiner Holzschuhmacher wohnte; mit seiner Schmiede, in der Wintersang seine Lieder schmetterte; mit seinen Pachthöfen, die nach und nach das verwilderte Land bis hin zum Waldrand rodeten. Es fehlten nur ein Weber an seinem Webstuhl und ein Pfarrer in seiner Kirche. Seit dem Fortgang des alten Pfarrers in den Wald war die Scheunenkirche geschlossen. Auch wenn sich das Dorf an den Frieden gewöhnt und wenig Neigung zeigte, sich in neue Abenteuer zu stürzen, so waren die Verbannung des alten Pfarrers und die Schließung des Gotteshauses doch genug, um die Pfarrkinder in einem Zustand des Argwohns zu belassen.

Mit den Jahren erreichten einige Jungen, die dem Gemetzel von 95 entronnen waren, das Aushebungsalter. Jedesmal wenn der Bürgermeister zu einer Familie kam und daran erinnerte, daß der Zeitpunkt des Soldatwerdens nahte, erhob sich Wehgeschrei und Fluchen. Von denen, die in den vorangegangenen Jahren eingezogen worden waren, war keiner zurückgekehrt, hatte keiner ein Lebenszeichen von sich gegeben. Auch der Antichrist war ein Ungeheuer, der unter schönen Jubelrufen die jungen Männer verschlang. Napoleon-Grandgousier, Sohn Blaubarts.

Der Präfekt hatte an alle Bürgermeister kleine Broschüren mit dem Titel verteilt: ›Das Leben des französischen Soldaten‹. Wenn in einer Familie der Kriegsdienst bevorstand, kam der Müller-Bürgermeister mit seiner kleinen Broschüre daher und sagte: »Mein lieber Junge, sieh mal, was für gute Nachricht dir der Kaiser da sendet. Hör nur gut zu, was dieser Soldat in seinem Brief an seine Mutter sagt: ›Ich lebe in dieser wunderbaren Zeit, da unser Kaiser dank seines Genies innerhalb von vierzehn Tagen Herr über sechzehn Generäle, sechzigtausend Kriegsgefangene, zweihundert Kanonen, neunzig Standarten geworden ist. Nur ein Verrückter würde ein schöneres Los suchen.‹ Siehst du, da steht das geschrieben.«

Die Gezogenen sahen nichts als unverständliche schwarze Zeichen auf diesen Blättern, denn das Dorf besaß, abgesehen von dem kurzen Zeitraum, da sich der alte Pfarrer zum Schulmeister gemacht hatte, keinen Lehrer mehr.

Der Gezogene sah hin, sagte: »Steht das da wirklich so geschrieben?«

»Ja, mein Junge«, bestätigte der Müller-Bürgermeister. »Dein Vater muß doch lesen können. Zu seiner Zeit konnte man doch lesen. Es wäre nun wirklich angebracht, daß ich euch einen Lehrer finde.«

Er übergab die Broschüre dem Vater, der Buchstabe um Buchstabe entzifferte und bestätigte, was der Müller-Bürgermeister vorgelesen hatte. Auch der Vater argwöhnte: »Schreibt das der Soldat im Ernst, oder haben das die Patauds so geschrieben?«

»Aber, aber! Es gibt doch keine Patauds mehr! Die Soldaten des Großen Napoleon schreiben das alle eigenhändig.«

»Und warum sieht man nie einen dieser Soldaten des Kaisers heimkehren? Und warum kommen sie nicht und sagen es uns selber?«

»Die haben etwas anderes zu tun, die sind viel zu zufrieden. Manche werden sogar Hauptmann. Ach, was weiß ich!

Die haben die Taschen voller Geld. Sie sind reich. Wie sollen sie sich da noch an unser Dorf voller Kuhmist erinnern?«

Nur ein Verrückter würde ein schöneres Los suchen, sagte die Broschüre. Viele Verrückte zogen ein weniger schönes Los vor, denn fast überall in Frankreich desertierte beinahe ein Viertel aller Gezogenen. Im Jahr nach Napoleons Vendée-Besuch weigerten sich zwei Wehrpflichtige einzurükken. Man sah die Gendarmen kommen und glaubte zuerst, daß sie Weber-Jacques zurückbrächten. Aber nein. Sie banden den beiden Rekruten die Hände mit einem Seil an die Sättel ihrer Pferde und zogen im Laufschritt mit ihren Gefangenen davon.

Am Tag darauf kamen die beiden Rekruten in heller Aufregung zurück und erzählten, daß die drei Gendarmen unterwegs von Reitern, die auf ihren Jacken ein rotes Herz aufgenäht trugen, erschossen worden waren. Es blieb kein anderer Ausweg für sie, als schleunigst zum Pfarrer in den Wald zu gehen. Was sie auch taten.

Der Müller-Bürgermeister geriet außer sich vor Wut. »Was seid ihr doch für Idioten! Wißt ihr denn nicht, daß die Eltern der Verweigerer eine Strafe zahlen müssen, die größer ist als eure Äcker, die nicht einmal euch gehören. Wer soll denn das bezahlen?«

Die Antwort wurde alsbald von neuen Gendarmen gebracht, die diesmal mit Verstärkung anrückten; es waren ihrer zehn, auf Apfelschimmeln. Und bei dieser Antwort war der Müller-Bürgermeister wie vor den Kopf geschlagen vor Entrüstung und Schmerz: Da die Eltern des Verweigerers zahlungsunfähig waren, sollte die Gemeinde die Strafe an ihrerstatt bezahlen. Und da der Müller-Bürgermeister der einzige Steuerzahler der Gemeinde war, hatte folglich er die Rechnung zu begleichen. Der Gendarmerieunteroffizier fand überdies diesen Scherz belustigend. Er sagte, wobei er sich seinen großen roten Schnurrbart strich: »Das wird Ihnen eine Lehre sein, Herr Bürgermeister, dafür zu sorgen, daß das Gesetz befolgt wird.«

Da sie nun im Dorf waren, nutzten die Gendarmen die Gelegenheit und steckten einige Hecken in Brand. Sie zogen von dannen mit der Drohung: »Das nächste Mal, da werden wir den Wald anzünden mitsamt euren Deserteuren und eurem verdammten Pfaffen.«

Da ein Unglück selten allein kommt, schickte der vordem

emigrierte Graf seinen Verwalter. Dieser erschien eines Morgens auf einem erschöpften Pferd und stattete jedem Pachthof einen Besuch ab. Er begann damit, sich darüber zu beschweren, daß der Wald seit dem Abzug der Holzhauer und Holzschuhmacher immer noch weiter verwüstet würde. Jene schlügen Holz wenigstens mit Methode; seit sie aber fort waren, sei der Wald massakriert worden ...

»Ihr glaubt wohl«, sagte er den vor der geschlossenen Scheunenkirche versammelten Pachtbauern, »daß der Wald unendlich ist. Ihr schlagt das Holz auf völlig unsinnige Art und Weise; hier einen Stamm, um daraus ein Paar Holzschuhe zu machen, dort einen Ast für ein Werkzeug. Ihr treibt Raubbau mit dem Wald für euer Kaminholz, eure Möbel, für eure Karren. Und obendrein tötet ihr das Wild. Ihr wollt auf nichts verzichten, meine Herrschaften. Und euer Herr, was bekommt er bei alledem? Wem gehören denn die Pachthöfe, das Land, der Wald? Wann habt ihr zum letzten Mal euren Pachtzins gezahlt? Gott sei Dank, der Herr hat andere Einkünfte. Wenn er auf ein Bettelpack wie euch angewiesen wäre, dann könnte er sich nicht oft sattessen.«

Der Verwalter war wie ein Bauer gekleidet. Er trug einen großen schwarzen Filzhut, eine an der Taille enganliegende Jacke, Pluderhose und Gamaschen. Sein bedrohlicher Ton schlug jäh in Vertraulichkeit, fast Verständnis um, und er sagte pfiffig: »Ich bin kein Herr. Ich war seinerzeit Heuerling. Also, mir kann man nichts vormachen. Ich denke so wie ihr, doch bin ich dem Herrn Rechenschaft schuldig. Ich weiß, wieviel Spaß es macht, einen Baum zu fällen. Es ist, als würde man ein Tier oder einen Menschen töten. Wir lieben die Bäume, und doch: Was gibt es Schöneres, als ihnen die Axt in den Stamm zu klotzen und sie ächzen zu hören. Und sie dann kippen zu sehen, einfach so, mit einem Schlag. Und die Eulen, die lieben wir doch, nicht wahr! Das ist ein Unglücksvogel, ist der Vogel, dessen Schrei wir während des Großen Krieges nachgeahmt haben als unseren Erkennungsruf. Ihr liebt sie doch, die Eulen! Und trotzdem hat jeder von euch eine Eule an den Flügeln auf sein Scheunentor genagelt.«

»Noch so ein Vielschwätzer«, sagte Eichener bei sich. Alle diese Vielschwätzer regten ihn auf, was ihn in seiner Meinung bestätigte, daß man sich davor in acht nehmen mußte.

Als der Verwalter den Hof von Louises Mutter besuchen

kam (niemand im Dorf wäre auf den Gedanken gekommen zu sagen »Eicheners Pachthof«, war er doch nur der Schwiegersohn), war er erstaunt, dort einen Webstuhl vorzufinden, und er ereiferte sich gegen die Anwesenheit eines Webers, von dem in den Verträgen keine Rede war.

»Ich habe die Verträge nicht unterschrieben«, sagte Eichener. »Aber stand in den Verträgen etwas vom Großen Krieg, von den Emigranten, von den höllischen Kolonnen und von all diesem Unglück, das über uns gekommen ist?.«

Der Verwalter spuckte verächtlich auf den Boden. »Sieh zu, daß du deinen Pachtzins zahlst, sonst kannst du dich darauf gefaßt machen, daß du von hier verschwindest. Die Geduld des gnädigen Herrn hat auch ihre Grenzen. Was den Weber anbelangt, so will ich wohl dulden, daß er hier bleibt, aber auch er muß seinen Anteil bezahlen.«

Des Nachts kamen die Wölfe bis zum Pachthof und schnüffelten herum. Die kleine Louise bekreuzigte sich, denn sie wußte, daß der Teufel, wenn in der Hölle kein Platz mehr ist, die Verdammten in Wölfe verwandelt. Und wenn die Wölfe so massenhaft daherkamen seit dem Ende des Großen Krieges, so deshalb, weil die ohne Beichte gestorbenen Blauen und die Weißärsche verdammt waren und weil die überfüllte Hölle aus allen Nähten platzte. Wenn sich die Wölfe dem Dorf näherten, jaulten alle Hunde auf den Höfen.

Eichener sagte: »Der Teufel schuf den Wolf, doch der Herrgott gab uns den Hund.« Oder genauer: Er sagte nicht »der Wolf«. Er sagte die Bestie, der Dingsda, der Grauhund, der Nachthund, der Höllenhund. Die Angst vor dem Wolf war so groß, daß man nur widerwillig seinen Namen aussprach. Man nannte ihn auch den Pariser.

An diesem Abend also trieben sich Pariser auf dem Pachthof herum, und einer von ihnen kam sogar an die Haustür scharren. Eichener griff zur Flinte und öffnete ein wenig einen Fensterladen. Aber er sah keinen Wolf, sondern einen der beiden desertierten Rekruten, der zum Fenster kam und sagte: »Der alte Pfarrer ist gestorben.«

Eichener stieß einen so lauten Schrei aus, daß die beiden Louisen aufheulten, was die Kinder weckte, die nun ihrerseits sich heiser schrien.

Am Tage darauf leerte sich das Dorf auf geheimnisvolle Weise; alle Bewohner waren verschwunden, ausgenommen der Müller-Bürgermeister und der Gâtiner Holzschuhmacher. Die beiden Gezogenen hatten den Pfarrer auf den Dolmen gebettet. Ausgetrocknet und bleich wie er war, sah er aus wie eine steinerne Grabmalfigur. In seinem ausgewaschenen und zerrissenen Gewand und völlig starr zeigte der alte Pfarrer jetzt, wie abgemagert er war. Sein Gesicht mit den vortretenden Knochen glich einem Totenschädel. Die Pfarrkinder küßten ihm die Hand. Alle weinten und beteten den Rosenkranz. Am Fuße des Dolmens wurde ein tiefes Loch ausgehoben, dabei fand man Haufen von Gebeinen, von sehr alten Knochen, die aus der Zeit der Druiden stammten. Die des alten Pfarrers würden sich mit jenen vereinen. Als die Erde um den Dolmen, der für sie immer nur der Gargantua-Stein hieß, festgestampft war, sagte Wintersang: »Und nun, was wird aus uns werden? Unser guter Vater ist tot, und wir sind Waisen geworden.«

Auf das langgezogene Schluchzen der Frauen entgegnete Eichener: »Ich geh in den Marktflecken, den Baron fragen.«

Der Pfarrer der Kleinen Kirche, der Baron und seine Schwester wohnten nicht mehr im Pfarrhaus. Schließlich fand Eichener den Baron in einem geräumigen Herrensitz etwas außerhalb des Ortes.

»Man hat mir diesen Familienbesitz zurückgegeben«, sagte er zu Eichener. Der Pataud, der ihn als ›Nationalgut‹ erstanden hatte, ist beim Antichrist in Ungnade gefallen. Er soll ein Republikaner gewesen sein und gegen den sogenannten Monarchen komplottiert haben. Fest steht jedenfalls, daß der Republikaner nun selbst enteignet wurde, und in dieser Pendelbewegung, bei der Buonaparte bald mit Fouché zur Seite der Revolution, bald mit Talleyrand zur Seite der Monarchie neigt, befinden wir uns heute auf der letzteren, der weißen Seite. Weißt du, daß Napoleon Josephine verstoßen und die Tochter des Kaisers von Österreich geheiratet hat? Somit gehört also nunmehr der Freund Robespierres zur Familie der Könige. Wenn er von Louis XVI. spricht, sagt er im übrigen ›mein Onkel‹.«

»Und der Pfarrer, der Euch aufgenommen hatte in seinem Haus«, fragte Eichener, den alle diese Geschichten von Königsfamilien langweilten, »ist er auch gestorben so wie der unsrige?«

»Nein, aber er muß sich verborgen halten. Er übt sein Priesteramt mal auf dem einen, mal auf dem anderen Bauernhof aus. Um des Sonntags eine Messe hören zu können, muß man weit laufen.«

»Sagt ihm, Herr Baron, daß wir keinen Priester mehr haben. Und daß wir ihn erwarten.«

Auf seinem Rückweg zum Dorf durchquerte Eichener den Marktflecken, in dem die Geschäftigkeit immer mehr zunahm. Er blieb eine Weile stehen und sah einem Seiler zu, der lange Hanffasern mit der Hand verspann. Ein Geselle führte die Fäden in eine Seildrehmaschine ein. Ein anderer drehte die Kurbel und betätigte damit ein Wagenrad, das Kammräder antrieb, an denen sich Haken befanden, die ihrerseits mit einem Holzbrett verbunden waren. Hier entstand unter dem Verwindungseffekt der Bast; die Fäden wurden zu Schnüren, die verkordeten Schnüre ergaben zusammen ein Seil. Die Seiler arbeiteten hart; ihre Hände waren blutig. Einer von ihnen fragte Eichener, ob er Bindfäden scheißen könnte. Die anderen brachen in schallendes Gelächter aus. Eichener machte sich peinlich berührt davon.

In der großen Straße sah er mehrere neu eröffnete Schenken, so vollgepfropft mit Saufbrüdern, daß sich ringsum das Erbrochene von Wein und Essen zu violetten Lachen ausbreitete.

Die Zecher versperrten den Fahrweg, manche spielten ein Geschicklichkeitsspiel mit flachen Metallscheiben, andere saßen auf der Straße und klopften eine Aluettepartie. Eichener kannte dies Kartenspiel gut; in den Feldlagern des Großen Krieges waren wegen dieses Spiels erbitterte Streitigkeiten ausgebrochen. Es machte ihm Spaß, wie die Spieler ihre Karten ganz nah an die Brust hielten und doch herauszufinden suchten, ob der Gegner den einen oder anderen Trumpf besäße: die Kuh oder den Einäugigen.

Auf dem Marktplatz, auf dem Eichener seinerzeit seinen ersten Sack Weizen verkauft hatte, wurde eine Dingerei abgehalten. Die Gesindemärkte kamen also wieder auf. Leute vom Lande, Ackerbauern und Pächter, liefen auf und ab, an ihrem Handgelenk hing, mit einem Lederriemen befestigt, der nicht wegzudenkende Stock mit dem runden Knauf, dieser Wanderstock, der sich so leicht in eine Knute verwandeln konnte. Sie beäugten die Jugend, die sich verdingen wollte und sich dabei auch noch angeberisch zeigte; Knechte und Mägde auf der einen Seite, mit Weizenähren geschmückt, und auf der anderen Hausdiener und Dienstmädchen mit blumenverzierten Hüten und Hauben.

Auch die wandernden Handwerker waren wieder da, mit ihrem Werkzeug auf der Schulter oder in einem Lederbeutel, und warteten auf einen Auftrag. Nagelschmiede, Blechschmiede, Ziegelbrenner, Brettschneider, Kettschärer, Sämischgerber, Kalkbrenner, Walker, Böttcher... Woher sie nur alle kamen? Nahm das Leben wieder seinen Lauf wie früher? Sollten denn nur sie in ihrem dort hinter dem Wald verlorenen Dorf, das zwischen seinen Hecken und in seinem Schlamm versunken war, nicht von der Kriegszeit loskommen können? Keine Kirche aus Stein, kein Pfarrer mehr, Weber-Jacques im Gefängnis, alle so tief in der Schuld bei den Herren von Grund und Boden, daß man sich niemals würde unbeschwert fühlen können.

Die Kinder aber verkörperten die ganze Unbeschwertheit des neuen Jahrhunderts. Wolfskopf hatte gerade das Pferd Malet gezähmt und ließ dies blinde Streitroß tänzeln, auf dessen Rücken sich nie jemand länger als eine Minute hatte halten können. Natürlich kam hinzu, daß das Pferd Malet langsam alt wurde. Mit seinem Wolfsgesicht und seinen metallisch glänzenden Augen sah das Kind der Husarenzuhilf mehr und mehr diesen Reitern ähnlich, die mit Kléber und Westermann aus dem Osten gekommen waren. Eichener war selber verblüfft darüber und forderte Wolfskopf auf, nicht mehr auf diesem vermaledeiten Tier zu galoppieren.

Der kleine Henri sah niemandem ähnlich. Am wenigsten dem plumpen Pierre, seinem unzertrennlichen Spielgefährten, Wintersangs Sohn. Von welchem weit entfernten Urahnen hatte er diesen Engelsblick, diese feinen Manieren, dieses vornehme Wesen, das sein schlanker Körper ausstrahlte? Wie er seine Lumpen trug, hätte man meinen können, es handelte sich um ein Kind reicher Eltern, das sich als armer Leute Kind verkleidet hatte. Er verstand es, sein blondes Haar auf solche Art mit den Fingern zu kämmen, daß das Ergebnis auch nicht hätte hübscher sein können, wäre er gerade von einem Perükkenmacher gekommen. Wenn er die Schafe auf die Anhöhe trieb, wurde er zum Inbild des kleinen Schäfers, von dem die Dichter und Maler träumten. So war es ganz selbstverständlich, daß ihn das Dorf Monsieur Henri nannte. Zu dem Spott, den dieses »Monsieur« beinhaltete, gesellte sich das ehrerbietige Andenken an den so anmutigen Monsieur Henri de la Rochejaquelein, der von allen Anführern des Großen Krieges der beliebteste gewesen war.

Victorine und Victor machten sich immer gemeinsam an eine Arbeit, wie ein Ochsengespann, und nichts und niemand konnte ihnen das Joch entreißen, das ihre Köpfe vereinte. Victorine weigerte sich, ihrer Mutter im Hause zu helfen; lieber verrichtete sie an Victors Seite die schwerste Feldarbeit. Monsieur Henri blieb deshalb häufig auf dem Hof und »spielte das Mädchen«, wie böse Zungen sagten, die auf seine Anmut neidisch waren.

Monsieur Henri sorgte auch für seinen Bruder Jean-Marie, der in der Unschuld seiner drei Jahre noch nicht wissen konnte, daß er im Dorf wegen seines Geburtstags im ersten Jahr des Sankt Napoleon-Festes niemals anders als Poleon genannt werden sollte.

Monsieur Henri sagte ihm Abzählreime auf; niemand konnte sich erklären, von wem er sie gelernt hatte. Erfand er sie? Wenn es regnete, und er Poleon mit in die Scheune nahm, sang er ihm vor:

»Es regnet, es regnet ins Paradies,
Keiner, keiner ist mehr auf der Wies.«

Wenn sie auf den Weiden Pilze suchen gingen und er einen fand, dann blies er darauf und zeigte ihn Poleon mit den Worten:

»Kürbis, Kürbislein,
Hilf mir finden dein Brüderlein.«

Er erzählte seinem Bruder so schöne, aber auch so unsinnige Geschichten, daß Poleon bisweilen wütend wurde: »Das ist nicht wahr, das ist nicht wahr!«

Monsieur Henri erwiderte:

»Wenn das ist nicht wahr, ist nicht wahr,
Dann will ich doch zur Hölle fahrn
Und mit den grünen Kröten bratn.«

Um Arsène kümmerte er sich kaum. Arsène, der wie ein Paket in ein Schaffell eingerollt war, hing den ganzen Tag über an einem Nagel im Tragbalken und war so vor den Rattenbissen in Sicherheit. Er schrie dort stundenlang, wenn er in seinem Kot und Urin wie in einer Marinade eingelegt und von Hunger und Durst gequält war, bis er vor Erschöpfung einschlief. Dann kam Louise und weckte ihn auf, um ihn zu stillen.

Louise vergaß ihren Kleinen nicht, aber sie kannte nicht den Brauch, Säuglinge zu festen Uhrzeiten zu füttern. Wie alle anderen Mütter gab sie ihm die Brust, wenn sie Zeit dazu hatte, wenn sie nicht auf dem Feld war, wenn die Lust dazu sie überkam. Dann konnte sie ihn sogar einmal verwöhnen; sie bereitete ihm dann »Gekautes« vor, diese Brotkrusten, die erst vorgekaut und dann den Kindern in den Mund gegeben wurden und wie Brotsuppe schmeckten.

Arsène litt unter der Krätze, und zudem war sein Gesicht von Flechten rissig. Dabei wusch man ihn doch nie, denn bekanntlich schützt der Schmutz vor Ansteckungen.

Das vorangegangene Unglück mit Ernest und Noemie, die früh gestorben waren, hatte Louise klug gemacht; sie traf alle Vorsichtsmaßnahmen, damit Arsène überlebte. Man hatte ihm Ketten aus Eibischwurzeln und Färsenzähnen um den Hals gelegt; schon sehr früh das Haar geschoren, denn die Haare nehmen Kraft weg; nie die Fingernägel gestutzt, was am Geist nagt. Da es im Winter einige Tage geschneit hatte, nutzte man die Gelegenheit und stellte ihn mit bloßen Füßen in den Schnee, auf daß er ein guter Läufer werde. Aber trotz all dieser Mühen starb Arsène in seinem zweiten Lebensjahr.

An einem Sonntag strömte das ganze Dorf zum Pachthof von Louises Mutter, mit Ausnahme des Müller-Bürgermeisters und des Gâtiner Holzschuhmachers. Der aufsässige Pfarrer aus dem Marktflecken hatte, in ausgeblasenen Hühnereiern versteckt, Hostien für die Messe mitgebracht; bei dieser Gelegenheit taufte er eine große Anzahl von Kindern, schloß ein paar Ehen und gab einigen Alten die letzte Ölung, die sich zwar bester Gesundheit erfreuten, aber, wenn ihre Stunde einmal schlagen sollte, vielleicht keinen Pfarrer finden könnten. Mit einem Korb voll gefüllter Eier und einem schönen runden Laib Brot machte er sich auf den Heimweg.

Die Freude bei den Eicheners wurde etwas getrübt, als der Holzschuhmacher, der in der Woche darauf bei der Heuernte half, meinte, wie gefährlich es wäre, vor aller Augen einen von der Gendarmerie gesuchten Pfarrer bei sich zu empfangen. Für dasselbe Vergehen waren schon Bauernhöfe niedergebrannt worden.

»Unser alter Pfarrer ist gestorben«, sagte Eichener, »und sie haben uns Jacques nicht zurückgegeben.«

»Wie sollen sie denn auch wissen, daß er tot ist? Ihr habt ihn ja nicht ausgeliefert. Und dann fangt ihr wieder mit einem neuen an. Für die ist das derselbe. Armer Jacques, ich wette, daß sie ihn vergessen haben oder daß sie nicht einmal mehr wissen, warum sie ihn verhaftet haben. Das hat es alles schon gegeben. Aber in solchen Fällen lassen sie ihre Opfer nicht los. Sie sagen sich, wenn ein Mann schon im Gefängnis sitzt, dann muß er auch irgend etwas auf dem Kerbholz haben.«

Eichener warf jäh seinen Rechen ins Gras und sagte: »Hab ich dir überhaupt schon meinen Baum gezeigt?«

»Welchen Baum?«

»Die Eiche, die mich gerettet hat zur Zeit des Ungeheuers Turreau.«

»Nein.«

»Laß das Heu liegen. Komm.«

Der Gâtiner Holzschuhmacher folgte ihm, verdutzt von dieser Eile. Obwohl er an Eicheners Schroffheit und seine Einsilbigkeit gewöhnt war, fragte er sich doch, was sich hinter dieser unerwarteten Aufforderung verbergen mochte. Wollte er ihn vielleicht mit dem Pfarrer der Kleinen Kirche oder mit den beiden Deserteuren zusammenführen? Und wozu? Nein, er wollte ihm lediglich seine Eiche zeigen, die sich ganz allein inmitten eines endlosen Kahlschlags gegen den Himmel reckte. Er riß den Efeu ab, der das Versteck gänzlich verbarg und legte den Eingang frei; dabei scheuchte er eine Eule auf, die schwerfällig mit einem hämischen Lachen davonflog.

Ein Schrecken durchfuhr die beiden Männer, doch dann mußten sie lachen: »Das ist ja der Waldhannes!«

Der Waldhannes hatte sich in guter Entfernung auf einem Ast niedergelassen und stieß ruckartige Schreie aus, so als wollte er sie dafür ausschimpfen, daß sie seinen Tagschlaf gestört hatten.

Eichener strich zärtlich über die Haut seines Baumes. »Die ist stärker als ich. Ab und zu halte ich es einfach nicht aus und muß hierher kommen, um sie zu sehen. Es kommt mir so vor, als erwarte sie mich.«

»Siehst du«, sagte der Gâtiner Holzschuhmacher, »deine Aristokraten sprechen von ihrem Stammbaum. Du hast auch einen Stammbaum. Schau nur, dort in den Ästen, all die Leichen der Gehenkten ... Das sind dein Vater und deine Mutter und der Vater und die Mutter deines Vaters und deiner Mutter. Deine ganze Familie ist da. Und meine auch. Meine hängt in den anderen Bäumen. Und die von Louise. Und die von Weber-Jacques. Und die von Wintersang. Alle aus dem Dorf haben ihren Baum, und an den Ästen all dieser Bäume baumeln die Gehenkten.«

»Ich sehe keine Gehenkten«, sagte Eichener.

»Du siehst sie nicht. Aber sie sehen dich. Wir, Eichener, wir haben keinen Stammbaum, wir haben einen Wald.«

Als sie zum Hof zurückkamen, hörten sie vom Dorf her Trommelschlagen; dieses Instrument ist ein schlechtes Vorzeichen, aber man kann seinem Ruf nicht widerstehen. Sie stiegen also zum Dorf hinauf und sahen vor der ehemaligen Scheunenkirche einen regelrechten Menschenauflauf. Ein Fremder, mit einem Ziegenfell bekleidet, ließ an einer Eisenkette einen Werwolf tanzen.

»Das ist ein Bär«, sagte der Gâtiner Holzschuhmacher.

Dann öffnete der Fremde, der genauso bärtig war wie der Bär, einen Käfig aus Korbgeflecht, aus dem eine Art dicker Ratten herauskamen. Der Gâtiner Holzschuhmacher wußte nicht, was das war. Der Gaukler verkündete in einer seltsamen Mundart, daß diese Tiere im selben Gebirge lebten wie der Bär und Murmeltiere hießen. Er fügte hinzu, daß sie den ganzen Winter über schliefen.

Die Leute im Dorf kommentierten lärmend dieses Phänomen, wobei sie bedauerten, nicht genauso schlafen zu können, ohne zu essen. Bestand das große Problem nicht darin, daß sie den Winter über sparsam mit den Vorräten umgehen mußten, um nicht zu verhungern? Wenn man drei Monate ohne Essen schlafen könnte, käme man besser über die Runden. Der Fremde mit dem Ziegenfell holte sodann eine Kiste mit kleinen blauen Büchern hervor, die er behende vor den verblüfften Dörflern ausbreitete, ganz so wie man ein Kartenspiel auslegt.

»Ich habe blaue Bücher für jedermann«, rief er marktschreierisch. »Bücher so blau wie das Kleid der heiligen

Jungfrau. Märchen so blau wie die Augen dieses Burschen da, der am liebsten eins meiner Murmeltiere aufessen würde.«

Da erst bemerkten Eichener und der Gâtiner Holzschuhmacher, daß sich Wolfskopf im Kreis der Dörfler befand und andächtig an den Lippen des Hausierers hing, den er nicht aus seinen stahlblauen Augen ließ.

»Seht her, gute Leute, ich habe was für jeden Geschmack, für jeden Geldbeutel ... Hier der Kaiserliche Katechismus, den alle Kinder auswendig kennen müssen ... Hier die Geschichte des bitteren Elends, damit ihr lernt, wie man es los wird ... Hier der Almanach, wo man die Geburts- und Hochzeitstage der Könige findet, die Prophezeiungen, die Spielregeln, die Berichte der ungewöhnlichsten Kindsgeburten, der außerordentlichsten Greisenjahre, von sonderbaren Ehen, und die Beschreibung von Erscheinungen wie die Münder ohne Zunge, die Kometen, außerdem die Erzählung von der Hinrichtung der Verbrecher ... Hier der Hirtenkalender, das Handbuch der Pflanzen und Kräuter nebst ihrer Wirkungen, die Geschichte vom Ewigen Juden, der seit dem Jahr 33 bis zum heutigen Tag nur läuft und läuft ... Die Geschichte der schönen Helena von Konstantinopel; die Armenmedizin, die da beinhaltet ausgewählte, leicht zu brauende, nichts kostende Heiltränke für fast alle inneren Krankheiten, die an den menschlichen Körper gehen ... Und schließlich, wenn euch alle diese Wunderwerke überhaupt nicht zusagen, habe ich hier noch zwei kleine Bücher, die immer Liebhaber finden, die Abhandlung über die Hahnreie und deren Trost und die Kunst des Furzens.«

Die Dörfler standen sprachlos vor Staunen vor den ausgelegten blauen Büchern. Es war schon sehr lange her, daß die Ältesten zum letzten Mal ein Buch gesehen hatten, und die Jüngeren, wie Wolfskopf, wußten nicht, daß es andere Bücher geben konnte als das Meßbuch und Heiratsregister des alten Pfarrers, das ihnen als ein priesterliches Arbeitsgerät erschien.

Da einige Bauern die Broschüren hin und her drehten und zu verstehen suchten, wozu sie gut sein könnten, fuhr der Fremde im Ziegenfell fort: »Dies Papier spricht. Selbst wenn ihr nicht lesen könnt, müßt ihr eines meiner kleinen Bücher kaufen. Diejenigen, die lesen können, werden es euch vorlesen.«

Der Müller-Bürgermeister bewies dadurch, daß er den Kaiserlichen Katechismus kaufte, daß er des Lesens kundig war, was ohnehin keiner bezweifelte. Wintersang erwarb einen Almanach und der Gâtiner Holzschuhmacher entschied sich für die Geschichte des bitteren Elends.

Der Hausierer, der die Kauflust seiner Kundschaft anfachen wollte, schlug eines der kleinen blauen Bücher auf: »Schaut her, so guckt man auf das Papier, das singt. Da hat man was, womit man die langen Winterabende vor dem Kamin ausfüllen kann. Was denkt ihr über die Händler?«

Niemand gab Antwort.

»Nun gut, also ich, ich befrage das singende Papier, und es liest mir vor, was ihr in euren Dickschädeln brütet. Es sagt mir, was ihr in eurem Innersten antwortet. Ihr denkt: Was erwartet denn einen jeden Händler? Und ich habe die Antwort hier: Sie werden zugrunde gehen, denn was sie zu Lebzeiten erwerben, stammt häufig von Lug und Betrug. Ihr denkt: Was hältst du von jenen, die die Erde bestellen? Und mein singendes Papier antwortet: Der größte Teil von ihnen wird gerettet werden, denn der Landmann lebt von der Frucht seiner Mühen allein, und von seiner Arbeit lebt das Gottesvolk.«

Diese Einlage kurbelte die Kauflust wieder an.

Der Fremde mit dem Ziegenfell ließ noch einmal seinen Bären tanzen und schlug die Trommel dazu.

In der Nacht schlief er mit seinen Tieren in einer Ecke des Stalls auf dem Senkenhof. Am nächsten Morgen wollte er sich nämlich in aller Frühe auf den Weg zum Marktflecken machen, wobei er allerdings einen großen Bogen um den Wald zu gehen hatte. Erst nach zwei oder drei Tagen stand außer Zweifel: Wolfskopf war ihm gefolgt und hatte das Pferd Malet mitgenommen.

Von dem Tag an, da Wintersang seine Schenke eröffnete, die neben der Schmiede lag und von seiner Frau mit dem Mausgesicht geführt wurde, veränderte sich das Dorf.

Mit den drei Kindern, die er zusammen mit der Witwe geerbt hatte, und seinen anderen acht Kindern vermochte Wintersang nicht mehr über die Runden zu kommen. In diesem zerstörten, auf Holz und Stein beschränkten Dorf war er als einziger der Mann des Eisens gewesen. Gleichzeitig Grob-, Huf-, Werkzeug-, Kunstschmied, Wagner. Er hatte den Bauern alle ersten Werkzeuge geschmiedet: Schaufeln, Spaten, Hacken, Hippen, Sensen, Sicheln, Pflugscharen; alle Haushaltsgeräte: Kesselhaken, Schüreisen, Drehspieße, Dreibeine; hatte die Wagenräder beschlagen. Von ihm wurden die Hähne des Morgens um fünf Uhr geweckt, wenn er auf den Amboß schlug. Des Abends arbeitete er noch lange im Schein seines Essenfeuers. Mittlerweile löste sich das Dorf aus seiner Autarkie, und seine Bauern begaben sich immer häufiger zum Marktflecken, und so verlor er seine Stellmacherkundschaft. Der Flecken bot ein breites Angebot an Handwerkern, und man ging nicht mehr zu Wintersang wegen der Reparaturen an den Karren und bisweilen nicht einmal mehr wegen der Hufschmiedearbeiten. Manche Bauern nutzten bei ihrem Gang zum Markt die vorübergehende Untätigkeit ihres Ochsengespanns, um sie in einer der Hufschmieden abzugeben, in denen es so viele Gesellen gab, daß die vier Hufe in einer knappen Stunde beschlagen waren.

Wintersang beschäftigte eine Hilfskraft, den ältesten Sohn der Witwe, der achtzehn Jahre alt war. Zu zweit konnten sie am Tag sechzig Hufeisen schmieden. Aber das Dorf besaß noch immer keine anderen Pferde als die der Husaren, beziehungsweise das, was von ihnen übriggeblieben war, denn das Alter oder das Leiden an der Blindheit hatte die Hälfte von ihnen dahingerafft. Es gab noch zu wenig Esel, Maultiere, Ochsen, um auf eine solche Nachfrage nach Hufeisen hoffen zu können. Also verrichteten Wintersang und sein Geselle in ihrer stets offenen Schmiede Gelegenheitsarbeiten. In ihren Lederschürzen mit den vielen Taschen, das Gesicht gegerbt von der Hitze des Essenfeuers, das mit dem großen am Tragebalken aufgehängten Blasebalg angefacht wurde, im Geruch nach verbranntem Horn waren sie mitten in diesen sprühenden Funken zugange, die in so großer Zahl und manchmal so schmerzhaft die nackten Arme stechen, daß sie die Flöhe des Schmieds genannt werden.

In demselben Maße, wie sich Wintersangs Kundschaft verringerte, vermehrte sich die Zahl seiner Kinder; die Natur schuf hier einen merkwürdigen und einseitig gestörten Ausgleich. Eine solche Abweichung von der Norm raubte Wintersang jedoch nicht seine unheilbar gute Laune, und so sang er:

»Nach einem Jahr ein Kind,
das ist ein Freudenfest.
Nach zwei Jahr zwei Kind,
das ist Wehmut.
Nach drei Jahr drei Kind,

das ist ein Teufelsstreich:
Das eine will Brot,
Das andre den Brei,
Das letzte die Milch
Und die Brust ist leer ...«

Man war so sehr an die tönende Stimme Wintersangs gewöhnt, daß alle im Dorf erstaunt waren, als sie rauher, schwankender und alsbald belegt wurde. Es war so, als wenn im Kirchturm (gesetzt den Fall, man hätte wieder einen Kirchturm und Glocken, so wie im entfernten Marktflekken) eine gesprungene Glocke läuten würde. Bald war die Tatsache nicht länger zu leugnen. Wintersang soff.

Im Dorf wurde wenig getrunken. Im Winter trank man nicht einmal Wasser zu den Mahlzeiten, weil man es zu kalt fand. Trotzdem gaben die Reben, die den Bauern zugefallen waren, Wein, der zu Anfang ausschließlich auf dem Markt verkauft wurde.

Louises Vater war von einem Betrunkenen umgebracht worden, der von den Schenken des Fleckens kam. Jetzt tranken Wintersang und sein Stiefsohn. Die Bauern, die ihn einmal im Jahr, und zwar im Herbst nach dem Verkauf des Korns, in Naturalien bezahlten, fügten von nun an dem Weizen und dem Brennholz noch Fässer dieses Weins hinzu, an dem sie noch keinen Geschmack fanden.

Sie sollten auf den Geschmack kommen von dem Tag an, da Wintersang seine Schenke eröffnete. Sie hätten auch zu Hause trinken können, aber die Schenke hatte noch andere Reize als nur den Wein. Wintersangs Frau stand noch eine ihrer Töchter aus erster Ehe zur Seite, die auf die siebzehn Jahre zuging. Eine liebreizende Schanktochter, Karten- und Geschicklichkeitsspiele, nach Jahren des Schweigens fand man plötzlich wieder Gefallen am Gespräch, nach Jahren der Einsamkeit wieder Gefallen an der Geselligkeit – so wurde Wintersangs Schenke schnell zu einer neuen Kirche. So schnell, daß der aufsässige Pfarrer herbeigeeilt kam, um den Schmied zur Vernunft zu bringen: »Mein Sohn, du hattest das Geschwätz der Leute Lügen gestraft, das da sagt, der Schmied sei ein Geschöpf des Teufels. Und jetzt haben wir's: Der Teufel hat einen seiner Knechte wieder zurückerobert. Deine Schenke wird der Verderb des Dorfes sein. Noch ist es nicht zu spät, sie zu schließen.«

»Wie soll ich nur, Euer Hochwürden, meine kinderreiche Familie ernähren? Ich muß dem Müller das Geld zurückzahlen für den Kauf der Schmiede. Den Pfarrkindern steht derzeit der Sinn mehr nach einem Schankwirt als nach einem Schmied.«

»Du hast eine große Familie, das ist wahr. Aber der Herrgott segnet die großen Familien.«

»Das ist gar viel der Güte von unserem Herrgott, Euer Hochwürden. Wenn er doch nur seinem Segen auch etwas Weizen beigeben könnte, es wäre dann geweihtes Brot.«

»Wintersang, du bist beim großen Charette Pfarrhauptmann gewesen. Schämst du dich nicht, so tief zu sinken?«

»Euer Hochwürden, das Trinken habe ich just beim großen Charette gelernt. Ach, was haben wir uns mit dem Wein der Bourgeois und auch, mit Verlaub zu sagen, mit dem der Pfarrer besoffen! Vor dem Großen Krieg trank niemand von uns Wein. Und dann haben uns die Jahre des Elends den Geschmack vergessen lassen. Wenn der Herrgott uns eher Wein als Brot im Überfluß gibt, dann muß er wohl seine Gründe dafür haben.«

»Du hast den Kopf verloren«, sagte der Pfarrer voller Abscheu. »Nicht Gott gibt euch Wein im Überfluß, sondern der Antichrist. Die Revolution wußte, was sie tat, als sie die Weinberge des Adels und des Klerus enteignete und die Bauern zu Nutznießern machte. Sie wußte genau, daß sie diese Bauern, die sie nicht mit Waffengewalt bezwingen konnte, eines Tages durch den Alkohol zur Strecke bringen würde. Die Revolution hat den Wein demokratisiert, sie hat auch die Trunkenheit demokratisiert. Buonaparte läßt sich beim Wiederaufbau der Kirchen viel Zeit, aber er fördert die Eröffnung von Schankkneipen in allen Marktflecken und bald in jedem Dorf. Du, der du Pfarrhauptmann gewesen bist, Wintersang, wieso verstehst du nicht, daß der Alkohol zum zweiten Plan zur Vernichtung der Vendée gehört? Alle, die das Ungeheuer Turreau nicht hatte morden können, werden jetzt sterben. Und du, du wirst Buonaparte dabei helfen ... du ...«

Vor Erregung versagte dem Pfarrer die Stimme. Das trieb Wintersang Tränen in die Augen, die er sich rasch mit dem Ärmel abwischte.

»Nun also?« fragte der Pfarrer.

»Es mag schon sein, daß Ihr recht habt und daß ich nicht die Schmiede des blauen Schmieds hätte übernehmen dürfen.

Mag sein, daß er noch immer auf das Feuer, das Ihr dort seht, bläst, mit dem Atem eines Verdammten. Mag sein, daß der Teufel mich in seiner Hand hält. Dann ist es an Euch, Hochwürden, Eures Amtes zu walten. Eure Aufgabe, den Teufel zu vertreiben. Eure Aufgabe, den Herrgott zu bitten, er möge eher den Weizen als die Reben Frucht tragen lassen. Wir, wir können nichts machen ... können uns nur in seinen Willen fügen.«

Der Pfarrer ging mit zum Himmel erhobenen Armen von dannen wie eine Vogelscheuche.

Am 2. Juli 1811, an dem Tag, an dem der Erstgeborene des Antichrists getauft werden sollte, wurden in allen Städten, Marktflecken und Dörfern Frankreichs Freudenfeste veranstaltet. Der Präfekt der Vendée wies alle Konkordatspfarrer des Departements an, in den Kirchen das ›Te Deum‹ singen zu lassen. Jede Gemeindeverwaltung mußte tugendhafte Mädchen aussuchen, die auf Kosten des Staates verheiratet werden sollten, und Brotrationen und Wein an die Armen verteilen; die Ärmsten der Armen sollten obendrein noch Kleidungsstücke erhalten.

Im Dorf war der Müller-Bürgermeister untröstlich darüber, daß er nicht das ›Te Deum‹ singen lassen konnte, verfügte er doch weder über eine Kirche noch über einen Pfarrer. Da die Auswahl der Tugendjungfern eine Sache des Standpunkts war, wurden irgendwelche beliebigen Mädchen mit dem Tugendkranz aus Rosen gekrönt. Da alle arm waren, fand keine Verteilung von Lebensmitteln oder gar Kleidung statt. Zu Ehren des Königs von Rom beschloß der Müller-Bürgermeister allerdings doch noch eine kleine weltliche Feierstunde zu veranstalten, zu der er außer den gekrönten Tugendjungfern noch die Kinder des Dorfes um einen Klettermast versammelte, den er wie einen Freiheitsbaum hergerichtet hatte. Er hielt, wie sich das gehörte, eine kleine Rede, in der er bedauerte, daß das Dorf noch immer keinen Pfarrer und keinen Schulmeister besaß und folglich auch der Katechismus nicht unterrichtet wurde, auch dieser Kaiserliche Katechismus nicht, den er bei dem Hausierer und Bärenschausteller erstanden hatte und aus dem er vorlesen wollte. Im Grunde genommen hätten ihn alle Kinder Frankreichs auswendig lernen müssen, und es war bedauernswert, daß die Kinder des Dorfes nicht einmal seine ersten Worte kannten.

Frage – Welche Pflichten haben wir gegenüber unserem Kaiser, Napoleon I.?

Antwort – Wir schulden unserem Kaiser, Napoleon I., Liebe, Respekt, Gehorsam, Treue, den Wehrdienst und die für den Erhalt und die Verteidigung von Kaiserreich und Thron angeordneten Abgaben.

Frage – Was ist von denen zu halten, die ihre Pflichten gegenüber unserem Kaiser, Napoleon I., verletzen?

Antwort – Nach dem Wort des heiligen Apostel Paulus verdienen diejenigen, welche der von Gott geschaffenen Ordnung zuwiderhandeln, die ewige Verdammnis.

Die Kinder hatten zugehört, ohne recht zu verstehen, aber die Erwachsenen reagierten mit einem Raunen oder gar Murren. Eichener fuhr den Müller-Bürgermeister barsch an: »In unserem Katechismus ist die Rede vom Gehorsam gegenüber Gott und nicht gegenüber Napoleon.«

»Der Kaiserliche Katechismus hat die Zustimmung des päpstlichen Nuntius. Das steht hier geschrieben«, sagte der Müller-Bürgermeister und zeigte mit dem Finger auf eine Seite seines blauen Buches. »Wenn du lesen könntest, Eichener, dann würdest du sehen ...«

»Ich kann lesen«, sagte Eichener.

Er blickte in das kleine blaue Buch. Die gedruckte Unterschrift des päpstlichen Nuntius, die des Kardinals von Paris und einige andere Namenszüge bestätigten in der Tat die Rechtmäßigkeit des »kaiserlichen« Katechismus.

»Der Herr Bürgermeister sagt die Wahrheit. Aber es könnte ja sein, daß der Papst selber verrückt geworden ist.«

»Aber, aber, Eichener«, protestierte der Müller-Bürgermeister, »wie kannst du nur so lästern, du, der du so gottesfürchtig bist?«

Eichener spuckte auf die Erde und murmelte vor sich hin, als spräche er mit sich selbst: »Ich habe seine grauen Augen gesehen, jawohl. Das ist der Aloubi!«

Der Aloubi? Jedes Kind wußte, daß der Aloubi der König der Wölfe ist. Aber niemand verstand, daß Eichener auf die eisengrauen Augen des Antichrist Napoleon anspielte.

Im Jahre 1812 gebar Louise aufrecht stehend, an einer quer über den Kaminsims verlaufenden Stange festgeklammert, ein weiteres Mal einen Knaben, den sie, um dem Schicksal die Stirn zu bieten, Arsène den Zweiten nannten.

Die alte Louise, die ihr beistand, machte ihr eilig einen Roggenaufguß. Dann legte sich die kleine Louise für neun Tage ins Bett.

Man setzte Arsène dem Zweiten eine Mütze aus Maulwurffell auf den Kopf, damit die Haare besser wüchsen. Man gab ihm den ersten von ihm ausgestoßenen Wurm zu essen, damit dieser wieder hinuntergeschlungene Wurm alle anderen vertreibe. Man gab ihm einen trockenen Knust in die Hände, der ihm das Zähnekriegen erleichtern und auch sonst als Spielzeug dienen sollte. Aber alle sieben Jahre kam einer der Todesengel daher, der Blattern heißt, und säte Pusteln über die Wiegen. Poleon war nur knapp den schwarzen Blattern von 1805 entronnen. Arsène der Zweite kam genau richtig für die Epidemie von 1812.

Um Louise wieder aufzumuntern, der dieser neuerliche Verlust eines Kindes sehr zu Herzen ging, versuchte man ein Mittel, das bald das Allheilmittel werden sollte: Es tötete die Würmer der Kleinsten, stellte den Durchfall der Erwachsenen ab, ließ die Sterbenden wiederauferstehen, vertrieb den Kummer, verjagte die Schwermut, peitschte das Blut und die Nerven auf, ließ die Erschöpfung verfliegen – das Mittel, das Wintersang die Lust an der Arbeit und der großen Straße des Marktfleckens die heitere Ausgelassenheit gab, war der Wein.

Dieser Wein, den nunmehr jeder Bauer, der über ein noch so kleines Stück Weinberg verfügte, herstellte; dessen Geschmack man von Hof zu Hof, von Keller zu Keller ziehend, miteinander verglich; der die Zungen löste; der mit einem Schlag das Dorf aus seiner Stille riß. Dieser Wein, der die Leute aufheiterte, zum Singen anregte, der die Hirten lauter rufen und die Ochsentreiber länger fluchen ließ. Dieser Wein, in dem die alten zähen Hähne und die allzu abgehetzten Hasen ein Genuß werden sollten. Dieser Wein, mit dem man sich bald berauschen, besaufen, vollaufen lassen sollte. Dieser schlichte Landwein, leicht säuerlich, nicht ganz ausgereift, herbbitter. Dieser trockene Wein, der an den Geschmack des Wetzsteins erinnerte. Dieser blaßrote Wein, dieser leichte, helle Rotwein, dieser fruchtige Wein, dieser feurige Wein, dieser verräterische Wein. Dieser Wein, der wieder zu Kräften verhalf, der den Hunger stillte, der das Brot vergessen ließ. Dieser Wein, der so neu, so wunderbar war.

5

Leute des Westens, vom Regen und vom Wind gezeichnet. Der leichte Nieselregen kommt vom Meer. Er erinnert die Bewohner des nahegelegenen Moorlandes, der platten Ebene, des hügeligen Bocage daran, daß der Ozean sie nicht vergißt. Der Wind weht vom Meer her, er entnimmt dem Wellenkamm Regenschwaden, und dann wieder bricht er sich, um die Wolken zu jagen. Bald himmelhoch jauchzend, bald zu Tode betrübt. Mal Regen, mal Sonnenschein. Sonnenschein und Regen. Der Wind aber weht unaufhörlich.

Wenn durch Zufall der Wind zu blasen aufhört, kommt Unruhe auf. Der Wind erzeugt einen Gleichklang raschelnder Blätter, wenn er zurückhaltend ist, das Geräusch sich biegender Äste, wenn er tief atmet, Heulen und Klagelaute, wenn er zu Böen entfesselt losstürmt. Überhaupt keinen Wind mehr zu hören, war so, als ginge die Welt unter, als müßte sie sterben. Als bekäme die Natur keine Luft mehr. Der pflügende Bauer auf dem Feld wird von Unruhe gepackt und hält seine Ochsen an. Er sagt sich, daß das Wetter aufhorcht. Aber worauf horcht es? Derartige Erscheinungen verwirren. In den Dörfern greifen sich die alten Männer, die auf den Steinen vor den Bauernhöfen sitzen, an die Brust und fragen sich, ob nicht etwa ihr Herz stehengeblieben sei. Die alten Frauen jammern und beten. Selbst die Kinder halten im Spiel inne, heben die Köpfe, um die Luft der See tief einzuatmen.

In diesem Frühjahr 1814 kam der Wind nur zum Stillstand, damit die Bauern in den Dörfern ohne Kirche das Sturmläuten der verschont gebliebenen Glockentürme hören konnten.

Der Wind legte sich für drei Tage, und während dieser Zeit läuteten die Glocken in einem fort. Auf das Läuten der Totenglocke folgte Festgeläute. Eichener, Wintersang und an die zwanzig Männer aus dem Dorf eilten, mit ihren alten Klingen, Sensen und Forken bewaffnet, zum Marktflecken. Schon aus der Ferne sahen sie ein großes weißes Lilienbanner am First der Kirche wehen. Dann erblickten sie oben auf den Hügeln Feuer, von denen dicker Rauch aufstieg. Auf der großen Straße tanzten und sangen die Leute. Sie hörten:

»Sie leben hoch! Hoch leben die Bourbonen!
Nieder mit der Republik!
Sie leben hoch! Hoch leben die Bourbonen!
Napoleon ist weg!«

Ein Mädchen brachte ihnen weiße Kokarden. Es herrschte ein allgemeines Durcheinander. Vor den Schenken spielten Musikanten auf ihren Flöten, Rohrschalmeien und Dudelsäcken zum Tanz auf und zum Zechen.

»Ist der Antichrist gestorben?« fragte Eichener.

»Ja, Landsmann, und das Salz wird auf zwei Sous das Pfund fallen.«

»Aber nein doch«, sagte ein anderer, »er ist der Gefangene der Preußen.«

»Unsere guten Pfarrer werden aus den Wäldern herauskommen, und die falschen Priester werden bestraft.«

»Und der König?«

»Ist auf seinem Schimmel in Paris eingezogen.«

»Welcher König?«

»Der zu Charette stoßen sollte.«

»Aber nein, das ist sein Bruder!«

»Welcher Bruder?«

»Der Bruder von Louis XVI.«

»Louis XVI. hatte einen Bruder?«

»Ich sage euch doch, nein! Das ist der Sohn von Philippe-Egalité, der gegen Dumouriez kämpfte.«

»Den will ich aber nicht.«

»Als ob man dich fragen würde.«

In diesem Wirrwarr gab es nur eine Sicherheit: Das Ungeheuer Napoleon hatte sich das Genick gebrochen, und der König kehrte zurück. Welcher König? Keiner von ihnen wußte es genau, aber die Hauptsache, der Grund für diese schrankenlose Freude war der Sturz des Antichrist.

Eichener begab sich auf die Suche nach dem Baron, den er aber nicht auffinden konnte; die Türen und Verschläge des Herrenhauses waren geschlossen. Als er zu Wintersang und den anderen Dörflern zurückkam, waren sie allesamt völlig betrunken. Sie waren so benommen vom Wein, daß sie der Länge nach ausgestreckt an der Schenkenmauer lagen und wie Schweine schnarchten. Eichener rüttelte Wintersang, der für einen Augenblick aufwachte, um ihm einen finsteren Blick zuzuwerfen.

»Nun los, komm doch, Wintersang!«

Wintersang brummelte mit belegter Stimme: »Der Krieg ist aus, Eichener, der Krieg ist aus! Aus!«

Und fiel zurück in einen tiefen Schlaf.

Eichener kehrte allein ins Dorf zurück, das schon durch einen Hirten vom Sturz des Antichrist unterrichtet war. Ein lautes, ganz ungewohntes Stimmengewirr kam von der Scheunenkirche her, zu der eine Gruppe von Bauern unter Beschimpfungen und Schlägen den Müller-Bürgermeister und den Gâtiner Holzschuhmacher hinzerrten. Der Müller-Bürgermeister hatte dabei seinen Hut verloren. Sie sperrten den Bürgermeister und den Holzschuhmacher in der vormaligen Scheunenkirche ein und verbarrikadierten das Tor. Ungeachtet seiner Abwesenheit war Wintersang zum Vorsteher der Pfarre ausgerufen worden. Eichener wurde beauftragt, nach Montaigu zu gehen und von den Soldaten des Königs die Verhaftung der beiden Gefangenen zu verlangen.

»Ich werde die Gelegenheit nutzen, um Weber-Jacques zurückzuholen«, sagte Eichener.

Auf einem Maulesel machte er sich auf den Weg.

In Montaigu traf er die Gendarmen an, die Jacques verhaftet hatten. Die weiße Kokarde an ihrem Hut hatte die blau-weiß-rote ersetzt. Ansonsten waren sie wie zuvor, genauso ungehobelt.

»Den Bürgermeister verhaften? Für wen hält er sich denn, dieser Dummkopf? Kümmert euch um eure eigenen Angelegenheiten. Schafft uns zuerst euren falschen Pfarrer und eure Deserteure herbei. Gut. Dann werden wir wieder Ordnung schaffen in eurem verflixten Kuhdorf.«

»Und Weber-Jacques, gebt ihr ihn uns zurück?«

»Was für ein Weber?«

»Jacques, der Einäugige, den ihr schon seit sechs Jahren in Haft haltet.«

»Na und, wenn er etwas ausgefressen hat, euer einäugiger Weber.«

»Ihr wart auf meinen Pachthof gekommen, Ihr suchtet den Pfarrer und nahmt Jacques, der bei uns wohnte ...!«

»Ach ja, jetzt fällt es mir wieder ein«, sagte der Unteroffizier. Und ihr habt nie euren falschen Pfarrer gegen euren echten Weber ausgetauscht. Kein Wunder, daß ihr in Lumpen herumrennt.«

»Der alte Pfarrer ist im Wald gestorben.«

»Und ihr habt nichts davon gesagt! Was seid ihr nur für Dickschädel!«

»Jetzt nehme ich Jacques mit zurück«, sagte Eichener mit fester und fast drohender Stimme.

»Langsam, mein Freund! Nicht so schnell! Deinen Weber, den halten wir schon seit langem nicht mehr hier fest. An die Gendarmerie von Cholet abgeschoben; er sagte doch, daß er aus Cholet käme. Seitdem wird er schon wieder Hunderte von Tüchern gewebt haben. Er hat da unten ein neues Leben angefangen, glaub doch nur nicht...«

Eichener kam mit den Gendarmen ins Dorf zurück; sie zu Pferd, er auf seinem Maulesel. Er hielt sich etwas abseits von ihnen, um klarzustellen, daß er nicht ihr Gefangener war. Er dachte an Jacques. Ja, es war durchaus möglich, daß Jacques in Cholet, seiner Vaterstadt, geblieben war. Die ständig weinende Léonie gab ihm wenig Anlaß zu Fröhlichkeit. Jetzt bekäme sie mit Sicherheit kein Kind mehr, wo die kritischen Jahre ihr bestimmt schon zu schaffen machten. Die Vorstellung, Jacques nie wiederzusehen, stimmte Eichener traurig. Er sah noch einmal die Begegnung mit den Webern an sich vorüberziehen, die so wie er auf der Suche nach den Kämpfern des Dritten Krieges waren; ihre Freundschaft im Kampf; Jacques' Beteiligung am Wiederaufbau des Dorfes. Er mochte Wintersang wohl gern, aber Wintersang machte sich über Gefühle lustig. Die Überlebenden von 93, die der Hölle von 94 hatten entkommen können, waren aus Granit. Weber-Jacques dagegen überraschte mit seiner Sanftheit eines gottesfürchtigen und gutmütigen Mannes. Bei der Vorstellung, Jacques nie wieder zu sehen, fühlte Eichener, wie sich sein Hals zusammenschnürte. Er dachte auch wehmütig an Wolfskopf und an die Husarenzuhilf, an den alten Pfarrer-Noah. Warum war Wolfskopf davongelaufen? Er hatte ihm doch niemals von den Husaren erzählt. Niemals hatte er etwas gesagt oder getan, was dies Kind, das Gott ihm gegeben hatte, glauben lassen konnte, daß es nicht sein erstgeborener Sohn war. Wer weiß, vielleicht waren Weber-Jacques und Wolfskopf auf das Abwegkraut getreten, das die Wanderer auf den falschen Weg führt? Wie konnte er das je erfahren?

Die Gendarmen schlugen das Tor der früheren Scheunenkirche ein und befreiten den Bürgermeister und den Gâtiner Holzschuhmacher. Dann bedeuteten sie Wintersang, daß es seit 1796 keine Pfarrhauptleute mehr gäbe und daß das einzige Oberhaupt des Dorfes der vom Präfekten ernannte Müller-Bürgermeister sei.

»Ist denn das nicht derselbe Präfekt wie zur Zeit des Antichrist?« rief der Schmied.

»Warum sollte es denn nicht derselbe Präfekt sein? Wir sind doch auch dieselben Gendarmen. Und Talleyrand ist noch immer Minister.«

Da übertrieben die Gendarmen aber! Wintersang schüttelte sich vor Lachen über diesen Scherz. Warum nicht gleich Fouché als Polizeiminister, wenn sie schon dabei waren! Die dürfen uns schließlich nicht ganz für dumm verkaufen! Wintersang und sein Geselle führten sich, kaum hatten die Gendarmen ihnen den Rücken gekehrt, zwei Schoppen Weißwein zu Gemüte, der Witz war wirklich stark!

Eichener hätte gern Weber-Jacques zurückgehabt. An seiner Stelle kam der Gâtiner Holzschuhmacher über den Hof.

»Du hättest also zugelassen, daß ich ins Gefängnis gesteckt worden wäre, ohne ein Wort? Dabei weißt du doch, daß ich kein Pataud bin.«

Eichener, ein wenig beschämt, aber gleichermaßen gereizt, wich dem Blick des Holzschuhmachers aus.

»Während ich mit dem Bürgermeister eingesperrt war, sind Wildschweine aus dem Wald gekommen und haben meinen Kartoffelacker umgepflügt. Nicht eine einzige Saatkartoffel ist übrig. Ein Wildschwein war so in Wut, daß es seinen Huf zerschlagen hat, einen Huf aus Holz. Ich habe die Reste in den Ackerfurchen gefunden. Da, ich habe sie dir mitgebracht. Bestimmt kennst du diese Wildschweine gut; gib sie dem, der jetzt barfuß läuft, und sag ihm, daß, wenn er einen Holzschuhmacher braucht ...«

»Ich wollte nicht, daß sie deinen Acker verwüsten. Dir persönlich nehmen sie ja nichts übel. Diese Satansäpfel, die sich vermehren wie Ungeziefer, das können wir nicht dulden. Das ist nicht christlich. Die haben dir einen guten Dienst erwiesen, indem sie dich von dieser Schweinerei befreiten.«

»Ihr habt mich in eurem Dorf aufgenommen und als Gegenleistung brachte ich euch etwas mit, womit ihr eure Kinder hättet ernähren können. Aber lieber verreckt ihr in eurem Stumpfsinn. Wie mit der Freiheit, die hat an eure Türen geklopft. Ihr habt sie verjagt, weil ihr sie nicht kapiert. Sie kam von weit her. Sie sprach nicht in eurer Mundart. Jetzt seid ihr außer euch vor Freude, weil der König zurück ist. Ihr liebt den König, das ist eure Sache. Ich sage, daß der König euch nicht liebt, daß er euch nie geliebt hat, daß ihr für ihn nur Mistbauern seid ...«

»Sag so was nicht, sonst könnte ich mich vergessen ...!«

»Denk daran, was ich sage. Daß der König Talleyrand bei sich behalten hat, genauso wie vorher Napoleon, da müßte dir doch ein Licht aufgehen.«

»Du wiederholst Lügengeschichten.«

»Das steht in der Zeitung, die der Bürgermeister aus Montaigu mitgebracht hat. Und das ist die Zeitung des Königs.«

»Wenn das stimmt, ist die Welt verrückt.«

»Na also, Eichener, allmählich siehst du klar. Aber ja doch, die Welt ist verrückt geworden.«

Der Gâtiner Holzschuhmacher irrte sich. Der König liebte seine Vendéer. Er schickte Maurer in alle Dörfer; sie sollten die zerstörten Kirchen wieder aufbauen. Die Nachricht, daß alle Patauds Rang und Posten beibehielten, angefangen bei den Bürgermeistern, über die Präfekten, Gendarmen, Magistrate bis hin zum abgefallenen Oberbischof des verfaßten Klerus und schließlichen Außenminister Talleyrand, hatte allgemein Bestürzung hervorgerufen, aber das tagtägliche Schauspiel des Kirchenbaus hatte diese Enttäuschung in Vergessenheit geraten lassen. Sicherlich hatte der König im Augenblick nicht anders handeln können. Als ein von sechs Ochsen gezogenes Fuhrwerk von Nantes die Glocke heranschaffte, die durch ein von Wintersang ausgetüfteltes Windensystem bis hoch in den aus Stein gemauerten Kirchturm gezogen wurde, als die Glocke läutete, als der junge Priester in seiner schwarzen Soutane, so wie in alter Zeit, sie einweihen kam und die erste Messe in der neuen Kirche feierte, da sagten sich die Pfarrkinder, daß sie nicht umsonst gekämpft, nicht umsonst gelitten hatten. Was sie seit so langer Zeit erhofft hatten, traf endlich ein. Ihr Dorf war fast wieder vollständig aufgebaut, und das einzige, das ihnen gefehlt hatte: eine Kirche und ein Priester, das gab ihnen nun der König.

Die ganze Pfarrgemeinde war im Sonntagsstaat, die roten Stoffherzen für die Jacken und die breitkrempigen Hüte waren hervorgeholt worden. Das Dorf, das sich als recht fruchtbar erwiesen hatte, brachte es nun auf mehr als dreißig

Herdstellen und zählte zweihundertdreißig Seelen, etwas weniger als die Hälfte seiner Bevölkerung vor 1793. Die Dorfbewohner lebten nicht mehr im bittersten Elend, sie hatten die Stufe der Armut erreicht. Von den Lumpen zu einer Kleidung, die zwar dürftig war, die aber die Pfarre in eine bunte Versammlung verwandelte, in der die roten, blauen, braunen und grauen Farben vorherrschten. Die Männer trugen kurze, enge, schwarze oder blaue Jacken, unter denen das leuchtende Weiß der Wollweste hervorstach, die an der Seite zugeknöpft wurde. Die Taille der Frauen wurde von diesen Fischbeinkorsetts aus grobem Tuch zusammengehalten, die so hart waren, daß die Blauen seinerzeit zu ihrem Leidwesen mit ihren Bajonetten nur schwer durchbohren konnten; diese Panzerhemden gaben ihren Trägerinnen ein steifes, unnatürliches Aussehen. Mit ihren Fingern lüfteten die Frauen ein bißchen die Röcke aus grobem Stoff oder auch Flanell, mit breiten roten und blauen Streifen, damit sie nicht durch den Schlamm schleifen würden. Allesamt trugen sie auf ihren Schultern als Umhang ein rotes Tuch aus Cholet. Alle trugen sie, Männer wie Frauen, Holzschuhe, ausgenommen die Kinder.

Zum ersten Mal fand sich die Pfarre als rechtmäßige Pfarrgemeinde um die Pfarrkirche versammelt. Der junge Priester, frisch aus dem benachbarten Priesterseminar von Champagnes-en-Paillé, machte einen guten Eindruck. Alle sangen lauthals:

»O süßes Jesulein,
Gib uns unsre guten Priester wieder,
O süßes Jesulein,
Aus Cholet und Montaigu!«

Das weiße Lilienbanner wurde an der Spitze des Kirchturms gehißt, und zur Überraschung aller hielt der Müller-Bürgermeister eine Rede, in der er seiner königlichen Hoheit dafür dankte, den Frieden wiederhergestellt zu haben. Der Gâtiner Holzschuhmacher, der ganz in Eicheners Nähe stand, stieß ihn mit dem Ellbogen in die Seite. Aber Eichener mußte sich zusammenreißen, um ihm nicht mit der Faust ins Gesicht zu schlagen:

»Jetzt sei doch mal ruhig. Er hat recht. Den Frieden, den haben wir wohl verdient!«

Wintersang hatte viel Mühe aufgewendet, um eine Sackpfeife anzufertigen; der Teichhofbauer begleitete ihn auf der Rohrpfeife. So besaß das Dorf nun Musikanten, die bei Hochzeiten zum Tanz aufspielen konnten. An diesem Tage wurde vor der Kirche getanzt.

Am Abend zog das ganze Dorf in einer Prozession in den Wald zu einer Gedenkfeier am Gargantua-Stein. Die Pfarrgemeinde hatte es zu ihrem Brauch gemacht, an jedem Jahrestag des Todes ihres Pfarrers Noah eine Wallfahrt in den Wald zu veranstalten. Die Pfarrkinder brachten Brot mit, das auf dem Dolmen niedergelegt, und Wein, der langsam über der Stelle vergossen wurde, an der ihr alter Pfarrer begraben lag.

Der junge Priester, ihr neuer Pfarrer, der sie in den Wald begleitet hatte, verwahrte sich gegen derartiges Brauchtum.

»Meine Kinder... Es zeugt zwar von großer Gottesfurcht, eures alten Seelenhirten zu gedenken. Aber ihr dürft mitnichten Libationen in Form von Brot und Wein darbringen. Das sind heidnische Bräuche. Zudem werden die sterblichen Reste dieses heiligen Mannes exhumiert und auf dem neuen Friedhof bestattet werden müssen, den wir in der Nähe des Senkenhofs anlegen werden.«

Fassungsloses Schweigen! Damit nicht genug, daß der junge Pfarrer unbekannte, völlig unverständliche Wörter gebrauchte. Aber daß er sie »meine Kinder« nannte, verschlug den Dreiundneunziger Veteranen gänzlich die Sprache. Der Pfarrer Noah pflegte »meine Kinder« zu sagen. Aber ihn betrachteten sie tatsächlich als ihren Vater. Und mochte er noch so sehr Priester sein, dieser Knabe war zum Lachen, wenn er sie »meine Kinder« nannte.

»Der alte Pfarrer bleibt hier liegen«, sagte Eichener in seinem gewohnt barschen Ton. Er hat auf diesem Stein die Messe gelesen während der Verfolgungen. Der Wald hat uns geschützt. Ihn schützt er immer noch.«

»Was soll denn das bedeuten, mit diesem Friedhof außerhalb des Dorfes?« wollte Wintersang wissen.

»Das ist jetzt Gesetz. Die Friedhöfe dürfen nicht mehr um die Kirche herum liegen, sondern jenseits der letzten Häuser der Dörfer oder Städte. Die Grundregeln der Hygiene wollen das so. Die Toten verseuchen die Brunnen.«

Da gab es ein Durcheinander aufgeregter Stimmen, Schreie, Gejammer.

»Herr Pfarrer«, sagte Eichener, »die Patauds haben unsere Brunnen vergiftet, indem sie Leichen hineinwarfen. Aber unsere Verstorbenen, die als gute Christenmenschen in der Erde der Kirche begraben werden, haben eine Pfarre immer nur geheiligt.«

Der junge Pfarrer traute sich kein Wort mehr zu sagen. Die Prozession erreichte das Dorf. Die Stimmung der Kirchweihe war wie weggeblasen. Alle packten ihre Sonntagskleider wieder in die Schränke und zogen ihre abgetragenen Sachen an.

Kurz darauf kam der wandernde Pfarrer der Kleinen Kirche zu Eichener. Er war fett geworden und konnte sich nur mit Mühe auf dem Maultier halten. Atemlos setzte er sich auf die Kaminbank; eigentümliche Worte kamen aus seinem Mund: »Euch wurde ein neuer Pfarrer geschickt. Das ist ein falscher Priester. Wer zu seiner Messe geht, begeht eine Todsünde. Rechtens sind allein die Messen der Priester, die das Konkordat verwerfen. Vorsicht! Laßt euch nicht täuschen. Der Böse ist mit allen Wassern gewaschen. Euch wurde eine nagelneue Kirche gebaut, euch wurde ein kleiner neugebakkener Pfarrer geschickt – und schon ist es geschehen. Der König ist zurückgekehrt, einverstanden, aber was für ein König! Das ist ein Philosophenkönig, ein Anhänger von Rousseau und Montesquieu, genauso wie sein Vetter Philippe-Egalité. In der Emigration wurde er nicht müde, allen Tyrannen freundlich-liebenswürdige Briefe zu schreiben. Der Beweis für seine Doppelzüngigkeit ist doch die Tatsache, daß er diesen Lakaien Buonapartes, Talleyrand, im Amt belassen hat. Nein, diesen König wollten wir nicht; wir wollten vielmehr seinen Bruder, den Grafen von Artois, dessen Frömmigkeit wir alle kennen. Charette hatte immer gehofft, daß der Graf von Artois in der Vendée landen würde. Aber es war wie mit den Verleugnungen des heiligen Petrus. Dreimal hat der Hahn geschrien, und der Prinz wagte nicht zu landen. Er wollte sich nicht auf den Kleinkrieg der Bauern einlassen.«

Der Pfarrer sprach wie zu sich selbst; vor ihm stand ein stummer Eichener, der dasselbe Gefühl in seiner Brust verspürte wie an dem Tag, an dem er Weber-Jacques nicht hatte mit nach Hause nehmen können.

»Ich sage dir das zwar, aber du verstehst es sowieso nicht«, sagte der Priester.

»Ich verstehe nicht alles, was Ihr sagt«, erwiderte Eichener. »Eins aber verstehe ich: es gibt noch immer schlechte Menschen.«

Victorine und Victor kümmerten die Wechsel in der Dynastie wenig. Sie waren beide fünfzehn, entdeckten die Liebe, ohne sich dessen bewußt zu sein.

Victorine, dies kräftige Mädchen, mit schwarzem Haar und schwarzen Augen, die gegen die Blässe ihres Gesichts abstachen, erwies sich als immer energischer. Nur wenig war von ihrer Mutter, der sanften und zurückhaltenden Louise. Von Eichener hatte sie das barsche Wesen, die Beherztheit, die Ausdauer. Verglich man Victorine und Monsieur Henri, zeigte sich augenfällig, daß sich hier die Natur vertan hatte, denn Victorine, die ältere, wies alle Charakterzüge auf, die von einem Mann erwartet werden, und Monsieur Henri die einer Frau.

Mit immer gekämmtem, gescheiteltem Haar unter der weißen Haube, dem geschnürten Mieder, dem roten Tuch um den Hals, mit dem Rock, der den Fußboden schliff und davon ganz ausgefranst war, und barfuß machte sich Victorine im Haus zu schaffen, in dem sie allmählich das Zepter übernahm. Die alte Louise drängte sie nach und nach in den Wirtschaftsteil ab: Waschküche, Molkerei, Viehfutterküche; ihre Mutter, die wieder einmal schwanger war, beschränkte sich auf die Rolle einer Glucke, was ihr übrigens wie auf den Leib geschrieben stand.

Monsieur Henri übernahm Wolfskopfs Platz bei Eichener. Zu allen Feldarbeiten ging er mit ihm, aber Eichener zeigte sich oft ungehalten über seinen Hang zur Tagträumerei. In einer anderen Umgebung wäre Monsieur Henri wegen seines anmutigen Charmes sicher geschätzt. Hinter dem Pflug erwies er sich als ungeschickt. Wolfskopf, der scheue, grobschlächtige, wortkarge Adoptivsohn hatte viel eher wie Eicheners Sohn gewirkt als dieser anmutige Monsieur Henri, der sich besser in einer dieser bei den Aristokraten so beliebten Schäferszenen gemacht hätte. Auch die kleine Louise hatte damals, als sie Monsieur Henris Alter hatte, und Eichener aufgefallen und von ihm begehrt worden war, wie eine kleine Schäferin aus einer Schäferszene ausgesehen. Sie war fruchtig, fleischig gewesen. Ihre Schwangerschaften, ihr hartes Leben hatten sie frühzeitig altern lassen. In ihren Rundungen einer reifen Frau bewahrte sie dennoch jene Sinnlichkeit, die ihre Anmut ausmachte, diese weibliche Anmut, die in Monsieur Henri weiterlebte.

Nur eins schien Monsieur Henri wirklich zu mögen: die Trommel schlagen. Sobald er den Arbeiten auf dem Bauernhof entrinnen konnte, eilte er zu Wintersangs Schmiede.

Seit er laufen konnte, gab es nicht einen Abend, an dem er nicht seinen Freund Pierre in der Schmiede besucht hätte. Aber seit sich Wintersang in den Kopf gesetzt hatte, den beiden Kindern das Trommelschlagen beizubringen, zog es Monsieur Henri weniger Pierre zuliebe, sondern der Trommel wegen in die Schmiede. Sehr schnell wurde Monsieur Henri zu einem Virtuosen der Trommelstöcke, wogegen Pierre die Lust daran verlor. Der zog die Hämmer in der Schmiede vor.

Eine herzliche Komplizenschaft, der Pierre griesgrämig beiwohnte, verband bald Wintersang und Monsieur Henri. Sobald Monsieur Henri eintrat, legte der Schmied seinen Hammer zur Seite, nahm seine Flöte, gab Monsieur Henri die Trommel, die er eigenhändig aus einem Kalbfell angefertigt hatte, und beide spielten Melodien, die sie sich gerade ausdachten.

Wintersang ging auch daran, die beiden Jungen lesen und schreiben zu lehren, wobei er sich des Almanachs bediente, den er bei dem Bärenschausteller gekauft hatte. Aber auch hier legte Monsieur Henri viel mehr Begabung an den Tag als Pierre, der, kränklich wie er war, sich damit begnügte, den Vorlesern zu lauschen. So kam es, daß Pierre und Monsieur Henri aus dem Munde Wintersangs die wahrhaftige Geschichte des Gargantua-Steines erfuhren, unter dem der alte Pfarrer seinen ewigen Schlaf schlief.

Zu der Zeit, da das Meer nichts als eine brodelnde Wüste war, gab es eine Insel, die heute Noirmoutier heißt und auf der d'Elbée von den Blauen erschossen worden war. Zu jener Zeit lebten dort Hexenmeister. Dort wurde Merlin der Zauberer geboren, als Sohn einer Druidin und eines Dämons. Im Alter von zehn Jahren heiratete Merlin der Zauberer eine über alle Maßen schöne Hexe, die in ihren Phiolen den Sand des Meeres in Goldbarren zu verwandeln suchte. Sie erhitzte ihre Phiolen so sehr, daß sie mit einem großen Donnerknall zerplatzten und daß die schöne Hexe verschwand. Merlin der Zauberer langweilte sich als Witwer, deshalb gestaltete er aus

Lehm, einem Walknochen und einer Phiole Blut die Riesen Grandgousier und Gargamelle. Und eben dieser Grandgousier zeugte später mit Gargamelle Gargantua. Gargantua war ein so großer Riese, daß er, wenn er auf der Kathedrale von Fontenay-le-Comte saß und er den einen Fuß auf die Kathedrale von Luçon und den anderen auf die von Niort setzte, sich über das Moorland bücken und mit einem Schluck die Flüsse Sèvre, Vendée und Autize austrinken konnte. Wenn ihm auf seinem Weg ein sechsspanniger Ochsenwagen mit einer Fuhre Dornen entgegenkam, verschlang er die sechs Ochsen, den Wagen, die Dornen und den Ochsentreiber. Für die Bewohner des Bocage war es ein großes Unglück, wenn dieser verfluchte Gargantua durch die Gegend streifte (weniger schlimm als das Ungeheuer Turreau, schob Wintersang in seine Geschichte ein), daher sputeten sie sich, Gargantua reichlich zu füttern, stopften ihm mit großen Schaufeln Haferbrei und Kohlsuppe in den Schlund. Zum Zeitvertreib steckte er einige Hinkelsteine in die Erde, die ihm beim Steinwerfen als Ziel dienten. Bei diesem Spiel waren Gargantuas Kieselsteine so groß wie Mahlsteine ...

Seit er ein wenig des Lesens kundig war, erbat sich Monsieur Henri Wintersangs Almanach und entdeckte langsam, im Schein der Esse, eine Welt der Sagen, der Feen, der Melusine und des Blaubart, der Pakte mit dem Teufel, die mit einer in Blut getauchten Uhufeder unterschrieben werden.

Diese mit Wintersang und seinem Freund Pierre verbrachten Abende machten ihn noch mehr zum Träumer. Eichener, Victorine und sogar der kleine Poleon, der nun seinerseits der Hirte geworden war, schubsten ihn ständig herum, machten sich über seine Beschäftigungen, über seinen abwesenden Gesichtsausdruck lustig. Lediglich Louise verteidigte ihn mit dem Hinweis, daß er wohl auf einem anderen Stern lebte, aber daß es sich dort besser leben lasse als in dieser Welt.

Victorine kümmerte sich wenig um Monsieur Henri. Sie hatte Augen nur für Victor. Sonderbar, wenn man bedenkt, daß Victorine und Victor seit ihrer Geburt fast ständig zusammen waren, abgesehen vom Schlafen. Nun wurde Victorine gerade auf diesen Schlaf eifersüchtig. Sie wollte Victor für sich haben, Tag und Nacht.

Victor besaß nicht Victorines Zähigkeit. Gleichwohl hatte er wie sie das schwarze Haar und die schwarzen Augen, die hohen vorspringenden Backenknochen, die ihm ein asiatisches Aussehen verliehen. Sie sahen sich sehr ähnlich, was nicht erstaunlich war in Anbetracht ihrer Blutsverwandtschaft, von der sie selbst nichts wußten.

Victor arbeitete auf dem Feld an Eicheners Seite mit weit mehr Eifer als Monsieur Henri. Da an die Stelle der Hacken, mit denen in der Anfangszeit die brachliegenden Felder zurückerobert worden waren, der Schwingpflug mit der angespitzten und feuergehärteten Holzschar getreten war, wühlten sie die Erde nicht mehr auf, sondern öffneten sie, und in dieser Öffnung der Erde, in dieser geraden Furche, vergaßen sie ihre Müdigkeit und gaben sich einem wahrhaft männlichen Genuß hin.

Da sie noch keine Eggen besaßen, ließen sie Dornenbüschel hinter den Ochsen herschleifen, die, so gut es eben ging, die Feldsteine entfernten.

Auf dem Hof verstand sich keiner so gut wie Victor auf das Worfeln mit der Kornschwinge. Er hielt diesen muschelförmigen Weidenkorb mit beiden Händen und schüttelte ihn dergestalt, daß die schlecht entkörnten Ähren, der Häcksel und der Schmarotzersamen herausfielen. Dann warf er mit einer ruckartigen Bewegung das Korn in die Höhe, und der Wind blies die Verunreinigungen fort.

Victorine war ständig um Victor herum, kniff ihn im Vorbeigehen, gab ihm einen kleinen Klaps und versetzte ihm, wenn er das nicht zu bemerken schien, derbe Faustschläge.

»Hör doch auf, stöhnte Victor, du machst mich ganz verrückt.«

Aber es kam auch vor, daß Victor seinerseits in der Küche herumschlich und verstohlen Victorines Schürze aufknotete, die dann so tat, als wäre sie beleidigt. Es kam dann zu einem Gerangel zwischen den beiden jungen Leuten, bei dem Victor sich einen Spaß daraus machte, Victorine den Arm herumzudrehen, woraufhin sie laut aufschrie. Schließlich gaben sie sich laut lachend schallende Küsse auf die Wangen.

Die arme Léonie litt darunter, daß ihr Sohn so vernarrt in Victorine war. Eigentlich bekümmerte sie weniger die blutschänderische Seite ihrer Beziehung als Victorines beherrschendes Wesen. Victor ließ sich bevormunden und fand auch ohne jeden Zweifel noch Gefallen dran. Léonie sagte sich, daß Victorine mit Victor nach Belieben umspringen würde, und diese Unterordnung ihres Sohnes schmerzte sie.

Sie hätte ihn gern genauso hart wie Eichener gesehen, aber er war sanft wie Weber-Jacques, der doch gar nicht sein Vater war. Sie dachte an Weber-Jacques und fragte sich, ob sie für ihn Trauer tragen müßte.

Anfang Juli lief eine Nachricht durch den Bocage, die alle Herzen höher schlagen ließ. Als Beweis seiner Zuneigung für die Vendéer schickte ihnen Louis XVIII., der selber kinderlos war, den erstgeborenen Sohn seines Bruders, Louis von Bourbon, Herzog von Angoulême. Dieser war nicht nur der Sohn des Grafen von Artois, den die Vendéer lieber auf dem Königsthron gesehen hätten, sondern zudem noch der Gemahl seiner Base ersten Grades, Marie-Thérèse, der Tochter Louis XVI., der einzigen Überlebenden des Gefängnisses Le Temple, die gegen republikanische Gefangene nach Österreich ausgetauscht worden war.

Von Cholet bis zum Moorland von Challans, von Pouzauges bis zum See von Grandlieu machten sich alle Überbleibsel der drei Vendéekriege, Kriege, die im Namen des Heiligen Herzen Jesu und des Königs geführt worden waren, auf den Weg. Wieder in Pfarrverbänden formiert zogen sie durch die Hohlwege. Wintersang führte seine Pfarre an; und da er seinen wieder einmal kranken Sohn hatte zu Hause lassen müssen, nahm er den kleinen Henri mit seiner Trommel mit. Eichener hielt sich nicht bei ihm, denn er hatte sich einem Reitertrupp unter dem Kommando des Barons angeschlossen.

Der Herzog von Angoulême und sein Gefolge durchquerten im Galopp Bourbon-Vendée (das vormalige Napoléon-Vendée), Mortagene, Les Herbiers, die Quatre-Chemins-de-l'Oie. Diese Horden von Bauern, teils in Holzschuhen, teils barfuß, diese Einarmigen, Einbeinigen, Einäugigen, diese narbenübersäten Gesichter, diese zerfetzten Fahnen und alten Büchsen, die die Reiter hoch zu Esel an ihren Hosenträgern befestigt hatten, alles dies jagte dem Prinzen offensichtlich Angst ein. Er wagte nicht anzuhalten, und mußte es doch, denn in Beaupréau, unweit von Pin-aux-Mauges, sollten die Vendéer zum Zeichen ihrer Ehrerbietung ihm Stofflets Fahne überreichen. In Beaupréau, wo im Jahre 1793 der Fuhrmann Cathelineau mitten beim Brotbacken seinen wohlgefüllten Ofen anbrennen ließ, um die erste Pfarre anzuführen, die die Keimzelle der Großen Katholischen und Königlichen Armee werden sollte.

Als ehemaliger Stoffletscher Reiter befand sich Eichener mit seinem Offizier, dem Baron, in der vordersten Reihe. Sechstausend alte Kämpfer waren aus ihren Dörfern und Marktflecken gekommen und drängten sich nun beiderseits der Landstraße, um ihren Prinzen eintreffen zu sehen. Als erstes erschienen in einem Staubwirbel Reiter, die die Bauern zurückstießen, um den Weg freizumachen. Eichener verspürte ein Zucken in seinen Kiefern. Obgleich sie andere Kopfbedeckungen trugen, eine Fellmütze mit aufgestecktem weißen Federbusch machte diese Riesen noch größer, erkannte Eichener an ihren blauen Dolmanen mit den Rockschnüren und an ihren roten Hosen die Husaren. Die Husaren waren wieder da. Er verstand nichts mehr. Er dachte an das Mädchen Husarenzuhilf, an Wolfskopf. Seine Kiefer zitterten. Das Zucken regte ihn auf. Nie hatte er vor den Westermannschen Husaren gezittert, und nun, mit einemmal, flößten ihm die Husaren des Königs Angst ein. Andere Reiter kamen heran.

Der Baron, der sich in Eicheners Nähe befand, betrachtete sie ebenfalls fassungslos vor Entrüstung. Voller Wut sagte er: »Ich kenne doch diese Offiziere mit ihren roten Abzeichen der Ehrenlegion. Das sind Republikaner und Kaiserliche.«

Einer von ihnen ging auf Stofflets Fahne zu, diese weiße, von Kugeln durchlöcherte Fahne! Er suchte einen adligen Offizier: »Ihre Hoheit wünscht nicht, diese Bauern in Waffen zu sehen. Sie haben überhaupt keinen Grund mehr zum Waffentragen. Es gibt eine ordentliche Armee, und wir sind im Frieden. Sie möchten Ihre Männer anweisen, die Waffen niederzulegen und am Straßenrand zu Gewehrpyramiden zusammenzustellen.«

Der Offizier übermittelte den Befehl, der von Pfarrhauptmann zu Pfarrhauptmann weitergegeben wurde. Jedermann brachte seine Flinte zum Straßenrand. Da bemerkten sie einen General, der an dem fellumrandeten Zweispitz und an den großen Goldstickereien auf dem Revers des blauen Tuches zu erkennen war. Er gab den Offizieren, die mit ihren Pferden um ihn herumtänzelten, weitere Weisungen.

»Ist das der Prinz?« fragte Eichener.

»Nein«, antwortete der Baron, »aber dies Gesicht kommt mir bekannt vor.«

Die Offiziere kamen auf die Vendéer zu, die sich hinter

ihren zu Pyramiden aufgepflanzten Gewehren aufgestellt hatten, und riefen ihnen zu: »Ihre Hoheit kommt gleich, ihr müßt aber zuvor fünfzehn Schritte zurückgehen. Weicht zurück bis zu den Gräben! Zurück!«

Die Veteranen der drei Vendéekriege gehorchten. Als sie entwaffnet und weit von ihren Gewehren entfernt waren, kam eine Schar Reiter daher, in der sich der Herzog von Angoulême befand. Der General ging auf ihn zu und führte ihn vor Stofflets Fahne. Dann stellte er ihm, ganz so wie jemand, der die Vendéer Armee bestens kennt, vor, was übrig geblieben war von Charettes Retzern, von Stofflets Reitern, von La Rochejaqueleins und Lescures Männern aus dem Poitou, von Cathelineaus und d'Elbées Leuten aus Anjou ...

»Das ist doch keiner von unseren Generälen«, sagte der Baron. »Das ist weder d'Andigné, d'Autichamp, Sapinaud, noch ...«

Der Herzog von Angoulême war vom Pferd gestiegen und ging auf die Reihen der Bauern zu, um Lilien an sie zu verteilen. Eichener betrachtete diesen langen Pferdeschädel mit dem gelockten, in die Stirn gekämmten kurzen Haar. Ein Backenbart machte das schwammig-weiche, ausdrucksleere Gesicht noch länger. Beim Gehen wiegte er sich in den Hüften, setzte mit großer Vorsicht einen Fuß vor den anderen, als hätte er Angst, daß seine nagelneuen schönen gewichsten schwarzen Stiefel im Schlamm schmutzig würden oder seine an den Oberschenkeln zu eng sitzende Kniehose platzen könnte. Sein Säbel an der Seite schien ihn beim Gehen zu stören. Wie wenig hatte doch dieser Prinz mit den Anführern gemein, die sich diese Bauern gegeben hatten und denselben Freiheitsgeist und stolzen Glanz zeigten wie sie. Schüchtern, linkisch betrachtete der Thronfolger trübselig diese ganze Versammlung, und wenn hin und wieder ein wacher Schimmer über sein Gesicht huschte, so war das nur ein Aufblitzen der Angst. Die Anwesenden erwarteten eine Rede. Der Prinz brachte stammelnd nur drei Sätze hervor: »Freunde, ich danke euch im Namen des Königs ... geht jetzt wieder nach Hause, gebt eure Waffen ab ... und bezahlt eure Steuern regelmäßig.«

Steuern bezahlen? Napoleon hatte der Vendée die Steuern erlassen, damit sie wieder aus ihren Ruinen auferstehen konnte. Napoleon hatte auch nie von den Vendéern verlangt, die Waffen abzugeben. Eichener verstand das genauso wenig wie seine Gefährten. Ein Pfarrer hielt eine Rede als Antwort auf die Worte des Prinzen. Der Pfarrer war schwer zu verstehen, denn er sprach zu schnell; man hätte meinen können, daß er dem Weinen nahe war. Sein Schlußsatz hingegen war deutlich zu vernehmen, er klang wie ein Pistolenschuß: »Trotzdem, hoch lebe der König!«

Das riß den Herzog von Angoulême aus seiner Benommenheit, er öffnete weit den Mund, als wolle er etwas herausschreien, sagte aber nichts.

Der General, der bei ihm war und sein Vertrauter zu sein schien, ging auf den Pfarrer zu: »Dies ›Trotzdem‹ ist überflüssig!«

»Ihr auch, Ihr seid auch überflüssig«, erwiderte der Pfarrer mit der Wut einer fauchenden Katze.

Das Pferd des Generals war durch die Heftigkeit des Pfarrers so geschreckt, daß es sich aufbäumte. Durch den Ruck fiel dem Offizier der Zweispitz vom Kopf. Barhäuptig und mit glattrasiertem Gesicht, so wie ein Heerführer der Vendéer Armee, stach er ab gegen die Koteletten, Backenbärte, Schmachtlocken, Phantasieschnurrbärte und Zöpfe der anderen Offiziere. Sein kurzes gewelltes Haar ließ seine mit goldenen Ringen geschmückten Ohren frei. Ein sympathisches Gesicht, sagte der Baron bei sich, ein gutmütiges Priestergesicht inmitten all dieser alten Haudegen. Doch plötzlich, wie in einer jähen Erleuchtung, erkannte er endlich in diesem feinen Gesicht eine der gefährlichsten Verkleidungen des Teufels.

»Großer Gott! Das ist nicht möglich! Aber doch, er ist es ... Es ist Turreau ... Der König hat also das Ungeheuer Turreau auserkoren, dem Thronfolger die Vendée zu präsentieren! Hölle und Verdammnis!

Monsieur Henri kam frohgemut mit Wintersang zurück. Er hatte weder den Herzog von Angoulême, das Ungeheuer Turreau, noch die zu Pyramiden zusammengestellten Gewehre gesehen. Allein die alten Kämpfer hatten in der ersten Reihe gestanden. Die jüngeren, die mit ihnen gekommen waren, hatten sich weiter hinten aufzuhalten. Aber während des ganzen Marsches vom Bocage bis in die Gegend der Mauges glaubte Monsieur Henri, der kleine Trommler, seine Pfarre anzuführen. Er marschierte der Kolonne voran, noch vor Wintersang, der die Standarte trug. Er trommelte munter drauflos, im flinken Schritt seiner vierzehn Jahre. Von Zeit zu Zeit rief ihm Wintersang zu, er möge das Signal zum Anhalten schlagen, denn unter den alten Dreiundneunzigern folgten viele nur mit Müh und Not nach, und es waren ausgedehnte Pausen nötig, damit sie wieder zu Atem kamen.

Beim Durchmarsch durch Tiffauges liefen sie an den Ruinen des Schlosses entlang, das einstmals Gilles, dem Herrn des Retzerlandes gehört hatte. Der pflegte seine Frauen mit Fleischerhaken an den Wänden seiner Gemächer aufzuhängen; in der Folge des Paktes, den er mit einem blauen Teufel geschlossen hatte, verfärbte sich sein Bart blau.

Auf ihrem Marsch kamen sie weit herum, sahen etwas von der Welt. Manchmal hörten sie in der Ferne die Trommel einer anderen Kolonne, die sich ebenfalls auf dem Weg nach Beaupréau befand. Monsieur Henri rührte dann aus Leibeskräften seine Trommel, um zu zeigen, daß seine Pfarre anwesend war. Es war ihm, als dröhne seine Trommel, die den Marschrhythmus der Pfarrglieder vorgab, im Takt ihres Atmens, ihres Herzschlags.

Noch nie war Monsieur Henri aus seinem Dorf herausgekommen. Er dachte an Wolfskopf, der mit dem Bärenschausteller davongegangen war und von dem sie nie eine Nachricht erhalten hatten. So wie sein großer Bruder fühlte er sich bereit, immer weiter, unermüdlich in die Ferne zu wandern.

Als er ins Dorf zurückkam, noch immer an der Spitze seiner Kolonne und noch immer die Trommel schlagend, fand Monsieur Henri seinen Vater betrübt und abgespannt vor. Er hatte seinen Vater immer als alten Mann gekannt, mit seinen sehr glatten, langen weißen Haaren, die ihm bis auf die Schulter fielen. Aber es schien ihm, daß er noch älter geworden war. Er hätte seine Freude mit dem Vater teilen wollen, aber der hieß ihn gereizt einen Faulpelz, weil er nicht sofort eine Forke zur Hand genommen und den Mist weggekarrt hatte.

Nur wenig später begann die Erntezeit, für die viele Hände gebraucht wurden. Um so mehr, als die Ernte in zwei Schnitten durchgeführt wurde. Das »große Korn«, Weizen und Roggen, und das »kleine Korn«, Gerste und Hafer, wurden zuerst auf mittlerer Halmhöhe mit der Sichel gemäht. Da es keine Stellpflüge, sondern nur schlechte Schwingpflüge gab, waren die Kornfelder voll von Unkraut und Dornengestrüpp. Ein hoher Schnitt ermöglichte, Unkrautsamen und Getreidekörner auseinanderzuhalten. Im Anschluß daran wurden in einem zweiten Durchgang die niedrigeren Strohhalme mit der Sense gemäht.

Alle Eicheners zusammen waren nicht genug, um das Getreide zu mähen, zu Garben zusammenzubinden, auf langsamen Ochsenkarren bis zum Pachthof zu fahren, wo es dann zu Feimen aufgestapelt wurde. Wenn alles fertig war, machten die alte Louise und Léonie noch einen Gang über die Stoppelfelder und lasen die verlorenen Ähren auf.

Die Ernte einbringen war eine harte Arbeit, eine Arbeit aber, die in freudiger Stimmung verrichtet wurde. Es war die Ernte des Brotes. Von morgens bis abends waren alle beisammen. Da jeder unter Aufbietung all seiner Kräfte anpakken mußte, gab es auch mehr zu essen. Louise legte ein Stück Speck in die Kohlsuppe. Dazu wurde Wein, der gehörig mit kühlem Wasser versetzt war, getrunken. Eichener hatte seine Tatkraft wiedergefunden. Er schien glücklich zu sein, seine ganze Familie um sich zu haben: Victorine und Victor, die sich ohne Unterlaß schubsten, kniffen und die Arme umdrehten, aber gleichwohl beherzt zuzupacken wußten; Monsieur Henri, der munterer war als sonst, da ihn die Geselligkeit bei der Ernte an seinen Ausflug mit den Kriegsveteranen erinnerte; die drei Frauen. Poleon hütete die Schafe und Kühe in der Nähe der oberen Mühle. Eicheners Glück wäre vollkommen gewesen, hätten nur Wolfskopf und Weber-Jacques nicht gefehlt. Ihre Abwesenheit bedrückte ihn zutiefst. Wenn er zulange daran dachte, brach die ganze Entmutigung von Beaupréau über ihn herein.

Wintersang wußte nicht so recht, was er tun sollte. Bei dem alten Pfarrer, der im Wald gestorben war, hatten die Pfarrkinder das Brevier mit den Aufzeichnungen gefunden, die einzige Gedächtnisquelle des Dorfes. Als Pfarrhauptmann war Wintersang das Buch zur Verwahrung zugefallen. Er fragte sich nun, ob er es dem jungen Pfarrer übergeben sollte, der ja nach dem Gesetz die Kirche vertrat. Der aufsässige Pfarrer versorgte zu viele Pfarren, als daß er sich besonders eingehend mit der ihren hätte beschäftigen können. Es wäre ohne Zweifel eine gute Idee gewesen, das Personenstandsregister dem Müller-Bürgermeister zu geben, aber dies Register war mit Bleistift auf die Ränder des Breviers eingetragen, und es schien undenkbar, das Brevier dem blauen Bürgermeister zu überantworten. Wintersang entschied sich schließlich für die einfachste Lösung: das so abgegriffene Buch dem zu geben, den er tagtäglich an seiner Schmiede vorbeigehen sah, in seiner schwarzen Soutane, die Augen in ein anderes funkelnagelneues Brevier vertieft. Hätte Wintersang geahnt, welche Verwirrung er damit anrichten sollte, hätte er das Buch ins Feuer geworfen. Aber er war im guten Glauben, das Richtige zu tun.

Als der Kerzenpfarrer (so wurde er im Dorf genannt, nachdem sich herausgestellt hatte, daß der junge Priester sich unter den Seminaristen befand, die im Kerzenschein dem Antichrist Napoleon mit dem Ruf »Vivat Imperator!« aufgewartet hatten) die Kritzeleien des Pfarrers Noah mit allen nur denkbaren Schwierigkeiten entzifferte, stellte er in der Tat merkwürdige Dinge fest. Die eingetragenen Ehepaare stimmten nicht genau mit denen überein, die er in der Kirche antraf. Der Wirrwarr bei den Kindern versetzte ihn in hellen Schrecken. Man hätte die Pfarre mit einer verhexten Spindel vergleichen können, die alle Fäden durcheinanderbrachte.

Er ging von Hof zu Hof und versuchte, Licht in die Familienbande zu bringen, mit dem Ergebnis, daß er sie noch mehr durcheinanderwarf. Von wann stammte das alles? Niemand wußte es mehr. Die Kinder, die die Familien als ein Geschenk des lieben Gottes angenommen und auf gut Glück großgezogen hatten, waren jetzt erwachsen oder auch gestorben. Die Geburten verursachten manchen Todesfall unter den Frauen, da sie aber trotzdem gegenüber den Männern in der Überzahl waren, glitten die Gesunden in die Betten der Verstorbenen. Das Leben lief weiter, so gut es eben ging. Und der Herrgott segnete seine Gemeinde, denn das Dorf vermehrte sich, wurde neu aufgebaut, und viele lebende Kinder zeugten heute von der Wiederauferstehung der Erde. Das alles mußte der entsetzte Kerzenpfarrer sich anhören. Es kam ihm mit einemmal so vor, als habe ihn sein Bischof in ein Dorf von Verworfenen geschickt.

Was hatte dieser junge Pfarrer, der nicht von hier war, seine Nase in ihre Angelegenheiten zu stecken! Als die Verbindungen geschlossen worden waren, kurz nachdem sie den Wald verlassen hatten, als die ersten Kinder des wiedergewonnenen Friedens Freude in die Trümmer brachten, war da der Kerzenpfarrer nicht selbst auch noch ein kleines Kind gewesen? Seine Neugier beunruhigte niemanden. Sie war eher zum Lachen.

In einem Punkt aber ging der Kerzenpfarrer zu weit; nachdem er schon den Friedhof, der sich rings um die Scheunenkirche erstreckte, mit der Begründung hatte verlegen wollen, sie sei wieder eine einfache Scheune geworden, erdreistete er sich nämlich eines Tages gegen Ende der Messe, Ratschläge zum Ackerbau zu erteilen. Vor aller Augen holte er aus der Tasche seiner Soutane einen jener Satansäpfel, die man doch alle im Acker des Gâtiner Holzschuhmachers ausgerottet zu haben glaubte, und erklärte, daß er Saatkartoffeln beschaffen könne und daß die Kartoffel ein Segen für die Armen sei.

»Das ist ein Segen für die Patauds«, sagte der Senkenhofbauer. »Unser alter Pfarrer hat uns wohl gewarnt, daß diese Wurzeln Gift sind.«

»Der Herr Pfarrer von früher konnte nicht wissen, daß heutzutage die Bauern, die Kartoffeln anbauen, von Hungersnöten verschont bleiben.«

»Und wo sind sie denn, diese Bauern?«

»In den Vogesen ...«

Die Pfarrkinder brachen in schallendes Gelächter aus. Sie klopften sich gegenseitig auf den Rücken, schlugen sich auf die Schenkel. Einige gingen schleunigst zu einer Mauer, an der sie unbefangen Wasser ließen, so sehr gingen ihnen die Lachkrämpfe auf die Blase. Der Kerzenpfarrer sagte sich voller Entsetzen, daß seine Pfarre wahrhaftig verhext sei. Er schlug weitausholend das Kreuz, um den Verwünschungen entgegenzutreten, was tatsächlich die Pfarrgemeinde wieder zur Vernunft zu bringen schien.

»Das ist nämlich so«, erklärte Wintersang, »die Vogesen, die kennen wir nur zu gut. Die Brigade Paris-Vogesen, Euer Hochwürden, die hatten wir während des Großen Krieges im Nacken. Das waren die schrecklichsten von allen Weißärschen. Kein Wunder, daß sie heute zur Strafe die Satansäpfel essen müssen.«

Der Kerzenpfarrer war mit seinem Latein am Ende und steckte die Kartoffel wieder in die Tasche seiner Soutane. Er würde sie im Garten seines Pfarrhauses anpflanzen. Er würde ihnen noch zeigen ... Eine Erinnerung aus dem Priesterseminar kam ihm in den Sinn. Als Beispiel für die schwer zu überwindenden Vorurteile und für die Schwierigkeiten, auf die sie bei der Ausübung ihres Hirtenamtes als Landpfarrer stoßen würden, hatte einer ihrer Lehrer ihnen die Geschichte der Gräfin von Marbeuf erzählt. Die wollte ihre Bauern aus dem Elend herausführen und brachte ihnen deshalb die Kleekultur bei, die es erlaubt, auf ein und demselben Acker abwechselnd Viehfutter und Nahrung für Menschen anzubauen, ohne auf die herkömmliche Methode der Brache angewiesen zu sein. Daß sie sich unterstanden hatte, gegen ihre Gewohnheiten anzukämpfen, dafür ließen ihre Bauern sie während der Schreckensherrschaft guillotinieren. Wegen ihrer Fortschrittlichkeit war die Gräfin eine Konterrevolutionärin. Nun begriff der Kerzenpfarrer, daß seine Pfarrkinder ihn verdächtigten, ein Revolutionär zu sein – wegen seiner Fortschrittlichkeit! Schweißtropfen perlten über sein Gesicht. Er, ein Revolutionär! Er, der die Konvention verabscheute. Er, der mit seinen Kommilitonen in Napoleon den Totengräber der Aufklärung, den Liquidator der Jakobiner, den Erneuerer des Klerus begrüßt hatte. Diese Bauern waren Ignoranten, die es zu unterrichten galt. Als erstes eine Schule eröffnen. Eine Schule! Vor der Revolution besaßen über hundert Pfarren in der Vendée ihre Schule. La Boupère, Chambretaud, Les Epesses, Les Herbiers, L'Hermenault, Saint-Cyrdes-Gats, sogar Weiler hatten ihre Schulmeister. Montaigu besaß ein Kolleg, auf dem Rhetorik studiert wurde! Mortagne eine Mädchenschule und mehrere Anstalten für Jungen. Die Höllischen Kolonnen hatten sie alle in Schutt und Asche gelegt, genauso wie die Kirchen; und nur die bedeutendsten Marktflecken konnten unter dem Kaiserreich wieder mit dem Unterricht für die Knaben anfangen, alle in der Hand der Ordensbrüder. Der junge Pfarrer träumte von Klassenzimmern mit schnurgerade angeordneten Schreibpulten, von einem Stock, der den Rhythmus des aufgesagten Einmaleins schlägt, von Moralsentenzen, die mit Kreide an einer schwarzen Tafel geschrieben stehen. Er träumte davon, aus seiner Pfarre eine Mustergemeinde des Wissens und der Tugend zu machen. Er träumte, wie man mit zwanzig Jahren träumt, selbst wenn man Pfarrer ist.

Zu Anfang der Winterzeit kam der Baron zum Pachthof geritten. Eichener und der kleine Henri luden gerade eine Fuhre Brennholz ab.

»Wo nimmst du das ganze Holz her«, fragte der Baron. »Bald wird kein Baum mehr im Bocage stehen.«

»Der Wald ist groß, Herr Baron. Und der Winter ist arg kalt.«

»Aber der Wald gehört nicht dir. Ich meine es gut mit dir. Eines Tages hast du den Verwalter des Grafen und die Gendarmen am Hals. Wie soll man nur aus euch schlau werden, aus euch Bauern. Ihr habt gemeinsam mit uns dafür gekämpft, daß das Eigentum und die Tradition gewahrt werden, und ihr verwüstet die Besitztümer eurer Herren. Ihr verbrennt ihr Holz, eßt ihr Wild. Du weißt, daß man schon für weit weniger aufgehängt wurde, bevor die Patauds kamen!«

Eichener dachte an seine Eiche mit den großen Ästen, die er sich auf Geheiß des Gâtiner Holzschuhmachers angesehen hatte, damit er sich seine gehenkten Ahnen vorstellte. Er erwiderte kurz: »Der Herr Baron macht sich Sorgen um die Emigranten.«

»Es gibt keine Emigranten mehr. Der König erstattet unseren Emigranten all ihre Besitztümer zurück, was nicht mehr als recht und billig ist. Aber er sollte besser keine Steuern von der Vendée verlangen. Die Vendée war unter der Republik und dem Kaiserreich dem König treu geblieben, bei seiner Rückkehr hat sie nichts von ihm gefordert. Und so hat sie auch nichts bekommen. Louis XVIII. bringt sich uns nur in Erinnerung, um Steuern zu erheben. Aber es gibt noch Schlimmeres, und das ist der Grund meines Kommens. Ein Dekret ist in Paris unterzeichnet worden, das von Vendéern und Chouans verlangt, ihre Waffen niederzulegen. Die Gendarmen werden sie in allen Dörfern abholen kommen. Sie dürfen auf keinen Fall abgegeben werden. Weder Hoche noch Buonaparte hatten uns zuzumuten gewagt, uns von unseren Waffen zu trennen.«

Eichener verstand nicht recht. Die Waffen abgeben – wem? Dem König? Aber sie standen doch auf der Seite des Königs! Vielleicht würde er ihnen an ihrer Stelle neue Gewehre geben? Hatten sie denn nicht dem Herzog von Angoulême Stofflets Fahne als Geschenk überreicht?

»Der König ist der Gefangene der Republikaner und Bonapartisten«, stellte der Baron klar. »Vielleicht wird er uns eines Tages noch einmal brauchen.«

Eine Frage beunruhigte Eichener, beunruhigte ihn seit seiner Rückkehr aus Beaupréau, er traute sich aber nicht, sie ganz unverblümt zu stellen, suchte nach der rechten Art und Weise, sie vorzubringen. Schließlich wagte er es: »Herr Baron, Ihr erinnert Euch daran, wie wir Napoleon sahen und wie er mich zu sich rief, um mich auszufragen. Er fragte mich, warum ich eine Flinte trüge, aber er hatte keine Angst bekommen. Er befahl mir nicht, sie wegzuwerfen. Der Kronprinz jedoch in Beaupréau sah so aus, als hätte er Angst vor uns. Er befahl uns, die Gewehre zu Pyramiden zusammenzustellen. Er hieß uns, zwölf Schritte zurückgehen ...«

Der Baron gab keine Antwort. Er bemerkte die Gegenwart von Eicheners zweitem Sohn, der ihn neugierig ansah.

»Gehört er dir, dieser Kleine?«

»Das ist der Henri, Herr Baron.«

»Hübsch sieht er aus. Man könnte ihn fast für jemanden von Stand halten.«

»Im Dorf wird er Monsieur Henri genannt. Er ist mit nach Beaupréau marschiert, als Trommler der Pfarre.«

»Monsieur Henri! Du hast da einen schwer zu tragenden Namen. Weißt du, woher du ihn hast?«

»Ja, Herr Baron. Vom Monsieur Henri aus dem Großen Krieg.«

»Gut so. Vergiß deine Trommel nicht. Vielleicht werden wir sie brauchen. Laß mich einen Augenblick allein mit deinem Vater. Ich habe mit ihm zu reden.«

Der Baron stieg vom Pferd und besichtigte den Pachthof. »Du bist jetzt also Pflugbauer! Du hast es verstanden, die Erde Frucht tragen zu lassen.«

Eichener schwieg. Er wartete, daß ihm der Baron den Grund seines Kommens nannte. Gleichzeitig überkam ihn das Gefühl einer großen Trägheit. Was erwartete man von ihm? Was würde man ihm noch auftragen? Sollten denn diese verdammten Zeiten niemals ein Ende haben?

Der Baron ging auf ihn zu und sagte leise: »Ich habe dir nie etwas verheimlicht. Wir sind alte Kampfgefährten. Du hast recht ... was da in Beaupréau passiert ist, das ist eine gewaltige Sauerei! Der Kronprinz kam zu uns mit einem Gefolge von republikanischen und kaiserlichen Generälen. Aber das Schlimmste weißt du nicht. Hast du den General bemerkt, der die Unternehmungen leitete? Ich glaube, ich habe ihn wiedererkannt. Leider läßt mich meine Erinnerung nicht im Stich. Das war Turreau!«

»Das Ungeheuer Turreau, der die Vendée niedergebrannt hat?«

»Genau der! Dem König ist nichts Besseres eingefallen, als dem Thronfolger auf seiner Reise in die Vendée deren Henker als Begleiter mitzugeben. Es ist wahr, daß der Adel, der den König umgibt, uns kaum kennt, und wahr ist, daß Turreau uns gut kennt.«

Der Baron spuckte verächtlich auf den Boden. Eichener stand ihm nicht nach.

Und dann brummte der Baron, so wie der Pfarrer von Beaupréau: »Trotzdem, hoch lebe der König!«

Vor der Tür des Wohnraums sahen die beiden Louisen schweigend und voller Furcht zu dem Reiter hinüber, der mit Eichener sprach. Jedermann, der in ein Dorf oder gar auf einen abgelegenen Hof kommt, ist ein Grund zur Beunruhigung. Diese Beunruhigung ist durchaus erklärbar, denn der Reisende bringt Nachrichten von der Welt mit, und diese Nachrichten sind selten beruhigend. Allein beruhigend ist der unveränderliche Rhythmus der Jahreszeiten, das Keimen des Saatguts, das Aufbrechen der Knospen, das Reifen der Frucht. Allein beruhigend ist das Kind, das den Krankheiten entgeht. Allein beruhigend ist der Winter, der die Hohlwege unbegehbar macht, der die Moore überschwemmt, der die abgelegenen Pachthöfe von der Welt abschneidet, so daß sich Mensch und Vieh verkriechen.

Dieser Reiter war einer der letzten, der noch durchkommen konnte. Bald würden die Ochsen bei ihrer letzten Rückkehr auf den Hof bis zum Bug im Schlamm der Hohlwege versinken. Im Winter hatte der Bauer nichts zu befürchten als den Hunger. Doch sparte er ebenso an Bewegungen wie am Korn. Er lebte in einem Zustand halber Erstarrung, in einer Stille, die nur das Wolfsgeheul, das Hundegebell und der Schrei der Eulen durchbrachen. Im Winter schloß sich der Bauer in seinem Haus ein wie auf einem Schiff, auf dem er allein der Kapitän war. Kein Herr mehr, kein Verwalter, keine Händler an den Markttagen, keine Gendarmen. Die vollständige und glückliche Abgeschiedenheit.

Der Baron sagte zu Eichener: »Entweder ist der König ein blauer König oder er ist der Gefangene der Blauen. So oder so: eines schönen Tages werden wir unsere Waffen wieder hervorholen müssen. Also strikter Befehl: sie nicht abgeben.

Mach es in der Pfarre bekannt, und gib die Losung weiter in die ganze Grafschaft.«

Der Baron saß auf und verschwand in Richtung Marktflecken, die beiden Frauen hatte er offenbar nicht bemerkt. Louise fragte Eichener weder, wer dieser Mann war, noch was er wollte. Sie wußte genau, daß er es ihr nicht gesagt hätte.

Léonie, die an Weber-Jacques' endloser Abwesenheit krankte und dahinsiechte, wurde im Laufe des Winters schwerkrank. Sie fühlte, wie sie die Herrschaft über ihr Blut verlor, sagte, daß ihr das Blut in den Kopf stiege, ihr die Kehle zuschnüre, ihr das Kreuz breche. Zum Glück hatte das Dorf einen Handaufleger. Den Handaufleger durfte man nicht mit dem Knochenstaucher verwechseln. Einen Knochenstaucher, der die Glieder wieder einrenkte, besaß das Dorf leider nicht. Wenn sich jemand die Schulter ausgerenkt hatte, mußte er sich in den Marktflecken begeben. Im Winter, wenn die Wege unbefahrbar waren, gab es keine andere Lösung, als mit seiner Verrenkung oder mit seinem gebrochenen Arm bis zum Frühjahr zu warten. Der Knochenstaucher war ein gelernter Mann, der Handaufleger hatte eine Gabe. Die Könige im alten Frankreich, die die Skrofeln heilten, erhielten bei ihrer Geburt die Gabe des Handauflegens. Bei den armen Leuten jedoch gab es einen Handaufleger nur bei der Geburt eines siebten Knaben, vorausgesetzt es befand sich kein Mädchen dazwischen. Der Teichhofbauer hatte hintereinander sieben Jungen bekommen. Der Siebte war ein Handaufleger, was obendrein noch durch das herzförmige Muttermal auf seinem Oberschenkel bestätigt wurde.

Der Handaufleger, noch ein Kind, traf Léonie leichenblaß auf ihrem Strohlager an. In ihrem Gesicht waren die Rillen, die ihre Tränen gezogen hatten, tief eingegraben und wirkten wie Schmisse. Stöhnend gab sie zu verstehen, daß das Blut ihr Halsschmerzen verursache. Das Kind legte seine rechte Hand an Léonies Hals und murmelte eine Beschwörungsformel. Augenblicklich verzog sich der Schmerz in das äußerste Ende der Glieder. Aber er wollte den Körper nicht verlassen; trotz aller Anstrengungen des kindlichen Handauflegers, der so viel von seinem Fluidum an Léonie abgab, daß er mit den Zähnen klapperte, hielt sich der Schmerz beharrlich in den Füßen und Händen. Sobald er seine Hand vom Hals der Kranken zurückzog, stieg der Schmerz wieder von den Gliedmaßen hoch und schnitt Léonie die Luft ab.

Der kleine Handaufleger sagte: »Sie hält das Übel fest. Sie will wohl sterben.«

In der Tat starb sie noch, allein, in derselben Nacht. Zuvor hatte sie vergebens vom Ungeheuer Turreau ihre drei toten Kinder und von den Gendarmen von Montaigu ihren Mann zurückgefordert. Victor, der im Stall schlief, weil es bei den Tieren weniger kalt war, hörte nichts. Am nächsten Morgen fand er seine Mutter leblos, schon völlig starr, wie erfroren.

Der sonst so gefaßte Eichener war sichtlich über diesen jähen Tod erschüttert. Die Anfangszeit des Dorfes, die Angst vor dem Gemetzel der Höllischen Kolonnen, das lang anhaltende Elend, dem sie erst jetzt allmählich entkamen, all dies drängte sich ihm in Zorneswallungen ins Gedächtnis. Er dachte an die Herzensergüsse des Barons, an das Ungeheuer Turreau, dem er in Beaupréau Auge um Auge gegenübergestanden hatte, ohne es zu wissen, denn sonst hätte er ihn mit seiner Flinte abgeknallt wie einen tollwütigen Hund. Auch Weber-Jacques' Abwesenheit bereitete ihm Schmerz. Ihm war, als ginge mit Léonies Tod noch ein Stück mehr von Jacques dahin. Eichener betrachtete Victor, der ebenfalls zutiefst niedergeschlagen war, und Victorine, die ihn mit Küssen zu trösten suchte. Sollte er Victor sagen, daß er sein Vater war? Der Kerzenpfarrer hatte, als er die Seitenränder von Pfarrer Noahs Brevier studierte, die Unklarheiten bei Victors Geburt aufhellen und hatte Léonie befragen wollen, die aber versteifte sich darauf, daß sie sich nicht entsinnen könne.

Eine solche Leichtfertigkeit hatte dem jungen Pfarrer natürlich die Haare zu Berge stehen lassen. Eichener war ein wenig böse auf Wintersang, denn der hätte besser daran getan, das Buch dem Pfarrer der Kleinen Kirche anzuvertrauen, als es dem Kerzenpfarrer zu geben. Wintersang verärgerte ihn oft mit seinem Leichtsinn und dieser guten Laune, die in so harten Zeiten wenig angebracht war und die durch seine Sauferei noch bestärkt wurde.

Die beiden Louisen schütteten alle Eimer Wasser aus, die gefüllt herumstanden, damit Léonies Seele nicht in ihnen ertrinken konnte. Dann öffneten sie das Fenster des Zimmers, damit die Seele entweichen konnte.

Eichener holte aus Jacques' Werkstatt das letzte Leintuch,

das er gerade webte, als ihn die Gendarmen abführten. Die Verstorbene wurde in dies Tuch, das ihr Leichentuch sein sollte, eingewickelt; bevor ihr Gesicht zugedeckt wurde, steckte ihr Eichener eine Kupfermünze, einen Liard, in den Mund, damit sie dem heiligen Petrus ihren Platz im Paradies bezahlen könne.

Der Kerzenpfarrer läutete die Totenglocke, aber sehr bald kam es über die Frage des Friedhofs zu einer heftigen Auseinandersetzung, denn Eichener sträubte sich, Léonie auf dem Friedhof außerhalb des Dorfes zu bestatten, und der junge Pfarrer weigerte sich beharrlich, das Seelenamt zu lesen, falls Eichener Léonie an der ehemaligen Scheunenkirche begraben ginge, wie das noch weiterhin häufig geschah.

Schließlich trugen Eichener und Victor den in Hanfleinen eingerollten Leichnam, auf den ein Buchsbüschel gelegt war, auf ein kleines eingefriedetes Grundstück bei der früheren Scheunenkirche, und Léonie bekam keine Totenmesse. Den Pfarrer der Kleinen Kirche hatten sie nicht rechtzeitig benachrichtigen können, sonst hätte er diesem letzten Weg seinen Segen gegeben. Er wußte wohl, genauso wie die Pfarrkinder, daß die Verstorbenen des Nachts sich nicht mehr frei in der Ortschaft bewegen konnten, wenn der Friedhof nicht dicht bei der Kirche lag.

Louise stand bald eine weitere Niederkunft bevor, daher war sie dem Leichenzug nicht gefolgt, der das ganze Dorf vereinte, mit Ausnahme des Pfarrers und des Müller-Bürgermeisters. Der unterstützte die Entscheidung des Priesters, den Friedhof außerhalb der Ansiedlung zu verlagern.

Eine Schwangere wohnte niemals einer Beerdigung bei, was soviel bedeutet hätte, wie ihrem Kind das Grab zu schaufeln. Der Pachthof war menschenleer. Louise verbrannte auf dem Hofraum Léonies Strohlager, da sah sie den ersten Wanderer des Frühjahrs ankommen, mit einem Stock in der Hand und einem Quersack auf der Schulter. Sie hatte sich kaum von dem Schrecken erholt, da erkannte sie auch schon den einäugigen Mann, der ihr zulächelte und die Arme ausstreckte.

»O Gott o Gott! Das ist ja Jacques! Der Jacques von der Léonie! O seht nur, Jacques, es ist nichts als Asche übriggeblieben!«

Am 1. März 1815 entkommt Napoleon der Insel Elba und landet in Golfe-Juan. Die Nachricht wird im Galopp von einer Reiterstafette nach Paris gebracht, kommt aber erst am 5. dort an. Louis XVIII. ist zutiefst beunruhigt. Seine letzte Hoffnung richtet sich auf die Vendéer und Bretonen. Er entsendet den alten Herzog von Bourbon in den Westen, damit er die »Katholische und Königliche Armee« neu aufstelle. Während der Herzog von Bourbon noch dabei ist, Verbindung zu den Brüdern und Neffen der toten Heerführer aufzunehmen, mit den La Rochejaqueleins und den Charettes, bekommt es Louis XVIII. mit der Angst zu tun. Anstatt bei seinen Verteidigern im Westen Zuflucht zu nehmen, flieht er nach Osten, was bei den Bourbonen seit Varennes zur Tradition geworden ist. Am 19. überschreitet er die belgische Grenze. Am 20. ist Napoleon zurück in den Tuilerien. Der vierte Vendée-Krieg beginnt.

Das Dorf versteht nichts mehr. Da hatten sie geglaubt, Buonaparte los zu sein, und plötzlich ist er wieder da, wie aus einer Trickkiste hervorgeschnellt. Da hatten sie einen König, und schon ist er wieder weg. Der Herzog von Angoulême ebenso. Und die ganze Familie. Sogar der Herzog von Bourbon, diese alte Reliquie, den man am Hof spöttelnd den Plänkler Louis' XIV. nennt und den Louis XVIII. für seine Sache glaubte opfern zu können. Kaum hat er im Westen das Feuer entfacht, da setzt er sich nach Spanien ab. Aber La Rochejaquelein und Charette sind wieder da. Man hatte sie für tot gehalten. Auf nichts ist mehr Verlaß. Alles ist verworren.

Der Müller-Bürgermeister wußte nicht recht, was tun. Sollte er schon wieder einmal seine Gesinnung wechseln? Auf wessen Seite sollte er sich stellen? Der Kerzenpfarrer hatte gemeint, daß der neue Frieden es ermöglichte, in einem katholischen Synkretismus das Andenken an den Kaiser als den Erneuerer der Religion und die Wiederherstellung der Monarchie zu vereinen. Ausgerechnet da mußte der König in der Versenkung verschwinden. Im Marktflecken war das weiße Banner vom Kirchturm entfernt und durch die Trikolore ersetzt worden, woraufhin es von Unbekannten wieder angebracht, dann wieder aufs neue entfernt, wieder angebracht wurde. Vorsichtshalber hißte der Kerzenpfarrer im Dorf keine Fahne auf seiner Kirche.

Einem jeden war sein kleiner Weingarten wichtig, der zu dieser Jahreszeit bearbeitet und dessen Reben geschnitten werden mußten. Die Feldarbeiten warten nicht, bis die Geschichte so weit ist.

Die Geschichte vergißt jedoch niemals diejenigen, die sie am liebsten vergessen würden. Den ganzen April über arbeiteten alle auf den Feldern. Von Zeit zu Zeit drangen Gerüchte bis ins Dorf. Es fanden sogar lebhafte Versammlungen in Wintersangs Schmiede statt, in die allabendlich Monsieur Henri zum Trommelspielen kam. Gleichwohl blieb die Zeit stehen. Bis zu dem Tag, da ein kleiner Reitertrupp sich vom Waldrand löste und zu Eicheners Pachthof abbog.

Eichener war gerade dabei, mit Victor den Kuhstall auszumisten. Als er den Hufschlag der Pferde vernahm, trat er heraus. Unter den Männern, die keine Bauern waren, erkannte er den Baron.

»Ich habe auf dich gewartet«, sagte der Baron.

»Ich bin zu alt.«

»Schau her, wer bei mir ist ...«

Der Baron zeigte auf einen Reiter mit narbenübersätem Gesicht.

»Das ist Auguste de La Rochejaquelein, der zweite Bruder von Henri. Charles d'Antichamp hat das Kommando über die Anjou-Armee übernommen, Sapinaud führt die Armee der Mitte an und Suzannet kümmert sich um das Retzer Land. Der Aufstand ist für den 15. Mai vorgesehen. Wir werden fünfzigtausend Mann sein.«

»93 waren wir hunderttausend.«

»Alte Kämpfer wie wir sind selten. Deshalb müssen wir die Jungen ansprechen. Nimm dein Maultier, Eichener, und sieh zu, daß sich das Land erhebt.«

»Ich bin zu alt.«

»Spiel nicht den Dummkopf! Sieh dir diese Herren an, die bei mir sind. Wir sind alle Adlige, und wir stehen mit unserer eigenen Person ein.«

»Herr Baron, im Jahre 93 haben die Bauern die Adligen geholt. Wenn es jetzt umgekehrt ist, dann geht es nicht gut.«

»Gerade aus diesem Grund brauchen wir Werber wie dich.«

»Ich habe getan, worum Ihr mich gebeten habt...«

»Du siehst, daß ich recht hatte. Weil wir dem König gegenüber ungehorsam waren, der von uns verlangte, die Waffen zu strecken, können wir sie heute hervorholen, um den Thron zu verteidigen.«

»Ich habe getan, worum Ihr mich gebeten habt. Aber Ihr werdet nur unsere alten rostigen Musketen finden. Mit drei oder vier Patronen pro Mann.«

»Der Marquis Louis de La Rochejaquelein hat vom König zu Gent den Auftrag erhalten, eine Waffenladung in England abzuholen. Wir erwarten ihn bei Saint-Gilles. Los, auf gehts! Die Zeit drängt, Eichener, und nimm dein Gewehr. Ich erwarte dich im Marktflecken am 15. Mai mit hunderttausend Mann, wenn du kannst.«

Als die Reiter fort waren, fragte Victor: »Werdet Ihr mich mitnehmen?«

»Wohin soll ich dich mitnehmen? Die Bäume, die wir im letzten Winter geschlagen haben, müssen abgerindet werden. Der Kürbis muß ausgesät werden. Wenn wir nicht wollen, daß das Korn auf dem Speicherboden keimt, dann dürfen wir nicht vergessen, den blühenden Weißdorn in den Misthaufen zu stecken.«

»Und der Krieg?«

»Dieser Krieg da ist nicht der unsrige. Kümmer dich nicht darum.«

Am 15. Mai weigerte sich der Kerzenpfarrer, Sturm zu läuten, wie Wintersang von ihm verlangt hatte. Der Schmied nahm vom Dorf als Freiwillige nur seine Schenkenkundschaft, den ältesten Sohn seiner Frau und Monsieur Henri mit seiner Trommel mit. Der kleine Pierre lag wieder einmal mit hohem Fieber zu Bett und konnte nicht mit. Monsieur Henri umarmte ihn, bevor er aufbrach, und versprach ihm, mutig zu sein für zwei. Im Wald stießen sie auf einen Wildhüter, der eine Bande von Fahnenflüchtigen anführte, die unter dem Kaiserreich desertiert, unter Louis XVIII. Deserteure geblieben waren und nun plötzlich einrücken wollten. Sie zogen in Richtung Moorland und Meer, teils in Holzschuhen, teils barfuß. Ihr kleiner Trupp schwoll unterwegs an durch den Zulauf stellenloser Arbeiter, denen die Adligen einen Sold von fünf Sous pro Tag versprochen hatten, des weiteren stießen Salzschmuggler und Vagabunden zu ihnen.

Ein Drittel von ihnen war nur mit Knütteln bewaffnet. Einige Glückliche, denen es gelungen war, Gendarmen zu entwaffnen, trugen ein Gewehr.

In Aizenay, in gut dreißig Kilometer Entfernung vom Meer, vereinigten sich alle Verstreuten, vom Bocage, vom Moor, aus dem Retzer Land herbeigeströmten Banden. Die Begeisterung war groß, als bekannt wurde, daß sich der Herr von Charette in ihrer Mitte befand. Es war zwar nicht derselbe, der andere war im Jahre 1796 in Nantes erschossen worden, aber die Gegenwart dieses Neffen, Ludovic, der ganze siebenundzwanzig Jahre alt war, wie auch der beiden La Rochejaqueleins, unterstrich die Fortdauer des Aufstands.

Das Ereignis wurde gehörig gefeiert, wozu einige Weinfässer angestochen wurden. Wintersang wollte Monsieur Henri das Trinken beibringen, so wie er ihm auch das Lesen und Trommelspielen beigebracht hatte. Aber Monsieur Henri mochte nicht trinken. Daher war er auch einer der wenigen, die nicht betrunken waren, als die achthundert Soldaten des bonapartistischen Generals Travot das Lager angriffen. Er schlug Alarm. Über einem Haufen schnarchender Männer stand Monsieur Henri, seine Trommel rührend, sah, wie sich Charette der Zweite auf die Angreifer stürzte und wie er von einer Kugel mitten in die Brust getroffen tödlich verletzt fiel. In der dann folgenden Panik und während des wilden Durcheinanders bewahrte Monsieur Henri einen kühlen Kopf. Immer aufrecht, trotz der um ihn herumpfeifenden Kugeln, trommelte er zum Sammeln und dann zum Rückzug.

Wintersang weinte, wie ein Säufer weint; sein Stiefsohn und Schmiedegeselle, der zwar nicht weniger betrunken war als er, aber den Wein besser vertrug, stützte ihn.

Als sie in Croix-de-Vie eintrafen und erfuhren, daß bei ihrer ersten Schlacht achthundert bonapartistische Soldaten achttausend Aufständische geschlagen hatten, schämte sich Wintersang. Seinerzeit reichten ein paar hundert Vendéer, um Tausende von Weißärschen vernichtend zu schlagen, ihnen die Gewehre zu entreißen, die Kanonen wegzunehmen. Wintersang betrachtete die in Auflösung begriffene Truppe, die sich auf dem Strand ausgebreitet hatte. Es waren kaum Sensen zu sehen, was bedeutete, daß die Anzahl der Bauern gering war. Seltsam auch, daß anstelle der sonst üblichen weißen Kokarden viele Abzeichen in allen erdenklichen Farben getragen wurden. Manche hatten eine schwarze, andere wiederum grüne Kokarden angesteckt. Indem sie eine einheitliche Farbe ablehnten, machten sie schon deutlich, daß sie nicht gewillt waren, sich unterzuordnen. Sogar Wintersang, der als Pfarrhauptmann in Beaupréau vom Herzog von Angoulême eine Auszeichnung in Form einer Lilie erhalten hatte, trug diese nur mit Hohn, nannte sie spöttisch seinen Sausenorden. Wie in Saus und Braus leben, sich vollaufen lassen. Tatsächlich machten sie eine Sauftour, und Wintersang war tief beschämt, machte sich bittere Vorwürfe, Monsieur Henri auf diesen Mummenschanz mitgenommen zu haben. Aber der Junge bemerkte nichts. Er hatte 93 nicht miterlebt und empfand diesen Krieg als ein wahres Fest. Das englische Geschwader brachte den Marquis Louis de La Rochejaquelein mit zweitausend Gewehren an Land. Es hatten dreißigtausend sein sollen. Statt der fünfzigtausend Vendéer, die der Adel auszuheben gedachte, hatte er nur halb so viel mobilisieren können. Gleichwohl, es fehlten fünfundzwanzigtausend Gewehre.

Die Enttäuschung wurde größer, zumal in Aizenay die Mehrzahl der schlafenden Zecher ihre Waffen zurückgelassen hatte, die Travot dann erbeutete. Anscheinend aber war es einfacher, die Engländer dafür verantwortlich zu machen.

»Die halten uns genauso zum besten, wie sie schon unsere Väter zum besten gehalten haben.«

»Und nun, da die Waffen an Land sind, was sollen wir damit anfangen?«

»Die Heerführer haben gesagt, daß wir zuerst Poitiers einnehmen und dann durch die Touraine auf Paris marschieren.«

»Die Heerführer, welche Heerführer?«

»Es gibt zu viele Köche in der Küche, der Brei wird ungenießbar sein.«

»Wir haben noch nicht einmal Kanonen.«

»D'Antichamp kann La Rochejaquelein nicht ausstehen.«

»Und ich mag nicht rumkommandiert werden.«

»Als der Juni kam, begannen die Truppen zusammenzuschrumpfen. Die Bauern verdrückten sich, gingen nach Hause zur Heuernte. Die Salzschmuggler, Vagabunden, Arbeiter, die weniger fügsam waren, beschimpften die adligen Offiziere, wenn diese ihnen Vorhaltungen machten, oder bedrohten sie mit ihren Waffen, wenn diese sich unterstanden, sie wegen ihrer Disziplinlosigkeit zu bestrafen.

Wintersang wollte diesen Schlamassel nicht mitansehen und trank daher um so mehr.

Im Moor von Monts ging die Truppenstärke noch weiter zurück, denn die Leute aus dem Bocage bekamen es in diesem flachen Land mit der Angst zu tun. Wintersang jedoch, als alter Retzer von Charette dem Ersten, kannte das Moor gut und wagte sich mit seinem Stiefsohn und Monsieur Henri mitten hinein.

Trotz ihrer nagelneuen englischen Gewehre begingen die Moorleute, von den kaiserlichen Schützen aus ihrer Dekkung hervorgelockt, die Unvorsichtigkeit, aus ihrem Binsengestrüpp herauszutreten. Eine Gewehrsalve streckte einen Pfarrhauptmann nieder. Erschreckt von diesen Soldaten, die nunmehr auf dieselbe Art und Weise kämpften wie sie, aus dem Hinterhalt, in den Wassergräben und im Schilf, flohen die Vendéer nach Saint-Jean-de-Monts.

La Rochejaquelein der Zweite wußte nicht, wie er sie aufhalten sollte. Zu Fuß, schoß er mit einigen Getreuen wild um sich; er hielt es für einen schlauen Einfall, sich ein Pferd bringen zu lassen. Er schwang sich auf, streckte seinen Hut mit weißem Federputz auf seiner Säbelspitze empor und rief: »Vorwärts! Es lebe der König!«

»Seht da, Jungs«, schrie Wintersang, »Monsieur Henri ist zurückgekehrt!«

Aber die theatralische Geste La Rochejaqueleins des Zweiten verfehlte ihre Wirkung. Die meisten Aufständischen waren zu jung, um zu verstehen, welcher Monsieur Henri gemeint war, denn sie kannten nur ihren kleinen Trommler. Sie waren zwanzig Jahre alt, und zwanzig Jahre waren vergangen, seit La Rochejaquelein der Erste von einem verwundeten Grenadier getötet worden war.

La Rochejaquelein der Zweite galoppierte zu einer kleinen Anhöhe, ließ sein Pferd tänzeln, wie bei einer Parade, in vierzig Schritt Entfernung von den kaiserlichen Truppen, die ihre Gewehre auf ihn anlegten. Immer noch seinen Federbusch auf der Säbelspitze hin und herschwingend hielt La Rochejaquelein der Zweite eine Ansprache an eine Scheinarmee auf der Flucht. Er gab eine ideale Zielscheibe ab, wie er sich so über der grauen Fläche des Moores abhob.

Der Marquis Louis, Gesandter Louis' XVIII., Generalissimus des vierten Vendée-Kriegs, wurde aus unmittelbarer Nähe abgeschossen. Innerhalb kürzester Zeit erstickte er an dem Blut, das aus seiner durchlöcherten Brust spritzte. Und obendrein welcher Hohn! La Rochejaquelein, der den Heldentod hatte sterben wollen, wurde von einfachen Gendarmen getötet, von Gendarmen, die ihn wie einen auf frischer Tat ertappten Salzschmuggler abgeknallt hatten.

Monsieur Henri trommelte zum Rückzug. Aber niemand hatte das Trommelsignal abgewartet. Alles stürzte schon Hals über Kopf davon. Einige warfen ihre Waffen weg, um schneller laufen zu können, verloren ihre Holzschuhe. Wieder andere sackten im Moor ein. Mit einem Schlag war Wintersang nüchtern. Er fand seinen Unternehmungsgeist von früher wieder, sammelte zwanzig Mann um sich, und diese zwanzig Mann, von ihm ermutigt, stellten sich mit ihren Jagdflinten der napoleonischen Armee entgegen, mähten die Linieninfanteristen nieder, warfen die Reiter aus den Sätteln. Wintersang hatte Monsieur Henri flach zu Boden gedrückt, so daß er im hohen Gras nicht mehr auszumachen war, und ihm verboten, sich mit seiner Trommel dem feindlichen Feuer auszusetzen. Da nahm Monsieur Henri die Flinte eines Gefallenen, zielte, mit einem Knie auf dem Boden, ganz so wie Wintersang es machte, auf die roten Schulterstücke, die über den Binsensträuchern sichtbar wurden.

Dieser Widerstandskern mitten im Moor hatte andere Vendéer stutzig gemacht und zur Rückkehr bewogen. Bald waren sie genug, den Feind ins Wanken zu bringen und bis zu einem Dorf zurückzudrängen.

Als Wintersang den Kirchturm betrachtete, erschien dort eine blaue Uniform. Der Mann, ein Offizier, lehnte sich vornüber, um die Vendéer jenseits der Häuser auszumachen. Er entdeckte sie. So bedächtig, als bestünde nicht die geringste Gefahr für ihn, und wohl in der Absicht, ihnen seine ganze Verachtung zu zeigen, ließ er seine Hose herunter und streckte ihnen herausfordernd seine Arschbacken entgegen.

»Seht mal, Jungs«, rief Wintersang. »Ihr habt doch schon Weißärsche gesehen, aber die waren weißer als der da ...«

»Anscheinend«, sagte sein Stiefsohn, der Älteste der Frau mit dem Mausgesicht, »anscheinend verlangt dieser Flegel da oben nach einem Apotheker. Ich werde es ihm schon besorgen.«

Er legte an, schoß. Der bloßarschige Offizier bekam das Übergewicht und fiel vom Kirchturm.

Aus dem Dorf hörte man Schreie, kurze Befehle, ein hektisches Hin und Her und das charakteristische Geräusch einer Truppe im Abmarsch. Die Kaiserlichen zogen sich zurück.

Unterwegs stießen sie auf eine Frau, die, tief unter ihrem Reisigbündel gebückt, wie der Tod aussah. Zum Scherz sprach Wintersang sie an: »He da, Mütterchen! Wißt ihr, wo die Räuber sind?«

Sie hob den Kopf, öffnete ihren zahnlosen Mund und sagte kichernd: »Welche denn, guter Mann, die weißen oder die blauen?

Nachdenklich ging Wintersang weiter. Er dachte an die Zeit zurück, da es für sie eine Ehre war, von den Blauen Räuber genannt zu werden. Räuber und Aristokraten. Das korsische Ungeheuer nannte sie Giganten. Räuber, Aristokraten, Giganten ... alle diese Wörter klangen jetzt hohl. Sie waren die aufständische Vendéer Armee gewesen. Nun waren sie nur noch Freischärler.

Aber da erschien auf seinem Weg ein unzeitgemäßes Bild, das 93 alle Ehre gemacht hätte; vielleicht um ihm unrecht zu geben oder aber damit er von diesem vierten Vendée-Krieg nicht nur eine niederschmetternde Erinnerung behielte: Aus dem Gehölz stieß eine Reitergruppe hervor und stürmte auf sie zu, auf ihren Säbelspitzen Federbuschhüte so wie La Rochejaquelein der Zweite, als er sich in den Tod stürzte. Diese kleine Aristokratentruppe wurde von einer Amazone angeführt, die Wintersang an die romantischen Gefährtinnen des Herrn von Charette erinnerte. Unter den Reitern befand sich auch ein Priester in Soutane, mit einem großen, an einer Kette hängenden Kreuz auf der Brust.

»Der Adel und der Klerus grüßen ihre treuen Bauern«, rief die Amazone. »Ihr seid die schönste Truppe, der wir begegnet sind, und du, der hübscheste Trommler. Wie heißt du?«

»Monsieur Henri«, antwortete voller Stolz der Trommler.

Die Amazone zuckte leicht zusammen, und ihr Pferd bäumte sich auf. Wintersang hielt sie ein wenig für eine himmlische Erscheinung, teils Fee Melusine, teils heilige Jungfrau Maria, mit ihrem langen blauen Rock, ihrem in der Taille engsitzenden Bolerojäckchen. Ihre zu englischen Locken gedrehten Haare schauten unter dem bänderbesetzten Hut hervor. Hastig sagte sie: »Monsieur Henri, Lucie de La Rochejaquelein dankt dir.«

Und dann zu Wintersang: »Woher kommt ihr?«

»Aus dem Moorland. Wir haben eine Abteilung von Kaiserlichen zum Rückzug gezwungen. Zuvor waren wir mit Monsieur Louis.«

»Ich bin zu spät gekommen«, sagte Lucie. »Ich hatte zweitausend Mann zusammen. Die gesamte Kleine Kirche steht mit ihren Priestern zu uns. Ich bin zu spät gekommen für Monsieur Louis. Wißt ihr, daß wir Cholet und Bressuire eingenommen haben?«

»Wir haben Cholet genommen?«

»Aber ja. Unsere Truppen verlieren den Mut, weil sie nur von unseren Niederlagen erfahren. Und trotzdem haben wir, auch diesmal wieder, Cholet und Bressuire in unsere Gewalt bekommen. Ihr müßt nach Bressuire gehen. Wiegelt unterwegs die Bauern auf!«

Der Priester in Soutane fügte unter Kichern hinzu: »Wenn sie sich weigern, euch zu folgen, dann brennt ihre Höfe nieder. Sie werden die Patauds für die Schuldigen halten und unsere Reihen füllen.«

Am 18. Juni, am Tag der Schlacht von Waterloo, zogen Wintersang und seine Truppe, die jetzt zur Armee von Auguste de La Rochejaquelein, dem Narbigen, gehörte, die Kaiserlichen vor sich hertreibend in Thouars ein.

Die ganze Nacht hindurch lebten die Vendéer in Saus und Braus, leerten alle Weinkeller, plünderten die Bäckereien, Fleischereien, Krämerläden. In einer einzigen Nacht versuchten sie, zwanzig Jahre Entbehrungen und einige Jahrhunderte Hunger wieder wettzumachen. Als die Husaren im Morgengrauen des nächsten Tages ankamen, konnten sie mühelos die Wachen niedersäbeln, die ihren Rausch vom reichlich genossenen Anjou-Wein ausschliefen. Wintersang lag ausgestreckt vor einer Toreinfahrt; er öffnete kurz die Augen und sah gerade den Husarensäbel aufblitzen und nahm wahr, wie sich der aufrecht stehende Monsieur Henri in dem Riemen seiner Trommel verfing, unter die Pferde fiel und wie von einem roten Leichentuch überdeckt wurde.

Wintersang hatte große Mühe aufzustehen. Auf den Knien rutschte er in eine Ecke der Toreinfahrt, erbrach sich und schlief auf der Stelle wieder ein. Was ein Beweis dafür wäre, falls überhaupt noch nötig, daß der liebe Gott seine schützende Hand über die Säufer hält, denn als er einige Stunden später aufwachte, waren die Husaren fort, und er war der einzige Lebende inmitten der von Säbeln niedergemetzelten Toten. Die Straße war rot gefärbt. Verletzte stöhnten leise vor sich hin. Dann und wann schrie einer auf.

Noch ganz benommen ging Wintersang auf die Leichen zu und erkannte Monsieur Henri, dann seinen Stiefsohn. Die Trommel war zerborsten. Monsieur Henri hatte noch immer sein hübsches Mädchengesicht.

Wintersang war entsetzt. Wie sollte er nun ins Dorf zurückkehren, ohne die beiden Kinder, die er in den Tod getrieben hatte? Wie würde seine Frau mit dem Mausgesicht reagieren? Vor allem aber fürchtete er sich vor Eicheners Reaktion, der nicht mit ihm in den Krieg hatte ziehen wollen, von dem er sagte, es sei nicht der ihre. Wieder einmal, wie im Jahre 95, als er sich als einzigen wähnte, der den Völkermord an den Vendéern überlebt hatte, noch vor seiner Begegnung mit dem in seinem Wald vergrabenen Pfarrer Noah, wieder einmal schaute er auf die in der großen Straße von Thouars herumliegenden Leichen, bestürzt, niedergeschmettert.

Eines wußte er nicht, sollte es auch niemals erfahren: Im selben Augenblick schaute in der Ebene von Waterloo Napoleon, gegen den sie sich aufgelehnt hatten und in dessen Namen dieses unnötige Gemetzel gerade durchgeführt worden war, schaute auch Napoleon auf die Trümmer seiner Armee.

Er wußte auch nicht, sollte niemals erfahren, was Napoleon zu Fouché, den er selbstverständlich wieder zu seinem Polizeiminister ernannt hatte, sagte, als er kurz vor dem Aufbruch zu seinem letzten Feldzug von dem neuerlichen Aufstand der Vendéer erfuhr: »Diese Vendéer sind verrückt! Während meiner Herrschaft habe ich sie in Ruhe gelassen, habe ihre Städte wiederaufgebaut, habe ihnen Straßen gegeben, habe alles für sie getan, was zu tun mir meine verbliebene Zeit erlaubte, und zum Dank für diese Bevorzugung stürzen sie sich auf mich, während mir ganz Europa im Nacken sitzt. Bringen Sie sie zur Vernunft, Herzog von Otrante, schlagen Sie ihnen eine Waffenruhe vor. Ich werden ihnen mit meinen Gesetzen und Bauten hundertmal mehr Gutes tun als die Bourbonen, für die sie sich seit fünfundzwanzig Jahren unnütz aufopfern.«

Er wußte auch nicht, sollte niemals erfahren, daß am 1. Juli

1815, um 10 Uhr abends, Napoleon auf dem Weg ins Exil in einer vierspännigen gelben Kalesche in Niort eintraf und vor dem Hôtel de la Boule d'Or anhielt, sich fragte, ob er seine Reise fortsetzen solle. Er stieg aus, ging lange auf und ab, die Hände wie gewöhnlich auf dem Rücken verschränkt, rief seinen Ordonnanzoffizier, der zu seiner Begleitung gehörte: »Und wenn ich doch noch eine Chance hätte? Mein letztes Reich könnte die Vendée sein. Mit den Vendéern würde ich dort einen Partisanenkrieg führen ...«

»Sire, ich muß Ihnen sagen, daß die Vendéer Sie nicht lieben.«

»Die Welt ist eine Fehlkonstruktion. Die Vendéer und ich waren dazu bestimmt, uns zu verstehen. Aber sie haben sich noch einmal für Louis XVIII. geschlagen, der sie verachtet.«

Was Wintersang nicht wußte, was er nie erfahren sollte ...

Zweites Buch

I

Als erster sah Weber-Jacques Wintersang und dessen Bande von Taugenichtsen ins Dorf zurückkehren. Aus der Ferne, im Osten, wo die Kälte und die Husaren, der eisige Wind und die schlechten Nachrichten herkommen, hatte er ein Grölen gehört. Er ging dem singenden Haufen entgegen, der im immergleichen Säuferton herunterleierte:

»Zieh nur ab, Napoleon!
Du wirst sie nicht mehr haben
Frankreichs Kron'.
Du wirst sie nicht mehr haben
der Bourbonen Kron'!«

Auf Anhieb erkannte Weber-Jacques Wintersang, auch wenn dessen Haar weiß geworden war, auch wenn dessen aufgedunsenes Gesicht einen bläulich-roten Ton angenommen hatte; aber von denen, die bei ihm waren, erkannte er niemanden. Während seiner siebenjährigen Abwesenheit waren die Kinder zu leichtsinnigen, unverschämten jungen Männern geworden.

»Sieh da, der Einäugige ist wieder da«, sagte einer.

»Wir haben den Krieg gewonnen«, fuhr ein anderer fort. »Napoleon ist fertig. Louis XVIII. ist in Paris.«

Weber-Jacques suchte den kleinen Trommler, von dem ihm Eichener erzählt hatte. Wintersang ging auf Jacques zu, packte ihn bei den Schultern und blies ihm seine Weinfahne ins Gesicht: »Sie haben Monsieur Henri getötet. Meinen Schmiedegesellen auch.«

Weber-Jacques riß sich jäh los, daß Wintersang zurücktaumelte. »Verflucht seist du, der den Eichener zum Weinen bringt. Verflucht seist du, Schmied des Teufels.«

Die jungen Männer, die um Wintersang herumstanden, hätten Jacques wohl übel zugerichtet, wenn ihr Hauptmann nicht dazwischengetreten wäre.

»Laßt nur, Jungs, der Einäugige sieht schlecht, er hat mich mit jemandem verwechselt.«

Weber-Jacques wurde zur Seite gestoßen und blieb allein vor dem Dorf stehen. Wintersangs Haufen war schon auf dem Weg zur Kirche, feuerte Gewehrschüsse in die Luft und stieß schrille Freudenschreie aus. Jacques stand unbeweglich, fassungslos. Er hatte tatsächlich soeben Wintersang mit dem blauen Schmied verwechselt. Oder genauer: Er verwechselte sie nicht wirklich, wohl aber war Wintersang der Säufer, Wintersang, der leichtfertig Monsieur Henri in den Tod getrieben hatte, eine Reinkarnation der rohen und blinden Kraft. Jacques stand unbeweglich, fassungslos, denn nun würde auch der Klan der alten Kämpfer auseinanderbrechen. Er spürte es. Er sah das Drama schon vor sich. Diese jungen Leute, die ihn den Einäugigen genannt hatten, was bislang niemand im Dorf getan hatte, weil er für alle in erster Linie der Weber war, diese Jugend, die sich als Sieger aus einem Heldenepos vorkam und dabei doch nur aus einem Mummenschanz von Krieg heimkehrte, diese Jugend, die ihn mißhandelte, verhieß nichts Gutes für die Zukunft.

Als erstes galt es, daß er Eichener unterrichtete. Eichener durfte nicht durch Gerüchte den Tod seines Sohnes erfahren. Er mußte sich auf schnellstem Wege zwischen Eichener und Wintersang stellen, mußte die Erschütterung der unheilvollen Nachricht mildern. Weber-Jacques lief zurück zu Mutter Louises Pachthof, erkundigte sich nach Ort und Stelle, wo Eichener arbeitete, lief zum Weinfeld, in dem dieser mit der Hacke den Boden zwischen den Rebstöcken auflokkerte: »Ich habe Wintersang gesehen!«

»Und mein kleiner Henri?«

»Eichener, ich muß dir gestehen ... Monsieur Henri hatte einen viel zu schweren Namen zu tragen ...«

»Er hat ihn mir nicht zurückgebracht?«

»Er hat ihn nicht mit zurückgebracht.«

»Wenn er ihn hat umkommen lassen, bringe ich ihn um.«

»Versündige dich nicht gegen den Herrgott, Eichener. Er hat ihn dir genommen. Erinnere dich, er war nicht so wie wir. Er sah schon wie ein Engel aus.«

Ein fürchterlicher Zorn packte Eichener. Mit beiden Händen hielt er den Schaft seiner Hacke und drückte das Holz so fest, daß auf seinen mageren Handgelenken die Adern dick wie Efeuranken hervortraten. Wäre an Weber-Jacques' Stelle Wintersang im Weinfeld gewesen, hätte sich seine Hacke ohne jeden Zweifel in eine Waffe verwandelt.

Auf den Zorn folgte Niedergeschlagenheit. Eichener wimmerte wie ein Tier, ließ sich auf den Boden zwischen die Rebstöcke fallen, schlug immer wieder den Kopf auf die

Erdschollen: »Er hatte ihn mir weggenommen ... Ich sagte nichts, weil er es war ... Er mochte den Bauernhof nicht. Ihm gefiel es nur in der Schmiede, bei seiner Trommel ... Die Trommel hat ihn mir genommen ... Mit der Trommel hat er ihn mir weggenommen ... Als ich erfuhr, daß das Ungeheuer Turreau in Beaupréau war, mit dem Kronprinzen, da habe ich verstanden, daß für uns alles aus war und daß künftig kein Krieg mehr der unsrige sein sollte. Ich hatte Wintersang gebeten, den Adligen nicht zu folgen. Es ist nicht ihre Sache, uns zu holen. Für die Arbeit ja, aber nicht für den Krieg.«

»Hast du ihm gesagt, daß das Ungeheuer Turreau mit dem Neffen des Königs nach Beaupréau gekommen war?«

Eichener brummte: »O nein! Ich traute mich nicht.«

»Du hättest Wintersang nichts verheimlichen dürfen.«

»Ich traute mich nicht.«

»Du fürchtetest dich vor der Wahrheit. Und darum hast du Monsieur Henri verloren.«

Eichener erinnerte sich sehr gut. Was ihm der Baron anvertraut hatte, war ihm so ungeheuerlich, so schrecklich vorgekommen, und Wintersang schien so glücklich, wieder in den Krieg ziehen zu können, daß er kein Wort über die Lippen brachte. Sie waren in Streit geraten, denn der Schmied begriff nicht, daß er den Kampf aufgab, und er versteifte sich darauf, immer wieder zu sagen, daß dieser Krieg nicht der ihre sei, daß er keinen Schritt weg von seinem Pachthof mache, daß er Monsieur Henri nicht mit ihm ziehen lassen wolle ... Nein, er konnte doch einem von Charettes Retzern nicht erzählen, daß das Ungeheuer Turreau vom König zurück in die Vendée geschickt worden sei ... Ihm zeigen, daß die Welt auf den Kopf gestellt war – Wintersang hätte ihn für verrückt erklärt. Und weil er nichts gesagt hatte, weil er die Feigheit oder die Treulosigkeit des Königs hatte verheimlichen wollen, war Monsieur Henri tot.

Eichener weinte nicht. Seit 1793 waren seine Tränen versiegt, blieben seine Augen trocken und hart. Er dachte an Louise. Wie sollte er ihr diese schreckliche Nachricht beibringen? Und noch einmal kam ihm Weber-Jacques zuvor: »Bleib solange hier, Eichener. Ich rede mit der kleinen Louise.«

Es war Juli, überall neigten die kornprallen Ähren ihre schweren, Brot verheißenden Köpfe. Die gesamte Dorfbevölkerung war wieder einmal aufgerufen, das Getreide zu mähen. Darüber vergaß man die Kämpfe. Das Korn trug reichlich in diesem Jahr, so als wollte diese Fruchtbarkeit die Todessaat der Hundert Tage aufwiegen. Der vierte Vendée-Krieg war ja auch nur, wie die Bauern, die ihn nicht ernst nahmen, selber sagten, ein Spaziergang gewesen. Napoleon war im Osten beschäftigt und überließ den Westen Fouché, und Fouché, der wußte, daß das Kaiserreich keinen Bestand haben würde, arbeitete auf eine wohlwollende Aufnahme bei den Bourbonen hin. Er verschonte daher die Vendée und versuchte, eher die Streitigkeiten zwischen den Anführern, die er geschickt gegeneinander ausspielte, zu schüren als das Land zu verwüsten. Während der Hundert Tage wurde die Vendée weder geplündert noch in Brand gesteckt. Und Gott segnete des Königs Rückkehr, denn kaum waren die Kämpfe zu Ende, da erwies sich die Ernte als so reichlich.

Auf allen Hügeln waren die Schnitter mit ihren im Winter geflochtenen Strohhüten zu sehen, wie sie die Ähren mit der linken Hand griffen und mit der Sichel in der rechten Hand den Halm mit einer flinken Bewegung auf halber Höhe schnitten. Frauen banden mit Roggenlitzen die Garben zusammen. Etwas abseits bereitete die kleine Louise diese Bänder vor; sie legte sie zum Trocknen an eine Hecke, um sie vor der Sonne zu schützen, in der das Stroh brüchig wird. Louise, die man im Dorf, um sie von ihrer Mutter zu unterscheiden, trotz ihrer dreiunddreißig Jahre immer noch die kleine Louise nannte, war eine einfache und nur wenig ermüdende Tätigkeit zugeteilt worden, denn in Kürze sollte sie wieder einmal niederkommen.

Trotz ihres Schmerzes über den Tod des kleinen Henri konnte sie nicht anders, als sich überwältigen zu lassen von all diesen reifen Kornähren, den Pflaumenbäumen mit ihren vor Früchten brechendvollen Ästen, dem Honigduft, der von den mohn- und kornblumenbedeckten Feldern herüberzog, von diesem fröhlichen Treiben der Schnitter und dem erwarteten Kind, das in ihrem Bauch strampelte. Sie war traurig, und sie war glücklich. Sie wußte, daß das Kind, das sie trug, ein Sohn sein und daß er Arsène heißen würde, Arsène der Dritte. Hartnäckig bestand sie auf diesem Namen, wie eine Herausforderung, um den Tod der beiden anderen ungeschehen zu machen. Und in diesem so schönen, so heißen Sommer, da sich die Ernte so reichlich erwies, die schönste Ernte, die sie nach so vielen Jahren des Elends würden einbringen können, da glaubte Louise fest daran, daß Arsène der Dritte für immer leben würde, das heißt länger als sie, noch lange nachdem Eichener und sie in Frieden entschlafen wären. Sie empfand einen tiefen Schmerz über Monsieur Henris Tod, und dennoch schwebte sie in einer Heiterkeit, die nicht aus ihr kam, sondern die die Sonne und all dieser Saft, der in den Bäumen aufsteigt, all diese Kraft, die die Ähren, das Obst und die Kinder zur Entfaltung bringt, ausstrahlt. Sie taumelte ein wenig, berauscht von der Sonne, berauscht von den Düften der Erde, berauscht von dieser Müdigkeit einer schwangeren Frau, die darauf beharrte, der Sitte entsprechend bis zum letzten Augenblick zu arbeiten. Eine kleine Weile hielt sie inne, um Eichener zuzusehen, den sie in der Ferne an seinem weißen Haar erkannte. Er führte einen von sechs Ochsen gezogenen Karren voller Garben. Sie selbst besaßen keine sechs Ochsen, wohl aber stellten sich die Pachtbauern einander ihre Zugtiere und Wagen für die großen Arbeiten zur Verfügung. Sie konnte einfach nicht umhin, aus dem Schatten der Hecke herauszutreten und ihrem Mann entgegenzugehen; der sah sie nicht, denn er war zu sehr mit seinem Gespann beschäftigt. Sie hörte ihn zu den Tieren sprechen, ihnen zu ihren Namen so etwas wie ein Klagelied singen, im Takt der Schritte der Ochsenpaare unter ihrem Joch:

»Hasebein, Edelmann,
König, Reiherfuß
Rumtreiber, Kadett,
He he he, mein Guter!
He he he, mein Knecht!«

Eichener trällerte auf seltsame Weise vor sich hin, bisweilen im Zorn. Erstaunt sah Louise ihn auf den zweiten Ochsen der Stirnreihe und auf den ersten der zweiten Reihe mit seinem Ochsenstachel einschlagen. Dabei mißhandelte er doch sonst nie ein Tier und schon gar nicht die Ochsen. Er schlug auf Edelmann und König ... Auf den Adel und auf den König. Er piekte sie mit seinem Stachel, beschimpfte sie. Er hieß sie Faulpelze, Lügner. Louise war daran gewöhnt, daß die faulsten, die am wenigsten geliebten Ochsen Edelmann oder König genannt wurden. Aber sie hatte nie einen Zusammenhang hergestellt zwischen den wirklichen Adligen, den wirklichen Königen und diesen Spottnamen für Ochsen. Sie sah ihren Vater vor sich, wie er auf seinen Edelmann eindrosch, wie er ihn genauso beschimpfte, wie es jetzt ihr Mann tat. Der Groll, dem Eichener mit seinem Stachel freien Lauf ließ, zeigte ihr plötzlich, daß dieser Zusammenhang nicht zufällig war. Sie begriff, daß der Grund dafür Monsieur Henri war, den die Adligen und der König ihnen weggenommen hatten.

Weber-Jacques richtete sich aufs neue bei Eichener ein und fand sowohl seinen Webstuhl als auch seinen »Sohn« wieder. Victor, das Kind der seligen Tränenléonie, Halbwaise, fand sich recht wohl mit seinen beiden Vätern ab. Nichts hätte Jacques und Eichener dazu veranlassen können, sich um Victor zu streiten, denn er lebte bei ihnen und brachte dem einen wie dem anderen dieselbe Kindesliebe entgegen. Victor war für Eichener ein vollwertiger Arbeitsgefährte geworden. Die Nächte verbrachte er nunmehr mit Victorine, und niemandem wäre es in den Sinn gekommen, sich darüber aufzuregen. Sie waren beide sechzehn Jahre alt.

Seit seiner Rückkehr ins Dorf machte Jacques von neuem die Runde der Bauernhöfe und erbettelte sich Hanf- oder Flachsstränge, die eher die Bezeichnung Werg verdient hätten. Überall wurde er gut aufgenommen; es wurden ihm Omelette, Graubrot und jener blaue Krug mit dem verdünnten Wein vorgesetzt, den man im Kreis herumgehen ließ und aus dem man, ohne anzusetzen, im großen Strahl trank. Die Runde des Webers auf der Suche nach Werg und Aufträgen war ein Ereignis, das die Dörfler zwischendurch mit einem solchen Imbiß feierten.

Sieben Jahre lang war Jacques verschwunden gewesen; auf jedem Gehöft erzählte er aufs neue die Geschichte seiner Wanderschaft. Wie er in Cholet im Gefängnis saß und ohne jede Erklärung wieder freigelassen wurde; wie ihn die Suche nach Arbeit in den Süden verschlug, in das Moorland des Poitou, wo ihn eine Zeitlang die Moorkätner auf ihren Hausbooten aufnahmen; wie er die bettelarmen Hüttenleute kennenlernte, wahrhaftige Leibeigene der wohlhabenden Moorbauern, die über das überschwemmte Land herrschen;

wie ihn die Sumpfmücken mit ihrem Gift stachen und ihn die Moorkätner mit Weidenblattaufgüssen vom Fieber heilten; wie er sich vor der Zudringlichkeit einer Moorbäuerin, einer leibhaftigen Potiphar, in Sicherheit bringen mußte und wie er mit eigenen Augen das siebentürmige Schloß der Fee Melusine sah, das sie in drei Nächten mit dreimal so vielen Steinen, wie sie in ihrem Rockschoß tragen konnte, und einem Schluck Wasser gebaut hatte; wie er lange Zeit hindurch in Fontenay-le-Comte in der Rue des Loges in seinem Beruf als Weber gelebt hatte.

Er wurde über Fontenay, die große Stadt des unteren Poitou befragt, die Buonaparte mit seinem Napoleon-Vendée, jetzt Bourbon-Vendée, hatte entthronen wollen, ohne aber Fontenays Ruf schmälern zu können, den seine drei Messen begründeten: die Johannis-Messe im Juni, die acht Tage lang dauerte, die Sankt Petri-Messe im August und die Sankt Venantius-Messe im Oktober.

Weber-Jacques erzählte, das Fontenay wie Jerusalem kreisförmig angelegt ist; daß es von Gräben, Stadtmauern, Turmruinen gesäumt ist; daß mitten in der Ortschaft noch Trümmer des Schlosses zu finden waren, das zu Zeiten der Grafen des Poitou das Stadtbild beherrschte; daß zu den drei großen Messen ganze Karawanen von Maultiertreibern aus Briançon, der Auvergne, aus Spanien herbeiströmten, um langhaarige Zuchtesel zu kaufen, Mastviehzüchter aus der Normandie kommen, die um die rotgefleckten Rinder von Parthenay feilschten, und Juden aus dem Languedoc, die zu Höchstpreisen die edelsten Pferde erstehen.

Jacques war mehrere Jahre in Fontenay geblieben, wo er jene Tücher webte, die einst von den Spaniern für Amerika gekauft wurden.

Das Schönste bei seiner Erzählung war nicht so sehr die Folge all seiner Abenteuer, sondern die Beschreibung des Flachlands, das sich zwischen Fontenay und Luçon erstreckt, mit seinen Kornfeldern, die so groß sind, daß für die Ernte Schnitter von sehr weit her gerufen werden müssen; mit ihren Sensen auf den Schultern sehen sie aus wie eine Armee. Die Getreideernte ist so gewaltig, daß sich im Umkreis von Fontenay die Flügel von fünfhundert Windmühlen ohne Unterlaß drehen. Von diesem Flachland – baumlos, platt, ohne Wasser, außer tief unten in der Erde, aus der man mit an langen Seilen befestigten Eimern das Grundwasser schöpfen mußte; von diesem Flachland mit den großen ziegelbedeckten Häusern; von diesem Flachland, das sich so sehr vom Bocage unterscheidet, so sehr sein Gegenteil ist, daß es wie ein fernes Land erscheint; von diesem Flachland träumten die Leute im Dorf. Sie konnten nur schwer begreifen, daß sie nur zwei Tagesmärsche Richtung Süden zu gehen hatten, um in dieses Schlaraffenland zu gelangen. Lediglich die Dreiundneunzigerveteranen, die beim Sturm auf Fontenay und seiner Plünderung dabeigewesen waren, erinnerten sich. Aber sie sagten, man könne nicht in einem baumlosen Land leben, ohne seine Seele zu verlieren; daß alle Flachländer Patauds waren, sei Beweis genug.

Jacques setzte sich also wieder an seinen Webstuhl, in einer Ecke der Stallungen. Er fertigte Männerwesten an, für die die Frauen das Gewebe versponnen und gewalkt hatten; große rauhe Bettlaken, die ein ganzes Menschenleben lang hielten. Das Leben auf dem Pachthof der Louisen nahm offenbar wieder seinen gewohnten Lauf; jedoch war der Hof in Trauer wegen der drei, die nicht da waren: Léonie, Monsieur Henri, Wolfskopf. Während der Weggang der beiden ersten unwiderruflich war, hofften doch alle, eines schönen Tages Wolfskopf auf seinem Pferd Malet heimkehren zu sehen. Zweifellos hätte er dann auch, wie Weber-Jacques, eine Menge Abenteuer zu erzählen. Die Hoffnung auf seine Rückkehr vermischte sich mit jener Neugier auf die Welt, die Vagabunden zu stillen verstehen. Wolfskopf wurde erwartet wie ein Bote der weiten Ferne.

Eichener verzieh Wintersang nicht, ihm Monsieur Henri genommen und ihn ihm nicht zurückgebracht zu haben. Weber-Jacques versuchte zwar, die beiden Männer auszusöhnen. Es gelang ihm sogar, Eichener mit zur Schmiede zu nehmen. Aber als Eichener sah, daß Pierre, von Kindesbeinen an Monsieur Henris Freund, an der Werkbank die Stelle des ebenfalls in Thouars gefallenen Sohns der Frau mit dem Mausgesicht eingenommen hatte, als er Pierre an dem Sperrhorn arbeiten sah, diesem Amboß mit zwei Hörnern, das eine rund und das andere eckig, auf dem er die Eisenreifen rundschlug, da konnte er den Vergleich zwischen Pierre und Monsieur Henri nicht ertragen und schlug die Hand aus, die ihm Wintersang entgegenstreckte.

»Warum hast du denn nicht dem da das Trommeln beigebracht?«

Wintersang entgegnete nichts, aber noch am selben Tag ging er mit seinem Schmiedehammer und einem dicken Nagel in den Wald; er schlug ihn in Manneshöhe in Eicheners Eiche. Danach schickte er den kleinen Pierre, einen zweiten Nagel einzuschlagen, in dessen Höhe.

Als Eichener das erfuhr, schüttelte er seinen Kopf mit den langen weißen Haaren: »Wintersang kann gut reden, und noch besser mit seinen Nägeln als mit seinem Mundwerk. Aber da er jetzt nicht mehr singen wird, werde ich ihn nur noch den Schmied nennen.«

Es war in der Tat seltsam: niemals mehr hörte man den Schmied singen. Und in den Jahren, die kommen sollten, wurde er immer seltener Wintersang genannt. So verschwand ein Teil der Namen aus der alten Zeit; Weber-Jacques wurde meist nur noch Einaug gerufen.

Der Bruch zwischen Eichener und Wintersang war Teil eines ganzen Systems von Zerwürfnissen, Gegensätzen, Feindschaften, das innerhalb einer Generation das Dorf des Pfarrers Noah und sein Leben in Einmütigkeit von einer Pfarre in eine Gemeinde verwandelte. In der Glanzzeit der Pfarre war die Gemeinde, die der Müller-Bürgermeister vertrat, nur eine Fiktion. Die Aufteilung des wiederhergestellten Eigentumsrechts, die extreme Zersplitterung der Felder wegen der viel zu kleinen Köttereien, von denen die armseligen Kleinsteigentümer nicht lassen wollten, so armselig, daß das Elend sie zwang, sich zur Erntezeit und Weinlese bei den Pachtbauern zu verdingen, der wiedereingerichtete aristokratische Großgrundbesitz, der häufig mehrere Gemeinden umfaßte – all das war nicht genug, nun war auch die Kirche in zwei spinnefeindliche Lager gespalten: die verfassungsmäßige und die aufsässige, die Kleine Kirche.

Mit der Rückkehr des Königs, der die Verfassungsmäßigkeit bestätigt hatte, verlor im Dorf die Kleine Kirche die Hälfte ihrer Anhänger. In die neue Dorfkirche zu gehen, in der der Kerzenpfarrer die Messe las, war so viel bequemer, als in den Wald zu laufen und den alten dickwanstigen Pfarrer der Kleinen Kirche zu suchen, daß viele der Versuchung erlagen. Und da einen diese Geschichten der Könige, die nichts Besseres zu tun hatten, als sich gegenseitig zu stürzen und sich selber auf den Thron zu setzen, ganz und gar durcheinanderbrachten, stieg auch kein Mensch mehr bei diesen Pfarrgeschichten durch.

Beim Sturz Louis' XVIII. zu Beginn der Hundert Tage Napoleons hatte der Müller-Bürgermeister seine Gesinnung nicht gewechselt. Er hatte recht behalten: der Wind sollte bald wieder aus der alten Richtung wehen. Seit der Konvention hatte er sich stets so geschickt aus der Affäre gezogen, daß sich der Müller-Bürgermeister für einen kleinen Fouché hielt. Und wie Fouché setzte er nun auf die Bourbonen und den offiziellen Klerus. Daher hatte er sich auch mit dem Kerzenpfarrer ins beste Einvernehmen gesetzt und versäumte unter keinen Umständen dessen Messe. Wintersang und die Jugend, die in seiner Schenke verkehrte, besuchten dieselbe Messe. Auch Weber-Jacques. Eichener hätte sich vielleicht den anderen angeschlossen, wenn Wintersang nicht vor ihm hingegangen wäre. Der gleichen Kirche konnten sie beide nicht mehr angehören.

Eichener brachte die Hälfte des Dorfes dazu, vor allem die Älteren, die die alten Zeiten durchgemacht hatten, der Kleinen Kirche treu zu bleiben. So nahm er auch wieder Kontakt zum Baron auf.

Der Baron, der wieder in den Genuß des Eigentums über seine Pachthöfe gelangt war, die einen durchaus ansehnlichen Besitz darstellten, schmollte Eichener zu Anfang, denn er trug ihm sein Fernbleiben beim vierten Vendée-Krieg nach. Als er jedoch erfuhr, daß Eichener »seinen Sohn gegeben« hatte, umarmte er ihn wie ehedem.

Eichener protestierte, seinen Sohn habe er nicht gegeben, er sei ihm genommen worden. Der Baron fiel ihm ins Wort: »Sei nicht so starrköpfig. Du warst stolz auf deinen Monsieur Henri. Wenn du einen Mistbauern aus ihm hättest machen wollen, hättest du ihm nicht diesen Namen auf den Hut schreiben sollen. Du hast nicht in den Krieg ziehen wollen; dein Sohn hat's an deiner Stelle getan. Ganz gleich, ob du oder er: gesprochen hat dein Blut.«

»Herr Baron, manchmal spricht man, und man weiß nicht, was man sagt. Wenn mein Blut gesprochen hat, dann hat es gelogen, denn die Vendée ist verraten worden, und Ihr wißt das besser als ich.«

Der Baron verzog das Gesicht: »Die Politik geht uns nichts an. Die begreife ich geradesowenig wie du.«

»Diese bittere Pille mußte geschluckt werden, das Ungeheuer Turreau wieder einmal in der Vendée, als Führer des Prinzen. Die haben uns ins Gesicht gespuckt, und alles, was

Ihr mir dazu zu sagen habt, ist, ich solle es mir abwischen. Und jetzt, da der König seine Polizei dem abgefallenen Priester Fouché überantwortet, dieser Ausgeburt eines Patauds, dem bösen Geist des Antichrist Napoleon, diesem Königsmörder, der für den Tod des Königs Bruder gestimmt hat, was werdet Ihr Euch wohl noch für Märchen ausdenken?«

»Du bist erstaunt, daß Fouché wieder Polizeiminister geworden ist, daß Talleyrand dem Rat vorsitzt, daß Turreau das Kreuz des heiligen Louis verliehen wurde, das der König den Vendéer Generälen vorenthält. Das kommt daher, mein guter Eichener, daß der König um unsere Ergebenheit weiß. Und so vergißt er uns. Sein Problem ist, wie er die Republikaner und Bonapartisten für sich gewinnen kann. Deshalb bewilligt er der Schwester Robespierres und dem Ungeheuer Turreau schöne Pensionen, während er Bonchamps Witwe die von Buonaparte gewährte Pension um die Hälfte kürzt, während er die fünf Kinder Cathelineaus und die Familie Stofflets in größter Armut leben läßt. Unsere Nachweise über Beschlagnahmen werden nicht anerkannt, während die Rückstände der republikanischen Armeen bezahlt werden. Wenn unsere Offiziere in der Armee des Königs aufgenommen werden, dann nur mit einem niedrigeren Grad. Pfarrhauptleuten wird angeboten, Gendarm zu Fuß zu werden. Erinnerst du dich an La Rochejaquelein den Dritten, den mit den Schmissen? Aus Empörung über so viel Ungerechtigkeit ist er nach Paris gereist, dank seines Namens konnte er beim Herzog von Berry vorstellig werden. Ich kann dir auswendig wiederholen, was unser künftiger König auf seine Klagen entgegnet hat: ›Die Art und Weise, in der die Abberufung der Zivilbehörden gefordert wird, ist ungebührlich und sogar aufrührerisch. Dieses Protestgeschrei gegen die Präfekten und Gendarmen trägt revolutionären Charakter und kann nur das Ergebnis unbedachten Eifers sein ... Ich appelliere, mein Herr, an Eure Klugheit und an Eure Umsicht, damit Ihr diesen unbotmäßigen Geist ausmerzen und die Gemüter beruhigen mögt ... Scheut also keines Eurer Mittel, die Geister zu besänftigen und die guten Vendéer davon zu überzeugen, daß es keine wahre Treue gibt ohne die vollständige Unterwerfung unter die Befehle und den Willen des Königs.‹

Nun gut. Weißt du, was La Rochejaquelein der Dritte, dessen zwei Brüder ihr Leben ließen, um den König zu verteidigen, da gemacht hat? Er grüßte höflich, doch beim Herausgehen schlug er mit solcher Wut die Tür hinter sich zu, daß die Scheiben des Ministerbüros zersprangen. Danach ist er zu uns gekommen, hat uns alles erzählt, ganz ruhig, ausgenommen zum Schluß, als er laut ausrief: ›Meine Herren! Ach, was war die Monarchie schön unter dem Kaiserreich!‹ Ja, Eichener, das ist die Moral unserer Geschichte: die Monarchie war schön unter der Republik und dem Kaiserreich, und genau dieser Vorstellung von der Monarchie müssen wir treu bleiben.«

»Die Monarchie ist Eure Sache, Herr Baron. Wir, wir haben gekämpft für unsere Erde und für unseren Glauben. Unsere Bauernhaufen hießen 93 die Katholische Armee. Nach Cathelineaus Tod habt Ihr sie in Katholische und Königliche Armee umbenannt. Aber die Könige in Paris, ob das nun der Robespierre oder der Barras oder der Buonaparte oder die Bourbonen sind, das sind nicht Leute wie unsereins, das sind keine Leute von hier.«

»Ich habe mich dazu hinreißen lassen, dir Dinge zu sagen, die du eigentlich nicht wissen solltest, und jetzt erhitzt es dir das Gemüt ... Ich redete mit mir selbst, du hättest nicht hinhören dürfen.«

»Bitte auch vielmals um Entschuldigung, Herr Baron, aber wenn die armen Schlucker nie an den Türen lauschten, würden sie wie Trottel leben.«

»Schweig!«

»Da seht Ihr, Ihr sprecht wie der Herzog von Berry zum Herrn von La Rochejaquelein ... Als wärt Ihr der König und ich der gute Adlige.«

»Du fällst mir auf die Nerven.«

»Wenn mir Zahnschmerzen auf die Nerven fallen, beiße ich auf eine heiße Nuß. Das verbrennt mir zwar das Maul, aber ich spüre meine Zahnschmerzen nicht mehr.«

»Nun geh schon! Du stiehlst mir meine Zeit!«

»Wieviel kostet die Zeit des Herr Baron im Pfund?«

Der Baron zog vor, darüber zu lachen. Er wußte aus den Gesprächen mit den Bauern, die sich häufig zu Streitereien zuspitzten und manchmal sogar zu gegenseitigen Beschimpfungen ausarteten, daß, wer zuerst lachte, immer gewann – oder zumindest diesen Eindruck hatte.

Er hielt Eichener die Hand entgegen, der schlug ein, wie um einen Handel zu besiegeln.

»Wir streiten uns, sagte der Baron, aber wir mögen uns.«

»Wenn wir uns eines Tages nicht mehr mögen, wird alles zu Ende sein«, antwortete Eichener.

Und er setzte hinzu: »Und die Könige von Paris werden die Herren des Landes sein.«

Genauso vieldeutig wie das Verhältnis zwischen Eichener und dem Baron, das aus Treue und Respektlosigkeit, aus Vertraulichkeit und Ehrerbietung, aus Zuneigung und Schmollerei bestand, war auch das merkwürdig stille Einverständnis zwischen dem Müller-Bürgermeister und dem Gâtiner Holzschuhmacher. Auch wenn der Müller-Bürgermeister Monarchist und gläubiger Katholik geworden war, unterhielt er nichtsdestoweniger weiterhin seine guten Beziehungen zum Holzschuhmacher, der als einziger im Dorf gottlos blieb. Ließ der Holzschuhmacher beim Müller-Bürgermeister noch die republikanischen Saiten nachklingen, die zutiefst in seinem Inneren verborgen waren? Rief er die Erinnerung an eine Zeit wach, in der beide, der Herr und sein Knecht, beharrlich danach trachteten, die Verworfenen der Gemeinde zu bleiben? Waren sie nicht zusammen von den Dörflern in die Scheunenkirche eingesperrt worden unter der ersten Restauration? Der Müller-Bürgermeister, der so geizig, so hart zu allen, so auf sein Geld versessen war, hatte wie alle Menschen eine Schwäche, um deretwillen er vielleicht, trotz allem, ein kleines Plätzchen im Paradies verdiente: just sein Wohlwollen gegenüber dem Gâtiner Holzschuhmacher.

Dank dieser Schwäche konnte der Holzschuhmacher, der seit seiner Ankunft im Dorf nur noch dem Namen nach Holzschuhmacher war, ganz in der Nähe von Wintersangs Schmiede eine Holzschuhmacherei einrichten.

Seit der Frieden wieder eingekehrt war, hatte der Müller-Bürgermeister zahlreiche Häuser im Dorf bauen lassen. Trotz einer ungeheuerlichen Kindersterblichkeit waren, wegen der großen Fruchtbarkeit, alle Wohnstätten überbelegt; die jungen Paare suchten andere Bienenstöcke zum Ausschwärmen. Der Müller-Bürgermeister kam dieser Nachfrage teilweise nach und wurde somit zum Eigentümer des gesamten neuen Teils des Dorfes; der baufällige Teil blieb Eigentum des weit entfernten Grafen, der von Zeit zu Zeit seinen Vertreter schickte, den Pachtzins herauszupressen.

Das kleine Haus des Holzschuhmachers, das aus zwei Räumen, der Werkstatt und einem Zimmer zum Schlafen,

Kochen, Wohnen, ebenerdig mit gestampftem Lehmboden bestand, wurde mit einer Feier eingeweiht, bei der, dem alten Brauch folgend, ein gekochtes schwarzes Suppenhuhn zerlegt wurde; dessen Ei wurde als Opfergabe in eine der Wände eingemauert. Wintersang war als Nachbar dabei, was Eichener ausschloß. Aber Weber-Jacques war unter den Anwesenden, wie auch einige Pachtbauern. Louison, die Tochter von Wintersangs Frau und Serviertochter in der Schenke, die jetzt auf die einundzwanzig Jahre zuging, hatte die Henne gekocht und goß die Brühe in die Holznäpfe. Wintersang hatte Krüge mit Wein mitgebracht, ein Pächter einen runden Brotlaib, ein anderer ein Stück Speck. Sie schlugen sich den Bauch voll, tranken, bis der Augenblick kam, da es ans Singen gehen sollte. Zum großen Erstaunen aller weigerte sich Wintersang zu singen; er holte seinen Dudelsack und blies darauf, daß ihm fast die Halsadern platzten.

»Wenn du nicht mehr singen willst, verlierst du deinen Namen«, sagte der Gâtiner Holzschuhmacher.

»Ich habe schon meinen Namen verloren, den von meinem Vater und meiner Mutter.«

Die abendliche Runde wurde im Schein der Talglichter, die in die Steinfugen des Kamins gesteckt waren, bis weit in die Nacht fortgesetzt. Dank Speise und Trank wurde die Unterhaltung lebhaft, und die Gäste machten dem Holzschuhmacher seinen Unglauben zum Vorwurf: »Du bist doch eigentlich ein guter Kerl, und trotzdem, ohne Religion gehst du zugrunde!«

»Macht euch darüber kein Kopfzerbrechen, ich habe meine eigene Religion, und die braucht keine Kirche.«

»Wir brauchen immer eine Kirche«, sagte einer der Pachtbauern.

»Ihr braucht die so sehr, daß ihr gleich zwei davon habt!«

»Wir sind für die Kirche des Königs«, sagte Wintersang.

»Die Kirche des Königs! Die Kirche des Königs – ist das dieselbe wie die von Napoleon? Und als Napoleon am Ruder war, glaubtet ihr, es sei die Kirche des Antichrist.«

Wie immer, wenn nach einem guten Essen die Rede auf die Politik kommt, wurde die Unterhaltung hitzig. Weber-Jacques, der doch eigentlich wenig trank, las Wintersang gehörig die Leviten, weil er sich während der Hundert Tage in einen Kleinkrieg gestürzt hatte, wodurch gewisse Leute für nichts und wieder nichts zu Tode kamen.

Wintersang brauste auf: »Für nichts und wieder nichts! Und die fünfundzwanzigtausend Soldaten Napoleons, die wir in der Vendée festgehalten haben, die haben ihm etwa nicht gefehlt in Waterloo? Also laßt euch von mir gesagt sein, den Napoleon, den hat die Vendée so deftig in den Hosenboden gebissen, daß er eins auf den nackten Arsch bekommen hat. Den König, den haben wir zurückgeholt. Du kannst das überhaupt nicht verstehen, Holzschuhmacher, du warst ja nie im Krieg.«

»Und darauf bin ich stolz, es gibt nicht viele Vendéer, die das von sich sagen können.«

»So eine Schande! Du solltest dich was schämen!«

»Sprich nicht von Schande, Wintersang«, sagte Weber-Jacques, so sanft er konnte. »Jeder hat seine Schande, das weißt du genau.«

Wintersang stürzte zur Tür, kam zurück, um Louison zu rufen: »Komm, Louison, wir gehen. Komm mit, Tochter.«

Zur großen Überraschung der Gäste folgte ihm Louison nicht, sondern begehrte auf: »Ich bin nicht Eure Tochter. Laßt mich mein eigenes Leben leben.«

Wintersang verließ das Haus und wie La Rochejaquelein der Dritte schlug er die Tür mit aller Wucht hinter sich zu. Scheiben zerschlug er dabei nicht, denn die Türen der Bauern haben keine.

Die alte Louise, deren glattes, gescheiteltes Haar unter ihrer weißen Haube immer grauer wurde, die mit ihrer ausgerenkten Hüfte immer ärger humpelte, schleppte sich, indem sie sich an der Mauer abstützte, vom Schweinestall zur Küche, von der Küche zum Kuhstall. Sie sagte, daß sich ihre Nerven über dem Magen zusammenknoten würden und ihr noch mehr als das Blut zusetzten. Dann kam Eiter, dieser üble Ausfluß des Körpers, ausgebrochen aus einem Abszeß, und die alte Louise jammerte, sie habe »Weh im Leib«.

Der kleine Handaufleger wurde gerufen. Er besah sich die Wunde und sagte, ein Tier wachse tief drinnen im Bauch der alten Louise heran und fräße sie von innen auf. Sie mußten auf das Geschwür ein Stück blutiges Fleisch legen, damit das Tier sich sattfräße und nicht mehr die Kranke beiße. Dann legte das Kind seine Hand auf die Stirn der alten Louise, murmelte Gebete, und die Schmerzen der alten Louise ließen nach.

Da frisches Fleisch auf den Bauernhöfen eine Seltenheit war, wurde das Tier nicht satt. Die alte Louise wimmerte wie eine Gebärende, schrie dann und wann auf: »Es zerreißt mich!«

Eines Morgens fand man sie auf ihrem Strohlager zur Seite gekehrt, mit dem Gesicht zur Wand. Sie war nicht tot, aber sie hatte sich zum Sterben zurechtgelegt. Der Kerzenpfarrer brachte ihr die letzte Ölung, und die alte Louise entschlief. Ihr alter verbrauchter Körper war reglos, aber ihre Seele flog durch das Fenster davon, das zu diesem Zwecke offen gelassen wurde. Auf der Türschwelle traf die alte Louise auf eine Gestalt, die nicht aussah wie die Leute hierzulande. An seinem Südwester aus Wachstuch erkannte sie einen Mann vom Meer. Der Unbekannte nahm sie geschwind mit, über den Bocage, über das Moorland bis hin zu jenem Ozean, den sie niemals gesehen hatte. Mit nackten Füßen stand sie auf dem feuchten Sand, sah Kähne, große Kähne, die auf den Wellen schaukelten, Kähne, so voll beladen, daß man hätte meinen können, sie müßten jeden Augenblick sinken. Der Mann mit dem Südwester gab ihr ein Zeichen einzusteigen, und da sah sie, daß die ganze Flottille bis an den Rand mit Seelen gefüllt war. Der Mann mit dem Südwester schien sich zu vervielfältigen, denn auf allen Booten erschienen jetzt andere, gleichaussehende Seelenfänger. Sie begannen, lautlos zu rudern, und die Prozession der Kähne voller Seelen brach zu dem Land auf, in dem die Sonne niemals untergeht.

Der Leichnam der alten Louise wurde als erster des Dorfes wieder in einer ordnungsgemäßen Beerdigung beigesetzt. Der Gâtiner Holzschuhmacher zimmerte sogar einen Sarg, Eicheners Willen gemäß aus Eichenholz. Der Suppennapf der Verstorbenen wurde vor dem Verschließen in die Kiste gegeben.

Was den Friedhof betraf, hatte der Kerzenpfarrer schließlich nachgegeben; er blieb weiterhin bei der früheren Scheunenkirche. Das Grundstück wurde bis an die ganz nah gelegene neue Kirche verlängert. So blieben die Toten unter sich, mitten unter den Lebenden.

Da die Familie der alten Louise zu den ältesten im Dorf gehörte, kamen alle, selbst von den am weitesten abgelegenen Höfen und Weilern. Ein Bauer brachte seinen Ochsenwagen, dessen Rüstleitern er abgenommen hatte, hob den Sarg darauf und führte das Gespann in das Oberdorf, den

Hut in der Hand und den Ochsenstachel in die Höhe haltend. Als erste folgten die Frauen; jede war eingehüllt in einen langen schwarzen Mantel mit einer über die Haube gezogenen Kapuze. Dann kamen die Männer mit ihren großen Hüten, bis auf einen, der barhäuptig geblieben war und sich neben Eichener hielt. Es war der Baron. Louises Eltern waren zwar nicht Pächter des Barons, aber da weder der Graf noch sein Verwalter es für nötig erachtet hatten, zu erscheinen, wollte der Baron nicht, daß gesagt würde, der Adel habe bei der Beerdigung eines Bauern gefehlt.

Als der Leichnam an der Wegkreuzung in der Nähe des Senkenhofes, wo die Hunde wütend kläfften, angekommen war, verharrte die Trauergemeinde vor dem großen, erst kürzlich aufgerichteten Granitkreuz. Alles kniete nieder, sprach ein Gebet; dann holten die Frauen aus ihren Umhängen kleine Holzkreuze hervor, die sie am großen Kreuz niederlegten. Diese geweihten, von den Trauernden selbst gefertigten Kreuze bildeten einen großen Haufen; denkwürdige vergängliche Opfergaben eines jeden an das große Gemeinschaftskreuz aus Stein.

Auf dem Heimweg von der Kirche zum Pachthof kündigte Weber-Jacques dem sichtlich verlegenen Eichener an, daß er wieder zu heiraten gedenke.

»Ach du großer Gott, wen denn«, rief Eichener, den diese Neuigkeit fassungslos machte.

»Die Augustine.«

Eichener kannte die Humpelaugustine, Tochter eines Kötters, dem er bisweilen den Acker pflügte und der sich bei ihm als Gegenleistung einen Tag lang verdingte. Die Kötter waren damals so gut wie die einzigen Eigentümer im Bocage, aber ihr Landbesitz war so verschwindend klein, daß sie weder Ochsen noch Pferd besaßen. Manchmal einen Esel, immer aber eine Kuh und ein paar Ziegen, die sie auf der Allmende weiden ließen. Wenn die Kötter auch stolz waren auf ihre Unabhängigkeit, so brachte diese ihnen doch nur eine noch schlimmere Armut ein als die der ärmsten Pachtbauern, ohne deren Hilfe ihre kargen Äcker niemals hätten gepflügt werden können.

»Aber die Augustine«, fing Eichener wieder an, »ist doch ein ganz junges Ding.«

»Sie will mich wohl nehmen.«

»Und der Kötter, was sagt der dazu?«

»Ich habe mit ihm gesprochen. Er ist nicht dagegen. Dann hat er immerhin einen Esser weniger.«

Obwohl Weber-Jacques zwanzig Jahre älter war als die Humpelaugustine, bedeutete diese Verbindung anscheinend keinerlei Schwierigkeiten. Aber da hatte man die Burschenschaften vergessen!

Sobald die Ehepläne dessen, den die Jüngeren Einaug nannten, bekannt wurden, meldete sich plötzlich die Dorfjugend lautstark zu Wort. Diese zweite Generation des wiederauferstandenen Dorfes, die Generation der nach dem Völkermord geborenen Kinder, diese Jugendlichen, die den Großen Krieg nicht erlitten hatten, diese Burschen und Mädchen im heiratsfähigen Alter bildeten einen Klüngel, den sie »Burschenschaft« nannten und deren ausgelassene und lärmende Treffen sich in Wintersangs Schenke abspielten. Louison war die Königin der Mädchen im Burschenschaftsalter, und der König der Burschen ein Großknecht, der kein Glas leer sehen konnte, einer der Taugenichtse, die während der Hundert Tage mit Wintersang gezogen waren.

In Wintersangs Schenke wurde im Erdgeschoß getrunken und gesungen, im ersten Stockwerk, eigentlich nichts weiter als ein Dachboden mit Holzbänken, wurde geschlitzelt. Jeden Sonntag kamen die jungen Leute nach der Vesper dorthin. Sie hockten sich zu Paaren rittlings auf die Bänke, wo sie sich fest umschlungen stundenlang mit ihren vorwitzigen Zungen gegenseitig im Schlund herumraspelten. Die Hände der Burschen wagten sich in die Unterröcke vor, auf der Suche nach einem Rockschlitz, durch den sie einen Finger gleiten lassen konnten, der dann nach einer langen Entdekkungsreise schließlich bis zum Muschelmund gelangte. Die Mädchen ließen ihrerseits ihre rechte Hand in einem langsamen Schleichrhythmus die Beine der Burschen bis zum Hosenschlitz hochstreichen.

Diese gegenseitige Bearbeitung der Münder und Geschlechtsteile stellte eine Art Ehevorbereitung dar und erlaubte, die sexuelle Übereinstimmung auszuprobieren. Das ging so weit, daß sie jeden Sonntag neue Paare bildeten, damit, wie die Mädchen sagten, sie mehrere Freier ausprobieren könnten, bis sie den Richtigen gefunden hätten.

Der Kerzenpfarrer mochte seinen jungen Pfarrkindern noch so viel mit den Höllenqualen drohen (im Priesterseminar hatte er nichts von diesen doch seit Menschengedenken üblichen Gebräuchen erfahren, die im Bocage bekannt waren unter dem Namen Schlitzelei, im Moorland als Moorelei und in der Gâtine als Fummelei); kaum war die Vesper zu Ende, stürzten sie in Wintersangs Schenke, tranken sich im Erdgeschoß Mut an, gingen dann auf den Dachboden zu ihren Bänken, wo ein Halbdunkel herrschte, das den Paaren in Tuchfühlung ein Mindestmaß an Schamgefühl beließ.

Als die Burschenschaften von Weber-Jacques' und Augustines Heiratsabsichten erfuhren, hagelte es über diese Verlobung eines Einäugigen mit einem Hinkebein zuerst Witze. Augustine war zu arm, um es sich leisten zu können, in der Schenke zum Trinken einzukehren, und war somit nie zur Schlitzelei erschienen. Gleichwohl war sie im Burschenschaftsalter und gehörte dazu; daher erinnerte der Großknecht an den Brauch, demzufolge ein mit einem Fremden verlobtes Mädchen versteigert werden sollte. Zum Glück für Jacques gingen die Einsätze für ein humpelndes Mädchen nicht sehr hoch, und er konnte Augustines Loskauf bezahlen.

Seine Peiniger gaben jedoch noch lange nicht auf. Der Loskauf war eine Sache, aber das Recht, als Fremder einem Mädchen des Ortes den Hof zu machen, eine andere. Jacques, der wie Eichener nur mäßig trank, mußte einige Abende in der Schenke verbringen und dort den männlichen Vertretern der Burschenschaft eine Runde nach der anderen ausgeben.

Am Vorabend der Hochzeit wurde Eicheners Pachthof, auf dem Weber-Jacques noch immer wohnte, von einem kreischenden Haufen umzingelt, der spät in der Nacht einen Heidenlärm veranstaltete: da wurde auf Kessel und Kochtöpfe geschlagen, Maultierschellen geschüttelt, in Widderhörner gestoßen, die wie Schiffssirenen heulten. Victorine, Victor und Poleon belustigte das Treiben; vom Fenster aus versuchten sie, in der Dunkelheit auszumachen, wer die Ulkmacher im einzelnen waren. Arsène der Dritte, der erst vor kurzem auf diese unsinnige Welt gekommen war, wollte den Krawall der Burschenschaft mit seinem Geschrei übertönen. Eichener und Weber-Jacques, aschfahl, hielten sich mit den Händen die Ohren zu. Das alles rief in ihnen die Erinnerung an das Getöse des Krieges wach. Eichener mußte an sich halten, um nicht die Flinte vom Kamin zu nehmen und in den Haufen dieser rücksichtslosen und grausamen Jugend zu schießen.

Die Heirat eines Witwers, obendrein noch die Heirat eines Alten mit einem jungen Ding, bot keinen Anlaß für besondere Festlichkeiten. Außerdem konnte Augustines Vater ebensowenig wie Jacques eine große Hochzeit bezahlen. Augustine hatte sogar selbst von Haus zu Haus ziehen und um ein wenig Leinen oder Hanf bitten müssen, um ihre Aussteuer zusammenzubekommen. Sie erhielt gleichwohl eine Mitgift, die ihr Vater auf einem Eselskarren zu Eichener brachte: eine fast noch neue Truhe, in die die Mutter ein Paar Bettlaken, ein Mieder, einen Unter- und einen Überrock, zwei weiße Hauben und viele Nadeln gelegt hatte; dazu ein Spinnrad, das schon Augustines Großmutter diente, und einen Spinnrocken, der für den Anlaß mit Bändern geschmückt worden war.

Unvorstellbar, sich ein neues Bett zu leisten. Daher kam am Vorabend der Trauung der Kerzenpfarrer das ehemalige Ehebett weihen, um Léonies Geist daraus zu verbannen.

Der Kotten von Augustines Eltern gehörte zu jener Zeile baufälliger Behausungen, in denen Eichener und Jacques zu Beginn der Wiederauferstehung des Dorfes gelebt hatten. Er lag nicht weit von der Kirche entfernt, aber der Zug der gut zwanzig Personen zählenden Hochzeitsgesellschaft, zu der die gesamte Familie Eichener gehörte, benötigte dennoch eine geraume Zeit, um dorthin zu gelangen. Man ging selbstverständlich zu Fuß, die Braut und ihr Vater vorneweg und ganz hinten zum Schluß Jacques mit Eicheners Louise, die ihre Mutter vertrat. Alle Paare hielten sich beim kleinen Finger. Der Bräutigam und die Braut hatten einen großen Strauß Feldblumen in der Hand. Beim Aufbruch vom Vaterhaus erschienen die Jungen der Burschenschaft, feuerten Flintenschüsse in die Luft und stießen schrille Schreie aus, um die bösen Geister fernzuhalten. Als Preis für diesen Dienst hatten sie kurz vor der Kirche quer über den Weg eine Sperre aus Reisigbündeln errichtet, vor der der Zug anhalten mußte und ein Glas auf das Wohl des Brautpaares getrunken wurde. Jacques zahlte die Mautgebühr. Dann schleppte die Burschenschaft die Hochzeitsgesellschaft mit zu Wintersangs Schenke, in die der ganze Hochzeitszug einkehrte. Jacques besaß keinen Sou mehr. Eichener steckte ihm heimlich einige Münzen zu. Unter anderem hatten die Peiniger, indem sie den Hochzeitszug so lange wie möglich von der Kirche fernhielten, darauf abgezielt, den Pfarrer die Geduld verlieren zu lassen, der schon vor einer guten Weile die Glocken geläutet hatte. Sie erreichten ihr Ziel, denn als die Hochzeitsgesellschaft eintraf, war der Kerzenpfarrer bei schlechter Laune und leierte im ersten Teil des Gottesdienstes die Gebete so schnell herunter, daß keiner folgen konnte.

Im Augenblick des Trausegens breitete Augustine, die mit einer gewissen Beunruhigung an Jacques kinderlose erste Ehe dachte, ihre Schürze auf der Altarstufe aus, damit sich ihr Zukünftiger darauf knien konnte. Womöglich hatte ihm zur Zeit der Léonie jemand einen Knoten in das Wamsband gemacht? Augustine wußte, daß eine solche Verwünschung meist in der Kirche und ausgerechnet vom Priester kam – der Neid des unbeweibten Mannes, der oft dem Ehemann einen Knoten ins Wamsband macht. Wenn sich Jacques in dem Augenblick, da der Priester ihnen den Segen gab, mit seinem ganzen Gewicht auf die Schürze kniete, könnte das Wamsband nicht verknotet werden. Jacques, der dasselbe dachte, setzte beide Knie auf die Schürze und stützte sich dabei mit solcher Kraft auf, daß Augustine in die Hocke gehen mußte, damit der Stoff nicht zerriß.

Als die Hochzeitsgesellschaft aus der Kirche heraustrat, war die Burschenschaft erneut zur Stelle. Sie feuerte Flintenschüsse in die Luft und stieß den schrillen Schrei der Chouans aus. Der Großknecht, der das Treiben anführte, warf Jacques seine Flinte zu, der sie auffing, und deutete auf eine in der Mitte des Platzes aufgepflanzte Stange, an deren Spitze eine Schweinsblase baumelte. Aus einem alten Reflex bekreuzigte sich Jacques, bevor er die Flinte anlegte und mit dem ersten Schuß die Blase zum Platzen brachte, aus der sich Wasser ergoß. Dann warf er in einem Bogen dem Großknecht die Flinte wieder zurück.

»Der Einaug hat nur ein einziges Auge, aber es ist das richtige«, sagte der Großknecht beeindruckt von der Schnelligkeit und Genauigkeit des Schusses. »Du wirst sicher einen ganzen Haufen Blagen machen.«

Für das Hochzeitsmahl hatte der Kötter Eichener gebeten, ihm seine Scheune zu überlassen. Victorine, Victor und Poleon halfen der Brautmutter, die Mauern mit Tüchern zu bespannen, auf die wie an Fronleichnam Blumen gesteckt wurden. Eine große Tafel wurde aufgebaut, indem man eine Leiter auf Pflöcke legte, mit Brettern die Sprossen verdeckte und Stoffstücke wie ein Tischtuch darumband. Auf Baumstümpfen aufgelegte Bretter dienten als Sitzgelegenheit.

Über dem Brautpaar wurden die Blumensträuße aufgehängt, die sie während des Hochzeitszuges getragen hatten. Zu Essen gab es Schweinernes, Hähnchen, einen Pflaumenkuchen so breit wie der Tisch, zu Trinken gezuckerten Wein. Jeder hatte sein Messer, seinen Löffel und seinen Napf mitgebracht. Gläser waren selten; jedes wurde von mehreren Personen benutzt.

Eichener wurde aufgefordert zu singen, aber er antwortete so, wie er es schon seinerzeit getan hatte: »Ich habe soviel Elend gesehen, daß ich meine Lieder vergessen habe.«

Victor kannte kein einziges Lied. Louise dachte an Monsieur Henri, der auf seiner Trommel gespielt hätte. Eichener fragte sich, was nur mit Wolfskopf habe geschehen können, von dem er noch immer kein Lebenszeichen hatte. Warum ist mir dies Kind gegeben worden, sagte er sich immer wieder, und warum ist es mir wieder genommen worden? Wenn Wolfskopf eines Tages heimkehrte – Eichener war nach wie vor davon überzeugt, daß Wolfskopf ins Dorf zurückkehrte –, dann würde er zweifellos eine Menge unbekannter Lieder mitbringen. Ein alter Pachtbauer, ein Verwandter Augustines, erhob sich und sang mit zitternder Stimme dies Klagelied, das die ganze Hochzeitsgesellschaft in eine schwermütige Stimmung versetzte:

»Am ersten Abend nach der Hochzeit
Kam's Elend an meine Tür.
Wollt herein
Tamdadali
Wollt herein
Tamdadalein.

Hier soll nicht wohnen das Elend,
Hier soll nur wohnen die Freud!
Am zweiten Abend nach der Hochzeit
Kam's Elend an meine Tür.
Wollt herein
Tamdadali
Wollt herein
Tamdadalein.

Komm herein, du Elend, komm,
Komm herein und wärm dich auf.

's Elend hat sich festgesetzt,
Hab's nicht verjagen können ...«

Nach langem Schweigen sprach Eichener:

»Der Gâtiner Holzschuhmacher hatte bei einem Hausierer, bei demselben, der den Wolfskopf mitgenommen hat, die ›Geschichte vom bitteren Elend‹ gekauft. Er hat sie mir erzählt. Das ist unsere eigene Geschichte. Nicht so wie die Geschichten der Könige ...«

Doch er hielt jäh inne, fürchtete wohl, zu viel gesagt zu haben, stand vom Tisch auf und sagte zu Jacques gewandt: »Nun, willst du deine Braut nicht endlich mal zum Tanze führen? Auf, ihr anderen, der Tanz geht los!«

Der Teichbauer war wegen seiner Flöte eingeladen worden. Er spielte Gavotten, Branles und Menuette.

Der Gâtiner Holzschuhmacher hatte keinen Erfolg mit seiner Werkstatt. Die Bauern hielten an ihrer Gewohnheit fest, ihre Holzschuhe im Winter selbst zu machen und im Sommer barfuß zu laufen. Die Holzschuhmacherei wie auch die Korbflechterei war ein Armeleuteberuf. Viele Handwerker hatten gleichzeitig eine Schenke oder einen Kramladen oder versahen noch die Arbeit des Bartscherers. Wintersang hatte schon zusätzlich zu seiner Rolle als Schmied und Hufschmied die des Schankwirtes übernommen. Als einziger Junggeselle im Dorf konnte er sich nicht erlauben, an einen Kramladen zu denken, der die Anwesenheit einer Frau erforderte. Und ganz und gar schon mußte er sich aus dem Kopf schlagen, daß ein Kunde seinen Hals einem Bartscherer hinhielte, der als Republikaner galt.

Der Gâtiner Holzschuhmacher erlangte seine Geschicklichkeit wieder, indem er zuerst hübsche Frauenschuhe für den Haushalt des Müller-Bürgermeisters aushöhlte. Das brachte ihm zwar nichts ein, denn er war beim Müller-Bürgermeister bis zu seinem Tode und zweifellos darüber hinaus verschuldet, genauso wie sein Nachbar Wintersang, der sich darüber hinwegtröstete, indem er das Kapital ihres gemeinsamen Wucherers versoff, aber er konnte die eleganten schwarzen Pantinen ausstellen und damit Kundschaft anlokken. Er fertigte auch Trinkschalen an, Löffel, Salzdosen, und es gelang ihm auch, sie zu verkaufen.

Bald war es ein leichtes für ihn, zwei Paar am Tag herzustellen. Mit sechzehn Beilhieben mit der sogenannten Taubenflügeldechsel, die mit ihrem kurzen, dicken Holm gut in der Hand liegen mußte, bestimmte er in dem rohen Holzstück die Masse des Holzschuhs. Mit der breiten, gebogenen Klinge wurde der Erlenast geschruppt, wobei eine einfache Kerbe den Absatz andeutete. Auf der Spaltbank aus Holz, das er sich heimlich aus dem Wald des Grafen geholt hatte, war ein Eisenring angebracht, an dem das Zugeisen eingehakt wurde, ein langes, säbelähnliches Messer. Mit dem Zugeisen gestaltete er die äußere Form des Schuhs. Mit dem am Ende gebogenen und scharfen Hohleisen ging er an das Aushöhlen, das er mit den Löffelbohrern fortsetzte. Schließlich nahm er noch einmal das Zugeisen, um die Scharten und Grate zu glätten.

Auf die hübschen Holzschuhe der Müllersfrau und ihrer Tochter, die nur die Zehen bedeckten und bei denen der Spann von einem seitlich an die Sohle gehefteten Lederbügel gehalten wurde, hatte er mit dem Taschenmesser Verzierungen in Form von Doppelherzen eingraviert und das Holz gesengt, um ihm eine goldbraune Farbe zu verleihen.

An seiner Werkbank hörte der Gâtiner Holzschuhmacher das Kommen und Gehen der Dörfler und Dörflerinnen, konnte einen jeden von ihnen allein am Klang seiner Schritte erkennen. Nachdem er so lange seinen Beruf entbehrt hatte, fühlte er sich glücklich, die Sprache des Holzes und der Schritte wiederzufinden.

Wintersang hatte ihm die Arbeitsgeräte geschmiedet. Da der Schmied die Holzschuhmacherwerkzeuge schlecht kannte, hatte sich der Gâtiner angewöhnt, sich länger in der Schmiede aufzuhalten. Zuerst zum Hämmern der Klinge oder zum Abrunden, entsprechend den Bedürfnissen seines Handwerks. Dann verpflichtete er sich als Bezahlung für die Arbeit des Schmieds, ihm zu helfen, wie er es auch weiterhin für den Müller tat. Schließlich entstand eine gewisse Komplizenschaft zwischen den beiden Handwerkernachbarn, trotz ihrer gegensätzlichen Anschauungen. Der Holzschuhmacher betrank sich nicht, aber er konnte auch ganz munter den Becher stemmen; die Liebe zum Wein brachte beide einander näher. Wenn sie etwas zuviel getrunken hatten, wurden allerdings die Stimmen lauter, und zwischen den Schlägen des Schmiedehammers und den Schlägen des Holzhammers waren aus der Schmiede oder aus der Holzschuhmacherei Flüche zu hören, die alle Kundschaft verjagen konnten.

»Seit wir den König zurückgeholt haben«, schrie Wintersang, »gib das doch zu, daß seitdem die Ernten so reichlich sind wie nie zuvor.«

»In deiner Schmiede, da läßt nicht der König das Eisen schmelzen, sondern das Feuer! Wenn es keinen Regen gegeben hätte im Frühjahr und keine Sonne im Sommer, ob nun König oder nicht, dann wäre das Getreide reichlich mickrig geblieben.«

»Und wer bringt den Regen und läßt die Sonne scheinen?«

»Du willst doch nicht etwa sagen wollen, das sei dein Kerzenpfarrer!«

»Und der Herrgott, was sagst du zu dem?«

»Gar nichts. Den überlasse ich dir.«

»Gottloser Kerl!«

»Pfaffenknecht!«

»Verlauster Gâtiner!«

»Kuhfladenaufleser!«

Der Schmied und der Holzschuhmacher beschimpften sich, waren beleidigt, schmollten einige Tage lang und versöhnten sich dann wieder vor einem Becher Wein, den ihnen Louison vorsetzte, nicht ohne sie mit einem Lachen zurechtzustoßen: »Einer von euch ist genauso querköpfig wie der andere. Eure Geschichten von der alten Zeit verdrehen euch noch völlig den Kopf.«

»Die alte Zeit ist nicht älter als ich«, antwortete der Holzschuhmacher, der die Gelegenheit nutzte, Louison in den Hintern zu kneifen – zum Ausdruck der Freundschaft.

Sie machte eine unwillige Bewegung mit der Hüfte, tat erbost, schwänzelte aber weiterhin um die beiden Männer herum.

»Als ich in Nantes war«, fuhr der Gâtiner Holzschuhmacher fort, »habe ich viele Bücher gelesen. Deshalb weiß ich auch mehr als ihr. Eure Unwissenheit macht euch sicher. So erklär mir doch mal, Wintersang, warum dein guter König eine Milliarde als Entschädigung für die Emigranten hat bewilligen lassen, die mit ihm zusammen zu den Preußen geflüchtet waren, und keinen Sou für die Vendéer, die ihn auf den Thron zurückgeholt haben? Du warst doch Pfarrhauptmann, da hättest du doch einen Rang in des Königs Armee bekommen müssen. Aber die Armee des Königs wird von

Offizieren und Generälen Napleons befehligt, so wie zuvor die Armeen der Republik von den adligen Offizieren Louis' XVI. Du bist wieder ein lausiger Schmied geworden, wie zuvor, und bist bis zu deinem Tode beim Müller verschuldet, der von der Konvention zum Bürgermeister ernannt wurde und es immer noch ist.«

»Ich habe nicht für eine Belohnung gekämpft.«

»Genau das paßt dem König gut! Es gibt so viele Leute, die nicht für ihn gekämpft haben und eine Belohnung verlangen! Aber du hast nichts zur Emigranten-Milliarde gesagt.«

»Die Republik hatte ihnen ihre Güter gestohlen, die müssen ihnen zurückgegeben werden ...«

»So einfach ist das nicht. Der König liebt die Bauern genausowenig wie die Republik. Er will nur, daß der Grundbesitz immer größer wird. Die Güter der Emigranten wurden aufgesplittert, nun werden sie wieder in ihren ursprünglichen Zustand versetzt. Die Bauern werden noch ärmer gemacht, damit ihnen die Lust am Eigentümerspielen vergeht. Es wird nur noch Großgrundbesitzer geben, Adlige oder Bourgeois, wie der Graf und der Müller, die sich untereinander die Gemeinde aufgeteilt haben. Und arme Schlucker wie du und ich, wie Eichener, wie alle anderen ...«

»Da ist was Wahres dran ... Aber das ist nicht die Schuld des Königs. Das liegt an Fouché, an Talleyrand, an allen diesen Patauds, die um den Thron herumkreuchen wie die Ratten. Ach, wenn der König nur wüßte!«

»In allen Dörfern wird gejammert ›Ach, wenn der König wüßte!‹ Und in den Schlössern ist man besorgt: ›O wenn die Bauern wüßten!‹ Die Adligen sagen nichts mehr. Sie haben ihren König wieder. Sie lieben ihn eigentlich nicht, aber sie finden sich mit ihm ab. Angst haben sie davor, daß die Bauern den Betrug erkennen und wieder wie die Chouans zu den Waffen greifen, aber diesmal für sich selbst. Weißt du, die Bauernkriege haben nicht abgewartet, bis die Republik kam. Die sind so alt wie das Hungertuch. In der grauen Vorzeit kannst du sie schon hervorkommen sehen, die hörigen Bauern, die Barfüßigen, die Aufständischen mit den roten Mützen, den Bundschuh. Du kannst sie über steinige Wege ziehen sehen, mit Knütteln bewaffnet, wie sie dem Ruf der Glocken von Kirchturm zu Kirchturm folgen, zum Sturm auf die Städte ... Du kannst sie die Schlösser in Brand stecken sehen wegen des Jagdprivilegs und des Taubenschlags, was allein dem Herrn gehört ... Du kannst sie die Papiere der königlichen Justizbeamten verbrennen sehen ... Es hat lange vor dir Pfarrhauptleute gegeben, Wintersang, lange vor der Republik, und gegen die Soldaten des Königs ...«

»Du verwirrst mir den Kopf. Wenn du sonntags zur Kirche gingst, würdest du gerader denken. Du sprichst ganz verquer, so als gingst du auf Wegen, die nirgendwohin führen und von nirgendwoher kommen! Louison, gib uns zu trinken!«

»Ihr habt genug getrunken. Ihr werdet Euch schon wieder mit dem Hammer auf die Finger klopfen.«

»Hör dir das an, diese Rotznase will schon das Haus kommandieren. Als ob ich jemals neben einen Nagel geschlagen hätte, wenn ich noch so besoffen war. Schenk ein, Louison, laß das mal unsere Sorge sein!«

Louison suchte beim Holzschuhmacher Unterstützung: »So ein Trunkenbold! Nicht genug, daß er meinen Bruder hat töten lassen. Jetzt vertrinkt er noch meine Mitgift.«

Wintersang schrie auf: »Ich habe niemanden töten lassen. Das ist die Macht des Schicksals. Deine Mitgift, die wirst du kriegen, aber zuerst mußt du einmal einen Freier finden.«

Louison zog den Holzschuhmacher an der Jacke, um ihn zu zwingen, da zu bleiben. »Hört ihn nur! Als ob es mir je an Freiern gefehlt hätte! Aber wenn man eine Tochter im heiratsfähigen Alter hat, ist das eine interessante Angelegenheit. Die Bewerber geben dem künftigen Schwiegervater zu trinken aus, helfen ihm bei der Arbeit. Ihr nützt meine Freier aus, und es liegt Euch überhaupt nichts daran, daß ich heirate. Ihr wärt nämlich gezwungen, ihnen zu sagen, daß ich keine Mitgift bekäme, und das würde sie wie die Füchse in die Flucht schlagen. Solange meine kleinen Schwestern noch nicht alt genug sind, um Verehrer zu finden, versucht Ihr, Zeit zu schinden, Louison sieht schon zu, daß der Laden läuft.«

Louison hatte sich an der Jacke des Holzschuhmachers festgeklammert und war ihm so nahe gekommen, daß er spürte, wie die Wärme des Körpers der jungen Frau ihn durchdrang. Er stand wie festgenagelt, fühlte sich unwohl vor dem wutschnaubenden Wintersang und war wie betäubt von dieser Berührung und diesem Geruch nach Frau. Louison war lebhaft und kräftig wie ihre Mutter, hatte aber nicht deren Mausgesicht. Ihr Gesicht war im Gegenteil rund, füllig, mit braunen Augen, die fast schwarz wurden, wenn sie der Zorn packte oder auch – jetzt erinnerte sich der Holzschuhmacher daran – wenn sie ihm manchmal verstohlene Blicke zuwarf und er dieses auf ihm liegende Augenpaar überraschte.«

Er stieß Louison heftig von sich, nickte Wintersang zu und ging in seine Holzschuhmacherei zurück.

2

Im Herbst 1816 stellte sich im Dorf das bittere Elend wieder ein, machte sich in jedem Heim breit, als sei es dort zu Hause, und wollte einfach nicht mehr fort. Die Ernte im Juli hatte fast nichts eingebracht. Der Boden des Bocage eignet sich wenig zum Getreideanbau; aber die Bauern geben dennoch alles daran, mehr Weizen als für ihren eigenen Bedarf nötig anzubauen. Denn Weizen auf dem Markt zu verkaufen, gab den Eindruck von Wohlstand, sozialem Aufstieg. Denn der unter widrigen Bedingungen gereifte Weizen war ihr ganzer Stolz, und im Vergleich dazu stellten alle sonstigen Arbeiten nur eine Landwirtschaft zweiten Grades dar. Mit der Fruchtbarkeit der Betten, die innerhalb einer Generation die Dörfer und Marktflecken wieder neu bevölkert hatte, hielt die Fruchtbarkeit der Erde nicht Schritt. Der Ginster eroberte die Felder. Die viel zu zahlreichen Kötter und Pachtbauern konnten noch so viele Gemeinschaftsarbeiten durchführen, um das Unterholz, die Heide, das Ödland urbar zu machen; sie konnten noch so oft die Waldungen des Grafen abbrennen, um Ackerboden zu gewinnen, sie kamen trotzdem nicht umhin, nach der Ernte die Erde drei oder sechs Jahre ruhen zu lassen. Bei den Höfen mit durchschnittlich 10 Hektar war lediglich ein Drittel des Bodens ertragreich. In einer solchen Landwirtschaft wurde ein auch nur etwas zu trockenes oder zu feuchtes Jahr zu einer Katastrophe.

Die Dürre im August hatte die Weiden versengt, so bestand die Nahrung des Viehs aus den Blättern der ausgeästeten Bäume. Ohne den Rückgriff auf die Vorräte im Speicher hätte im November der Winterweizen nicht ausgesät werden können.

Die Dreiundneunzigerveteranen wußten noch, wie man Brot aus Farnkraut und Eicheln buk. Sie kannten noch die eßbaren Wurzelarten. Die Jugend aber mochte sich nicht mit diesen mageren Jahren abfinden, und wie die Priester der Kleinen Kirche brummten sie, Gott habe sich vom König, der ihn verraten habe, abgewandt.

Der Kerzenpfarrer zog von Hof zu Hof, um die magere Kartoffelernte aus seinem Garten zu verteilen. Die Anhänger der Kleinen Kirche wiesen sie zurück, seine eigenen Gläubigen warfen sie den Schweinen vor.

Der Winter war schrecklich. Alle Kinder, die im Frühjahr zur Welt kamen, wie Weber-Jacques' und Humpelaugustines Erstgeborener, Eugène, kurz Gène genannt, blieben ihr Lebtag schwächlich. Die Eicheners konnten nur unter größter Mühe Arsène den Dritten am Leben erhalten. Allein das Wohlwollen des voller Inbrust angerufenen heiligen André bewahrte ihn vor dem Tod am Keuchhusten. Als sich dann sein Körper über und über mit Flechten bedeckte, betete die Familie zur heiligen Radegunde, die ihn davon heilte. Als an die Stelle der Flechten Furunkel traten, mußte der heilige Cloud angefleht werden, der ebenfalls Mitleid zeigte. Mit der Ruhr, die ihn schließlich bis zum folgenden Herbst in einem Zustand dumpfer Schwäche beließ, machte dann doch der heilige Fiacre nicht allzu viele Umstände und befreite ihn von dieser Krankheit. Er war ein Stammgast des Hauses.

Von Wintersangs vierzehn Kindern starben zwei, was den Überlebenden nur einen kleinen zusätzlichen Anteil Brot verschaffte. Das Dorf, das an den endgültig einkehrenden Wohlstand im Gefolge des Königs geglaubt hatte, wurde bitter enttäuscht. Seine Seelen entflohen aus beiden Lagern: dem des Alters und dem der Kindheit. Das Vieh verendete gleichfalls, aus Mangel an Futter. Es blieb noch ein blindes Pferd, Erinnerung an die Hoche'schen Husaren; die anderen waren schon vor langem an Altersschwäche eingegangen. Es starb an Entkräftung in diesem trostlosen Winter, wie ein Großteil des Federviehs, für das es keine Körner mehr gab.

Da ging ein Gerücht durchs Land. Zweihundert berittene Chouans wären im Galopp zum Flachland gezogen, hätten für Bordeaux bestimmte Getreidetransporte angehalten, die Garnison von Sainte-Hermine gestürmt, seien aber von den Fontenayer Kürassieren wieder vertrieben worden. Aus dem Moorland von Monts drang das Gerücht von anderen Aufständen herüber: Steuerbeamte wären vor den Salzhaufen, die sie bewachten, niedergesäbelt worden. Bald strömten von überall her Nachrichten von gestohlenen Gendarmeriepferden, von geplünderten Pataud-Häusern, von erschlagenen Friedensrichtern, von Konkordatspfarrern, die aus den Pfarrhäusern verjagt worden wären. Weiße Kokarden der Chouans gegen weiße Federbüsche der königlichen Soldaten. Den Gâtiner Holzschuhmacher erheiterte das Absurde an der Situation, bestätigte sich doch, was er Wintersang über die Zeitlosigkeit der Bauernaufstände gesagt hatte, die es schon lange vor den Chouans gegeben hatte. Aber er wagte nicht, sich allzu sehr damit zu brüsten, wußte er doch, daß Freigeister wie er schnell zum Sündenbock der verfeindeten Gruppen wurden, die sich dann auf deren Kosten aussöhnten.

Die Dorfjugend diskutierte bis spät in die Nacht hinein in Wintersangs Schenke. Der Großknecht, der ihm während der Hundert Tage gefolgt war, versuchte, den Schmied zu überreden, wieder ihr Pfarrhauptmann zu werden. Der aber sah wieder seinen kläglichen Kriegszug und das Gemetzel von Thouars vor sich, sah den ältesten Sohn seiner Frau und Monsieur Henri ihm die blutigen Hände entgegenstrecken. Wie Eichener, der den vierten Vendée-Krieg ablehnte, schlug er einen möglichen fünften aus, mit der dürftigen Erklärung, er sei zu alt.

Die Nachricht von den Meutereien erregte die Gemüter derart, daß sie den Hunger überwinden half. Gleichzeitig aber blieb eine versteckte Angst, die Erinnerung an zu viele Gemetzel, zu viele Tote, zu viele Witwen und Waisen, an zu viele verwüstete Felder und niedergebrannte Dörfer und hielt die Dörfler ab, sich auf die Landstraßen vorzuwagen und sich den kleinen Chouantrupps anzuschließen. Sie blieben verzagt auf ihren Pachthöfen und warteten, daß Hunger und Furcht vorübergingen.

Eines Abends hörten die Eicheners wütendes Hundegebell vom Teichhof und bald darauf auch vom Senkenhof. Ein Wolfsrudel umringte den Pachthof, kratzte an den Läden, heulte auf und verschwand in Richtung Wald. Fast unmittelbar danach wurde heftig an die Tür gepocht. Eichener ergriff seine Flinte, öffnete den Fensterflügel einen Spalt breit und erblickte einen in ein Ziegenfell gehüllten Mann, barhäuptig, mit blondem und struppigem Haar. Er schaute ihn an, und da erkannte Eichener diese stahlblauen Augen wieder, wie er sie nur im Gesicht dieser Husaren gesehen hatte, die sich seinerzeit unglücklicherweise in seinem Schußfeld befanden. Aber dies war kein Husar. Eichener schrie auf vor Freude.

»Er ist wieder da!«

Und riß die Tür auf.

Alle küßten Wolfskopf, obwohl er penetrant nach Ziegenbock stank. Dann fiel ihnen auf, daß er am Arm blutete; die Kugel eines Gendarmen. Auf diese Weise erfuhren sie, daß er als einer der neuen Chouans von der Gendarmerie verfolgt worden war und so aufs selbstverständlichste wieder in den Schoß der Familie zurückgefunden hatte.

Wolfskopfs lange Wanderschaft verwunderte sie nicht mehr als die von Weber-Jacques. Sie waren nur froh, daß er wieder zu Hause war. Die Gesellschaft, selbst die bäuerliche, hatte damals nicht diese Bodenständigkeit, zu der unsere verwaltete Welt gelangt ist. Zwischen den Pilgerprozessionen, die sich zum Dank für einen in Erfüllung gegangenen Wunsch auf einen weiten Weg machten, und dem Dahinziehen der Karren und Viehherden zu den großen Messen waren die Landstraßen niemals menschenleer. Von März bis November zogen die Werkzeugschmiede, Scherenschleifer, Kesselschmiede, Löffelgießer, Bauchladenhändler, Kleiderverkäufer, Hutmacher von Dorf zu Dorf. Der Schreiner, der einen Schrank anfertigte, und der Maßschneider, der ein Kleidungsstück zuschnitt, gingen von Hof zu Hof. Ansonsten strichen noch die Holzfäller und die Schnittholzsäger, die Flachs- und Hanfhechler, die Maulwurfjäger, die Quacksalber, die Heilmittel verkauften, und die Zahnausreißer, die Moritatensänger und die Verkäufer von Bilderbögen aus Epinal umher.

Es gab keine Pest mehr. Aber die Cholera- und Typhusepidemien trieben noch ganze Dörfer, von Angst gepackt, auf die Landstraßen, die dann, die giftigen und übelriechenden Ausdünstungen mit sich tragend, die Einwohner der noch nicht infizierten Orte in die Flucht jagten. Die Bettler rotteten sich zu bedrohlichen Banden zusammen und ergossen sich über die fruchtbaren Ländereien, wie diese zehntausend armen Schlucker mit ihren in Lumpen gehüllten Frauen und Kindern, die Wolfskopf in der Beauce gesehen hatte und die sich wie ein Heuschreckenschwarm auf die Weizenfelder gestürzt hatten.

Diese Bauernwelt war noch eine halbe Nomadengesellschaft. Sie war stets zu saisonbedingten Wanderbewegungen bereit. Schnitter, Erntehelfer, Weinleser verließen einen Monat lang ihre Dörfer, gerade so wie diese Chouans, die ihre adligen Offiziere zur Verzweiflung trieben, weil sie dem Kriegsgeschehen den Rücken kehrten und Hals über Kopf zur Heuernte nach Hause liefen. Danach ließen sie den Hof im Stich, um sich erneut in die Abenteuer des Krieges zu stürzen.

Der Militärdienst dauerte sechs Jahre, und in diesen sechs

Jahren ließ der Wehrpflichtige nie etwas von sich hören – Briefeschreiben war damals noch eine sehr intellektuelle Beschäftigung –, und meistens konnte der mögliche Absender genausowenig schreiben, wie der Empfänger lesen. Als Antwort auf die Abwesenheit gab es nur Warten oder Vergessen.

Eichener entfernte mit der Spitze seines Messers die Kugel aus Wolfskopfs Arm, und schon am darauffolgenden Tag ging der verlorene Sohn mit seinem Stiefvater aufs Feld. Niemand war überrascht über das Wiederauftauchen des Kindes, das dem Bärenschausteller gefolgt war und das nun als zwanzigjähriger Mann heimkehrte. Allein sein Aufzug rief Verwunderung hervor. Denn unter seinem Ziegenfell trug er eine seitlich geschlitzte, bis zu den Knien geknöpfte Hose mit roten und blauen Streifen, nach Art der Arbeiter in den Städten. Im Dorf trug nur der Müller-Bürgermeister eine solche Hose, aber für einen ehemaligen Sansculotten war das nicht verwunderlich.

An den Abenden am Kamin erzählte Wolfskopf von seinen Jahren in der Fremde. Louise war überrascht, einen Sohn mit so blonden Haaren und so blauen Augen wiederzusehen. Die Zeit, die sie zugebracht hatte, ihn großzuziehen, als sie selber kaum den Kinderschuhen entwachsen war, hatte sie anscheinend das Mädchen Husarenzuhilf vergessen lassen. Victorine lauschte und spann dabei mit der Kunkel. Victor und Poleon flochten Körbe aus Weidenruten. Victor schnitt mit seiner Spaltklinge, die in einem sternförmig gekerbten Holz steckte, die Stengel zurecht und warf die Abfälle Arsène dem Dritten zu, der wie ein Haustier auf allen vieren auf dem Boden herumkrabbelte. Weber-Jacques und Humpelaugustine bliesen die Glut im Kamin an, wie um eine Verlegenheit zu bemänteln.

Wolfskopf erzählte und schnitzte dabei aus einem kräftigen Nußbaumzweig einen Hirtenstock. Er erzählte von den Landschaften. Er erzählte von den Leuten, von den Arbeiten und den Tagesabläufen.

»Der Schausteller mit dem Bären und den Murmeltieren und ich sind nach Challans gegangen und haben blaue Bücher verkauft; später dann in die Dörfer des Moorlands. Ich vollführte eine Nummer mit Malet, lud die Zuschauer ein aufzusitzen, warnte aber, sagte, daß das unmöglich sei, daß das Pferd keinen Reiter dulde bis auf meine Wenigkeit, daß

Malet zwar blind sei, dennoch immer den Brunnen sähe, in den er den Waghalsigen werfe, der ihn reiten wolle. Die Leute glaubten mir nicht. Sie stiegen auf und fanden sich in der Tränke wieder. Dann stieg ich auf, saß aufrecht, die Mähne gepackt und drehte eine Runde im Dorf. Die Leute hielten mich für einen Hexer. Manchmal mußten der Bärenschausteller und ich vor den gegen uns gerichteten Forken fluchtartig das Weite suchen. Hin und wieder verkauften wir aber auch viele blaue Büchlein.

So ging es weiter bis zum großen Strom. Ich blieb dort lange stehen und schaute den Binnenschiffern auf ihren kleinen Fährbooten und Schleppkähnen zu. Lange und weitausladende Kähne mit flacher Bilge, mit hohen vierekkigen Segeln glitten da vom Wind getrieben auf das Meer zu. Der Bärenschausteller erklärte mir, daß das Schiffer der Holländisch-Ostindischen Kompanie waren.«

»Der Strom, das ist die Loire«, sagte Eichener. »Der Strom hat uns den Weg abgeschnitten nach unserem langen Marsch durch den Nordwesten; die Große Armee stieß gegen den Strom und ging zugrunde. Zu mir war der Strom gut, denn er erlaubte mir, ihn heil zu durchqueren. Wenn ich am Leben geblieben bin, so dank der Loire und der Eiche.«

»Danach gingen wir in die große Stadt Nantes«, fuhr Wolfskopf fort. »Nantes ist auf Wasser gebaut, man fährt in Kähnen zwischen den Häusern hindurch, die so hoch sind wie Türme. Aber in den Straßen trafen wir auch viele Pferdegespanne, und vor denen bekam Malet Angst. Er ist mit mir durchgegangen, im Galopp duch die Vorstadtstraßen, über Fässer und Lebensmittelauslagen hinweg, die Leute verfluchten mich als Teufelsreiter, immer weiter bis zu Weinbergen, von denen ihr euch keine Vorstellung machen könnt. So weit das Auge reicht, Weinberge.«

»Wie das Getreide im Flachland«, sagte Weber-Jacques.

»Ich konnte Malet nicht zum Stehen bringen. Erst vor den Toren von Angers hatte er sich wieder beruhigt. Auf diese Weise habe ich den Bärenschausteller und seine blauen Bücher aus den Augen verloren.«

»Und was hast du dann gemacht?« fragte Victorine. »Warum bist du nicht nach Hause zurückgekommen?«

»Ich konnte nicht. Malet trug mich nach Osten. Wir zogen durch das Anjou und die Touraine. Dann kamen wir in ein flaches Land ohne Bäume, ohne Wasser, bis zum Horizont nur Weizen.«

»Wie das Flachland von Luçon«, betonte Weber-Jacques.

»Ich habe unser Flachland gesehen, aber das ist ein Taschentuch neben der Beauce. Es war mitten im Sommer, und so strömten von überall die Schnitter mit ihren Sensen herbei, aus der Bretagne, Auvergne und der Normandie. Sie kamen von weit her, zu Fuß; um in Schwung zu bleiben, sangen sie Wanderlieder in ihren jeweiligen Sprachen, die ich aber nicht verstand. Ich folgte einem Zug, der auf einer mitten durch die Kornfelder führenden Landstraße wanderte. Wir kamen zu einem Hof, der war so groß wie unser ganzes Dorf, und der Großbauer hielt mich, da er mich auf Malet reiten sah, für den Anführer der Truppe. ›Du bist noch arg jung zum Befehlen‹, sagte er schlichtweg zu mir. ›Aber die Zeit drängt. Es sieht nach Regen aus und der würde den Weizen umlegen. Teile deine Gruppen ein, und gib dein Pferd dem Fuhrknecht, der wird es anspannen.‹ Ich entgegnete, es sei ein blindes Pferd und es vertrage keine Deichsel. Es sei besser, es im Hofraum an einem Ring anzubinden, es würde da auf mich warten. Aber dem Großbauern war nicht nach langem Gerede. Der Himmel zog sich mit schwarzen Wolken zu. Die Schnitter und ich machten uns sofort auf einem großen Feld gleich neben dem Gehöft an die Arbeit, und ich sah, daß sie den Weizen direkt und sehr schnell mit der Sense mähten. Ich ließ die Binderinnen und die Männer kommen, die Garben zu Hocken zusammenstellten. Die Schnitter gingen mit einer unglaublichen Geschwindigkeit voran. Jeder Mann mähte siebzig Ar am Tag ...«

»Siebzig Ar!« rief Eichener aus. »Bist du sicher? Mit der Sichel mähen wir fünfzehn ...«

»Ich habe es mit eigenen Augen gesehen. Und wenn die Schnitter von so weit her in die Beauce kommen, dann deshalb, weil die Bauern den Erntearbeitern das Doppelte von dem bezahlen, was sie zu Hause verdienen würden.«

Eichener sagte nichts, rechnete nach: »Wenn ich meinen Weizen verderben ließe und mich bei anderen verdingte, würde ich mehr verdienen. Das ist nicht gerecht. Eine Generation ist es her, daß wir das Dorf wieder hochgebracht und die Felder wieder fruchtbar gemacht haben – und doch ist der Hunger wieder da. Das Elend klebt uns an den Fersen.«

»Erzähl' weiter«, sagte Victorine.

»Ich bin den ganzen Sommer über bei dem Großbauern in der Beauce geblieben. Aber Malet scharrte im Hof mit den Hufen. Im Herbst brachen wir beide auf. Er ließ sich beim besten Willen nicht dazu bewegen, in Richtung Westen zu laufen. Im Galopp ging es weiter auf die aufgehende Sonne zu. In der Champagne hielt er an, ein flaches Land mit Kreideboden; aber anstelle von Getreide erstreckt sich Wein soweit das Auge reicht. Da die Zeit der Lese nahte und auf allen Landstraßen Menschen aus weit entlegenen Gegenden herströmten, blieb ich für die Weinernte.

Die Ernte und die Lese hatten mich reich gemacht, und ich freute mich darauf, euch zwei schöne Taler mitzubringen. Malet jedoch begann wieder zu galoppieren und trug mich immer weiter nach Osten. Er hielt erst an, als wir vor einer Kette hoher und runder blauer Berge angekommen waren, die uns den Weg versperrte. Es war kalt. Die Nacht verbrachte ich in einer verlassenen Holzhauerhütte mit Malet, der mich ein wenig warm hielt. Als ich am nächsten Morgen die Tür öffnete, war ein Wunder geschehen: Die Berge waren allesamt weiß geworden. Die Bäume, das Gras, sogar die Hütte – alles war weiß. Es fiel dicker Schnee, der in den Augen brannte, und ich rief Malet. Aber er kam nicht aus der Hütte heraus. Ich ging hinein, wollte ihn am Halfter ziehen. Er sträubte sich, wollte nicht aufstehen. Ich schrie ihn an, er solle sich nicht zum Spaß totstellen, das sei nicht der rechte Augenblick zum Scherzemachen. Aber mein schöner Apfelschimmel wollte sich gar nicht zieren, er war in der Nacht gestorben.

Warum nur hatte Malet mich so weit getragen, bis in dies Schneeland? Wollte er mich zugrunde richten? Und warum ließ er mich ausgerechnet jetzt im Stich, da alle Spuren im Schnee verschwanden? Es waren keine Bäume mehr zu sehen. Nur noch von Rauhreif bedeckte Kegel. Ich wollte an einem Bach trinken. Das Wasser war zu Eis gefroren. Ich wollte laufen. Meine Holzschuhe versanken im Schnee, der sie mir von den Füßen riß, als wollte diese seltsame Erde nach meinen Beinen schnappen. Dennoch lief ich eine lange Zeit durch den Schnee, immer geradeaus, und da das Wunder andauerte, schlief ich im Stehen ein. Als ich aufwachte, erkannte ich das Geräusch von Jacques' Webstuhl. Ich glaubte mich schon wieder zu Hause. Aber nein, ich war bei einem Bauern, der mich halb erfroren auf seinem Feld aufgelesen hatte. Da in diesem Land Schnee und Eis die Erde den ganzen Winter lang bedecken, werden die Bauern in dieser Jahreszeit eben Weber.

Anfangs konnten wir uns nur schwer verständigen, aber schließlich habe ich ihre Art zu sprechen verstehen gelernt. Mein Retter, der nicht mehr der Jüngste war, lebte allein mit seiner alten Frau. Ich konnte bei Arbeiten behilflich sein, die die Kraft der Jugend erforderten. Ich war froh, sie gefunden zu haben, und auch sie mochten mich gern. Eines Tages meinte ich, ihnen sagen zu müssen, daß ich aus der Vendée käme. Hätte ich bloß nichts gesagt! Mein guter Gastgeber verwandelte sich in einen Löwen, warf sich auf mich, packte mich an der Kehle und hätte mich erwürgt, wenn ich nicht kräftiger gewesen wäre. ›Hau ab‹, rief er, ›verschwinde du Verfluchter!‹ Auch die Alte schrie, machte mit den Fingern Zeichen, als wollte sie mich verhexen.

Ich ging zurück in den Schnee, der mir jetzt keine Angst mehr einflößte. Wenn ich an Bauernhöfen vorbeikam, hörte ich das Geräusch des Webschiffchens. Ich, der ich an unseren Jacques gewöhnt war, konnte mir einfach nicht erklären, weshalb die Weber die Vendée verabscheuten. Aber ich wollte nicht noch einmal ein solches Mißgeschick erleben und zog weiter. Schließlich hörte ich an einem Waldrand die Schläge einer Axt, und ich traf einen Holzschuhmacher an. Ich fragte ihn, ob er Arbeit für mich habe. Er sagte, daß er für einen Meister arbeite, der etwas weiter entfernt in einem Marktflecken wohnte. Ich suchte den Meister auf, und er fragte mich, woher ich käme. Ich sagte, ich sei Vendéer, und ich dachte, er bekäme einen Fallsuchtanfall. Ich machte mich sang- und klanglos aus dem Staub und lief, was meine Beine hergaben, kämpfte mich so gut es ging durch diesen verflixten Schnee, der einfach nicht aufhören wollte, wie eine aufgeschlitzte Gänsefedermatratze. Was war das nur für ein Land, in dem das Wort Vendée die Leute so in Wut und Schrecken versetzte?«

»Ich weiß es«, sagte Eichener ernst. »Du warst in den Vogesen, von wo die Husaren kamen. Malet ist in seine Heimat zurückgekehrt, mit dir auf seinem Rücken, mein armer Junge. Aber du selbst, du ...«

Eichener vollendete seinen Satz nicht und sagte nach langem Schweigen: »Erzähl', mein Junge, erzähl', was danach geschah.«

»Ja, ich war in den Vogesen, am anderen Ende der Welt. Um von unserem Ozean zu ihren Bergen zu gelangen, muß man fünf Provinzen durchqueren. Hinter ihren blauen Gipfeln, die weiß geworden waren, fließt ein großer Strom, von dem sie sagen, er sei ebenso breit wie die Loire, und hinter dem man zu den Preußen gelangt. Ich wanderte durch den Wald und machte halt in einem Flecken mit Namen Darney.

Das Geräusch von Holzschuhmacherlöffelbohrern und Hohleisen war zu hören. Ich trat in eine Werkstatt ein und bat einen Alten, der neben einem erkalteten großen Kachelofen zitterte, um Arbeit. Er fragte mich, von wo ich käme. Ich hatte mich darauf versteift zu sagen: ›Aus der Vendée.‹ Der Alte, dessen Ohren von der Kälte fast gehäutet waren, sah mich bestürzt an und hieß mich eintreten. ›Du bist zu jung, um den Krieg kennengelernt zu haben‹, sagte er mir. Ich entgegnete ihm, daß nicht ich, wohl aber mein Vater den Krieg mitgemacht hatte. ›Ich war auch dabei. Ich war sogar Gefangener und wäre erschossen worden, wenn nicht einer eurer Generäle, Bonchamp, so hieß er, Gnade für die Gefangenen gefordert hätte. Hast du schon woanders gesagt, daß du Vendéer bist?‹ – ›Ja, und man hat mich überall fortgejagt.‹ – ›Gib acht, die würden dich umbringen. Sag es nie mehr oder geh schleunigst zurück in deine Heimat. Du kannst das nicht verstehen. Du bist zu jung. Dieser Krieg war schrecklich. Wir hatten uns nicht als Freiwillige für den Krieg in der Vendée gemeldet. Wir waren eingerückt, um die Preußen und die Emigranten zu vertreiben, wir wurden nicht nach unserer Meinung gefragt, und anstatt uns nach Osten zu führen, wurden wir in den Westen geschickt. Auch wir sind Bauern und Arbeiter, und wir waren nicht zu den Fahnen geeilt, um gegen Bauern zu kämpfen. Wir hätten gemeinsame Sache machen sollen und haben uns gegenseitig die Kehlen durchgeschnitten. Ich habe das begriffen, aber die anderen hier, die denken nicht so wie ich. Sie erinnern sich nur an die Greueltaten der Chouans und nicht an die, die wir selbst vollbrachten. Jeder Vendéer hätte mich bestimmt getötet, aber wir dürfen heute nicht die Söhne für die Verbrechen ihrer Väter verantwortlich machen. Wenn du Arbeit willst, geh zum Holzschuhmachermeister im großen Haus bei der Kirche. Sag ihm, Vater Lavendée schickt dich, und er will dich wohl einstellen. Schau her, der Ofen ist kalt. Ich bin zu alt, um in den Wald zu gehen und Feuerholz zu sammeln.

Willst du mir helfen? Ich bin allein. Meine Frau ist gestorben. Ich werde mit dir meine ganze Habe teilen; das ist einfach, denn ich besitze nichts. Sag dem Holzschuhmacher, daß ich einen Handlanger brauche, wenn ich noch weiter seine Holzschuhe aushöhlen soll. Aber sag ihm auf keinen Fall, von wo du herkommst.‹

Der Holzschuhmacher stellte mich ein, und ich blieb über Jahre hinweg beim alten Vater Lavendée. Um Darney herum fand man nur Leute, die halb Bauern, halb Holzschuhmacher waren. Da gab es Selbständige, die ihre Holzschuhe im Wald schnitzten und sie dann auf die Märkte brachten; sie waren ständig auf Achse. Und dann unzählige Arbeiter, die wie der Vater Lavendée bei sich zu Hause für gut zwanzig Holzschuhmachermeister, die einen genauso dicken Bauch haben wie unser Müller-Bürgermeister, Tausende von Holzschuhen herstellten, die nach Paris geschickt wurden. Anscheinend verbrauchen die Patauds auf dem Pariser Pflaster Unmengen von Holzschuhen.

Wir aßen so hartes Brot, daß die Zähne des armen Vater Lavendée davon ganz abgeschliffen waren. Die Leute von Darney nannten ihn den alten Vater Lavendée, weil er immer wieder von seinem General Haxo erzählte, unter dem er von seinem Einrücken in Epinal im Jahre 91 bis zum Jahre 94, als Haxo und die Mehrzahl seiner Leute bei uns den Tod fanden, gedient hatte. Er redete endlos von seiner Brigade ›Paris-Vogesen‹, die im Jahre 11 der Republik aus freiwilligen Vogesern und aus Parisern bestand, wobei sich allerdings die letzteren für Geld verpflichtet hatten, weshalb sie verächtlich die Fünfhundert-Pfund-Helden genannt wurden. Er redetet endlos von seinem Kléber, von unserem Bonchamp, der die republikanischen Gefangenen begnadigt hatte. Er erzählte, erzählte und fand kein Ende, aber ich mochte ihn gern, diesen Alten ohne Haare, ohne Zähne, mit den von der Kälte verbrannten Ohren. Er hat mir beigebracht, in einem alten Almanach zu lesen. Er hat mir beigebracht, wie man im Wald wildert, und ihm habt ihr es zu verdanken, daß ihr von nun an nicht mehr hungern werdet. Er hat mir beigebracht, wie man zu den Wölfen spricht.«

»Gerade bevor du kamst«, sagte Eichener, »streunten Wölfe um den Hof, so als gingen sie dir voraus.«

Wolfskopf tat, als hörte er nicht und sprach weiter von dem alten Vater Lavendée, der ihm sagte, daß die Republik falsch an der Vendée gehandelt habe und daß es gereicht hätte, der Vendée die Prinzen von Hessen oder von Zweibrücken als Geschenk zu geben, damit die Vendéer auf der Stelle von Aristokratie und Kirche geheilt worden wären.

Eichener hatte Angst, das Blut der Husaren könnte aus Wolfskopf sprechen und daß er ihn anschreien würde. Er lenkte vom Bericht des Sohnes der Husarenzuhilf ab, indem er erzählte, wie der kleine Henri während der Hundert Tage zum Trommler geworden war und daß er Wintersang nicht verzieh, daß er ihn zu Tode hatte kommen lassen.

»Verflucht seien der Schmied und die seinen!« sagte er ernst. »Verflucht sei ihr Haus, verflucht ihre Nachkommenschaft! Gesegnet sei, der den Schmied für seine Sünde bestraft.«

Seit Wolfskopf erwachsen geworden war, hatte er wahrhaftig einen Raubtierkopf bekommen. Er hörte seinem Stiefvater mit einer solchen Gier zu, daß der metallische Glanz seiner Augen noch stärker hervorstach.

»Du solltest so nicht reden«, schaltete sich Weber-Jacques ein. »Du weißt genau, daß man seinen Feinden vergeben soll.«

»Seinen Feinden, ja«, entgegnete Eichener. »Aber niemand ist verpflichtet, seinen Freunden zu vergeben.«

Der Hunger verzog sich aus dem Haus der Eicheners, wie Wolfskopf es gesagt hatte. Der blieb in der Tat von Mal zu Mal länger vom Pachthof fort und kam des Abends mit frisch erlegten Tieren unter seinem Ziegenfell zurück: Wildkaninchen, Wachteln, Rebhühner.

Eichener aß nur wenig von diesem Fleisch; für ihn war es nämlich keine Christennahrung, sondern Lohn der List und nicht der Arbeit. Die gute Nahrung war das Brot, an dem es mangelte.

Wolfskopf erzählte, daß der in den Vogesen ebenfalls spärliche Weizen durch Kartoffeln ersetzt worden sei und daß die Vogeser, seit ihnen die Republik die Kartoffel als Belohnung für ihren Patriotismus gegeben hatte, keinen Hunger mehr kannten.

Die Kartoffel war republikanisch: daran hatte für Eichener wie schon für den alten Pfarrer, der unter dem Gargantua-Stein begraben lag, nie der geringste Zweifel bestanden. Sollte die Wanderschaft Wolfskopfs Geist verwirrt haben? Sie hatten die Kartoffeln des Gâtiner Holzschuhmachers vernichtet und die des Kerzenpfarrers den Schweinen vorgeworfen. Und jetzt fing auch noch Wolfskopf an ...

»Ich hoffe, du hast keine von diesen Teufelsfrüchten mitgebracht«, sagte Eichener.

»Nein, zu eurem Unglück. Der Herrgott hat uns das Weizenbrot gegeben, das ist wahr. Aber wenn uns der Herrgott vergißt, warum sollen wir dann nicht das Brot des Teufels annehmen?«

Da begriff Eichener voller Grauen, daß das Blut der Husaren in Wolfskopfs Adern zum Durchbruch gekommen war und daß kein größeres Unglück sein Haus hätte treffen können.

Kurze Zeit später drang am hellichten Tag ein Wolfsrudel ins Dorf, was es bislang noch nie gegeben hatte, lief bis zu Wintersangs Schmiede und griff den Schmied und seinen Sohn Pierre an. Die töteten einige Wölfe mit ihren Hämmern und Eisenstangen. Bis aber die Nachbarn mit ihren Forken und Flinten herbeigeeilt waren, war Pierre die Kehle durchgebissen worden.

Auf dem Hof der Eicheners waren alle von diesem tragischen Ereignis tief betroffen.

»Der Herrgott hat den Schmied damit gestraft, daß er ihm diesen Sohn genommen hat«, sagte Louise. »Er hat nicht gewollt, daß wir in unserem Gram allein sind. Und er hat nicht gewollt, daß unser Henri allein ohne seinen Freund Pierre bleibt.«

Eichener hatte Wolfskopf in Verdacht, der vor sich hinlächelte. Er wußte, daß es Wolfsführer gab. Sollte der Sohn des Mädchens Husarenzuhilf in den Vogesen geheimnisvolle Kräfte erlangt haben?

Er sah ihn einen großen Zimmermannsnagel und einen Hammer nehmen und fragte, was er damit machen wolle.

»Ich habe gesehen, daß Eure Eiche mit zwei Nägeln gekennzeichnet ist. Als Pfand für meine Heimkehr muß ich auch einen einschlagen.«

»Der erste ist von Wintersang, der zweite von seinem kleinen Pierre.«

»Meinen Nagel werde ich auf der anderen Seite des Baumes einschlagen.«

Als er aus dem Wald zurückkam, von dem er wie gewöhnlich unter seinem Ziegenfell den Vorrat an Wild aus seinen Schlingen mitbrachte, kündigte Victorine ihm an, daß sie ein Kind erwarte.

Wolfskopf wirkte wie vor den Kopf gestoßen, fragte sie aufgebracht, wer denn der Vater sei.

Jetzt war Victorine ihrerseits überrascht über eine solch unsinnig erscheinende Frage: »Ja, der Victor! Wer denn sonst?«

Wolfskopf mußte lachen. Victor! Natürlich, Victor! Der Sohn der Tränenléonie. Victorine konnte Victor so leicht um den kleinen Finger wickeln, alle waren so sehr daran gewöhnt, die beiden stets zusammen zu sehen, daß niemand auf den Gedanken kam, daß sich derartige Zwillinge obendrein auch noch fortpflanzen konnten. Sogar Eichener und Louise, die über diese Beziehung genau im Bilde waren, überraschte die Nachricht. Aber da sie nun einmal ein Kind bekommen würden, sollte ihrer Gewohnheit das Sakrament der Ehe den Charakter der Rechtmäßigkeit verleihen.

Sie nahmen Fühlung mit dem Kerzenpfarrer auf; nachdem der noch einmal versucht hatte, einen Durchblick durch das Personenstandsregister des Pfarrers Noah zu erlangen, verhärteten sich die Verdachtsmomente, die sehr nach Todsünden aussahen. Waren Victorine und Victor nicht Halbgeschwister? Und schließlich waren die beiden erst achtzehn Jahre alt, für einen Jungen ein viel zu frühes Alter.

Eichener bestieg sein Maultier und ging auf die Suche nach dem Pfarrer der Kleinen Kirche. Er fand ihn im Marktflekken beim Baron, was ihm erlaubte, gleich zwei Fliegen auf einen Streich zu erlegen, denn Victorine wollte mit ihrem Mann auf eigenen Füßen stehen und wünschte, einen kleinen Pachthof zu bestellen. Der Baron hatte Eichener des öfteren aufgefordert, doch auf einem seiner Güter zu arbeiten. Er würde ihn also bitten, das Angebot auf seine Tochter zu übertragen.

Der Herrensitz des Barons stand nur noch dank der Macht der Gewohnheit. Das Elend der Pächter färbte auf den Herrn ab, der nicht einmal seine Dächer reparieren lassen konnte. Der Baron gehörte zu jenen kleinen Adligen des Westens, die in ihrem Verfall von der Monarchie, der sie *trotzdem*, wie sie sagten, die Treue hielten, vergessen wurden. Sie verachteten Louis XVIII., was ihre Lage nicht gerade verbesserte. Als der neue König seine Garde aufstellte, verpflichtete sich nicht ein einziger Vendéer. Auf ihre Art protestierte die Vendée dagegen, daß die Restauration die kaiserlichen Generäle auf ihren Posten belassen hatte. Der

König hatte keinerlei Verständnis für diese Chouans, die er Fanatiker nannte. Und die Vendéer Adligen hatten keinerlei Verständnis für diesen Pataud-König, der, wie sie mit Entsetzen erfuhren, zur Zeit seines Exils einen liebenswürdigen Briefwechsel mit Robespierre, Barras und Buonaparte geführt hatte.

Der Baron und seine Schwester lebten in Not, auch wenn sie mit ihren Spitzenjabots, ihrem Samt, ihren Pelzen, den Goldstickereien auf ihren Gewändern Reichtum vorspiegelten. Der kleine Landadel lebte mehr schlecht als recht, mit einer unzeitgemäßen Noblesse und mit einer aus der Mode gekommenen Art sich zu kleiden, aß magere Kost und ließ von seiner immer noch zahlreichen Dienerschaft im Salon Wassereimer für das durch die Decke sickernde Regenwasser aufstellen.

Glücklicherweise besaß der Baron auf halbem Wege zwischen dem Dorf und dem Marktflecken einen winzigen Pachthof, dessen vorheriger Pächter sich erhängt hatte. Wenn auch die Pacht den Bauern nach wie vor unterdrückte und bis an sein Lebensende verschuldete, so gab es doch keine andere Alternative, als Pachtbauer oder Kötter zu sein. Aber Kötter wurde man nur durch Erbschaft. Für die Mehrzahl der jungen Leute, die nicht auf den zu kleinen väterlichen Höfen bleiben konnte, stand nur zur Aussicht, Knecht oder Magd zu werden. Und auch da wurden die Stellen knapper. Der armselige Pachthof, den der Baron Eicheners Kindern anbot, wurde wie ein kostbares Geschenk betrachtet. Wie es der Brauch wollte, wurde keinerlei Papier unterzeichnet, weder über die Pflichten des Herrn gegenüber seinen Pächtern noch über den Pachtzins des Pächters. Allein das Wort reichte, wurde nie gebrochen.

Eine Verlobungsfeier für Victorine und Victor zu veranstalten, wäre lächerlich gewesen, und auch die Hochzeit konnte kein Anlaß für jene große Festlichkeit sein, die ebensosehr der Verbindung zweier Familien wie der des Brautpaars ihren Stempel aufdrückt. Die Trauung in der Kleinen Kirche galt zwar als ungesetzlich, aber die Kleine Kirche war, wenn auch im Untergrund, nicht mehr wie zu Zeiten des Kaiserreichs der Verfolgung ausgesetzt. Sie starb vor sich hin, vergessen vom übrigen Frankreich; sie war eine Regelwidrigkeit unter anderen, in dieser unerträglichen Vendée. Es blieb nur ein aufsässiger Bischof, der noch immer im spanischen Exil lebte, Monsignore de Thourines, der dem Papst nicht verzeihen wollte, daß er ihn in Blois durch einen verfassungsmäßigen Bischof abgelöst hatte. Im Westen war die Zahl der Gläubigen der Kleinen Kirche um die Hälfte zurückgegangen. Im Oberen Bocage wurden sie von Mal zu Mal weniger; die meisten fanden sich noch im Departement Les-Deux-Sèvres.

Der Pfarrer der Kleinen Kirche, ein Freund des Barons, mühte sich ab, eine ständig wachsende Zahl von Ortschaften zu versorgen, sein massiger Körper konnte sich auf seinem völlig abgerackerten Maultier nur mühsam halten. Er führte ein Wanderleben; stets wurde er mit Inbrunst empfangen von den kleinen Gemeinden, denen er immer seltener die Eucharistie brachte; kleine Gemeinden ohne Kirche, ohne Altar, wo die Messe am Sonntag lediglich von einem Alten in einer Scheune gelesen wurde und die Gläubigen ohne Priester die Kirchenlieder sangen.

So war es auch in Eicheners Dorf, dessen Heuschober als Ort für den Gottesdienst herhielt. Hier wurde die Trauung von Victorine und Victor vollzogen, in Gegenwart des Barons und im Beisein allein der Familie Eichener – und natürlich Weber-Jacques' und Humpelaugustines.

Victor hatte beim Gâtiner Holzschuhmacher, der sich, da er seine Holzschuhe nicht loswurde, auf das Anfertigen von Goldherzen verlegt hatte, einen mit einem Vendéer Doppelherzen versehenen Ehering für Victorine gekauft. Die Männer trugen noch keinen Ehering, und der der Frauen sah eher wie ein Schmuckstück aus. Der Brauch wollte es, daß der Mann seiner Frau den Ring auf den Finger steckte. Aber es kam vor, so auch bei Victorine, daß die Braut sich als bestimmender Teil der Ehe und als Herrin des Mannes hervortun wollte und den Ring nicht über das zweite Fingerglied hinaus streifen ließ. Unter dem schmunzelnden Blick des Pfarrers kämpfte Victor einen Augenblick lang, versuchte, den Ring ganz aufzustecken. Der Kampf dauerte aber ein wenig zu lange, und, mittlerweile ungeduldig, versetzte der Pfarrer der Kleinen Kirche Victorine eine Ohrfeige und wies sie mit einer gleichzeitigen Segensgebärde zurecht: »Streck deinen Finger gerade, du verflixte Spitzbübin!«

Bei Tisch geriet der Baron über den reichlichen Wildbraten in Entzücken, denn Wolfskopf hatte sich selbst übertroffen und aus dem Wald auf seinen Schultern ein Wildschwein von beachtlicher Größe mitgebracht. Zugleich aber warnte er Eichener: »Ich habe es dir schon gesagt, eines Tages wird der Graf böse werden, und du wirst die Suppe auszulöffeln haben. Eigentlich dürfte ich dies gestohlene Fleisch nicht anrühren. Aber«, fügte er lachend hinzu, »es ist so köstlich zubereitet und ist ja schließlich doch nur Emigrantenfleisch. Also, laßt uns feiern!«

Allein der Baron aß als Ehrengast von einem Zinnteller. Die Familie Eichener benutzte die üblichen Holznäpfe.

Zum Nachtisch wurden eine vorzügliche Hirsemilchspeise und Honiggebäck gereicht; da die Stimmung schon etwas gelockert war, fragte Victorine Wolfskopf: »Und die Mädchen in den Vogesen? Über die hast du nichts gesagt.«

Zunächst brachte ihn diese Frage leicht durcheinander, aber dann nahm Wolfskopf seinen Faden wieder auf und erzählte von seiner Wanderschaft, erzählte, wie er nach dem Tod des Vater Lavendée den Wald von Darney verließ und sich zu den Seen aufmachte, wo er bei Webern Beschäftigung fand, die das Gerardmerer Tuch herstellten. Er wohnte in einem Flecken, der von schwarzen Felsen umgeben war, von Wasserfällen inmitten von Tannen, die der Schnee im Winter weiß puderte. Der Herr des Dorfes bewohnte ein großes Anwesen mit einem Park, das man Nadelschloß nannte, weil er es sich dank der Arbeit der Stickerinnen hatte leisten können. Wolfskopf hatte eine dieser Stickerinnen kennengelernt und schien sie liebgewonnen zu haben.

»Wie war sie denn«, fragte Victorine, die ihre Neugier kaum noch zügeln konnte.

»Ich hatte es zunächst gar nicht bemerkt. Aber da ich ihr ständig in die Augen sah, stellte ich eines Tages fest, daß diese blau waren wie meine eigenen. Was war ich dann überrascht: alle Leute, Männer, Frauen, Kinder hatten blaue Augen. Da erinnerte ich mich, daß sogar die von Vater Lavendée trotz seines Alters noch richtig hellblau waren. Schon seit langem fragte mich keiner mehr, woher ich käme, denn ich sah genauso aus wie die Leute dieser Gegend mit meinen blauen Augen, blau wie ihre blauen Berge.«

»Warum hast du deine Stickerin nicht mitgebracht?« beharrte Victorine.

»Eines Tages glaubte ich, ihr sagen zu können, daß ich Vendéer bin, aber da ist sie zu einer Wildkatze geworden. Ihre so sanften blauen Augen bekamen einen Schimmer von grauem Metall. Sie hatte mir von ihrem Vater erzählt, ein Freiwilliger des Jahres 11, der gegen die Preußen marschieren sollte und sich stattdessen bei uns niedermetzeln ließ. Ich mußte das Nadelschloßdorf verlassen, habe dann in den Bergen bei den Holzfällern gearbeitet. Wir fuhren Holz auf Schlitten ins Tal hinab. Dabei mußten wir uns mit unserem ganzen Gewicht gegen die Ladung stemmen. Sie nennen das ›Schlittage‹. Wer nicht stark genug ist, wer wegrutscht, wird von der Holzladung zermalmt.«

»Und dann?« fragte Eichener.

»Dann habe ich mich auf den Heimweg gemacht. Dazu habe ich ein Jahr gebraucht. Als ich in den Westen kam, sah ich wieder das Elend. Die Steuereintreiber des Königs haben sich auf den Höfen eingenistet und lassen sich von Bauern, die selbst am Hungertuch nagen, solange verköstigen, bis sie ihre Steuern bezahlen; die Veteranen des Großen Krieges weinen, weil sie ihre Waffen abgeben müssen, die sie doch brauchen, wie sie meinen, um den König verteidigen zu können, und die blauen Bürgermeister, vom Monarchen ernannt, damit sie die Chouans überwachen ... Im Anjou habe ich Marktflecken gesehen, wo Hunderte von Bettlerinnen in den Straßen die Hand aufhielten, das waren die Witwen der Kämpfer von Savenay, der letzten Reiter, die in den Mooren von den Westermannschen Husaren getötet worden waren ... Da habe ich nicht lange gefackelt und bin zu den neuen Chouans gegangen. Ich hatte mir das Pferd eines Gendarmen ausgeliehen, das zwar nicht so gut war wie Malet, aber es war schon ein gutes Gefühl, wieder in einem Sattel zu sitzen und mit anderen Teufelskerlen durch die Gegend zu galoppieren. Da der König nicht dazu imstande war, nahmen wir halt den Weizen dort, wo er sich gerade befand, und verteilten ihn unter die, die keinen hatten. Wir ließen uns von den Patauds beherbergen und bewirten, wie der König seine Vollstrecker von den Bauern beherbergen läßt. Aug um Aug ...«

»Das ist kein richtiger Krieg, Wolfskopf«, sagte der Baron. »Sieh dich vor, daß du kein gemeiner Räuber wirst!«

»Aber, Herr Baron«, wandte Eichener ein, »erinnert Euch nur ... Seinerzeit, da waren wir, Ihr und ich, gleichermaßen Räuber und Aristokraten.«

»Die Zeiten haben sich geändert, mein Guter! Die Aristokraten sind wieder Aristokraten und die Räuber Räuber geworden.«

»Wie recht Ihr doch habt! Der König ist wieder König und die Bauern wieder Habenichtse.«

»Ihr werdet Euch doch nicht schon wieder mit dem Herrn Baron streiten wollen, Vater?« sagte Victorine beunruhigt. »Der Herr Baron ist so gnädig zu uns.«

Eichener mußte lachen, was selten war: »Wenn er einmal dein Herr ist, mein Kind, dann wirst du ihn oft verfluchen. Aber das wird dich nicht davon abbringen, ihn zu lieben.«

Und mit einem Augenzwinkern zum Baron fügte er hinzu: »Falls dein gnädiger Herr nicht allzu knauserig ist.«

Eichener und Wolfskopf begleiteten Victorine und Victor mit dem Ochsenkarren beim Umzug ihrer Habe. Alle vier gingen sie zu Fuß neben dem Gefährt einher, das mit einem Backtrog, einer Truhe, einem hölzernen Bettgestell, einer Strohmatratze, Küchengeräten, der unabdingbaren Kunkel bepackt war; dazu kam noch ein Geschenk des Gâtiner Holzschuhmachers, obgleich man diesen gar nicht zur Hochzeit eingeladen hatte: ein Bienenstock, den er eigenhändig aus Holzresten in seiner Werkstatt gebaut hatte. Weber-Jacques hatte ihnen selbstverständlich Bettlaken geschenkt, aus rotbraunem groben Hanf, der wohl erst nach jahrelangem Waschen weiß würde. Victorine war stolz darauf, ihr eigener Herr im Hause zu werden, doch wurde ihr Herz um so schwerer, je weiter sich der Karren, dessen große Räder in den ausgefahrenen Wegen knirschten und der von den Ästen der Haselnußsträucher gepeitscht wurde, vom elterlichen Hof entfernte. Sie wußte, wie schwierig es sein würde, von der Ernte der wenigen Hektar kargen Landes zu leben, die zudem zur Hälfte an den Baron abgeführt werden mußte. Der Baron hatte einen Karren gestellt, einen Pflug, Gerätschaften, zwei Kühe und einen Esel. Mit ihrem ersten Korn wollten sie versuchen, sich ein Schwein für die Mast und, warum nicht, einen Widder und ein Schaf anzuschaffen. Victorine sah schon, wie sich die Schafe vermehrten. Später würde dann das Kind, das sie unter ihrem Herzen spürte, Hirte sein.

Niemand sprach ein Wort neben dem hin- und hergeschüttelten Umzugswagen. Jeder war in seine Gedanken vertieft. Victor dachte an den Nagel, den er noch am Morgen zum Abschied in Eicheners Baum geschlagen hatte. Wolfskopf träumte von seiner Stickerin mit den blauen Augen.

Nur Eichener schnalzte von Zeit zu Zeit, um die Ochsen anzutreiben.

Endlich wurde auf einer Anhöhe, hinter dichten Hecken und großen Bäumen, der Pachthof mit seinem Schilfdach sichtbar: ein kleines, einsames Gehöft. Der Weg zu ihm war unter Büschen versteckt und wirkte wie ein unterirdischer Gang. Auf dem Hof vor dem Haus mußten die Eicheners über eine dichte Streu von Stechginster und verwelktem Besenginster steigen, der fast die gesamte Fläche bedeckte und von den vorhergehenden Pächtern ausgebreitet worden war; mit den Füßen zerstampft und vom Winterregen aufgeweicht sollte sie als Dünger verwendet werden.

Das Haus bestand aus einem Erdgeschoß mit einer Tür in der Mitte und einem Fenster zu beiden Seiten. Darüber ein Dachboden mit kleinen viereckigen Luken. Victorine erinnerte sich an die Spiele mit Victor auf dem Pachthof ihrer Mutter und daran, wie gerne sie sich beide jeweils aus einer Dachluke so weit herauslehnten, bis sie Angst bekamen.

Die Bauernhöfe liegen immer in der Nähe von Quellen. Victorine bemerkte sofort den schönen Brunnen mit seiner bogenförmigen Wölbung aus Bruchstein, überwachsen von rotblühender Hauswurz und Donnerkraut, das vor Blitzschlag schützt.

Der erste der Götter eines Heims, das Wasser, war also vorhanden. Den zweiten, das Feuer, brachte Victorine selbst mit, dieses Feuer vom väterlichen Herd, das sie in einem Fußwärmer aufbewahrt hatte und mit dessen Glut sie gleich darauf ihr eigenes Herdfeuer entfachen sollte, in dem Kamin mit dem Granitsims. Dasselbe Feuer diente noch immer, es war seit der Wiedergeburt des Dorfes nie ausgegangen, war von den alten Häusern an die neuen Kamine, von Fußwärmern an Holzhaueröfen weitergegeben worden.

An der Nordseite des kleinen Pachthofs befanden sich kleine Nebengebäude: Schweinestall, Melkstelle, Vorratskammer. Victor sperrte die beiden Hühner und den Hahn, ein Geschenk von Louise, in den Hühnerstall.

Die Möbelstücke wurden in den einzigen Wohnraum gestellt, der einen Lehmboden und eine niedrige Decke hatte, deren schlecht abgevierte Holzträger und Deckenbalken von dem Schaft einer hundertjährigen Eiche abgestützt wurden. Ein großer ausgehöhlter Sandsteinblock diente als Spülstein, das Abwasser wurde durch die Wand nach außen geleitet.

Das frische Wasser aus dem Brunnen sollte dann in einem Eimer sein, aus dem es mit einem Holznapf geschöpft würde.

Sowie die Männer die Gegenstände vom Karren herunterholten, stellte Victorine sie auf, überlegte sich für jeden einzelnen den richtigen Platz. Der riesige Kessel sollte selbstverständlich an den Kaminhaken gehängt werden. Ebenfalls in den Kamin stellte Victorine die langstielige Pfanne, die Wintersang seinerzeit aus einem Stück geschmiedet hatte. Sie reihte die Töpfe und Teller aus Ton auf das Kaminsims, steckte eine Harzfackel in eine Mauerfuge; im Kamin befestigte sie eine wurmstichige Salzschachtel, stellte nicht weit davon den Mörser auf, den Wolfskopf aus Nußbaum geschnitzt hatte, als er noch Hirte war. Wolfskopf hatte seiner Schwester und seinem Schwager auch einen mit Herzen und Rosetten verzierten ausgehöhlten Kürbis als Feldflasche geschenkt und einen Trinkschlauch aus Ziegenbockleder mit einem Verschluß aus Zinn.

Als Eichener und Wolfskopf wieder weg waren und in der Ferne das Knirschen der Räder verklungen war, da wußten sich Victorine und Victor allein und waren froh darum; gleichzeitig aber überkam sie ein beklemmendes Gefühl des Verlassenseins, weit vom Dorf, von anderen Höfen, ganz allein auf der friedlichen Lichtung ihres Neulands, in jener Stille der Felder, die zugleich ein Sieg der Vorväter über die Angst vor dem Bösen war. Die beiden hielten sich bei den Händen, beklommen und ernst, und wußten wohl, daß die Arbeit des Bauern nichts anderes ist als ein langer, vergeblicher Kampf für die notwendige ländliche Ordnung in einer Welt der Unordnung; daß sie versuchen müßten, in der Einsamkeit eines Ortes, den sie bis in den letzten Winkel kennenlernen sollten, ein unbewegliches, von Gewalttaten und Unsäglichem umgebenes Dasein zu führen; daß ihr abgeschlossenes Leben keinen anderen Horizont haben würde als den der Hecken, in denen die Vögel nisteten, die Wiesel und die Füchse hausten; daß im Winter die Hohlwege überschwemmt sein, und sie jede Verbindung mit dem Dorf, mit dem Marktflecken, mit den Eltern verlieren würden; daß sie keinerlei Nachricht mehr von der Welt oder der Familie erhalten würden; daß sie sich nur auf sich selbst verlassen dürften, um dem Elend und dem Tod zu entgehen.

Seit dem Angriff der Wölfe und dem schrecklichen Tod

seines Sohnes Pierre war Wintersang der beste Kunde seiner Schenke geworden. Louison mochte ihn noch so energisch vor die Tür setzen und ihn in seine Schmiede drängen, er kam immer wieder zurück und bettelte um einen Becher Wein. Morgens weckte sein Hammer die Hähne nicht mehr auf. Seine Frau mit dem Mausgesicht mußte ihn nunmehr wachrütteln. Bis spät in den Tag hinein schlief er seinen Rausch aus, bis er sich dann aufraffte, ein Glas Branntwein zu kippen, einen sogenannten Wurmtöter, der ihn wieder auf die Beine brachte. Er berief sich dabei auf den heiligen Eligius, den Schutzpatron der Schmiede, und machte sich daran, in Zugösen, die er als Form benutzte, Wurfscheiben zu gießen. Die Leute im Dorf hatten kaum noch Vertrauen zu Wintersang als Hufschmied. Allzu häufig unterliefen ihm Fehler bei den Löchern für die Hufnägel, so daß die Hufeisen nicht mehr glatt auf das Horn paßten und die Ochsen hinkten.

Das Ergebnis war, daß er nur noch am Sonntagmorgen Hufschmiedearbeiten verrichtete, vor und nach der Messe, wenn die Männer in seiner Schenke einkehrten und ihm ihre Esel oder Maultiere zum Beschlagen überließen. Unter der Woche beschäftigte er sich mit Gelegenheitsarbeiten, wie jene Wurfscheiben aus Blei, die er herstellte, damit die Schankkundschaft noch etwas länger blieb. Er schmolz die auf den Feldern noch zahlreich vorhandenen Gewehrkugeln zusammen, die sich nun, Erinnerungen an den Krieg, in Spielzeug für Erwachsene verwandelten. Die Streitereien und Freudenschreie zogen Kundschaft in die Schenke, in der Louison alle Hände voll zu tun hatte: mit der einen bediente sie, mit der anderen schlug sie auf die Finger, die nichts Bessers zu tun wußten, als ihr die Schürze aufzuknoten. Für das Wurfscheibenspiel war kein besonderer Platz erforderlich; es fand auf der Straße vor der Schmiede statt. Der Spieler hielt die Wurfscheibe zwischen Daumen und Zeigefinger. Im Augenblick des Wurfs bestimmte der Neigungswinkel der Wurfscheibe ihre Flugbahn bis hin zum ›Meister‹, der ebenfalls metallenen, aber kleineren Zielscheibe, an die es so nahe wie möglich heranzukommen galt. Manche warfen die Scheibe ganz flach, knapp über den Boden, um mit voller Wucht die Zielscheibe zu treffen. Wetten wurden abgeschlossen. Man ereiferte sich. Die Weinkrüge machten die Runde, und alle tranken, ohne anzusetzen, im großen Bogen. Wenn es auch mit Wintersangs Schmiede bergab ging, so machte seine Schenke gute Geschäfte. Das eine wog das andere auf. Und wenn ihm auch kaum noch Ochsen zum Beschlagen gebracht wurden, so vergaßen die Sargträger nie eine letzte Einkehr in der Schenke, bevor sie ihren Toten zum Friedhof führten. Sie packten die Kiste auf Stühle vor der Tür, während sie drinnen in der Schenke auf das Wohl des Verblichenen anstießen.

Eine unerwartete Nachricht riß Wintersang aus seinem Übel: um die Vendéer wieder einmal zu besänftigen, schickte ihnen der König den Sohn des Grafen von Artois, jenen Herzog von Angoulême, dem es schon bei seiner ersten Reise gelungen war, sich unterschiedslos bei allen unbeliebt zu machen. Im Laufe des vergangenen Winters hatte sich die Hungersnot verschlimmert, und auf den Märkten waren erneut Unruhen ausgebrochen. Außerdem wurden die Demütigungen fortgesetzt. Die Politik des Königs schloß die Bauern und die ganze Masse der Landarbeiter von der Wahlbürgerschaft aus. Lediglich hunderttausend Eigentümer im Frankreich Louis XVIII. hatten das Recht zu wählen. Als wollte er deutlich hervorkehren, was er unter ›Restauration‹ verstand, hatte sich dieser Pataud-König endlich dazu durchgerungen, in seinen Gemäldegalerien die Porträts der Vendéer Generäle zuzulassen, ausgenommen allerdings Cathelineau und Stofflet, die Nichtadligen. Und als die sterblichen Reste Bonchamps zur Kirche von Saint-Florent-le-Vieil überführt wurden, lehnte es die Regierung Louis XVIII. ab, dort ein Denkmal zu errichten.

Die gedemütigte Vendée knurrte und mißhandelte von Zeit zu Zeit die Gendarmerie. Louis XVIII. schickte seinen Hanswurst von Neffen und meinte wohl, daß dies Schauspiel für die Drecksbauern ausreichen müsse. Jedenfalls reichte es aus, um in gewissen Köpfen, wie dem Wintersangs, Erinnerungen an eine immer weiter zurückliegende heldenhafte Zeit wachzurufen. Wintersang brach mit einigen Stammgästen auf, den Kronzprinzen zu begrüßen, der nach einem Besuch in Bourbon-Vendée, Les Essarts, Les Quatre-Chemins-de-l'Oie in Les Herbiers haltmachte.

Der Herzog hielt dieselbe Ansprache wie 1814, predigte das Vergessen des Gewesenen (wo doch die anwesenden Bauern nur deshalb herbeigeströmt kamen, weil sie das Gewesene wieder aufleben lassen wollten), die Fügsamkeit gegenüber der Charta, Ruhe und Ordnung, Gehorsam, das regelmäßige Entrichten der Steuern ...

Wintersang sah, wie ein Reiter mit weißen Haaren sich dem Prinzen näherte und erkannte verblüfft Eichener, der mit dem Baron gekommen war. Eichener fuhr den Prinzen in einem barschen Ton an: »Eure Hoheit, es können Euch doch nur die Patauds aufgetragen haben, uns derartige Geschichten zu erzählen. Also, ich will Euch folgendes dazu sagen: Ihr predigt uns doch nur, wir sollten uns selbst vergessen, weil der König sich uns gegenüber vergeßlich und undankbar gezeigt hat.«

Der Prinz wurde leichenblaß, verzog sein Gesicht zu einer Grimasse, gab seinem Pferd die Sporen und suchte schleunigst Zuflucht bei den vormalig »blauen« Offizieren seines Gefolges, die sich über das Gesagte eher belustigt als entrüstet zeigten.

»Armer Prinz«, sagte ein Bauer neben Wintersang, »er darf noch nicht einmal sagen, daß er uns liebt.«

Wintersang wußte nicht mehr, was er denken sollte; enttäuscht und betrübt ging er nach Hause. Die Karikatur einer kaum wahrnehmbaren Monarchie, die sich zu dem grausigen Bild vom Tod seines von den Wölfen zerrissenen Sohnes Pierre fügte, das sich oft mit dem Bild von Monsieur Henri vermischte, wie er mit seiner Trommel unter die Pferde der Husaren stürzte, diese Karikatur schmetterte ihn nieder. Den größten Teil des Tages verbrachte er damit, vor sich hinzubrummeln. Dann sah man ihn aus der Schmiede herausstürzen und zu den Waffen rufen. Er glaubte sich im Krieg, ahmte Monsieur Henris Trommelschlag nach, zählte den Feind.

Anfangs waren die Leute im Dorf beunruhigt, dann aber gewöhnten sie sich an Wintersangs neue Schrulle; die Jungen verstanden sein Leid nicht und nannten ihn fortan spöttisch den Rekruten.

Seine Nachkommenschaft bereitete Wintersang Kopfzerbrechen. Als Kind der Witwe blieb nur Louison, aber von den vierzehn Kindern, die sie gemeinsam hatten, lebten noch elf, eine außergewöhnliche Leistung zu einer Zeit, da die Hälfte der Kinder vor dem zehnten Lebensjahr starb. Der älteste, Zacharie, der auf die vierzehn zuging, verdingte sich bei einem Pachtbauern. Das jüngste war erst zwei Jahre alt und im selben Frühjahr wie Arsène der Dritte zur Welt gekommen. Die ganze Kinderschar quäkte von morgens bis abends, machte ihre Haufen in alle Ecken, rutschte in der Schenke zwischen den Beinen der Gäste herum und hoffte dabei, wenn schon kein Stück Brot, so doch wenigstens ein Schlückchen Wein zu ergattern. Der Gâtiner Holzschuhmacher hatte Mitleid mit seinem Nachbarn und brachte den Kindern heimlich heiße Kartoffeln mit. Heimlich, weil Wintersang wütend geworden wäre, wenn er seine Kinder die Teufelsfrüchte hätte essen sehen. Aber die armen verschlangen sie samt der von der Glut geschwärzten Pelle mit einem solchen Heißhunger, daß nicht das kleinste Bröckchen übrig blieb.

Denn der Gâtiner Holzschuhmacher baute auch weiterhin Kartoffeln an, genau wie der Kerzenpfarrer. Die beiden Männer nämlich, die sich am ehesten verstanden, die beiden einzigen, die sich mehr der Zukunft zuwandten, als an der Vergangenheit hafteten, das waren tatsächlich der Holzschuhmacher und der Pfarrer. Aber der eine sah in der Kartoffel eine Gabe der Republik, und der andere blieb überzeugt, daß sie der Großzügigkeit des Kaiserreichs entstammte. Sie irrten sich beide, denn, wie man weiß, pries Parmentier sie schon zu Zeiten Louis' XIV. Der Gottlose und der Pfarrer glaubten, daß der Fortschritt, wenn vielleicht auch nicht der Menschheit das Glück bringe, so doch zumindest das Elend überwinde. Und der eine wie der andere konnte nicht davon ablassen, die Dörfler zu ihrem Glück führen zu wollen, gaben Ratschlge für einen besseren Ertrag der Erde, für zweckmäßigeres Düngen, für eine Verbesserung der Gerätschaften. Der eine wie der andere erreichten nur, daß sich das Dorf gegen sie einte. Die Pfarrglieder der gesetzmäßigen Kirche verteidigten zwar trotz allem den Kerzenpfarrer gegen die Gläubigen der Kleinen Kirche, aber sie sagten, daß, bei allem Respekt für den Priester, der Geist des Menschen, der in der Soutane steckte, vom Antichrist verwirrt worden sei. Das Mißtrauen, das sie ihm entgegenbrachten, erlaubte ihnen, die Bescheidenheit ihrer Opfergaben zu rechtfertigen. Abgesehen von den Hirtinnen, die dem Pfarrer für den Schutz der heiligen Lumoise Wollbäusche brachten, wurde nicht einmal mehr die alte Weizenmaßabgabe eingehalten. Um dem Pfarrer nicht ein ganzes oder halbes Maß Weizen pro Herdstelle abzugeben, führten sie die – ja wirkliche – Hungersnot an, und ohne die Unterstützung des Müller-Bürgermeisters wäre der Pfarrer verhungert.

Genauso wie die Eicheners die Wintersangs nicht mehr grüßten, so wechselten auch der Kerzenpfarrer und der Gâtiner Holzschuhmacher nie ein Wort miteinander und drehten sich auf dem Absatz um, wenn sie sich einmal auf der Straße begegneten. Trotz der Spaltung in Anhänger der Konkordatskirche (Louis XVIII. hatte soeben ein neues Konkordat mit dem Vatikan unterzeichnet) und in die der Kleinen Kirche, trotz der Spaltung in Freunde der Eicheners und Freunde der Wintersangs erhielt sich das Dorf dennoch seinen bäuerlichen Gemeinsinn.

Wenn auch an den großen Gemeinschaftsdiensten nicht mehr alle Familien teilnahmen, sie waren jetzt so viele, daß sie gar nicht mehr alle gebraucht wurden, so bildete man aber doch noch gemeinschaftliche Spanndienste für den Transport von Baumaterial. Wenn einer im Dorf ein Haus oder eine Scheune bauen wollte, wenn der Holzschuhmacher Erlen oder Rüster benötigte, wenn in der Schmiede die Kohle fehlte, fanden sich immer fünf, zehn, manchmal zwanzig Pachtbauern, die ihre kräftigsten Ochsen und besten Karren herbeibrachten, um den Stein aus dem Steinbruch zu holen, das Holz im Wald des Grafen zu schlagen oder sogar zu den Kohlebergwerken von Chantonnay zu fahren. Der Gemeinschaftsdienst blieb wie in der ersten Zeit, als das Dorf aus seinen Trümmern wieder auferstand, Anlaß zum frohen und wetteifernden Zusammensein. Auf das Signal mit dem Ochsenhorn hin wurden gemeinsam die Mahlzeiten eingenommen, und am Abend wurde bis spät in die Nacht auf dem nicht eingefriedeten Kirchhof getanzt.

Hier war der Kerzenpfarrer wieder einmal ganz anderer Meinung als seine Pfarrkinder. Er machte es sich zum Vorwurf, nicht an seiner Vorstellung von einem neuen, von Mauern umgebenen Friedhof außerhalb des Dorfes festgehalten zu haben. Dies Durcheinander von Lebenden und Toten rings um die Kirche, die pietätlosen Tänze auf den Gräbern, all das war ihm zuwider. Auch der Kerzenpfarrer glaubte wie der Müller-Bürgermeister, den er jedoch wenig schätzte, denn er verdächtigte ihn ganz zu recht, unter zur Schau getragener allzu bereitwilliger Anpassung ein Anhänger von Voltaire geblieben zu sein, an den Vorteil einer zentralen Gewalt, wobei es ihm gleich war, ob die eines Kaisers oder eines Königs. Und es entging ihm, daß die Lebenskraft seiner Pfarre, trotz dieser ganzen Abfolge gegensätzlicher zentralistischer Regierungsformen, eben in der Beibehaltung des Gemeindegeistes begründet lag; Ausdruck der Solidarität vor den großen Anstrengungen, vor der Gefahr.

Ohne diesen Geist hätten sich die Dörfer und Flecken im Auf und Nieder der Geschichte aufgelöst. Das Unglück verstärkte ihn sogar noch. Die königliche Macht hielt sich in so weiter Entfernung und war so erhaben, daß man nicht mit ihr rechnen durfte, wenn es um die Verteidigung der täglichen Belange ging. Es genügte, Sturm zu läuten, und schon strömte die ganze Gemeinde herbei, sogar von den am weitesten entfernten, den abgelegensten Höfen. Das Dorf war vereint im Kampf gegen die Feuersbrunst, gegen die Wölfe, gegen die Räuber, gegen die Gendarmen, gegen die Soldaten des Königs und natürlich später gegen die der Republik und des Kaiserreichs. Die Gemeinde war Ausdruck eines kollektiven Ichs, einer Einheit der Familien um einen Kirchturm herum.

Die Mehrzahl der Handwerker kam niemals über die Runden; einerseits wegen der chronischen Verschuldung beim Eigentümer ihres Ladens und ihrer Wohnung, andererseits wegen der langen Wartezeit, bis die Kundschaft zahlte, wozu sich diese nicht selten nur einmal im Jahr bequemte. Wie die meisten vervielfältigte also auch der Gâtiner Holzschuhmacher seine Tätigkeiten. Er hatte stets weiter in der Mühle geholfen, bestellte sein vom Müller-Bürgermeister gemietetes Stückchen Land, das ihm sein Kartoffelbrot sicherte, führte neben seiner Holzschuhmacherei noch einige Schreinerarbeiten durch und hatte sich zudem an die Goldschmiedearbeit gewagt.

Zum Spaß hatte er damit angefangen, aus Holzresten herzförmige Butterformen zu schnitzen. Damit nahm er eine Tradition des Poitou wieder auf, wo die flammenden Herzen schon lange vor den roten Stoffherzen auf der Brust der Aufständischen von 1793 existiert hatten. Denn der selige Vater von Monfort pflegte schon die von ihm an den Wegkreuzungen errichteten Kreuze mit flammenden Herzen zu schmücken, und lange Zeit davor hatten die Hugenotten des Nieder-Poitou ein von einer Nadel durchstochenes Herz als ihr Erkennungszeichen gewählt. Angesichts des großen Erfolgs, den er mit solchen Gegenständen bei den Bäuerinnen hatte, kam er auf die Idee, in Wintersangs Schmiede herzförmige Weintassen und kleine Bleiherzen als Votivbilder herzustellen. Dann wurde er auf die Pachthöfe gerufen, damit er an Ort und Stelle in das Holz der Anrichten Herzen schnitze.

Dann suchten ihn die Verlobten auf, fragten ihn, ob er ihnen wohlfeiler als im Marktflecken Trauringe oder Ringe mit einem großen Herzen liefern könne. Bis nach Challans ging er, um zu sehen, wie sie hergestellt wurden; er brachte von dort einen Schulp mit, dessen er sich zum Gießen seines Gold- und Silberschmucks bediente.

Auf diese Weise hatte er Victorines Ehering getrieben und ziseliert, den Victor sich den Preis eines Kalbs kosten ließ.

Die Goldschmiedearbeiten des Holzschuhmachers übten auf Louison einen unwiderstehlichen Reiz aus; sobald sich die Schenke leerte, machte sie sich davon und lief hinüber zu ihrem Nachbarn, gefolgt von der Schar ihrer kleinen Geschwister.

»Könntest du die Bälger nicht einmal bei ihrer Mutter lassen?« sagte ihr der Gâtiner Holzschuhmacher mit einem Lachen.

»Die laufen mir überall nach, wie einer Glucke.«

»Das Alter hättest du schon dazu.«

»Am Alter fehlt's nicht.«

»Woran fehlt's dann?«

»An der Mitgift.«

»Ein hübsches Mädchen wie du braucht keine Mitgift.«

»Das sagt Ihr nur so, weil Ihr alt seid.«

»Sieh dir doch den Weber-Jacques an. Er ist so alt wie ich und hat der Humpelaugustine ein Kind gemacht.«

»Ich habe keine Lust, daß Ihr mir eins macht.«

»Da könnten wir uns einigen.«

»Pfoten weg, du Bock!«

Louison betrachtete einen Armbandanhänger, den der Holzschuhmacher zu einem hohlen Herzen formte, in das man eine Haarlocke der oder des Geliebten legen könnte.

»Du schlitzelst zuviel, Louison. Alle haben schon deinen Muschelmund angerührt.«

»Das ist nicht wahr.«

»Das wird aber gesagt.«

Louison machten die zehn kleinen Geschwister, die an ihrem Rockschoß zogen, ungeduldig; ihr Quäken brachte sie außer sich. Sie jagte sie mit Schlägen mit dem Scheuerlappen vor die Tür. Sie kam zurück, um dem Holzschuhmacher bei der Arbeit zuzusehen, und hockte sich neben ihn. Der Gâtiner Holzschuhmacher griff ihr mit fester Hand ans Knie.

»Ist dein anderes genauso rund, du durchtriebene Kleine?«

»Fühlt doch selbst, dann werdet Ihr sehen.«

Der Holzschuhmacher befühlte und fand das zweite genauso fleischig wie das erste. Er machte Louison ein Kompliment, die hörte so etwas nicht zum erstenmal und zuckte nur mit den Schultern. Ihre ganze Aufmerksamkeit war auf den Armbandanhänger gerichtet.

»Ihr seid ganz schön geschickt.«

»Ich kann dir ein Spiel aus meiner Gegend beibringen, wenn du willst.«

»Den Spielen aus Eurer Gegend traue ich nicht.«

Der Holzschuhmacher setzte sich vor Louison auf den Boden hin, hieß sie, ihre nackten Füße gegen seine nackten Füße zu stemmen, packte ihre Hände:

»Laß dich schaukeln ... In meiner Heimat schaukelt die Gâtinerin so mit ihrem Galan. Bis sie den Kopf verliert.«

»Mein Kopf dreht sich schon.«

Plötzlich spürte der Gâtiner Holzschuhmacher, daß jemand in der Werkstatt war. Wolfskopf sah ihnen spöttisch zu.

»Wenn ich störe, komme ich später noch einmal vorbei.«

Der Holzschuhmacher und Louison schnellten in die Höhe. »Wir spielen ein Spiel aus der Gâtine«, stotterte der Holzschuhmacher, der nicht so recht wußte, wie er seine Verlegenheit verbergen sollte.

»Nehmt Euch in acht, daß Euch dies Mädchen nicht verhext. Alle Wintersangs tragen einen Fluch.«

Die Röcke angehoben, um schneller zur Schenke laufen zu können, machte sich Louison davon. Mit seinem Raubtierkopf und den blauen Augen war ihr Wolfskopf nicht ganz geheuer.

Seit Victors und Victorines Auszug hatte Wolfskopf fleißig bei den Arbeiten auf Eicheners Hof geholfen, aber er hielt es nicht lange am selben Ort aus; er streifte durch den Wald, legte immer noch seine Fallen aus, bot Weber-Jacques und dem Gâtiner Holzschuhmacher, bei denen er seine Beschäftigung aus den Vogesen wiederfand, seine Hilfe an, kam nach Hause, um Eichener erneut zur Hand zu gehen, brachte stets bluttriefendes Wild mit. Der Gâtiner Holzschuhmacher, der zwar weniger weit gereist war als er, der aber doch durch die Welt gekommen war und sich einen aufgeschlossenen Geist bewahrt hatte, übte eine große Anziehungskraft auf ihn aus. Ab und zu schenkte Wolfskopf ihm ein Kaninchen oder eine Wachtel, und der Holzschuhmacher zeigte ihm, wie man Herzen schnitzte.

»Dazu braucht man Geduld«, sagte Wolfskopf. »Die habe ich nicht. Ich würde am liebsten immer wandern, Tieren Fallen stellen. Ich töte die Tiere, aber die Tiere und ich, wir verstehen uns. Wir sind von der gleichen Art.«

Eines Abends brachte er dem Gâtiner Holzschuhmacher eine kleine Schleiereule, die er in einem alten hohlen Birnbaum gefangen hatte. »Ihr lebt allein, Holzschuhmacher. Hier habt Ihr eine Gefährtin, die würde sich gut auf Eurer Schulter machen.«

»Du weißt doch, daß die Chouans die Eulen hassen. Sie wird meine Kunden vertreiben.«

Wolfskopf streichelte die kleine Kugel aus grauen Federn, die vor Schreck den Kopf herumschnellte und den Gâtiner Holzschuhmacher mit ihren großen runden, unbeweglich in ihrem Schädel sitzenden Augen anstarrte, als wolle sie ihn umstimmen. »Da bringst du mir ja eine schöne Gefährtin. Von der Eule wird gesagt, sie sei eine der Verkleidungen des Bösen. Wenn die Bauern Eulen an ihre Scheunentore nageln, so tun sie das, damit der Teufel einen Schrecken bekommt und seines Weges zieht.«

»Was erzählt Ihr mir denn da, Holzschuhmacher, Ihr glaubt doch wohl nicht an den Teufel!«

»Ich glaube nicht an den Teufel? Da bist du etwas voreilig! Ich glaube nicht an Gott, das ist richtig, aber der Teufel, das ist was anderes. Wenn Gott sich auch kaum zeigt, so beißt uns doch der Teufel ständig in den Hosenboden.«

»Die Eule wird Euch Glück bringen. Und das habt Ihr nötig, um in Sicherheit zu sein vor diesem Haus hier nebenan.«

»Du gehst mir auf die Nerven mit diesem Haß, den ihr auf Wintersang habt. Das ist ein Unglücksrabe, der braucht das nicht.«

»Holzschuhmacher, glaubt mir, ich stehe in der Schuld der Holzschuhmacherei wegen dieses Holzschuhmachers in den Vogesen, der mich aufgenommen und mir alles beigebracht hat, was ich weiß. Die Eule ist ein wertvolleres Geschenk, als

Ihr Euch vorstellen könnt. Ich kenne die Tiere. Solange sie bei Euch sein wird, diese Eule, habt Ihr nichts zu befürchten von all der Bosheit, die auf Euch lauert. Ihr habt Euch in Gefahr begeben mit der Louison. Auf ihr liegt ein Fluch, wie auf allen Wintersangs.«

»Kümmere dich nicht um meine Angelegenheiten, du kleiner Schurke.«

Wolfskopf ging und ließ die Eule auf der Schulter des Holzschuhmachers sitzen.

3

Alt und Jung, Männer und Frauen kamen aus dem Staunen nicht heraus, als eines Sonntags die Frau und die Tochter des Müller-Bürgermeistes mit einer Art riesigem weißen Schmetterling auf dem Kopf zur Messe erschienen. Hinter diesen Gebilden geriet der Gottesdienst ganz in Vergessenheit. Zum erstenmal sah die Pfarrgemeinde derartige weiße Spitzenhauben. Ursprünglich vom Provinzbürgertum als Unterscheidungsmerkmal getragen, setzten sie sich innerhalb von fünfzig Jahren allmählich auf dem Lande durch und brachten die drolligsten Formen hervor. Allein in der Vendée sollte es fünfundzwanzig verschiedene Spitzenhauben geben.

Ein Jahrhundert hindurch war die das Haar einfassende weiße Tuchhaube unverändert die Kopfbedeckung der Frauen geblieben. Die gestärkte Haube aus besticktem Tüll, Spitzen und Bändern war nur hundert Jahre lang in Mode, aber sie bestimmte derart die Bauerntracht, daß sie für das jahrtausendealte traditionelle Kleidungsstück gehalten wurde.

Später sollte sich herausstellen, daß die Müllersfrau und ihre Tochter an diesem Tag eine Bocage-Grisette trugen. Es gab unzählige Arten von Grisetten; die riesige Grisette von Niort hatte kaum etwas gemein mit der Grisette von Fontenay, die eher Ähnlichkeiten mit der Grisette der Moorbäuerinnen aus dem Flachland aufwies. Es gab auch eine kleine, nur mit Tollfalten versehene Grisette, das sogenannte Horn von Sainte-Hermine. Damit die Spitzenhaube nicht verrutschte, hatten die Frau und die Tochter des Müllers auf ihr gescheiteltes, eng anliegendes Haar eine Mütze in Form eines schwarzen Samtbands gesetzt, das bis zu den Ohren reichte und in zwei hinter dem Dutt zusammengeknoteten Tressen endete.

In der Kirche wurde kaum gebetet. Es wurde gemurmelt. Geflüstert. Da während des Gottesdienstes die Geschlechter getrennt waren und sich die Männer unmittelbar vor dem Altarraum befanden, verstand der Kerzenpfarrer nicht recht den Grund für das Geschnatter der Frauen im hinteren Teil der Kirche. Auch nicht, warum die Männer sich so oft umdrehten und den Hals verrenkten nach etwas ihm ganz Unbegreiflichem.

Als der Müller-Bürgermeister, dessen Frau und Tochter nach dem Gottesdienst wieder auf dem Platz der Kirche zusammenkamen und der Kerzenpfarrer im weißen Chorhemd erschien, um wie gewöhnlich mit seinen Schäflein einen Schwatz zu halten, stotterte er vor Staunen. Der leicht getollte gaufrierte Tüll, der Spitzenmusselin, der wie ein Gerüst auf den Köpfen aufgesteckt war, wirkte wie eine Provokation oder wie ein Scherz. Aber der Kerzenpfarrer wußte, daß die Müllersfamilie nie scherzte.

»Meine Frau und meine Tochter gehen mit der Mode, Euer Hochwürden«, erklärte der Müller wie zur Entschuldigung.

»Ach so, das ist die Mode. Nun gut, nun gut ...«, stammelte der Kerzenpfarrer.

Die Bäuerinnen liefen um die beiden Frauen herum, betrachteten sie aus der Nähe, flüsterten sich etwas zu. Die Müllerin hatte über ihr Kleid eine kleine Schürze aus schwarzer Seide gebunden, und an ihrem Gürtel hingen an vier Silberkettchen die Zeichen ihrer Würde: ein kleines Perlmuttmesser, eine Schere, Schlüssel, ein Nadeletui. Die Tochter trug ein Halstuch aus bedrucktem Stoff; am meisten aber zog neben der Spitzenhaube ihr weiter, an der Seite geschlitzter Rock die Blicke auf sich. Die jungen Burschen gaben ihm sogleich einen treffenden Namen: Aufschlitzer.

Dabei ging die Müllerstochter nie mit der Burschenschaft zum Schlitzeln; dies eingebildete Frauenzimmer gab sich nicht mit den Bauerntölpeln aus dem Dorf ab. Ihre Mutter und sie wiesen noch eine andere Eigenart auf, die sie weit über die gewöhnlichen Sterblichen erhob: sie besaßen Schuhe.

Kurze Zeit darauf gab der Müller-Bürgermeister die Hochzeit seiner Tochter mit dem Sohn eines Kammgarnhändlers aus dem benachbarten Flecken bekannt, der außer mit Serge noch mit Flanell und Hüten handelte. Anders als Louison, die erbittert darüber war, keine Mitgift zu erhalten, sollte es der Müllerstochter, die auch Mehlnässerin genannt wurde, daran nicht fehlen. Ihre Hochzeit konnte nur eine großartige Hochzeit werden, denn der Müller-Bürgermeister, der nur noch dieses eine Kind hatte, geizte nicht mit Einladungen. Alle Pachtbauern und Kötter, ebenso die drei Handwerker, der Schmied, der Holzschuhmacher und der Weber, waren geladen. Ausgeschlossen waren lediglich die

Knechte und Dienstmägde, die Schäfer und Kuhhirtinnen. Die beiden Familien zusammen nebst Anhang machten schon dreihundert Personen aus. Der Müller beauftragte seinen Günstling, den Gâtiner Holzschuhmacher, bei jeder einzelnen Familie vorzusprechen und die mündliche Einladung zu überbringen. Jede Familie, bei der er einkehrte, band ihm eine Schleife an den Strauß, den er auf seiner Jacke trug, so daß er am Abend wie ein Pfingstochse geschmückt nach Hause kam.

Beim Vorbeigehen sprach ihn Louison an: »Man könnte gerade meinen, Ihr wärt der Bräutigam.«

»Hab keine Angst. Die mich erwischt, muß erst noch geboren werden.«

Als er tastend in seine dunkle Werkstatt eintrat, erblickte der Holzschuhmacher plötzlich erschreckt zwei große gelbe Augen, die auf ihn gerichtet waren. Er hatte sich noch nicht mit seiner Eule angefreundet. Er war so sehr an das Alleineleben gewöhnt, daß er die Gegenwart des Tieres noch oft als störend empfand. Als wenn ihn jemand lautlos belauschen würde. Der Gâtiner Holzschuhmacher dachte mißgelaunt an Wolfskopf, der ihm diesen Unheilsvogel aufgedrängt hatte.

Die Hochzeit der Müllerstochter war ein weniger bedeutsames Ereignis als das Auftauchen der beiden Spitzenhauben, aber beide blieben in der Erinnerung des Dorfes miteinander verbunden; um so mehr, als die beiden Frauen natürlich zur Hochzeit ihre weißen Spitzenhauben trugen. Diese Vermählung war nichtsdestoweniger das größte Fest, das seit der Einweihung der Mühle im Dorf gegeben worden war. Alle vorhergegangenen Hochzeiten waren Armeleutehochzeiten gewesen. Diese Hochzeit reicher Leute sollte ein Vorbild bleiben, das jeder wohlhabende Pachtbauer in späterer Zeit zu erreichen trachtete.

Der Frühling 1818 ließ sich mild an. Aus der Weizenaussaat sprossen hellgrüne Halme. Die Obstbäume waren über und über mit Blüten bedeckt. Allenorts waren die Ochsentreiber mit ihren Liedchen zu hören:

»Oh ... oo! OO ... o hü a!
Marjorlin, Robin
Edelmann, Muscadin
Rotfell, Weißfell,
Ho, hü, ihr Knecht', ho, hü!«

Unter ihrem schweren hölzernen Joch zogen die rotbraunen Ochsen mit der ganzen Kraft ihrer mächtigen Nacken die Wagen. Zur damaligen Zeit besaß jede Gegend ihre eigene Rinderrasse, wie auch ihre Weizenart. Das Nieder-Poitou, die heutige Vendée, war stolz auf ihre Parthenayer, die waren zwar mager, ungestüm, hatten einen spitzen Kamm, bestanden nur aus Knochen, hatten dafür aber eine schnelle Gangart. Eichener saß hinter den Ochsen auf einem Balken, den er eigenhändig aus einem Baum gehauen hatte; an dem einfachen Balken waren zwei Querverstrebungen angebracht, an denen die vier großen eisenbeschlagenen Räder befestigt waren. Er sang zum Vergnügen die Ochsentreiberlieder, ohne die Tiere mit dem Spieß anzustacheln. Er war auf dem Heimweg, sang und wiegte sich in Träumereien. Er war glücklich, die zu Hause anzutreffen, die er noch immer seine kleine Louise nannte; glücklich über die Heirat von Victorine und Victor, auch wenn ihre ferngelegene Wohnstatt ihn bedrückte; glücklich über Wolfskopfs Rückkehr, auch wenn ihm die Ansichten und das Verhalten seines Stiefsohns Sorge bereiteten; glücklich über die gute Gesundheit Poleons und Arsènes des Dritten; glücklich über die Wiederkehr des Frühlings.

Kaum aber war Eichener auf seinem Hof angelangt, da verging sein Glück mit einem Schlag. Der Verwalter des Grafen stand vor dem Stall und hatte eine Auseinandersetzung mit Wolfskopf. Auch er trug jetzt eine gestreifte Hose, behielt aber seinen großen Filzhut. Er hielt sein Pferd beim Zügel; als er das Ochsengespann hörte, drehte er sich um und kam Eichener entgegen: »Der Herr Graf entbietet Euch seinen Gruß.«

»Dankt dem gnädigen Herrn und grüßt ihn recht zurück.«

»Der gnädige Herr ist ungehalten. Ihr habt ihn vergessen. Aber er vergißt seine Ländereien nicht. Er hat Euch wieder hochkommen lassen. Er war kein Blutsauger. Aber jetzt ist Schluß damit. Da Ihr es nicht versteht, die Erde, die er Euch leiht, zu bestellen, hat er beschlossen, seine Angelegenheiten selber in die Hand zu nehmen. Die Säcke Weizen, die Ihr im letzten Jahr abgeliefert habt, belaufen sich nicht auf die Höhe des Zehnten für all die Ackerfläche, die Euch zugeteilt ist.«

»Die Ernte war noch nie so schlecht wie in den letzten beiden Jahren. Wir haben gegeben, was wir konnten. Es blieb uns nicht einmal genug übrig, um im Winter Brot bakken zu können.«

»Das Einzige, worauf Ihr Euch versteht, ist das Jammern. Ihr kommt noch in Euren Gewohnheiten um. Ihr habt zuviel Weizen.«

»Was?« rief Eichener wie vor den Kopf gestoßen. »Wir haben nicht genug Weizen!«

»Der Bocage ist nicht für Weizen geeignet. Das sollen die Bauern im Flachland besorgen. Ihr müßt Eure Weizenanbaufläche verringern und stattdessen mehr Weideland anlegen.«

»Aber der Weizen ...«

Eichener fehlten die passenden Worte, um sich auszudrücken. Was ihm der Verwalter sagte, war so offensichtlich unsinnig, so gegen alle Gepflogenheiten, denen zufolge die Würde eines Bauern an der Güte seines Weizens abzulesen war, so sehr waren der Weizen und das tägliche Brot ein und dasselbe, daß er einfach nicht verstand.

»Dasselbe gilt für den Wein«, fuhr der Verwalter fort. »Heutzutage haben alle Bauern Rebflächen. Vor der Revolution besaßen nur der Adel und der Klerus das Kelterrecht. Ihr macht schlechten Wein mit Euren zu kleinen Rebgärten, die Ihr an jeder beliebigen Stelle anlegt. Und Ihr besauft Euch wie die Wilden.«

»Der Vater trinkt nur Wasser«, protestierte Wolfskopf.

»Und du?«

»Ich trinke auch nur Wasser.«

»Aber wozu habt Ihr denn diesen Rebgarten auf dem Hügel, den Ihr ohne die Genehmigung unseres Herrn angepflanzt habt?«

»Der Wein ist eine Arznei«, antwortete Eichener. »Wir brauchen ihn gegen Durchfall.«

Eichener verschwieg, daß ihm sein Weingarten etwas einbrachte. Er verkaufte seinen Wein im Marktflecken. Und seit der Revolution war die Weinrebe, genauso wie der Weizen, der Stolz der Bauern geworden.

Der Verwalter brach in schallendes Gelächter aus: »Da müßt Ihr ja einen schlimmen Durchfall haben! Der Herr will nicht Euren Tod. An den zu steilen Lagen, auf den steinigen Feldern, die gerade gut für Ziegen sind, da könnt Ihr weiter Weinreben gegen Euren Durchfall anbauen. Aber dort, wo die Ochsen weiden können, werdet Ihr die Rebstöcke ausreißen und verbrennen. Der Herr will die Anzahl seiner Pachthöfe verringern. Ihr könnt von Glück reden, Vater Eichener, Euer Pachthof ist einer der größten im ganzen Dorf. Ihr werdet ihn behalten. Ihr werdet ihn behalten unter der Voraussetzung, daß Ihr Euch genau an die Weisungen des Herrn haltet und ihm Jahr für Jahr genügend Ochsen, Kälber und Färsen abgebt. Von nun an werdet Ihr Viehzucht betreiben. Und Ihr braucht mehr Land für die Viehweiden. Die zu kleinen Pachthöfe werden aufgelöst und zusammengefaßt. Also los, ich muß weiter. Ich komme jetzt öfters, um aufzupassen, daß die Weisungen des Herrn auch genau befolgt werden.«

Wolfskopf und Eichener schauten sich betroffen an. Eichener bebte vor Wut.

»Beruhigt Euch, Vater«, sagte Wolfskopf. »Ich werde uns schon noch zu helfen wissen.«

»Ich hätte einen Pachthof des Barons annehmen sollen«, seufzte Eichener. »Aber seine Güter sind so klein. Ich werde mit ihm reden.«

Eichener stieg auf seinen Esel, der aber weigerte sich zuerst, auch nur einen Schritt vorwärts zu gehen. Er versuchte es mit Güte: »Na los, Minister, stell dich nicht an!«

Da aber der Esel bockte und seine langen Ohren auf den Rücken flachlegte, schlug er schließlich mit dem Seil auf ihn ein.

»Du bist zu nichts zu gebrauchen, Minister. Immer muß man dich hart an die Kandare nehmen.«

Minister ging dann schließlich mit langsamen Schritten los, wobei er, wie um nein zu sagen, heftig den Kopf schüttelte. Der Baron empfing Eichener mit den üblichen drei Küssen, beglückwünschte ihn zu Victorines und Victors Arbeit, fügte aber hinzu: »Ihr Pachthof ist schlecht gelegen, mitten in den Ländereien des Grafen. Er hat mir einen Tausch vorgeschlagen, aber ich habe nicht gewollt. Meine Güter sind die Güter meiner Ahnen.«

Eichener berichtete vom Besuch des Verwalters und von seiner Verzweiflung. »Wenn Ihr einen kleinen Pachthof für mich hättet. Jetzt da Victorine und Victor auf eigenen Füßen stehen, der Poleon fast groß ist, brauchen wir nicht mehr viel.«

»Da fragst du mich zu spät. Ich habe nichts mehr. Und meine Pachthöfe sind so klein, daß du, der du an bessere Verhältnisse gewöhnt bist, ersticken würdest.«

»Wir haben den Grafen nur einmal gesehen. Sein Gut liegt

ihm nicht am Herzen. Wenn wir nur mit ihm reden könnten.«

»Mit dem ist nicht gut reden. Selbst mir fällt es schwer, ihn zu verstehen. Er lebt in Nantes und entscheidet dort, was er für richtig hält, ohne sich um seine Leute zu kümmern, die er nie sieht. Außerdem befolgt er lediglich die Richtlinien des Königs, der für den Großgrundbesitz eintritt. Du und ich, mein guter Eichener, wir sind Störenfriede, Leute aus der alten Zeit. Hör zu, eigentlich dürfte ich es dir ja nicht sagen, aber wir haben doch nie Geheimnisse voreinander gehabt ... Du weißt, daß nicht alle Kirchengüter unter der Revolution verkauft worden sind. Die Patauds hatten nicht genug Zeit dazu. Und nun führt des Königs Regierung den Verkauf zu Ende, und der Graf ist als Käufer für ein großes Anwesen aufgetreten, das seinen Landbesitz abrundet. Meine armseligen Güter sind zwischen den seinen eingezwängt. Er würde mich gern vertreiben, wie er seine zu kleinen Pächter von seinen eigenen Ländereien vertreiben will. Wir wissen nicht, was uns noch bevorsteht, mein guter Eichener. Ich sage mir des öfteren, daß es doch ein Glück ist, alt zu werden. Das erspart mir eine Zukunft, die ich nicht verstehen würde.«

»Das also ist das Alter, Herr Baron! Wenn ich nur auf meinen Körper höre, fühle ich mich nicht alt. Ich habe noch dieselbe Kraft wie vor zwanzig Jahren. Aber mein Geist kommt nicht mit. Wenn Weber-Jacques nicht in meiner Nähe wohnte, wenn wir nicht ab und zu von der Zeit des Großen Krieges redeten, würde ich bald denken, daß mein Geist durch irgendwelche finsteren Machenschaften verwirrt worden ist.«

Er dachte: eine Geistesverwirrung wie die bei Wintersang. Aber er sprach nie von Wintersang. Er sprach diesen Namen nie mehr aus. Er sah in dem Niedergang des Schmieds eine Strafe Gottes, aber daß die Jugend sich über Wintersangs Gefasel lustig machte und ihn den Rekruten nannte, tat ihm weh. Wintersang hatte zwar gefehlt, aber er blieb trotzdem ein ehemaliger Pfarrhauptmann. Die Respektlosigkeit der Jugend empörte ihn.

Auf dem Rückweg zum Pachthof, auf dem Rücken Ministers, der manchmal jäh anhielt, die vier Beine gegen den Boden stemmte und aus einem unerfindlichen Grund zu schreien anfing, dachte Eichener an Wolfskopf, an den Apfelschimmel Malet, der ihn in das Land der Husaren mitgenommen hatte, an sein seltsames Verhalten, das ihn hinderte, länger an einem Ort zu verweilen. Offenbar war der Vagabund in Wolfskopf stärker als der Bauer, und das gefiel Eichener wenig. Von all seinen Kindern, dem Stiefsohn, dem Bankert oder denen aus seiner Ehe mit Louise konnte er sich nur in einem einzigen wiedererkennen, war nur ein einziger ein echter Bauer: Victor. Und den hatte Victorine ihm weggenommen. Er wollte wohl diesen bösen Gedanken vertreiben, trug es Victorine aber dennoch nach, ihm Victor geraubt zu haben, und zwar schon, als er noch ganz klein war. Victor fehlte ihm in der Einsamkeit der Felder. Wolfskopf ging zwar mit ihm, er war jedoch nie so richtig bei der Sache, war immer in Alarmbereitschaft, wie ein Jagdhund. Anstatt sich Mühe zu geben, eine schnurgerade Furche mit dem Schwingpflug zu ziehen, hielt er inne, hob die Nase in den Wind, sagte: »Unten am Teich, beim Kastanienholz, kommt ein Hirsch zum Trinken.« Oder aber: »Heut nacht kommen die Wölfe. Ich rieche sie im Ostwind.« Oder auch: »Nach diesem kleinen Regen werden die Pilze aus dem Boden schießen. Ich habe jetzt genug gepflügt. Ich gehe Euch Pilze sammeln fürs Abendessen.«

Wolfskopf legte lieber Schlingen, als daß er auf dem Feld arbeitete. Dank seiner Schlingen, der Pilze und Wurzeln, die er nach Hause brachte und zuzubereiten verstand, litten die Eicheners keinen Hunger mehr. Eichener fragte sich, ob Wolfskopfs Diebereien nicht den Zorn Gottes heraufbeschworen hätten, der ihnen diesen Verwalter des Teufels schickte. Man mußte sich hüten, die Ordnung der Natur durcheinanderzubringen.

Abends vor dem Kamin begann Wolfskopf, der mit Poleon Saubohnen auspalte, wieder vom alten Vater Lavendée zu erzählen, von den Holzschuhen und schließlich vom Gâtiner Holzschuhmacher. Eichener sah nicht, worauf er hinaus wollte. Zudem ließ Wolfskopf Poleon bestätigen, wie schön es sei, aus einem dicken Buchenast einen Holzschuh zu höhlen. Und schließlich verkündete er wie selbstverständlich: »Ich habe mit dem Gâtiner Holzschuhmacher über Poleon gesprochen. Er will ihn wohl als Lehrling nehmen. Dabei kann er ihm auch beibringen, wie man Herzen gießt. Nicht wahr, Poleon, du würdest doch gerne Holzschuhmacher werden?«

»Ja, gerne.«

»Was ist denn das für eine Geschichte«, rief Eichener. »Das kommt gar nicht in Frage, daß sich Poleon den Geist verdrehen läßt von diesem gottlosen Kerl von Holzschuhmacher.«

»Er würde einen guten Beruf erlernen. Er wäre nicht mehr unter der Fuchtel des Grafen, sondern ein freier Arbeiter.«

»Aber ich brauche Poleon«, versteifte sich Eichener. »Ich werde doch keinen Knecht einstellen.«

»Ich reiche Euch doch als Knecht.«

»Ach, du ... Du kannst nicht an einem Ort bleiben.«

»Es wird so viele Knechte geben, daß man gar nicht mehr weiß, wohin mit ihnen; die arbeiten dann für ein paar Sous. Wenn der Graf die kleinen Pachthöfe auflöst, wird es genug Arme zu heuern geben! Ihr habt gehört, was Euch der Verwalter gesagt hat, es gibt zu viele Bauern ...«

»Das hat er nicht gesagt!«

»Er hat es anders ausgedrückt! Aber wenn die Güter zusammengefaßt werden, wird es zu viele Bauern geben. Für die Viehzucht werden weniger Leute gebraucht, als für das Mähen und Dreschen. Ihr habt gesehen, daß die Leute nicht mehr barfuß gehen wollen. Alle Jungen tragen Holzschuhe. Es wird zu viele Bauern, aber bald nicht genug Holzschuhmacher geben.«

Eichener war ungehalten über diese Abmachung, die ohne seine Zustimmung getroffen worden war. Was hatte Wolfskopf seine Nase da hineinzustecken? Da Poleon Weber-Jacques zum Paten hatte, sollte der nach seiner Meinung gefragt werden.

Jacques fand es bedauerlich, daß man Poleon keinem gläubigen Holzschuhmacher anvertrauen konnte, ansonsten erschien ihm Wolfskopfs Idee als durchaus vernünftig.

Am nächsten Morgen nahm Wolfskopf den erst zwölfjährigen Poleon mit in die Werkstatt des Gâtiner Holzschuhmachers. Der gab ihm einen Hammer und zwei große Nägel: »Poleon, erst werden wir einmal unsere Freundschaft an der Eiche deines Vaters besiegeln. Wir werden da zwei Nägel hineinschlagen.«

Wolfskopf begleitete sie.

Als sie an den Waldrand gelangten, sprengten ihnen im vollen Galopp aus dem Schutz der Bäume drei wie Bauern gekleidete, aber mit Gewehren bewaffnete Reiter entgegen und fragten, wohin sie mit ihrem Hammer wollten.

Vor Überraschung blieben die beiden Männer und das Kind sprachlos.

»Wollt ihr vielleicht zufällig Bäume fällen gehen?« fragte ein Reiter.

»Mit einem Hammer kann man keinen Baum fällen«, antwortete der Gâtiner Holzschuhmacher.

Und da er vermutete, daß diese Reiter Männer des Grafen waren, fügter er hinzu: »Wir gehen nicht in den Wald. Wir gehen unserer Arbeit nach und kommen hier nur zufällig vorbei.«

»Wer bist du?«

»Ich bin der Holzschuhmacher des Dorfes und unterstehe dem Müller-Bürgermeister.«

»Und du?« fragt er Wolfskopf.

»Ich arbeite auf einem Pachthof des Grafen, der meinem Vater gehört. Der da ist mein kleiner Bruder. Er wird Holzschuhmacher.«

»Wir sind vom Grafen geschickt als Hüter und beschützen den Wald. Wir sind auf dem Weg zu eurem Bürgermeister und werden ihm mal sagen, was wir so denken. Es ist wirklich nicht zu fassen: durch das Roden sind Unmassen von Holz zerstört worden. Noch ärger ist, daß das Wild so unvernünftig abgeschlachtet wird, daß es mehr verstümmelte als heile Tiere gibt.«

»Die Jagd ist nicht mehr ausschließlich dem Herrn vorbehalten«, sagte Wolfskopf gelassen. »Auch die Bauern haben das Recht zu jagen.«

»Ihr könnt jagen, wenn der Herr es euch gestattet. Ihr habt genug zu tun auf euren Feldern, da braucht ihr nicht noch Zeit zu verlieren mit der Jagd, so wie Müßiggänger.«

Die drei Reiter gaben ihren Pferden die Sporen und ritten zum Dorf.

»Jetzt wollen sie uns auch noch das Jagen verbieten«, knurrte Wolfskopf.

»Ihr seid mir ulkig«, antwortete der Gâtiner Holzschuhmacher. »Ihr haßt die Revolution, aber gleichzeitig wollt ihr die Freiheit bewahren, die sie euch gab. Die Freiheit zu keltern oder die Freiheit zu jagen.«

»Ach was«, entgegnete Wolfskopf. »Mich interessiert dieser Kram nicht. Ich bin für meine eigene Freiheit. Ich lasse euch jetzt allein. Kümmert Euch gut um Poleon, Holzschuhmacher.«

Der Holzschuhmacher lächelte: »Du hast ihn mir gebracht, damit ich einen freien Menschen aus ihm mache? Wie du und ich?«

»Wie Ihr. Nicht wie ich.«

»Abgemacht, mein Junge.«

Der Gâtiner Holzschuhmacher und Wolfskopf schlugen sich zum Zeichen ihres Einverständnisses gegenseitig auf die flache Hand.

»Der Pachthof deiner Schwester ist weit. Gehst du zu Fuß hin?«

»Ja, ich habe Zeit.«

»Eichener wird sich Sorgen machen.«

»Poleon wird ihm sagen, daß ich Victorine besuchen mußte. Er wird schon verstehen.«

Der kurzatmige Pfarrer der Kleinen Kirche kam Jean erst einige Wochen nach seiner Geburt taufen. Victorine war darüber nicht allzu beunruhigt, denn die Seelen der Kinder, die ungetauft sterben, werden zu Vögeln, und sie liebte Vögel.

Der kleine Jean entwickelte sich prächtig; er schlief in einem Sack, der, während seine Mutter arbeitete, am Tragebalken aufgehängt war. Victorine und Victor mühten sich um ihren kleinen Pachthof. Damit ihre zwei Kühe, die in Ermangelung von Ochsen als Zugtiere herhalten mußten, aber bei der Arbeit weniger Milch gaben, zur Ruhe kamen, spannte sich Victorine manchmal zusammen mit dem Esel vor den Pflug.

Sie bestellte allein den Gemüsegarten hinter dem Haus, mistete die Ställe aus, kümmerte sich um die Bienen. Victor hatte unter der Verlängerung des niedrigen Daches für das Schwein und die Ziegen einen Verschlag gebaut. Der Baron hatte sie ihnen für die Zeit nach der Ernte versprochen. Sie wollten nicht unvorbereitet sein.

Wolfskopf kam häufig unter dem Vorwand vorbei, sein Patenkind besuchen zu wollen, in Wirklichkeit wollte er auf dem Pachthof aushelfen. Als er an jenem Tag ankam, fand er das Haus leer; Victorine war mit Victor auf dem Feld. Aber mitten im Raum, auf dem langen Tisch, zu dessen beiden Seiten Bänke standen, sah er einen großen runden Brotlaib;

er war angeschnitten. Dies große Brot lag dort wie eine Verlockung. Victorine hielt sich an einen uralten Brauch, der es wollte, daß in den ärmsten Bauernhöfen immer ein schöner Brotlaib mitten auf dem Tisch lag, wie um dem Schicksal zu trotzen. Es zeigte dem Wanderer, der vielleicht seinen Kopf durch die Tür stecken würde, daß das Haus zu jeder Zeit bereit war, das Brot zu teilen.

Wolfskopf zog sein Messer aus der Hosentasche und schnitt sich eine Scheibe ab. Er hatte zwei Hasen mitgebracht. Die Besuche seines Patenkinds boten ihm zugleich die Gelegenheit, die kleine Familie mit Fleisch zu versorgen.

Er brauchte nicht weit querfeldein zu laufen, um Victorine und Victor zu finden, denn die Güter des Barons waren winzig klein. Sie waren damit beschäftigt, Tauben mit langen Stangen von einem frisch gesäten Stück Land zu verscheuchen. Der kleine Jean lag in einem Weidenkorb im Schatten eines Gebüschs und plapperte vor sich hin.

»Was sind denn das für Tauben?« fragte Wolfskopf.

»Ach«, sagte Victorine ganz entmutigt, »die kommen von den Gütern des Grafen. Er hat neue Taubenschläge gebaut, und seine Tauben kennen keine Grenzsteine. Die Pächter des Grafen verfluchen sie auch, aber die sollen sehen, daß sie mit ihrem Herrn zurechtkommen. Aber wir, und dabei ist es noch nicht einmal unser Herr, können nichts gegen seine Tauben machen.«

Wolfskopf zog eine Zwille aus der Tasche, hob einen Stein auf, schoß, und eine Taube fiel zu Boden. »Geh und mach ein Frikassee daraus.«

»Victorine riß ihm die Zwille aus der Hand. »Du wirst uns noch auf die Galeeren bringen!«

»Sie fressen deine Körner, daher ist es ganz normal, daß du sie ißt, wo du sie doch gefüttert hast.«

Victorine nahm die tote Taube und vergrub sie mit einem Spaten tief in der Erde.

»Ich hielt dich für weniger ängstlich, Victorine. Früher warst du eine richtige Kommandiertante ...«

Als sie zum Pachthof zurückkamen, warteten dort die drei Waldhüter des Grafen. Sie waren abgesessen und erfrischten sich das Gesicht mit dem Wasser aus der Tränke.

»Na so was«, bemerkte einer von ihnen, als er Wolfskopf sah, »so sieht man sich wieder. Was machst du denn hier?«

»Ich bin bei meiner Schwester.«

»Und die Hasen da auf dem Tisch, die hat wohl deine Schwester aufgezogen?«

»Die wurden auf den Ländereien des Barons erlegt. Nicht auf Euren.«

Die drei Männer lachten lauthals: »Die Ländereien des Barons ... die Ländereien des Barons ... Da muß man sich schon auf die Fußspitzen stellen, wenn man sie sehen will. Wenn ein Hase einen Sprung macht, dann hat er sie doch schon durchlaufen, die Ländereien deines Barons.«

»Ihr habt nicht das Recht, bei uns einzudringen«, schrie Victorine, »ich beschwere mich bei unserem gnädigen Herrn!«

Die drei Männer brachen in ein schallendes, nicht endenwollendes Lachen aus. Der Anführer tat erschrocken: »Jetzt hat sie uns aber gewaltig Angst gemacht, mit ihrem Baron. Los, Leute, für diesmal gibts nichts zu holen für uns.«

Dann wandte er sich mit einem Ton, der nicht mehr spaßig klang, an Wolfskopf: »Dir Schlitzohr werden wir auf die Finger sehen. Dich erkennt man leicht an deiner großen Nase und deinen blauen Augen.«

Als die Waldhüter weg waren, sagte Victor zu Wolfskopf: »Da siehst du mal, wenn Victorine nicht die Taube vergraben hätte, säßen wir jetzt schön in der Tinte. Die ist immer auf der Hut, die Victorine.«

Die Restauration wollte kein Ende nehmen; der Müller-Bürgermeister war diese ungewohnte politische Beständigkeit leid und starb. Das Dorf bemerkte es kaum, denn der Müller-Bürgermeister, der sich vor Fettleibigkeit nur noch mit Müh und Not hatte bewegen können, war fast nicht mehr in den Angelegenheiten der Gemeinde in Erscheinung getreten, und sein Schwiegersohn hatte es so eingerichtet, daß er sowohl in der Mühle als auch im Rathaus seinen Platz einnahm.

Der Kerzenpfarrer hielt Selbstgespräche vor dem jungen Müller-Bürgermeister, der zwar seine gebildeten Ausführungen bewunderte, gleichzeitig aber seinen unüberprüfbaren Behauptungen mißtraute.

»Herr Bürgermeister, Sie wissen genau, daß nur ein Viertel unserer Gemeindemitglieder seinen Namen schreiben kann. Ein Viertel der Männer, versteht sich. Von den Frauen kann keine einzige schreiben. Dagegen konnten vor der Revolution zwei Drittel der Männer und ein Drittel der Frauen das Alphabet.«

»Ich habe mir sagen lassen, daß damals kaum etwas anderes gelesen wurde als der Katechismus und die biblische Geschichte!«

»Was wollen Sie denn Schöneres lesen! In allen Dörfern gab es vor 1798 die ›Kleinen Schulen‹. Eines Tages beschloß die Revolution, die kirchlichen Schulen zu schließen. Da es keine anderen Lehrer gab als die unserer Heiligen Kirche, nun ja, da hatte die Revolution eben überhaupt keine Schulen mehr. Und kein Bauer konnte mehr lesen!«

»Ich kenne sie gut, unsere Leute im Dorf. Zur Not könnte der Unterricht während der drei oder vier Wintermonate abgehalten werden, wenn sie keine Beschäftigung für ihre Kinder haben. Besondere Räumlichkeiten und einen hauptamtlichen Lehrer vorzusehen, wäre ein Wahnsinn.«

»Herr Bürgermeister, ich hatte niemals zu hoffen gewagt, eine neue Schule zu erhalten. Auch keinen hauptamtlichen Schulmeister. In vielen Dörfern sieht man jetzt Lehrer, die sich zusätzlich zu ihrem eigentlichen Handwerk mit dem Unterricht ein kleines Zugeld verdienen.«

Der neue Bürgermeister dachte nach, und da ihn die Argumente des Kerzenpfarrers überzeugten, schlug er als Lehrer den Gâtiner Holzschuhmacher vor.

»Unmöglich, Herr Bürgermeister«, protestierte der Kerzenpfarrer lauthals, »das ist ein gottloser Geselle!«

»Aber er besitzt mehr Bildung als alle anderen in der Gemeinde. Mein Schwiegervater sagte mir immer ...«

»Er ist zu gebildet, Herr Bürgermeister. Ein guter Schulmeister muß vor allem ein frommer Mann sein.«

Der Bürgermeister und der Pfarrer gingen alle Mitbewohner, die dafür in Frage kamen, der Reihe nach durch und prüften, ob sie auch gute Christen waren, keine Säufer und Gotteslästerer. Fast alle Männer kamen nicht in Betracht.

»Mir scheint«, sagte der junge Bürgermeister, »der Eichener wäre ...«

»Unmöglich, er gehört der Kleinen Kirche an. Gegen Weber-Jacques hätte ich allerdings nichts einzuwenden ...«

»Der hat doch keine Ahnung!«

»Das ist eine fromme Seele. Er ist ein rechtschaffener Mann. Das würde ihm helfen, besser über die Runden zu kommen.«

So wurde zu seiner großen Überraschung Weber-Jacques Schulmeister.

Die Ernennung kam gerade zur rechten Zeit. Die Humpelaugustine hatte eben ein weiteres Kind zur Welt gebracht, das den Namen Antoine oder vielmehr Touène erhalten hatte. Wie der Schmied, so war auch der Weber der Konkurrenz seiner zahlreichen Kollegen im Flecken ausgesetzt. Genauso wie es den Bauern in den Dörfern des Bocage, der durch das Wunder der Kindswiegen so schnell wieder bevölkert worden war, zu eng wurde, so gab es auch in den Marktflecken mehr Handwerker als genug. Der Nachbarort zählte nur tausenddreihundert Einwohner, und doch fanden sich hier fünf Maurer, acht Holzschuhmacher und Flickschuster, zwei Böttcher, ein Dutzend Leinen- und Hanfweber. Außerdem zogen die Messen von sehr weit her Tuchhändler und Schneider an.

Jacques und Augustine lebten eher schlecht als recht. Ohne Eicheners Unterstützung, für den sie als Gegenleistung Arbeiten auf dem Hof ausführten, wären sie schon lange elendig gestorben. Der Humpelaugustine, die vom Kotten ihres Vaters her die Armut gewohnt war, erschien die Not so selbstverständlich, daß es für sie ganz natürlich war, bei Besorgungen im Dorf ihre Holzschuhe in der Hand zu tragen, aus Angst, sie könnten sich abnutzen.

Zu Anfang ihrer Ehe mußten sie fast jede Nacht Léonies Besuche über sich ergehen lassen, die sich vergewissern wollte, daß die Ehe ihres früheren Mannes gut lief und daß ihr Sohn nicht mißhandelt wurde. Seit Victor aber nicht mehr auf Eicheners Hof wohnte, war auch Léonie verschwunden. So sind nun einmal die Toten. Sie kommen und gehen, wie ihnen der Sinn steht. Vielleicht wachte Léonie nun auf dem Pachthof des Barons über Victor. Vielleicht fürchtete sie Victorine zu sehr, um sich dorthin zu wagen. Eines schönen Tages verschwinden die Gespenster für immer, dann haben sie endlich ihr Anrecht auf den ewigen Schlaf erwirkt.

Weber-Jacques eröffnete seine Schule im Wohnraum seines Hauses. Die Schüler saßen zwischen dem Webstuhl und dem hohen, von Vorhängen eingerahmten Bett. Der Tisch war zur Seite geschoben, und die Mitte des Raums wurde zum Klassenzimmer. In einem Teil streute Jacques Sand auf dem Boden aus. Im ersten Winter kamen nur zehn Kinder, ausschließlich Jungen, denn die Bauern weigerten sich, ihre Töchter zu schicken. Aus Angst, daß sie als erwachsene Frauen, wenn sie unterschreiben können, schlechte Geschäfte abschließen würden. Die Schüler knieten sich hin und schrieben in den Sand mit einem kleinen Stock die Buchstaben des Alphabets nach, die ihnen Jacques vorgezeichnet hatte. Wenn die ganze Sandfläche vollgeschrieben war, wischte Weber-Jacques alles wieder aus, indem er mit einem Brett den Sand glattstrich, und es ging wieder von vorne los.

Weder der Pfarrer noch der Bürgermeister unterstützten den Schulmeister in irgendeiner Weise. So konnte er weder eine Tafel noch Hefte oder Lesebücher anschaffen. Der Bürgermeister und der Pfarrer hatten ihn zum Schulmeister ernannt und ihm dabei genehmigt, von den Eltern einen Franc pro Schüler und Monat zu nehmen. Seine zehn Schüler brachten ihm gerade zehn Francs ein, der Lohn eines Landarbeiters bei freier Kost und Logis. Die Kinder sorgten für die Heizung; jedes brachte morgens ein Holzscheit mit.

Wie die Mehrzahl der anderen Schulmeister unterrichtete Weber-Jacques das Schreiben im Sand und das Rechnen mit Kieselsteinen und Nüssen.

Gegen Ende des Winters hieß Jacques die Kinder, in Ermangelung von Lesebüchern, bei ihnen zu Hause zu suchen, was sie an Lesbarem finden konnten. Die meisten brachten nur Personenstandsurkunden mit, Verträge über Käufe, Verkäufe, Erbteilungen. An diesem trockenen Stoff übten sie sich im Lesen. Stehend, vor dem großen Eßtisch, las jeder Schüler die Urkunde, die er in der Hand hielt, mit der Würde eines Notars.

Der Kerzenpfarrer kam zweimal wöchentlich und ließ sie den Katechismus auswendig lernen. Er war hoch erfreut über die raschen Fortschritte der Kinder. Jedoch lernten die Kinder, abgesehen vom Rechnen, Lesen und Katechismus in Geschichte und Erdkunde nur das, was Weber-Jacques aus dem Stegreif einfiel. Aber der Wissensdurst war unermeßlich. Dreiundzwanzig Jahre lang war das Dorf ohne Schule gewesen. Die zehn Glückspilze, die beim Weber in den Unterricht gingen, waren nicht nur darüber froh, den ganzen Winter über im Warmen zu sitzen, anstatt den Unannehmlichkeiten der Arbeiten auf dem Hof ausgesetzt zu sein, sondern darüber hinaus drangen sie mit ihm in eine derart neue Welt ein, daß sie den lieben langen Tag mit offenen Mündern dasaßen und ihrem Lehrer wie einem Orakel lauschten.

Die Geschichte und die Erdkunde, die Jacques lehrte, entstammten seiner eigenen Erfahrung und seiner Wanderschaft. Er kannte nur das Leben dreier Heiliger, des heiligen Severin, weil er der Schutzpatron der Weber ist, des heiligen Martin (aber er verwechselte den bekannteren, der seinen Mantel teilt, mit dem heiligen Martin von Vertou, einem ehemaligen Knecht, der Klausner wurde und einen Handel mit Satan abschloß, damit der eine Brücke bis zur Ile d'Yeu baue, von der, in der Nähe von Notre-Dame-de-Monts, noch heute Überreste der Straße zu sehen sind) und der heiligen Radegunde von Thüringen, der Gefangenen der Söhne Clodwigs. Wenn er erzählte, wie die heilige Radegunde auf der Flucht vor Clothar I. in Poire-sur-Vie auf wundersame Weise gerettet wurde, indem sie sich auf einem Bohnenacker versteckte, der seitdem Mojette du Saint-Sacrement – die Bohne vom Allerheiligsten – heißt, da hätte der Blitz in den Kirchturm einschlagen können, ohne daß es die Klasse gehört hätte.

Er erzählte auch Geschichten von menschenfressenden Ungeheuern. Der Menschenfresser war eine Mischung aus Gilles, dem Herrn von Retz, Kampfgefährte der Jungfrau von Orléans, Marschall Frankreichs, Kindermörder; aus dem Blaubart der kleinen blauen Bücher der Hausierer und aus dem zeitgenössischeren General Turreau, Schlächter der Vendée mit seinen höllischen Kolonnen, den man immer noch am Leben und in der Gunst des Königs Louis XVIII. glaubte, den der liebe Gott aber auf die sanfteste Weise, die man sich vorstellen kann, zu sich heimgerufen hatte, wie man so schön sagt, dort auf dem Ruhesitz seiner Ländereien in der Normandie.

Diese drei menschenfressenden Ungeheuer der Vendée waren in der Geschichte Weber-Jacques zu einem einzigen geworden. Nachdem er Waffengefährte der von den Patauds verbrannten Jungfrau von Orléans gewesen war, hatte das Ungeheuer Turreau den Westen heimgesucht, sperrte die Frauen der Pfarrhauptleute im Schloß zu Tiffauges ein und hängte sie mit Fleischerhaken am Hals an den Wänden auf. Dann sammelte er in großen Säcken in den Dörfern alle Kinder der

Chouans ein, um aus ihnen feingehackte Pastetenfüllung zu machen ...

Bei dem Wort »feingehackt« fühlten sich die Schüler gar nicht mehr wohl in ihrer Haut. Und als dann Weber-Jacques zur Geschichte von der Menschenfresserin Beatrix von Machecoul überging, der Dame von Talmont, die, um sich die Langeweile zu vertreiben, während ihr Mann sich auf einem Kreuzzug befand, die Herzen von Kindern verschlang, da mußten die Kinder, die doch eigentlich durch eine tragische Erbschaft abgehärtet waren, ihr karges Mittagessen erbrechen..

Eichener hätte Poleon in Jacques' Schule schicken wollen. Doch der Holzschuhmacher wandte dagegen ein, daß der schon zu alt sei, um sich unter Blagen von fünf bis zehn Jahren zu mischen und daß er ihm das Lesen und Schreiben genausogut während der Lehrzeit beibringen würde und ohne daß er tief in die Tasche greifen müsse.

»Poleon«, fragte eines Tages der Holzschuhmacher, »wie ist dein Taufname?«

»Jean-Marie.«

»Nun gut, ich werde dich Jean-Marie rufen. Dieser lächerliche Spitzname Poleon stört mich. Guten Tag, Jean-Marie. Du hast etwas Angst vor mir, nicht wahr? Warum?«

»Nicht vor Euch, vor der Eule ...«

»Die hat mir dein großer Bruder geschenkt. Mir wäre lieber gewesen, er hätte mir ein fettes Schwein gebracht. Daraus hätten wir Blutwurst gemacht. Aber wir haben halt nicht die Wahl, Jean-Marie. Du hast ja auch nicht selbst gewählt, Holzschuhmacher zu werden. Du hättest Schmied werden können, wenn sich dein Vater nicht mit Wintersang überworfen hätte, oder Weber, wenn der arme Jacques nicht auf seiner Armut beharren würde. Aber du wirst Holzschuhmacher, weil dein großer Bruder mich gern mag. Du bist geboren, um ein Mann der Erde zu sein, wie dein Vater, und wirst ein Mann des Holzes werden. Zuerst muß ich dir die Sprache der Bäume beibringen. Schau dir diesen Baumstamm an, der mit der Axt geschlagen worden ist. Außen siehst du die Rinde, das ist die Haut des Baumes. Ganz innen das Herz. Das Fleisch ist der Splint, mit all diesen Kreisen. Du zählst die Kreise, und du kennst das Alter des Baumes. Zuallererst müßte ich dir das Zählen beibringen. Das ist einfach: ein Kreis, ein Finger. Fünf, zehn ... Ah, du hast nicht genug Finger an deinen Händen. Das macht nichts. Du zählst mit meinen: Fünfzehn, zwanzig. Es sind immer noch nicht genug Finger ... Dann nimmst du eben Nägel, du legst sie nebeneinander hin, immer fünf Stück ... Am Ende, siehst du, brauchen wir nur noch vier. Wir zählen zusammen: das macht vierundvierzig. Der Baum ist vierundvierzig Jahre alt. Na so was, das ist genau mein Alter. Wenn du diese Zeichen der Zeit auf dem Holz betrachtest, dann liest du nicht nur das Alter des Baumes ab, du siehst auf die Geschichte der Zeit. Vierundvierzig Jahre zurück, das bringt uns zu den letzten Jahren des Königs Louis XV. Jetzt kommt König Louis XVI., der König, den die Republik dann guillotinieren sollte. Des Königs Tod ist nicht im Baum niedergeschrieben, wohl aber die Revolution. Sieh her, der Baum war fünfzehn Jahre alt. Er wäre fast gestorben. Der Kreis dieses Jahres ist ganz zittrig, ganz schmächtig. Das ist der schreckliche Winter 1788 ... Die fruchtbaren Jahre ergeben große, schöne Kreise im Stamm des Baumes und die Hungerjahre ganz mickrige ... Verstehst du, Jean-Marie?«

Jean-Marie war begeistert, so schnell so viele Dinge zu entdecken. Er war ein kleiner Junge, der weder die hübsche Anmut Monsieur Henris noch Victorines und Victors Zähigkeit hatte. Er schien Eichener etwas schwächlich und von daher schlecht gerüstet für die Feldarbeit, deshalb hatte er sich auch nicht lange bitten lassen, ihn dem Gâtiner Holzschuhmacher anzuvertrauen. Mit seinem knochigen Gesicht, mit dem leichten asiatischen Einschlag wie bei Victorine und Victor, mit den kleinen lebhaften haselnußbraunen Augen seiner Mutter, sah er etwas spitzbübisch aus. Der Holzschuhmacher sagte es ihm nicht, aber wenn er überhaupt eingewilligt hatte, ihn als Lehrling anzunehmen, so wegen dieser Augen.

»Jean-Marie, ich muß dir die Geschichte deines Handwerks beibringen. In alter Zeit, vor ... (er suchte, fand aber nur Jesus Christus. Ungehalten darüber, wie er war, wäre er beinahe zu etwas anderem übergegangen. Dann sagte er sich schließlich, daß es genauso ein Vorurteil sei, wenn man sich sperre, den Namen Jesu Christi auszusprechen) ... in alter Zeit, vor Christi Geburt, hießen die Herren der Welt Römer. Und zur Zeit Christi auch. Da das Leute aus dem Süden waren, aus der Dürre und dem Sand, kannten sie keine Holzschuhe. An den Füßen trugen sie Lederriemen, die sie

Sandalen nannten. Der Holzschuh, wie auch das Faß, ist im gallischen Wald entstanden, im Wald unserer Heimat. Der Holzschuh ist der Schuh der Länder, in denen es viel Regen und Matsch gibt. Mit trockenem Stroh drinnen bekommt man nie kalte Füße.«

Die theoretische Unterweisung des Gâtiner Holzschuhmachers wurde von einem Geschrei aus der benachbarten Schmiede unterbrochen.

»Verteilt euch, Jungs! Verteilt euch! Da sind zehn! Zwanzig! Schießt hinein in den Haufen! Feuer! Feuer!«

Wintersang, nun meistens der Rekrut genannt, hatte einen seiner Anfälle, die die Überlebenden der Arche des Pfarrers Noah an die der Husarenzuhilf erinnerten. Wenn Eichener sich nicht weit genug vom Dorf entfernt aufhielt und ihn hörte, lief es ihm kalt den Rücken hinunter. Am schlimmsten war, wenn Wintersang den Trommelschlag nachahmte; dann verstand Eichener, daß Monsieur Henri gerade in der Schmiede umging, um den zu peinigen, dem er unvorsichtigerweise sein ganzes Vertrauen geschenkt hatte. Der Gedanke, daß Monsieur Henris Seele weiter unter den Menschen umherirrte, ohne Frieden zu finden, erdrückte ihn schier.

Louison und ihre Mutter, gefolgt von der Kinderschar, deren Geflenne sich in das Brüllen des Schmieds mischte, versuchten, den Besessenen zu beruhigen und ins Bett zu schaffen. Manchmal gelang ihnen das nicht, und sie baten den Gâtiner Holzschuhmacher um Hilfe. Aber der Anblick des Holzschuhmachers verschlimmerte nur die Lage. Wintersang hielt ihn für einen Pataud und wollte ihm mit einem seiner Hämmer den Schädel einschlagen.

Wenn sich Poleon abends auf den Heimweg zum väterlichen Pachthof machte, kam es vor, daß Louison dem Holzschuhmacher einen Teller heißer Suppe brachte.

»Ein alleinstehender Mann«, sagte sie, »der kann nicht für sich sorgen.«

Einmal traf sie den Holzschuhmacher in einem Zustand von Glückseligkeit an, vor dem ihr schauderte. Die Eule saß auf seiner Schulter und strich ihm mit behutsamen Schnabelbewegungen den Schnurrbart glatt, rupfte daran, als wollte sie ihn liebkosen. Ihre großen gelben Augen waren geschlossen, sie gurrte, ja gab eine Art Schnarchen von sich.

»Das ist ja die Höhe«, rief Louison. »Ich wußte zwar schon, daß die alten Jungfern nach ihrem Tod zu Eulen werden, aber euch beide schnäbeln zu sehen ...«

Der Holzschuhmacher verscheuchte die Eule mit einer Handbewegung, sie flog auf und setzte sich auf das Bettgestell.

»Und jetzt geht sie in Euer Bett. Na, das sind ja schöne Zustände!«

Damit war es genug der langen Reden und Ausflüchte: Louison fand sich im Bett wieder, wobei sie zuerst wie wild strampelte und schrie, sie wolle nicht, daß die Eule ihnen zusehe. Schamhaft schloß die Eule die Augen.

Sankt Johannis, Fest der Hirten, Dingtag der Knechte und Mägde, war eine Atempause während der harten Arbeiten des Sommers. Das Heu ist eingebracht, die Kornernte steht bevor. Am Vorabend ziehen die Kinder in Banden von Hof zu Hof und sammeln Reisig, den sie auf dem höchsten Hügel aufschichten.

Es war Brauch, daß der Pfarrer am Sankt Johannisabend das Feuer an den Reisighaufen legte. Aber in jenem Jahr lehnte es der Kerzenpfarrer mit der Begründung ab, daß sich die Pfarrkinder rund um das Feuer heidnischen Machenschaften hingäben. Das Vorrecht ging also an den ältesten Einwohner der Gemeinde. Bienaimé, der Inniggeliebte, so ließ er sich voller Stolz nennen, weil er noch unter Louis XV. geboren war; so alt war er, daß er nicht mehr laufen konnte. Er wurde auf einem vom neuen Müller-Bürgermeister geliehenen strohgeflochtenen Stuhl auf den Hügel getragen. Als das Freudenfeuer angezündet war, sprangen die Frauen, die sich Johanniskraut um die Hüften gebunden hatten, über die Flammen, wobei sie spitze Schreie ausstießen. Andere, unfruchtbare Ehefrauen, warfen Steine in die Glut. Die künftigen Schnitter hielten ihre Rücken ans Feuer, um keinen Muskelkater zu bekommen. Dann wurde rund um das Feuer im Reigen getanzt. Die jungen Männer, die sich am Morgen für drei, neun oder zwölf Monate verdingt hatten, trugen Eichenlaub an ihren Hüten, und die Mägde eine Blume am Mieder. In dieser Nacht wurde nicht auf dem Dachboden von Wintersangs Schänke geschlitzelt, sondern im Gebüsch. Auf dem vom Feuer geröteten Hügel waren das Lachen der Mädchen und wohlige Seufzer bis zum

Morgengrauen zu hören. Am Morgen würde jeder ein Stück verkohltes Holz mitnehmen und es in seinen Brunnen werfen; das schützte vor Fieber.

Als der Tag anbrach, stellten die Leute im Dorf fest, daß der Hügel brannte und das Unterholz in Flammen stand. Noch nie hatten Johannisfeuer in diesem Ausmaß die Flur verschlungen. Immer erloschen sie im Morgengrauen, zur selben Zeit, wo die Sonne aufging. Das Ereignis verwunderte sie so sehr, daß sie an die Rückkehr der Soldaten, des Gemetzels glaubten. Aber sie hörten nur das Prasseln der auffliegenden Funken und keinen Gewehrschuß, kein Pferdegalopp. Eichener sah, daß sein schönstes Kornfeld in Flammen stand. Der junge Müller-Bürgermeister stellte Ketten von Helfern auf, um wenigstens das Dorf vor der Feuersbrunst zu retten.

Nach drei Tagen wurde der Brand von einem unverhofften Regenguß gelöscht. Da konnte das Ausmaß der Verheerung abgeschätzt werden. Die Felder schienen Eichener beinahe so verkohlt zu sein wie an jenem Tag, als er zum erstenmal aus seiner Eiche herausgetreten war. Aber nein, er erinnerte sich, daß alles Gras schwarz war, während diesmal das Feuer kaum mehr als die Hecken zerstört hatte.

Der Verwalter und die drei Feldhüter des Grafen kamen am vierten Tag im Galopp angeritten. Der Verwalter wurde zuerst beim Bürgermeister vorstellig, den er für den Brand verantwortlich machte: »Sie werden für die Schäden unseres Herrn aufzukommen haben. Ihr Johannisfeuer hat seine Besitzungen zerstört. Ihre im Dorf, die haben Sie zu schützen verstanden.«

Der junge Müller-Bürgermeister stammelte, entschuldigte sich, als wäre er der Schuldige. Dieser ferne Edelmann, den er nicht kannte, flößte ihm Angst ein. Er fühlte sich unwohl in dem von seinem Schwiegervater ererbten Besitz, der von den Ländereien des Grafen eingeschlossen war. Wie alle Söhne des neuen Bürgertums, die keinen Hehl daraus machten, daß ihre Güter von den Spekulationen der Revolutionszeit herstammten, hegte er Argwohn gegen den zurückgekehrten Adel, der danach strebte, wieder in den vollen Besitz seiner alten Macht zu gelangen.

Der Verwalter und seine Kumpane machten dann die Runde ihrer Pachtbauern. Eichener jammerte über sein abgebranntes Kornfeld.

»Die Asche ist ein guter Dünger«, erwiderte der Verwalter. »Das Gras wird um so besser nachwachsen. Der gnädige Herr will Euch einen Schafbock und ein paar Schafe schikken. Er will, daß der Vater Eichener die schönste Schafherde der Gegend hat.«

»Schafe? Aber ich bin doch kein Schäfer. Ich bin Ackerbauer.«

»Ihr werdet sein, was der Herr will.«

»Es wird Jahre dauern, bis die Hecken nachgewachsen sind«, fuhr Eichener fort.

»Die Hecken sind abgebrannt, was wollen wir mehr! Ich verbiete Euch, sie wieder wachsen zu lassen. Der gnädige Herr will, daß Ihr die Wurzeln von dem Dreckszeug ausreißt. Das Land war zu zerstückelt. Man muß die Dinge nehmen, wie sie kommen. Manchmal hat das Pech auch seine gute Seite. Ich sage Euch noch einmal, der gnädige Herr will, daß Ihr sein bester Rinderzüchter werdet.«

»Rinder, da sage ich nichts. Aber Schafe ...«

»Na los, macht schon! Hier wird nicht diskutiert. Nicht alle haben Euer Glück. Hier ist kein einziger Pachthof niedergebrannt. Aber in den abgelegenen Weilern gibt es an die zehn, die nur noch Ruinen sind.«

Eichener mußte sofort an Victorine und Victor denken.

»Wißt Ihr, ob der Pachthof meiner Tochter und meines Schwiegersohns, der vom Baron ...«

»Der auf dem halben Weg zum Flecken?«

»Ja.«

»Nein. Da hat's kein Feuer gegeben. Also das ist Eure Tochter, diese freche Rotznase. Sie sieht uns nicht gern.«

»Sie untersteht Euch nicht.«

»Ihr solltet Eure Tochter und Euren Schwiegersohn zu Euch zurückholen, Vater Eichener. Dieser kleine Pachthof des Baron stört uns. Dort werden sie sich nur zu Tode schuften, um nicht vor Hunger zu sterben.«

Die vier Reiter zogen im Galopp davon, wie sie auch gekommen waren.

Immer wieder diese Pferde – Unglücksboten; von den Pferden der Husaren, die niedersäbelten, brandschatzten, vergewaltigten, bis hin zu Malet, der Wolfskopf in das Land der Kälte entführt hatte, von dem er merkwürdig verändert zurückgekehrt war. Seit das Dorf keine Pferde mehr besaß, hatte sich ein Gefühl der Erleichterung ausgebreitet. Eichener wollte sich nicht daran erinnern, daß er selber seinerzeit als Stoffletscher Reiter in der Schwadron des Barons losgeritten war, mit eingezogenem Kopf, schreiend wie ein Tier, mit der einen Hand in die Mähne seines Pferdes gekrallt und die andere den Säbel wie ein gutes Arbeitsgerät fest umklammert hielt, mit dem er die Köpfe der Hoche'schen Husaren spaltete. Nein, er wollte sich nicht mehr daran erinnern. Auf diese Vergangenheit konnte er nur noch spucken, seit er bemerkt hatte, daß die Bauern von den Prinzen verraten wurden; seitdem gab er alles daran, ein guter Landwirt zu werden, ein Mann der Saat und der Früchte, ein Mann des Friedens. Der Mann des Krieges, der er gewesen war, schien ihm ein anderer Mensch gewesen zu sein, in einem anderen Leben.

Genau das beunruhigte ihn bei Wolfskopf. In seinem Adoptivsohn erkannte er, wie er da mit der Kugel aus einem Gendarmengewehr im Arm heimgekehrt war, den Mann des Krieges wieder. Sicherlich war Wolfskopf nicht von ihrem alten Ideal erfüllt; sicherlich zeigte er keinerlei Bereitschaft, für den König, die Religion oder sonst für eine andere Sache zu kämpfen, aber Wolfskopf war kein Mann des Friedens. Er erkannte in seinen Launen seine eigenen Zornesanwandlungen wieder. Die Art, wie er das Wild jagte, erinnerte ihn daran, wie er selber die Spur des Patauds aufgenommen und ihm aufgelauert hatte, um ihn zu töten. Dieser Hang zum Wanderleben, diese Unfähigkeit, an einem Ort zu verweilen, sich mit Eifer der Arbeit zu widmen: hatte er das nicht erlebt, als er auf dem Großen Marsch in den Nordwesten gezogen war und solange weiterkämpfte, bis Stofflet gefangengenommen wurde, als er mit Weber-Jacques den Krieg der Chouans führte, als er den Antichrist Napoleon vor seinem Gewehrlauf hatte? Die große Wut, die ihn in dies blutige Abenteuer getrieben hatte, fand er bei Wolfskopf wieder. Diese Wut machte sich keineswegs gewalttätig bemerkbar. Aber Eichener las sie in dem kurzen metallenen Aufflackern der Augen seines ältesten Sohnes. Diese Wut schwelte, und das betrübte Eichener. Er hatte gedacht, er könne diese ganze verinnerlichte Wut, die Wintersang, für ihn durchaus verständlich, im Wein zu ertränken versuchte, mit ins Grab nehmen. Er beneidete Weber-Jacques um dessen Sanftmut und Ruhe; bei aller Armut beklagte er sich nie. Der Kerzenpfarrer hatte recht gehabt, ihn zum Schulmeister zu ernennen. Er war ein Weiser, sein Freund Jacques, vielleicht ein Heiliger.

Wolfskopf verschwand nun so häufig, daß selbst Eichener sich keine Sorgen mehr deswegen machte. Er kam stets mit reichlich Wild unter seinem Ziegenbockfell zurück. Seine schöne buntgestreifte Hose franste aus, fiel trotz Louises Flicken in Fetzen. Seine Hände und manchmal auch sein Gesicht zeigten die blutenden Kratzer von Dornengestrüpp, Ginster, Stechpalmen.

Wolfskopf war während der Feuersbrünste nicht im Dorf. Als er nach Hause kam an einem Abend, es war zur Stunde, da die Ochsen gestriegelt wurden, hatte er eine noch finsterere Miene als sonst. Er ging zu Eichener in den Stall: »Vater, ich habe unter einem nur halb verbrannten Gebüsch Strohballen gefunden, die nicht von allein dahingekommen sind. Jemand hat mit Absicht das Feuer gelegt, das steht fest.«

Eichener hatte einen bestimmten Verdacht, und andere im Dorf murmelten auch Namen. Die Pachtbauern unterstellten den Köttern Neid, und die Kötter sahen mit Sorge, wie sie von den Ländereien des Grafen eingekreist wurden. Die Alten sahen die Jungen schief an, und die Jungen sagten, man hätte einen Tattergreis nicht das Johannisfeuer anzünden lassen dürfen. Der Kerzenpfarrer traute sich nicht mehr aus seinem Pfarrhaus. Hatte er sich nicht geweigert, das Feuer zu entfachen, und war diese Weigerung nicht die Ursache für dies »üble Feuer«? Die Gläubigen der Kleinen Kirche lachten hämisch; das Fernbleiben des Kerzenpfarrers von einem so tief verwurzelten Brauch verriet ihn zumindest als Anhänger der Aufklärung. Wieder andere suchten im Gras nach Fußabdrücken der Kobolde. Die Teichhöfler beteuerten, daß just vor dem Aufflammen der Hügel kleine weiße mißgestaltene Männlein in Mönchkutte und mit Zipfelmütze im Mondschein einen Reigen getanzt hätten. Eine Spinnerin entsann sich, ihren Garnstrang ganz verwirrt aufgefunden zu haben. Eine andere Frau versicherte, daß die Fasern ihrer Wolle gebrochen waren wie eine zerissene Spinnwebe. Ein Bauer fand seine Geräte nicht mehr wieder, ein Krüppel suchte vergeblich seine Krücke. Ohne Zweifel hatte sich eine Schar von Kobolden im Dorf ausgebreitet. Da die Kobolde sich in Schmieden und Webern wiederverkörperten, fühlten sich Wintersang und Jacques im Verdacht. Daß ein Kobold in Wintersangs Körper wohnte, diesem Rekruten, der nichts mehr mit einem Pfarrhauptmann gemein hatte, schien das Selbstverständlichste auf der Welt zu sein. Aber der arme Jacques, der aussah, als ob er kein Wässerchen trüben könnte ...

»Kobolde?« fragte sich Eichener. »Unser Jacques, das ist doch nicht möglich!«

»Die Kobolde kann man durch das Gebet loswerden. Die das Feuer gelegt haben, sind sehr viel mächtigere Teufel!«

»Was für Teufel?«

»Die habt ihr genauso gesehen, Vater, wie ich sie gesehen habe. Ich bin den Spuren des Feuers nachgegangen! Sie haben das angesteckt, was sie wollten. Der Wald blieb verschont, während alle Hecken zu Asche wurden. Ich bin zu Victorine und Victor gelaufen. Es sieht nicht gut für sie aus. Ihr Gehöft ist dem Grafen ein Dorn im Auge. Sie werden sich nicht halten können. Schon allein wegen der Tauben müssen sie das Doppelte an Saatgut aussäen. Wenn sie halsstarrig werden, so wie Victorine, werden die Feldhüter des Grafen auch an den Pachthof des Barons Feuer legen.«

»Was«, rief Eichener verstört. »Du willst doch nicht etwa sagen, daß der gnädige Herr seine eigenen Felder hat abbrennen lassen. Das hat's noch nie gegeben!«

»Das Feld wurde nicht verbrannt. Zerstört wurde nur, was darauf war und was seine Pläne störte.«

Eichener sah ein, daß es Hand und Fuß hatte, was Wolfskopf sagte. Aber er wollte sich das nicht eingestehen. Er versteifte sich auf seine Vorstellung von den Kobolden. Die Vorstellung, daß Wintersang sich in einen Teufel verwandelt hatte, paßte so gut in das traditionelle Bild der Schmiede, daß niemand darüber erstaunt sein konnte. Wintersang, der Charette'sche Retzer, sein Kriegskamerad, war verschwunden, ein Kobold bewohnte seinen Leib. Eine solche Vertauschung rechtfertigte den Haß, mit dem er den Schmied seit Monsieur Henris Tod verfolgte. Der echte Wintersang war ebenfalls während der Hundert Tage gefallen, wie die Kinder, die er in seiner Rotte mitgenommen hatte. Derjenige, der mit einem Haufen Taugenichtse ins Dorf zurückkehrte, der nicht mehr sang, der nicht mehr den Dudelsack spielte, das stand außer Zweifel: da handelte es sich um einen anderen. Der Rekrut war nichts anderes als ein Kobold. Jetzt wurde alles klar.

Durch Eicheners Argumente aus der Fassung gebracht, ging Wolfskopf zum Gâtiner Holzschuhmacher. Poleon hatte ein geschwollenes Auge, blutete aus der Nase, und durch seine zerrissene Tuchhose war sein mageres, weißes Bein zu sehen.

»Er hat sich mit dem August, dem Sohn des Schmieds geprügelt. Sie sind gleichaltrig, und anstatt gemeinsam Krähennester auszuheben, verdreschen sie sich. Da geht doch dieser Lausebengel hin und fordert den August in der Schmiede heraus, schimpft seinen Vater einen Kobold und sagt, daß sie die Brandstifter seien. Nun hat der August aber vom Hammer und den Zangen seines Vaters Muskeln bekommen, denn er ist jetzt der Schmied, soweit der arme Wintersang überhaupt noch etwas zu schmieden bekommt. Unser Jean-Marie hat eine ganz schöne Abreibung bekommen ...«

»Das ist nicht wahr«, maulte Jean-Marie. »Ich habe ihn gekratzt und ihm einen Schemel an den Kopf geworfen.«

»Wintersang hat die Feuer nicht anzünden können«, sagte Wolfskopf. »Seine Hände zittern, und er kann nicht mehr gerade laufen. Aber ich weiß, wer den Brand gelegt hat, aber man glaubt mir nicht.«

Wolfskopf erzählte dem Holzschuhmacher von seiner Entdeckung.

»Das wundert mich überhaupt nicht. Aber niemand wird wahrhaben wollen, was du behauptest. Sie lieben ihren Grafen nicht, aber er ist nun einmal, bitte sehr! unser gnädiger Herr. Sie schulden ihm Respekt. Das schieben sie lieber dem Schmied oder dem Weber in die Schuhe oder sogar, wer weiß? dem Holzschuhmacher. Ich will damit nichts zu tun haben. Du hast mir nichts gesagt. Dabei ist dein Vater nicht dumm. Ich diskutiere gern mit ihm. Auch wenn er einen Dickschädel hat. Für ihn bin ich so etwas wie ein Ungeheuer, weil ich nicht zur Messe gehe. Aber trotzdem hat er etwas für mich übrig, denn eines schönen Tages zeigte er mir seine Eiche. Und er war einverstanden damit, daß du mir Jean-Marie anvertrautest. Er wird wohl nicht begreifen, daß ich ihm, nachdem er zugelassen hatte, daß ich mit dem alten Bürgermeister eingesperrt wurde, nicht böse war, als mich die Gendarmen des Königs befreiten. Das muß ihn umgeworfen haben. Er läßt mich einsperren, weil er mich für einen Pataud hält, und die Gendarmen seines Königs rücken schnurstracks an, um mich aus dem Gefängnis herauszuholen. O Eichener, du alter Pfaffenknecht! mit deinem Baron und deinem Gespensterpfarrer. Wie soll er da an die Machenschaften des Grafen glauben können?«

»Die Victorine und der Victor werden es nicht durchstehen können. Die Tauben des Grafen fressen sich mit Körnern voll, kaum daß sie ausgesät haben. Und seine Feldhüter scheuen sich nicht, mit ihren Pferden den aufgegangenen Weizen zu zertrampeln. Und dann die Frondienste für den Baron, die fressen ihnen die Zeit auf. Ständig müssen sie die Wege mit Steinen aufschütten, obwohl sie die gar nicht benutzen, und Spanndienste zum Markt leisten.«

»Du hast die Arbeit des Bauern vor der Revolution nicht gekannt. Der kämpfte direkt gegen den Tod an. Deshalb fürchtete er sich nicht vor dem Tod im Kampf. Heutzutage kämpft er gegen den Hunger. Das ist ein Fortschritt. In meiner Heimat, der Gâtine, erhob der Grundherr, Eigentümer ganzer Dörfer, der Felder und Häuser, von Gerät und Vieh, einen Zehnt auf alles, was die Bauern hervorbrachten: eine Hornabgabe für jeden Zugochsen, eine Ofenvollabgabe, damit man sein Brot im Backofen seines eigenen Hauses backen durfte, eine Pflugabgabe für jede Feldbestellung, eine Imkerabgabe für die Bienenstöcke, den Feldzehnt, was darauf hinauslief, daß sie ein Viertel des eingefahrenen Korns abgeben mußten, die Weidenabgabe, von zehn Schafen, die auf die Weide getrieben wurden, mußte eins abgeführt werden, was jedoch nicht vom Schafzehnt befreite, die Abgabe für die verkauften Schafe. Dann gab es noch das Hunderecht, das heißt die Pflicht, die Hunde des Grundherrn zu füttern; den Weinzehnt für den Weinverkauf ... Dabei habe ich bestimmt noch welche vergessen! Aber die Bauern, die haben's auch vergessen. Sie erinnern sich nur an die Verbrechen der Republik.«

»Der Vater Lavendée hatte mir genau dasselbe erzählt, dort in den Vogesen. Ihr erinnert mich an ihn.«

Von Wintersangs Schmiede tönte ein Lied herüber. Aber es war nicht der Schmied, der schon seit langem nicht mehr sang. Die ein wenig kehlige Frauenstimme sang ein Klagelied:

»Ich hatt' versprochen dem Liebsten,
Würd ihn lieben bis ans Grab.

Auf ein Aprikosenblatt
Hatt' ich mein' Schwur geschrieben.
Kleiner Wind kommt auf.
Ade, du Blatt, du Schwur, ade ...«

Louison erschien an der Tür der Holzschuhmacherei; beim Anblick von Wolfskopf geriet sie in Verlegenheit und ließ ihre Wut an Jean-Marie aus.

»Seht Euch nur diesen Lausebengel an. Will sich aufspielen und holt sich bei meinem Gust eine Tracht Prügel. Sieht noch ganz schön zerzaust davon aus.«

Jean-Marie sprang zornbebend auf. Er verabscheute Louison, die ständig den Holzschuhmacher stören kam und die zu einer feindlichen Familie gehörte.

»Der Gust und der Rekrut sind ja doch Kobolde. Ich hab sie gesehen.«

Der Gâtiner Holzschuhmacher blieb stumm, aber Wolfskopf packte seinen kleinen Bruder und schüttelte ihn, so als ob er ihn auf diese Weise zur Vernunft bringen könnte: »Sag das nicht, Poleon. Du hast keine Ahnung. Du sollst nicht lügen. Ich aber weiß, was los ist.«

»Na so was«, rief da Louison und stellte sich, die Hände in die Hüften gestemmt, herausfordernd vor Wolfskopf auf, »was wißt Ihr denn?«

Wolfskopf hatte keine Lust, diesem Mädchen, vor dem er immer ein beklemmendes Gefühl hatte, zu antworten.

»Ich für mein Teil habe gar nichts dagegen, daß man uns für Kobolde hält«, fuhr Louison fort.

Die Eule, das kleine graue Wollknäuel, mit ihrem in den Schultern versteckten Hals, stieß einen kleinen zischenden Schrei aus.

»Hast du sie gesehen«, fragte Louison etwas unwirsch Poleon, »hast du sie nachts wegfliegen sehen zum Hexensabbat?«

»Vielleicht, schon möglich«, murmelte Poleon.

Louison ging auf Wolfskopf zu, sah ihm gerade in die Augen und sagte, mit dem Kinn auf ihn zeigend: »Und den da, hast du ihn als Wolfsführer gesehen?«

Der Sohn der Husarenzuhilf trat jäh einen Schritt zurück, so ruckartig, daß er einen Holzschuh verlor und beinahe hingestürzt wäre. Er verließ Hals über Kopf die Werkstatt, und noch lange danach waren seine hastigen Schritte in den

Straßen des Dorfes zu hören, bis das Klappern seiner Holzschuhe, je mehr er sich dem Senkenhof näherte, schwächer wurde.

Der Gâtiner Holzschuhmacher forderte Jean-Marie auf, sich zu ihm zu setzen. »Geh, Louison, laß uns jetzt allein. Ich muß ihm beibringen, wie … Schau her, Jean-Marie …«

Der Holzschuhmacher nahm einen dicken Birkenast: »Vor allem kommt es darauf an, richtig auszuhöhlen; alles weitere ergibt sich dann. Zuerst mußt du mit dem Bohrer ein Loch machen. Dann mit dem Löffelbohrer bis zur Mitte des Holzschuhs ausnehmen. Die Hacke holst du mit dem Hohleisen heraus, das du so halten mußt. Dann fast du mit dem Beitel ab. Nimm nur leichte Hölzer. Die Birke ist besser als die Pappel, die Buche ist zu brüchig. Das schönste Holz für den Holzschuhmacher ist der Nußbaum, aber der ist für Bauern zu teuer. Versuch jetzt mal selbst. Ja, so. Nein, etwas fester …«

4

Am Tag des heiligen Joseph, des Schutzpatrons des benachbarten Marktfleckens, traten die Pachtbauern und Kötter aus ihrem Winterschlaf heraus. Wie die Vögel, die mit einemmal in allen Gebüschen wieder zum Leben erweckt schienen und sich zur Paarung riefen.

Auch wenn der Winter im Westen nicht allzu streng ist, bedeutet er doch eine Ruhepause. Die Natur schläft ein, und eine alte Furcht bleibt: die Angst, daß die Natur nicht wieder aufwacht, daß der Frost zu lange anhält und das Saatgut verbrennt, daß der Frost zu Eis wird, die Bäume keine Blätter treiben. Zwischen dem Altern des Herbstes und der Geburt des Frühlings erstreckt sich ein gefährlicher Leerlauf, während dessen die Bauern von ihren Vorräten leben müssen und sich sagen, daß doch auch die Erde, genauso wie die Menschen, in einem Winter sterben könnte.

Zu Ostern verkünden die Glocken die Wiederauferstehung. Die Sonne ist zurückgekehrt. Im Kampf zwischen Tag und Nacht obsiegt der Tag mit all seiner Helligkeit. Im März aber zürnen die alten Götter, die sich dagegen sträuben, auf immer in der Nacht der Zeiten zu versinken, und werfen ihre Gewitter und Stürme, ihren Regen und Hagel auf die Erde. Zu dieser Zeit kommt dann der gute heilige Joseph, wird im Flecken sein Fest begangen. Überall in der Vendée finden solche Feste statt – Kirchweih, Kirmes, Rummel, Jahrmarkt oder wie auch immer sie anderswo heißen mögen.

Von allen Dörfern, allen Weilern, von allen Pachthöfen und vereinzelten Kotten machten sich Bauern und Handwerker auf den Weg zum Flecken, dessen Bevölkerung sich an diesem Tag vervierfachte. Das Fest des Schutzpatrons war auch das große Wiedersehensfest der Kantonsjugend, so etwas wie eine Riesenhochzeit, großes Schlemmerfest nach den Entbehrungen des Winters. An diesem Tag war der Zulauf zum Marktflecken noch stärker als bei den Messen. Die Schenken waren allesamt überfüllt, und die Gäste standen bis auf die Straße, auf der Fässer angestochen worden waren. Die Burschenschaften aller Dörfer versuchten, sich gegenseitig zu übertreffen, schlossen Wetten darauf ab, wer als erster ein ganzes Faß austrinken würde. Derjenige, der als erster das Faß leergetrunken hatte, steckte sich als Siegeszeichen den Faßhahn an den Hut. Auf Brettergerüsten spielten Kapellen, bei denen sich die Geigen mit den Dudelsäcken abwechselten. Von sehr weit her waren Händler gekommen, die Glasperlen, Almanache, Epinaler Bilderbögen, kleine blaue Bücher feilboten. Es waren Gaukler gekommen, Zahnausreißer, Quacksalber mit ihrem Allheilbalsam, Marktschreier, Märchenerzähler, Mundartdichter und Bänkelsänger. Aber neben den Schenken zogen am meisten die Auslagen mit Eßwaren die lärmende, sich drängelnde Menge an, in der man sich mit Hilfe der Ellbogen fortbewegen mußte.

Jedes Bauernfest hatte seinen Höhepunkt in einem großen gemeinsamen Festmahl, zugleich Schlemmerei und Zechgelage. Nach der kargen Winterzeit war das Fest des heiligen Joseph es schuldig, den Eindruck von Fülle zu vermitteln – oder wenigstens vorzuspiegeln. Die Kirchweihgänger stopften sich voll mit Zuckerkuchen, von dem schon Rabelais, der als Mönch in der Vendée war, sagte, mit Rosinen sei er eine »köstliche Speise«. Sie schlugen sich den Wanst voll mit krossen runden Windbeuteln. Mit dem Schöpflöffel wurde aus großen Kupferschüsseln Quark, gekochte Dickmilch serviert, mit Sahne und Zucker garniert.

Der Bauer stellte alles selbst her, was er zum Überleben benötigte, außer Eisen, Salz und Zucker. Eisen und Salz waren unerläßlich. Zucker hingegen gehörte zu einem Fest, war Überfluß, Lust und Laune. So auch die Zuckerkuchen und Windbeutel, die wie Scherzbrote aussahen, kleine Brote, die für den sofortigen und vollständigen Verzehr bestimmt waren. Im täglichen Leben wurde nie Zucker verwandt, wohl aber ein wenig Honig aus dem Bienenstock der Familie. Der Zucker der Städter hatte den Preis von einem Kilo Butter, war so viel wert wie ein ganzer Arbeitstag.

Welche Freude, sich nach so vielen sauren und ranzigen Gerichten Süßigkeiten zu Gemüte zu führen!

Weder Eichener noch Wintersang, noch Weber-Jacques waren zur Kirchweih gegangen. Sie fühlten sich zu alt dafür. Obwohl er in ihrem Alter war, schloß der Gâtiner Holzschuhmacher seine Werkstatt unter dem Vorwand, er könne Poleon nicht um das Fest bringen, und begleitete ihn dorthin. Unter der Führung von Louison und dem Großknecht bahnte sich die Burschenschaft rücksichtslos einen Weg durch die dichtgedrängte Menge. Bald stieß sie auf die eines anderen Dorfes, die sie am Vorbeigehen hindern wollte. Es gab Geschrei, gefolgt von derben Flüchen und einigen deftigen Schlägen.

In der Menge waren einige wenige Bürgersfrauen mit Spitzenhauben auszumachen, auch Schäfer unter ihrem dicken und schweren Überwurf, Witwen in ihrem Umhang, deren Kapuze ihre weiße Haube bedeckte. Die Kirchweih gehörte aber vor allem der Jugend, die den Süßigkeiten der Konditoreien noch die Süße der geraubten Küsse und der flüchtigen Liebkosungen hinzufügte. Es bildeten sich viele Pärchen, die sich von den Burschenschaften zurückzogen und schweigsam dahergingen, sich am kleinen Finger haltend. Mägde und Knechte, die sich beim Verdingen am Sankt Johannis oder Sankt Michaelis zum letzten Mal gesehen hatten, fanden wieder zusammen und gaben sich einen Handschlag, als wollten sie einen Handel abschließen. Und sie gingen zusammen abseits zu einer ruhigen Ecke, in der sie sich die Wangen aneinanderreiben oder sanft Hüfte gegen Hüfte drücken konnten.

Die Kirchweihfeste, wie die Messen und Märkte, die Wallfahrten und kirchlichen Feste waren Gelegenheiten für Liebesabenteuer. Der Schlitzelei waren keine Grenzen gesetzt. Die Verliebten spuckten sich gegenseitig in den Mund, raspelten sich dabei gewissenhaft den Schlund und fanden offenbar großen Gefallen daran. Andere begnügten sich damit, sich an den Fingern zu ziehen. Wieder andere saßen auf dem Erdboden, gegen die Hausmauer gelehnt, und sahen sich stundenlang schweigend in die Augen; der Bursche wagte sich, seine Hand in das Mieder seiner Schönsten zu tauchen. Aber die Mehrzahl der Jungen und Mädchen widmeten sich, sobald ihr Heißhunger auf Süßigkeiten gestillt war, dem Tanz, zu dem die Kapellen aufspielten. Endlose Reigen, Polkas, Menuette, Gavotten. Sie hörten erst auf, wenn sie vor Erschöpfung nicht mehr weitertanzen konnten, legten sich auf die Erde, schliefen eine Weile, um dann wieder aufzustehen und sich aufs neue ins Geschehen zu stürzen, wie trunken von Wirbeln und Melodien, trunken vor Freiheitsdrang und Jugend, trunken von dieser großen Herausforderung, von dieser großen Befreiung von der Arbeitswelt und dem Elend, die für sie die Kirchweih darstellte.

Bei einem der unzähligen Tänze reichte Louison zufällig Wolfskopf die Hand, der genauso überrascht war wie sie. Sie konnten ihre Hände nicht lösen, weil sonst die Reigenkette auseinandergerissen wäre. Aber es war ihnen, als glühten ihre Finger.

Diese glühenden Finger hatten etwas mit Hexerei zu tun. Wolfskopf, der doch sonst jegliches Angstgefühl zu unterdrücken verstand, konnte sich, wann immer er der Tochter des Schmieds begegnete, eines seltsamen Unwohlseins nicht erwehren. Sie ist eine Teuflin, sagte er sich, eine Art Hexe aus der alten Zeit. Diese Berührung, die ihm die Haut verbrannte, war der Beweis.

Louison dagegen konnte sich nicht das Ekelgefühl erklären, das sie in der Gegenwart von Eicheners Sohn überfiel. Sicher, die beiden Familien haßten einander, aber sie vermutete noch etwas anderes. Das befremdliche Aussehen Wolfskopfs, seine große Nase und seine blauen Augen, sein wilder Gesichtsausdruck, seine zu enge Vertrautheit mit dem Wald, sein Herumstreunen, hinter alldem verbarg sich ein Geheimnis. Wolfskopf sah nicht aus wie die Leute von hier. Er ähnelte niemandem, höchstens den Wölfen im Wald. Sie versuchte, Wintersang zum Sprechen zu bringen, denn sie erriet, daß der junge Mann nicht Eicheners leiblicher Sohn war. Aber Wintersang hüllte sich über die Anfänge des Dorfes nach der Zeit der großen Metzelei in vorsichtiges Schweigen. Louison war genausowenig seine eigene Tochter. Sollten sie doch selbst zusehen, all diese Bankerte, daß sie in dieser ihrer Zeit der Bankerte zurechtkamen. Louison ging sogar so weit, daß Wolfskopf seinen Namen nicht nur der äußeren Ähnlichkeit verdankte, sondern tatsächlich der Sohn einer Wölfin war. Sie spionierte ihm nach, und eines Nachts sah sie ihn am Rande des Dorfes sich mit einem Wolfsrudel unterhalten. Jetzt besaß sie die Gewißheit, daß diese Meute, die am hellichten Tag die Schmiede überfallen und ihren kleinen Bruder Pierre zerfleischt hatte, von diesem schlaksigen Kerl mit der großen Nase angeführt worden war. Sie hatte mit dem Gâtiner Holzschuhmacher darüber gesprochen, der aber machte sich über sie lustig: »Da stimmt doch was nicht in eurem Nest: dein Vater wird für einen Kobold gehalten, und du willst aus Eicheners ältestem Sohn einen Wolfsführer machen. Euer Pfarrer sollte euch wirklich mal gehörig den Zauber austreiben.«

Der Tanz hatte Wolfskopf und Louison getrennt. Ihr Kopf drehte sich, und sie entfernte sich von den Tanzenden.

Sie blieb eine Weile stehen und sah einer Gruppe von Männern zu, die mitten auf der Straße sitzend das Gänsespiel spielten; sie warfen die Würfel aus einem Pappbecher. Die bunten Bilder auf den dreiundsechzig numerischen Feldern fesselten sie. Die Brücke ... das Wirtshaus, der Brunnen ... das Labyrinth ... das Gefängnis ... der Tod ... und alle diese Gänse, bei denen die Spieler nicht stehen bleiben durften. Sie spürte, daß sie jemand an der Schulter berührte. Es war der Gâtiner Holzschuhmacher: »Hast du Jean-Marie gesehen? Ich habe ihn verloren!«

»Der Teufel soll ihn holen!« antwortete Louison unwirsch.

Der Holzschuhmacher ging zurück in die Menge, die immer lauter, immer ausgelassener wurde. Die Tänze, die Getränke, die Vergnügungen hatten die Stimmung angeheizt und die Nerven gereizt; da und dort brachen aus nichtigen Anlässen Schlägereien aus. Der Holzschuhmacher sah undeutlich den jungen Müller-Bürgermeister, seine Frau und seine Eltern, die Sergeweber, die sich bemühten, sich unter Wahrung ihrer Würde durch das Gedränge hindurchzuschlängeln. Er unternahm den Versuch, Jean-Marie zu rufen, aber selbst die lauteste Stimme hätte sich in dem Geschrei der Menge kein Gehör verschaffen können. Zutiefst entmutigt ging er aufs Geratewohl los, hoffte seinen Lehrling dank einer glücklichen Fügung wiederzufinden. Vom Meßplatz her kamen Schreie, er ging ihnen nach, konnte aber zuerst nichts sehen. Er fragte, was los sei. Er erfuhr, daß die Feldhüter des Grafen mit Knechten in Streit geraten wären und daß Blut floß. Er bahnte sich einen Weg und sah in der Tat die drei Feldhüter, die ihre Hüte verloren hatten und sich mit Fäusten und Füßen mit einer ihm unbekannten Bande von Jugendlichen prügelten. Erleichtert wandte er sich ab; er stieß auf den Großknecht, der die Burschenschaft des Dorfes anführte, und fragte ihn, ob er Poleon gesehen habe.

»Poleon? Dem geht es bestens. Seht nur selbst ...«

Der Großknecht führte den Holzschuhmacher zu einem Scheunentor. Jean-Marie, Poleon genannt, lag ausgestreckt, wie tot davor. Einen Augenblick lang meinte der Holzschuhmacher sogar, daß sein Kopf in einer Blutlache schwamm. Aber am Geruch erkannte er den erbrochenen Wein.

»Der Poleon«, sagte der Großknecht, »ist jetzt ein Mann.

Er hat sein erstes Besäufnis hinter sich, bald kann er zur Burschenschaft kommen.«

Und mit einem höhnischen Kichern fügte er hinzu: »Der gehört nicht mehr Euch, Holzschuhmacher; das Bürschelchen ist jetzt einer von uns!«

Die auf Befehl des Grafen vorgenommene Zusammenlegung der Felder war nichts Außergewöhnliches. In allen Provinzen förderte die Restauration die Bildung eines Großgrundbesitzes, der eine Modernisierung der seit dem Mittelalter unveränderten Anbaumethoden und Gerätschaften erlaubte. Das Bauernleben der nur für die Selbstversorgung arbeitenden Kötter und der zu wenig ertragreichen Pächter erlaubte darüber hinaus, gefügige und billige Arbeitskräfte für die neuen Fabriken in den Städten bereitzustellen. Auf diese Weise vollzog sich ein Umbruch in der Bevölkerung, wobei sich die Armut vom Lande in das Elend des städtischen Proletariats ergoß. Auf seine Art war also der Graf ein Erneuerer. Als erste waren die Pachtbauern betroffen, die weniger als zwanzig Hektar Land zu bestellen hatten und deren Gehöfte so weit über ihren Wert in Pacht gegeben worden waren, daß sie niemals ihre Schulden abtragen konnten. Ihre Arme waren ihr einziges Kapital; das Land, das sie bestellten, war überbewertet; sie durften nur säen, was ihnen der Eigentümer auftrug, konnten keine Erneuerungen vornehmen: ihre vollständige Abhängigkeit zwang sie zu einem Trott, dem sie als erste zum Opfer fielen.

Schon seit geraumer Zeit hatte das Dorf keine Gendarmen mehr gesehen. Sie kamen nun mit Verstärkung wieder zum Vorschein, zu Pferd, wie es sich gehörte, und mit umgehängtem Gewehr. Manche Pachtbauern versuchten zwar, Widerstand zu leisten, aber vor den sich auf Unsummen belaufenden Forderungen des Verwalters, der in Begleitung der drei Feldhüter und einer Gendarmeriebrigade kam, gaben sie sich schließlich geschlagen. Es war üblich, daß die Pachtbauern eine kleine Parzelle Land für sich selbst bestellten und zwei oder drei Schafe, bisweilen auch eine Kuh und ein Schwein hielten. Aber ihre Schulden erreichten derart schwindelnde Höhen, daß sie ihre Pachthöfe noch ärmer verließen, als sie sie bezogen hatten. Manchmal konnten sie noch nicht einmal die ererbte Truhe oder die Molle mitnehmen, weil der Verwalter den Karren und den Esel beschlagnahmte.

Die vertriebenen Pächter bemühten sich, trotz der schon zu großen Anzahl von Knechten und Mägden, auf den verschont gebliebenen Höfen eine Anstellung zu finden. Eichener hatte seinem gutmütigen Herzen nachgegeben, so daß er jetzt inmitten seines zahlreichen Gesindes wie ein reicher Bauer aussah, wenn er auf seinem Hocker am Ende des langen Tisches, zu dessen beiden Seiten die Bänke standen, saß. Louise nahm am anderen Ende gegenüber Platz wie eine große Dame und war noch ganz erstaunt darüber, nicht mehr stehend die Männer bedienen zu müssen. Denn die Arbeitskräfte drängten sich und schätzten sich glücklich, zu essen zu bekommen, ohne außerdem noch einen Lohn zu verlangen, den Eichener ihnen sowieso nicht hätte zahlen können.

Die Mahlzeiten wurden zunehmend karger. Jeder besaß einen Löffel und eine Gabel, die er nach dem Essen in einen kleinen, an der Wand befestigten Gurt steckte. Aber alle aßen aus derselben Schüssel, tranken aus demselben Zinnkrug und gossen, nachdem der Durst gelöscht war, ein paar Wassertropfen auf die Tischplatte, um den Rand, der mit ihren Lippen in Berührung gekommen war, zu reinigen. Dies überflüssige Gesinde aß am Tisch des Pachtbauern, schlief aber nicht unter seinem Dach, sondern in den Stallungen. Die Ehepaare und ihre Nachkommenschaft, das heißt die große Mehrzahl, richteten sich Verschläge ein und schliefen im Stroh. Um so viele Leute führen zu können, stellte Eichener einen Großknecht ein.

Die Eltern der Humpelaugustine, die von den Pachtbauern abhängig waren, bei denen sie sich für die Heu- und Getreideernte sowie die Weinlese verdingten, und ohne die sie, da sie keine eigenen Ackergeräte besaßen, nicht ihre Felder bestellen konnten, waren sehr bald auf Gedeih und Verderb dem Grafen ausgeliefert und verkauften ihm ihre Kötterei zu einem Schandgeld. So zogen auch sie zu Eichener, der ihnen einen Platz in der Scheune zuwies.

So wie der Graf die zu armen Pachtbauern verjagte, zerstörte er auch die Gehöfte, um jegliche Erinnerung an ein bestimmtes Stück Land auszulöschen. Und da er Tagelöhner für das Niederreißen der Mauern und den Abtransport der Steine brauchte, suchte sie sich der Verwalter unter den stellenlosen Knechten. So kam es dazu, daß diese Bauern, die der Graf zum Elend verurteilt hatte, indem er ihnen ihr

Arbeitsinstrument raubte, ihre letzten Sous nun damit verdienten, daß sie die Spuren ihrer jahrhundertelangen mühseligen Arbeit ausmerzten.

Angesichts einer solchen Umwälzung hatte es Eichener recht schwer zurechtzukommen, um so mehr, als Wolfskopf, der immer häufiger unterwegs war, ihm kaum half. Er versorgte allerdings die Hausgemeinschaft mit Wildbraten, und Eichener konnte sich nicht vorstellen, wie er ohne die Hasenragouts so viele hungrige Münder hätte sattkriegen können. Seltsamerweise erkannten Eichener und die vertriebenen Pachtbauern und Kötter – und die hätten es doch merken müssen! – trotz all ihrer Flüche nicht den Plan des Grafen. Sie glaubten steif und fest, daß das Dorf einem Hexenzauber zum Opfer gefallen war, und fanden die Bestätigung dafür in Wintersangs Verwandlung in einen Kobold, was für sie ganz offenkundig war, oder vielmehr darin, daß ein Kobold an Wintersangs Stelle getreten war. Auch den Holzschuhmacher sahen sie schief an, weil er mit einer Eule lebte. Da es ihnen als durchaus wahrscheinlich erschien, daß all dem Hexerei zugrunde lag, teilten sie es dem Kerzenpfarrer mit. Der geriet in helle Wut, antwortete ihnen, daß der letzte Hexer vor undenklichen Zeiten verbrannt worden sei und daß sie besser daran täten, der Zukunft ins Auge zu schauen und sich darauf einzustellen, nach Nantes oder Cholet arbeiten zu gehen. Eine solche Antwort brachte ihm den Ruf ein, unheilbar im Kopf verwirrt zu sein. Versteifte er sich nicht darauf, im Garten seines Pfarrhauses Kartoffeln anzubauen? Hatte er nicht eines Tages nach der Messe erzählt, sie müßten Gras säen, um künstliche Weiden anzulegen? Gras säen? Warum nicht gleich Steine pflanzen, wenn wir schon dabei sind! Das war also beim Studium im Priesterseminar zu Zeiten des Antichrist Napoleon herausgekommen! Anstatt etwas zu unternehmen, um den Teufel zu vertreiben, kümmerten sich jetzt die Pfarrer darum, Gras zu säen! Verfluchtes Gelichter!

Die Leute im Dorf beschlossen also, ihre Angelegenheiten selbst in die Hand zu nehmen, und belauerten den Schmied, um den Kobold überführen zu können.

Es war wie verhext: seit einiger Zeit schrie Wintersang nicht mehr so, wie früher das Mädchen Husarenzuhilf. Im Gegenteil, der Wein versetzte ihn in gute Stimmung. Da er nicht mehr den Dudelsack zu spielen imstande war, hatte er sich auf eine Darmorgel verlegt, indem er sich den Wanst mit Saubohnen vollschlug; seine tönenden Fürze klangen wie Gewehrschüsse. Schwankend trat er auf die Schwelle seiner Tür heraus, hob ein Bein und eine Gesäßhälfte an und ließ seinen Furz mit einem kurzen Knall fahren. Manchmal gelang es ihm, gleich zwei oder sogar drei hintereinander loszulassen, und dann lachte er laut auf und schlug sich auf die Schenkel. Anscheinend belustigte ihn seine Darmorgel sehr. Für die Leute im Dorf war dies ein weiteres Zeichen für seine Behexung.

Während der Abende am Kaminfeuer, wenn die Wollspinnerinnen ihre Kunkeln und Haspeln drehten, versuchten im flackernden Schein der in Holzgestelle gesteckten Harzdochte die Männer, sich an die Koboldgeschichten zu erinnern. Ein Knecht vom Teichhof beteuerte, seinerzeit an manchen Abenden im Kreis der Familie gesehen zu haben, wie sich die Kobolde an den Kamin setzten und den Spinnerinnen den Hof machten. »Einmal«, sagte er, »luden wir einen von ihnen ein, sich auf den Dreifuß über der Glut zu setzen, und der Kobold machte einen Luftsprung und hielt sich den Hintern. Brandarsch hieß er, dieser Kobold. Wir riefen laut seinen Namen: Brandarsch! Brandarsch! Und er kam jeden Abend wieder. Nur hinsetzen wollte er sich nicht mehr, es sei denn auf den Schoß der Mädchen.«

»Ich«, sagte da ein Knecht vom Senkenhof, »ich kenne die Geschichte vom Kobold, der sich auf dem Grund des Teiches versteckt hielt und der Liebhaber einer Wäscherin wurde. Acht Wochen hindurch war er, kaum war ihr Mann eingeschlafen, bei ihr und entschlüpfte um Mitternacht durchs Schlüsselloch. Der verliebte Kobold brachte den Überfluß ins Haus. Die Kinder gediehen, das Brot vermehrte sich in dem Maße, wie es geschnitten wurde, die Getreidekörner wurden dick wie Puffbohnen. So sehr, daß der Mann Verdacht schöpfte und den Pfarrer rief, der das Haus vom Spuk befreite. Und eines Nachts ging der Kobold, der nun nicht mehr durch das Schlüsselloch entwischen konnte, in die Falle. Toll vor Eifersucht verbrannte der gehörnte Ehemann den Kobold auf dem zur Weißglut erhitzten Dreifuß.«

»Da seht ihr«, rief einer, »die Kobolde, die müssen immer auf einem Dreifuß verbrannt werden.«

»Nur so kann man sie loswerden. Die haben nämlich keine Angst vor dem Feuer, sind doch alle Schmiede, die nehmen sich davor nicht in acht.«

»Vielleicht sollten wir's mal mit unserem versuchen?«

»Wenn wir ihm richtig einheizen, wird der schon aus dem Leib des Rekruten ausfahren, und Wintersang wird ihn lossein, das ist wie mit einem Bandwurm.«

»Wintersang ist während der Hundert Tage gestorben, mit seinem Sohn und Monsieur Henri. Wir wissen doch nur zu gut, daß ein Kobold an seiner Stelle zurückgekommen ist und jetzt in seiner Schmiede furzt.«

»Und dieser Kobold hat die Johannisfeuer ausgebreitet.«

»Wenn es ein Kobold ist, dann sollte ihm der Arsch verbrannt werden.«

Am nächsten Morgen kam in aller Frühe ein ganzer Haufen von Dörflern zu Wintersang, der bei ihrem Anblick ein Bein anhob und zum Gruß einen schallenden Furz losließ. Er begann zu lachen, als ihn die Männer ergriffen, glaubte an einen Scherz. Der kleine Gust wollte sich dazwischen stellen, doch einer der Männer packte ihn und warf ihn aus der Schmiede. Unterdessen setzten die anderen Wintersang auf die lohende Kohlenglut. Er stieß ein fürchterliches Geschrei aus, und in den für die Hufschmieden so typischen Gestank von versengtem Horn mischte sich der Geruch nach verbranntem Stoff und Leder.

Die Männer machte das Gekreische des Schmieds, der wie ein gestochenes Schwein quiekte, schier verrückt.

»Der Kobold will nicht ausfahren«, sagte einer von ihnen.

Dem Knecht vom Senkenhof gingen die Nerven durch; er packte einen der massigen Hämmer und hieb dem Schmied mit aller Kraft auf den Schädel, der daraufhin nicht mehr schrie.

Vor der Tür hielt der Mann, der Gust rausgeworfen hatte, mit Mühe Wintersangs quäkende Kinderschar zurück. Die Frau mit dem Mausgesicht und Louison stürzten herbei. Gust hatte den Gâtiner Holzschuhmacher alarmiert, der herbeieilte.

»Sehr nur, der Eulenmann«, schrie der Türhüter. »Nimm dich bloß in acht, Holzschuhmacher, wenn du uns Unglück bringst ...«

Das Innere der Schmiede begann sich rot zu färben, und plötzlich kamen die Männer herausgestürzt, die Wintersang getötet hatten; dicht hinter ihnen die Flammen, die schon aus der Werkstatt schlugen. Sie stießen Wintersangs Frau, Louison, die Kinderschar und den Holzschuhmacher zur Seite und schrien: »Brandarsch! Brandarsch! Der verfluchte Kobold ist zur Hölle gefahren!«

Ist es wahr? Ist es falsch? Wie dem auch sei, es wurde im Anschluß daran erzählt, daß die Hexe mit den Drechselbeinen gesehen worden wäre, die an einem Stock geht und auf der Schulter eine Kröte trägt, die niemand anderes ist als ihr vom Teufel verwunschener Mann. Elf Kobolde wären ihr gefolgt.

So zog die Frau mit dem Mausgesicht, mit ihrem Koboldmann auf der Schulter, und ihren elf Rangen aus der Gegend fort. Louison entging dem Zauberbann; aber sie war ja auch, wie alle wußten, nicht Wintersangs leibliche Tochter.

Da die Schenke mit der Schmiede abgebrannt war, erklärte sich der junge Müller-Bürgermeister bereit, Louison als Zimmermädchen bei sich aufzunehmen. Um so mehr, als die Schulden, die Wintersang beim alten Müller-Bürgermeister für den Erwerb seiner Hufschmiede auf sich genommen hatte, noch nicht vollständig getilgt waren. Das könnte nun Louison mit ihrem Lohn zu Ende führen.

Bedauerlich war nur, daß trotz der Koboldverbrennung der Fluch nicht minder auf dem Dorf lastete. Die Zahl der Pachthöfe schrumpfte, die Zahl der Tagelöhner und Knechte stieg, Alte ohne Auskommen, Witwen ohne Anstellung, eine Herde Kinder, die bald größer war als die Viehherde, die sie zur Weide führen sollten; Schikanen der Feldhüter des Grafen, die das Pilzesammeln, Jagen, Holzschlagen untersagten ... Es wollte einfach kein Ende nehmen! Eine große Wallfahrt wurde zu der Stelle veranstaltet, die jetzt nicht mehr der Gargantua-Stein, sondern der Stein des guten Pfarrers hieß. Die jungen Leute wußten nicht, wer dieser Pfarrer war, den sie mit dem seligen Vater von Montfort verwechselten. Aber Jahr für Jahr begab sich das ganze Dorf in einem Wallfahrtszug in den Wald. In jenem Jahr gab es zwei Prozessionen: die eine unter der Leitung des Kerzenpfarrers, die andere war die der Kleinen Kirche und wurde von Eichener angeführt.

Von denen, die den Pfarrer Noah gekannt hatten, waren nur noch wenige am Leben. Allmählich überwucherten die Stechpalme, der Mäusedorn und Eichentriebe den moosbedeckten Dolmen. Aber die beiden Prozessionen sangen inbrünstig, jede auf ihre Art, ihre Kirchenlieder. Eichener und Weber-Jacques beteten aufrichtig, mit all ihrer Glaubenskraft, auf daß der Pfarrer Noah, der im Paradies weilte, woran überhaupt kein Zweifel bestehen konnte, dem Dorf, seinem Dorf, den Frieden zurückbrächte. Was hatten sie dem Herrgott nur angetan, daß er ihnen eine solche Sühne auferlegt hatte? Wofür wurden sie bestraft? Der Ausbruch des Feuers in der Schmiede legte die Vermutung nahe, daß der Schmied infolge eines Unfalls, beim Brand seines Hauses gestorben war, ein Brand, den sicherlich ein Kobold gelegt hatte. Eichener glaubte daran. Der Fluch, der Wintersang und seine Familie getroffen hatte, erschien ihm als eine selbstverständliche, wenn auch schreckliche Strafe, für die Monsieur Henri, hoch droben im Himmel, der Anlaß sein mußte. Eichener sah nun seinen kleinen Henri mit den Zügen des heiligen Erzengels Michael, der aus Stein gehauen in der Kirche stand und das blitzgeladene Schwert gegen den Teufel schleuderte. Diese Blitze hatten die Schmiede in Brand gesteckt.

Zum ersten Mal, seit er aus seinem Baum gekrochen war, weinte Eichener. Er weinte über Wintersangs Tod, denn er wußte, daß mit dem Schmied ein Stück von ihm selbst gestorben war, das außer Jacques und Louise niemand kannte. Er weinte um das Mädchen Husarenzuhilf, um Léonie, um Louises Vater, Opfer des ersten Betrunkenen im Dorf, um Monsieur Henri, um die alte Louise, er weinte über das Elend von Humpelaugustines Eltern, über den König, der sie der Gier der Mächtigen auslieferte. Er weinte um das Land, das durch die Flurbereinigung des Grafen völlig durcheinandergeraten war. Er weinte um das Dorf, das nicht mehr das Dorf des Pfarrers Noah war. Er weinte über sein endloses Altern. Er war sicher nicht so alt, wie es das Personenregister angab, aber in jenem Augenblick fühlte er sich älter als der Dolmen.

Ein junger Mann, der nicht mitansehen konnte, daß er so lange vor sich hinschluchzte, trat auf ihn zu und legte ihm sanft die Hand auf den Arm: »Warum weint Ihr denn, Vater Eichener, wo Ihr doch gar nicht von hier seid ...«

Wo Ihr doch gar nicht von hier seid! Wie war das zu verstehen? Wieder alles von vorn anfangen, von dem Augenblick an, da er mit Wintersang die ersten Arbeitsgeräte angefertigt, die ersten Häuser mit dem Astwerk und Laub bedeckt hatte …? Aber was nützte das schon! Heutzutage strömten die Notleidenden zu Eicheners Pachthof, und das war wie ein neues Dorf, das es zu lenken galt. Er wischte sich mit dem Ärmel die Augen trocken, hob den Kopf und erblickte Wolfskopf, der ihn anstarrte. Es war unfaßbar für Wolfskopf, den Vater weinen zu sehen. Doch dann zog er sich plötzlich zurück und verschwand wieder einmal.

Nicht nur hatte die Wallfahrt zum Gutenpfarrerstein den Fluch nicht aufgehoben, der aus unerklärlichen Gründen über das Dorf hereingebrochen war, auch der Zorn Gottes wollte sich nicht legen. In diesem Land, das gewöhnlich so feucht ist, herrschte im neuen Frühjahr eine ungewöhnliche Trockenheit. Jeder Tag brachte neue Gewitter, aber diese Gewitter waren trocken. Der Himmel bedeckte sich mit Wolken, färbte sich schwarz und wurde dann von Feuerblitzen zerrissen. All die Toten des Großen Krieges, die hunderttausend, die nicht vom großen Marsch in den Nordwesten zurückgekehrt waren, die dreißigtausend, die von den höllischen Kolonnen des Ungeheuers Turreau niedergemacht worden waren, alle die in den anderen Kriegen gegen Barras, gegen Buonaparte, gegen den Antichrist Napoleon Gefallenen, all diese Toten rannten dort über den schwarzen Wolken einher und machten mit ihren Holzschuhen einen Höllenlärm.

Die Dörfler forderten den Kerzenpfarrer auf, dies verfluchte Gewitter zu beruhigen und es regnen zu lassen. Früher warteten die Pfarrer nicht solange, bis daß die Pfarrkinder sich für eine so normale Tätigkeit an sie wandten. Sie setzten von sich aus Prozessionen an, sprachen die notwendigen Gebete, und das Wetter kam wieder ins Lot. War der Pfarrer denn nicht der Fürsprecher der Menschen vor den Göttern? Wozu diente er denn sonst, wenn nicht gerade zu diesem Zwiegespräch, das den einfachen Sterblichen versagt ist? Aber die Jugend, die in den Priesterseminaren zu Zeiten der Patauds erzogen worden war, kannte diese Bräuche nicht mehr. Kein Wunder, daß der Herrgott zornig war!

Alle wurden zornig. Nach Gott sogar der Pfarrer selbst, der nichts hören wollte vom Regen und Gewitter; der sagte, daß sie ihn wohl für einen Zauberer hielten und daß die Schande über das Dorf käme und einen ganzen Haufen anderer Ungereimtheiten mehr.

O nein, der Kerzenpfarrer wäre nie und nimmer zu den Monitorien imstande gewesen, so wie der Pfarrer Noah! Es ist unbestreitbar, daß der Arme Zeichen eines von Mal zu Mal verwirrteren Geistes zeigte, denn er sprach nur noch von Luzerne und Klee, von Fruchtwechsel und Kalkdüngung.

Der kleine Handaufleger, der jetzt zwölf Jahre alt war, hatte etwas von einem Zauberer an sich, aber er konnte nur die Krankheiten heilen, nicht das Wetter. Er wurde trotzdem mit Fragen bestürmt, und er sammelte all seine Kraft, wie er es tat, bevor er einen Kranken berührte, schien nahe daran, von der Fallsucht gepackt zu werden, wand sich vor Schmerzen, schwitzte alle Tränen seines kleinen mageren Körpers aus und »sah« einen Hexer jenseits des Waldes. Er wußte nicht genau, wo, aber dieser Hexer, ein großer Zaubermeister, könnte das Wetter beeinflussen. Vielleicht ballte sich ja auch das Gewitter nur deshalb mit einer solch hartnäckigen Gewalt über diesem Landstrich zusammen, weil der Hexer das schlechte Wetter von der Gegend, die er zu beschützen hatte, ablenkte.

Wie sollte man den Hexer finden? Der Handaufleger sammelte nochmals alle Kraft und sagte: »Wolfskopf kennt den Hexer.«

Die Dörfler warfen sich Blicke heimlichen Einverständnisses zu. Was verloren sie ihre Zeit mit diesem Pataud-Pfarrer, wo doch Wolfskopf, der so häufig im Wald verschwand, Wolfskopf mit seinem seltsamen Aussehen, der so viele Dinge gelernt hatte während seiner langen Wanderschaft, der schon damals als einziger Malet hatte zähmen können... Natürlich, der älteste Sohn des Eichener mußte den Hexer kennen! Nichts selbstverständlicher als das!

So kam das Dorf dahinter, daß der Sohn der Husarenzuhilf nicht nur Wilddieb, sondern auch Wolfstöter war, denn er versorgte den großen Hexenmeister, der jenseits des Waldes wohnte und dessen Heilmittel aus Herzen, Lebern und Knochen von Wölfen Wunder wirkten. Mit einer im Backofen zubereiteten Leber heilte der große Hexenmeister unfehlbar die Wassersucht, Warzen und Kopfschmerzen. Die Ruhrkranken, die so zahlreich waren, kamen von sehr weit her, um seine Fledermausbrühe zu trinken, die mit Gedärmen des *Dings* angereichert war. Sein Bedarf an Wolfsfleisch war gewaltig, denn er verkochte es zu Puder, mit dem er die

Fallsucht heilte, zog es noch blutend über die Kröpfe. Es gelang ihm sogar, die Pferde vom Durchfall zu heilen, indem er sie mit dem Fleisch des Grauhundes zustopfte.

Der Graf verbot die Jagd in seinem Wald, das Schlingenlegen und das Fallenstellen. Er gestand seinen Bauern das Recht zu, die Wölfe mit Geschrei und Steinwürfen zu verschrecken, untersagte ihnen aber, zur Flinte zu greifen. Bekanntlich war es der Restauration gelungen, was weder die Revolution noch das Direktorium, noch das Kaiserreich jemals gewagt hatten: die Vendée zu entwaffnen. Alles Kriegsgerät war von den Soldaten des Königs eingesammelt worden, die diesen Habenichtsen, den Rebellen im Namen des Königs mißtrauten. Sogar die Jagdflinten waren nur unter der Bedingung geduldet, daß sie brav am Kamin angehängt waren und die Bauern sie nicht benutzten. Der aus der Emigration zurückgekehrte Adel fürchtete die Bauern viel mehr als die Wölfe.

Das Privileg der Wolfsjagd kam den Waldhütern und den Wolfsjägern zu, stets stolze Großgrundbesitzer in blauem Gewand, die man bisweilen mit ihren Meuten über die Flure ziehen sah.

Vor seiner Abmachung mit Wolfskopf konnte sich der große Hexenmeister kein Fleisch der Bestie mehr beschaffen. Er wußte nicht, wie der Sohn der Husarenzuhilf es anstellte, diese Höllenhunde zu töten; er brachte sie ihm erwürgt; er zog ihnen das Fell ab, das er zurückbehielt, um es den Bauern zu verkaufen, die es an die Tore ihrer Schafställe hängten.

Wolfskopf bat den großen Hexenmeister, er möge das Gewitter vom Dorf seines Vaters fernhalten und Regen fallen lassen. Was auch geschah. Die Dörfler feierten Wolfskopf drei Tage lang. Am vierten Tag begannen sie, ihn schief anzusehen. Was für eine merkwürdige Macht er doch über die Wölfe hatte! Und dieser Handel mit dem großen Hexenmeister war eher beunruhigend. Wenn er gemeinsam mit diesem Zauberer das Gewitter anhalten und es regnen lassen konnte, würde er da nicht genausogut, falls ihm danach wäre, den Hagel und Frost auf sie loslassen können? War es recht gewesen, sich einem Vagabunden anzuvertrauen? Von nun an war Louison nicht mehr die einzige, die ihm nicht über den Weg traute.

Ihre Arbeit beim jungen Müller-Bürgermeister hatte Louison vom Gâtiner Holzschuhmacher entfernt, denn sie konnte nicht mehr zu ihm gehen, ohne daß das ganze Dorf davon erfuhr. Da jedoch der Holzschuhmacher weiterhin Handdienste in den beiden Mühlen verrichtete, war es ihr manchmal möglich, ihrer Arbeit im Hause zu entkommen und den Gâtiner auf den Speicherböden zu treffen, wo sich ihnen die Weizensäcke wie große Betten anboten.

Seit die Katastrophe über ihre Familie hereingebrochen war, hatte sich Louison stark verändert. Sie hatte ihre Unbeschwertheit, ihre spöttische Heiterkeit eingebüßt. Das Sanfte ihrer braunen Augen war verlorengegangen, und es blieb nur noch dies dunkle Flackern. Die Rundungen und die Fülle aus der Kinderzeit waren aus ihrem Gesicht verschwunden, dagegen zeigte sie nun diese von der Mutter geerbte Lebendigkeit und Widerstandskraft. Aus der liebenswürdigen Serviertochter war eine selbstbewußte, willensstarke junge Frau geworden, die nunmehr den Appetithäppchen der Schlitzelei die erwachseneren Liebesspiele mit dem Gâtiner Holzschuhmacher vorzog. Dabei barg aber diese heimliche Verbindung viele Gefahren. So sehr auch die Schlitzelei gewissermaßen die Rolle einer vorsichtigen Lockerung der vorehelichen Keuschheit spielte, so sehr sie auch den jungen Paaren Verbindungen auf Probe erlaubte, Ehebruch und schamloses Verhalten wurden nicht geduldet in dieser von der Außenwelt abgeschlossenen Gesellschaft, in welcher der geringste Verstoß gegen die Normen als Verbrechen galt, das umgehend geahndet wurde. Als ehemalige Anführerin der Burschenschaft der Mädchen wußte Louison nur zu gut, daß die Burschenschaften unnachgiebig und die strikte Einhaltung der Sitten und Gebräuche achteten und daß ein Mädchen, das mit einem alten, obendrein noch Ledigen (wo doch das Junggesellentum, wie auch die Unfruchtbarkeit, schon an sich als Makel galt) sündigte, nur Mißbilligung und Strafe nach sich ziehen konnte. Aber Louison und der Holzschuhmacher hatten Geschmack aneinander gefunden. In diesen Zeiten des Elends bedeutete für sie das Vergnügen, das sie sich schenkten, ein Unterpfand des Glücks.

Inmitten all dieser Ängste, Befürchtungen, der wiedergekehrten alten Schrecken und erwachten Grausamkeit war Eichener eine große Freude vergönnt: ein Eselfüllen kam auf seinem Hof zur Welt. Vor dem noch klebrigen Tier, das ungeschickt versuchte, sich auf seine gespreizten Beine zu stellen, träumte Eichener von einer ganzen Familie dieser Zuchtesel aus dem Poitou mit ihrem langen, faserigen Fell und riesigen Hasenohren, Esel, die unermüdlich waren, die ohne Hufeisen und Zaumzeug liefen, nur mit einem einfachen Gurt über dem Bug, und die auf den großen Messen von Fontenay so teuer an die Spanier verkauft wurden. Er holte Minister, um ihm seinen Sohn zu zeigen. Aber Minister sah mit ausgemachter Gleichgültigkeit auf diese nur aus Beinen bestehende Mißgeburt, die da im Stroh zappelte. Er grüßte jedoch die Mutterstute mit dem Schrei eines Eroberers; dann drehte er der Krippe den Rücken zu und starrte unentwegt auf die Stallmauer, als hoffte er, daß ein Strauß Disteln daraus sprieße.

Die Kötter, die zu arm waren für eine Weide, auf die sie ihre einzige Kuh hätten führen können, die Tagelöhner, deren Frau eine Ziege oder ein Schaf zu halten versuchte, ohne selbst ein eigenes Stückchen Land zu besitzen, nahmen zu den Allmenden Zuflucht. Jeder konnte dort sein Vieh weiden lassen. Von dem nicht sonderlich üppigen Gras konnten die Tiere nicht fett werden. Aber sie fanden hier so viel Futter wie nötig, um den Armen ein Mindestauskommen zu gewährleisten.

Jene, die wie die Eltern der Humpelaugustine das Dorf noch von der Zeit vor seiner Zerstörung durch das Ungeheuer Turreau kannten, sagten, daß damals dank der Allmenden kein Armer zu betteln brauchte. Die wie Eichener die ersten Zeiten des wieder auferstandenen Dorfes erlebt hatten, sagten, daß damals das Dorf in seiner Gesamtheit Gemeingut und alle Felder Allmenden waren. Denn als sie aus dem Wald herauskamen, gehörte, was einem einzelnen gehörte, allen und was allen gehörte, gehörte jedem. Aber die Jüngeren schüttelten den Kopf über dieses Gefasel. In Wirklichkeit hatte sich der frühere Müller-Bürgermeister einen Großteil der Allmende angeeignet, und jetzt behauptete der Verwalter des Grafen, daß alle Gehölze in der Nähe des Waldes diesem wieder einverleibt werden müßten, da sie unrechtmäßig von der Revolution abgetrennt worden seien. Auf so manches Ölland, das sich inmitten der Ländereien befand, trieben dessen Pächter ihre Schafherden; wenn jedoch die Armen ihre Tiere dorthin führten und sich darauf beriefen, daß es sich um Allmenden handelte, wurden sie von den Feldhütern verjagt.

Nach und nach beschränkten sich die Allmenden auf einige Wegraine, auf einige derart mit Stechginster gespickte Parzellen, daß selbst die Ziegen sich dort nicht hineinwagten; oder auf Morastgelände, dessen flüssiger, meistens tiefer Schlamm nur eine Falle war, in der Mensch und Tier versanken.

Kötter und Tagelöhner ohne Weideland waren gezwungen, ihre Tiere, die sie nicht mehr ernähren konnten, zu verkaufen. Da außerdem der verminderte Getreideanbau, das Ausreißen der Rebstöcke zu einer sinkenden Nachfrage nach Arbeitskräften führten, hatten die, die keine Anstellung bei Pachtbauern zu finden vermochten, keinen anderen Ausweg als auszuwandern.

Die Jüngeren machten sich als erste auf den Weg, ohne Gram, mit einem Lied auf den Lippen. Sie gingen zum benachbarten Flecken und boten sich auf dem Markt als Arbeitssuchende an. Aber dort trafen sie auf andere junge Leute, die ebenfalls mit einem Lied auf den Lippen von anderen Dörfern gekommen waren und eine Anstellung suchten.

Der Weggang der Alten war weniger fröhlich. Sie packten ihre Habe, ihr Arbeitsgerät auf einen Esel, folgten ihm mit gesenktem Kopf, schon zu dieser Erde gebeugt, die sie bald verschlingen sollte, zogen die Füße nach, hielten sich mehr schlecht als recht mit Hilfe eines Wanderstocks aufrecht.

Der Überschuß aus den Dörfern, der sich in die Marktflecken ergoß, erreichte bald solches Ausmaß, daß die Hälfte ihrer Bevölkerung betteln ging. So vertrieben auch die Flekken diesen Abfall, der sich dann auf den ausgebauten Wegen befand, die zu den Hauptorten der Kantone führen. Diese Wege waren keine Landstraßen, allerdings auch keine Hohlwege. Die Hohlwege liefen um die Felder herum, denn jedes Feld hatte ein Recht auf einen eigenen Weg. Deshalb gab es ebensoviele Wege wie es Felder gab, und jeder führte zu einem Hof, der gewissermaßen den Mittelpunkt eines Spinnennetzes darstellte. Aus den Hohlwegen herauszutreten, bedeutete, sich ungeschützt zu zeigen, und auf das Unbekannte zuzugehen. Jenseits des nächstgelegenen Marktflekkens begann das Abenteuer.

Dieses herumirrende und bettelnde Volk wurde mal gut aufgenommen, mal verjagt, ausgebeutet bei Saisonarbeiten zu niedrigem Lohn, manchmal nur für einfache Kost, es wurde gefüchtet wegen seiner Zahl. Schließlich stieß es auf die Landstraßen, diese Landstraßen, die von der Revolution und dann vom Kaiserreich gegen die Hohlwege gezogen worden waren, die den Bocage zerschlagen sollten, damit er nicht länger ein undurchdringliches Heiligtum blieb; diese Landstraßen, Arme von Kraken, deren Kopf und Herz in den Städten steckten, die die Aneignung des Ländlichen durch das Städtische, des Bauern durch den Städter erzwangen.

Die nicht unterwegs starben, die zu alt waren, um sich damit zu begnügen, auf dem Platz vor einer Kirche zu sitzen und die Hand aufzuhalten, gelangten schließlich, eingedeicht von diesen breiten, schnurgeraden Landstraßen, an die Loire, die sie sich aber nicht zu überqueren trauten, denn sie erinnerten sich verworren an die Katastrophe des großen Marsches in den Nordwesten. Von der anderen Seite des Stroms kam jedoch der Lärm der gewaltigen Stadt herüber: Nantes, an der sich die Vendéer im Jahre 1793 die Zähne ausgebissen hatten. Manche wagten sich dorthin. Andere bogen nach Osten ab, nach Cholet, Angers. In Lumpen kamen sie dort an, bereit, jede beliebige Arbeit, jedes beliebige Quartier anzunehmen, gänzlich darauf eingestellt, die neuen Spinnereien, die Schiffswerften zu bevölkern, bereit, in diese Armee der Arbeit einzutreten, die in den Städten aus dem Erbrochenen der Bauernschaft entstand.

Die Angst, eine undeutliche Angst, ging weiterhin im Dorf um. Der Weggang der Ärmsten war mit Erleichterung aufgenommen worden, aber gleichzeitig fühlte man sich auch selbst von der Vertreibung bedroht. Der Verwalter und seine drei Feldhüter waren lästig, stets gegenwärtig, überwachten wie Gendarmen das Tun und Treiben jedes Dorfbewohners. Sie selber waren nervös und ständig auf der Lauer, seitdem sie am hellichten Tage von einem Wolfsrudel angefallen worden waren. Seltsam, dieser blitzschnelle Angriff der Wölfe, die aus dem Wald hervorstürmten und die Pferde der Feldhüter von vorn anfielen! Nicht nur Louison stellte eine Beziehung her zu dem Überfall der Wölfe auf Wintersangs Schmiede, bei dem ihr Bruder Pierre zerfleischt worden war. Auch diesmal schienen die Wölfe einem Befehl gefolgt zu sein. Sie sprach mit dem Gâtiner Holzschuhmacher darüber: »Hinter alldem steckt ein Wolfsführer.«

»Worauf willst du hinaus?«

»Ich sag Euch, es gibt einen Wolfsführer.«

»Dummes Geschwätz!«

»Ihr kennt ihn gut.«

»Ich?«

»Ja. Und Ihr wißt, daß Eichener nicht sein Vater, daß seine Mutter eine Wölfin ist.«

»Was erzählst du denn da für einen Unsinn!«

»Wenn der Wolfskopf heißt, dann gibt es wohl einen Grund dafür. Ich habe doch Augen im Kopf. Ich erinnere mich noch gut an den Abend, als er aus dem Osten zurückkam; und woher kommen die Wölfe? Aus dem Osten. Da war ihm ein Wolfsrudel vorausgezogen ...«

»Zufälle gibt's immer, und aus diesen Zufällen macht ihr euren Aberglauben.«

»Ist es ein Zufall, wenn Wolfskopf den großen Hexenmeister kennt, der das Gewitter anhält und den Regen fallen läßt?«

»Der Regen wäre letztendlich auch von allein gefallen.«

»Ihr seid wirklich zu dumm. Eure Städterdummheit wird Euch noch zugrunde richten. Es ist wie mit Eurer verdammten Eule. Alle machen sich darüber lustig. Es wird auch gesagt, daß, wenn sich ein Hagestolz und eine alte Jungfer zusammentun, nur eine Ratte dabei herauskommen kann.«

»Bist du das etwa, die alte Jungfer.«

»Macht Euch nur lustig! Wenn wir eines Tages entdeckt werden, dann wird das für Euch genauso schrecklich enden wie für mich.«

Gewaltiger Lärm ließ sie hochschnellen. Sie brachten in aller Eile ihre Kleidung in Ordnung und liefen zur Luke. Die Leiter war abgerutscht, und unten rappelte sich verlegen ein Junge wieder auf.

»Jean-Marie, was machst du denn da?«

»Ich suchte Euch. Da ist jemand, der wollte eine Bestellung aufgeben. Herzen für eine Hochzeit. Er hat's eilig. Er wollte Euch sofort sehen. Da hab ich gedacht, ich muß gleich mal hingehen.«

Louison drückte sich hastig in eine Ecke. Aber Poleon hatte sie doch gesehen.

»Stell die Leiter wieder hin. Ich komme mit dir.«

Unterwegs schmollte Poleon. Die Beziehung zwischen dem Holzschuhmacher und seinem Lehrling hatte die herzliche Komplizenschaft der ersten Zeit verloren. Seit Poleon sich mit der Burschenschaft betrunken hatte, wollte er ein Mann sein, glaubte, es zu werden, indem er eine grundlose Feindseligkeit gegen seinen Lehrherren an den Tag legte. Gleichzeitig verhielt sich Poleon aber auch noch wie ein Kind. Seit langem schon vermutete er, daß der Holzschuhmacher ein Verhältnis mit Louison hatte, was ihn in rasende Eifersucht versetzte. Er lauerte Louison oft auf, als sie noch die Schenke führte; er wurde von der jungen Frau schroff angefahren, und das ärgerte ihn. Wenn sie in seiner Abwesenheit in die Holzschuhmacherei gekommen war, bemerkte er an dem scharfen Geruch, den sie hinterließ und den er wie ein Hund witterte, daß Louison sich länger aufgehalten hatte. Der Holzschuhmacher wußte nicht, daß Poleon ihm oft, wenn er zu den Mühlen arbeiten ging, heimlich folgte, so wie an diesem Tag, da ihn der unglückliche Fall der Leiter verraten hatte.

Um sich seine Verlegenheit nicht anmerken zu lassen, sang der Holzschuhmacher vor sich hin:

»Steckt nur mein Herz hier drinn'
In ein Tuch aus weißem Leinen.
Bringt es meiner Liebsten hin,
Die zu Haus blieb allein.«

Als sie bei der Holzschuhmacherei ankamen, war der Kunde nicht mehr da.

»Du hast doch nicht etwa gelogen, Jean-Marie?«

»Nein, ich schwör's Euch.«

Der Holzschuhmacher wurde plötzlich nachdenklich. Er zögerte, ging dann aber ohne Umschweife das Problem an: »Was hast du gesehen, dort in der Mühle?«

»Nun, ich habe Euch gesehen.«

»Nur mich?«

Jean-Marie/Poleon antwortete nicht.

Der Holzschuhmacher setzte sich an die Werkbank und hieß seinen Lehrling näher zu kommen. »Du hast noch viel zu lernen, Jean-Marie. Sieh dir diesen Erlenast an. Es steckt ein Holzschuh drin, aber wir müssen jetzt herausfinden, wo. Es war einfacher, bevor der Graf zurückkam, da konnten wir einen aus dem Stamm herausschneiden. Jetzt ist es wie vor der Revolution. Die Holschuhmacher haben kein Recht mehr auf Baumstämme, nur noch auf die Äste. Man muß den Ast in der Faserrichtung des Holzes nehmen, gut das zu verwendende Stück vorbesäumen, damit keine Fehlkanten übrigbleiben und der Schuh überall aus astfreiem, massiven Holz ist ... Der Einstieg des Holzschuhs muß richtig rund und richtig steil sein, so ... Du nimmst dann den Bohrer und gehst bis zur Spitze des Holzschuhes vor, aber nicht bis ganz ans Ende. Das Zurichten geht besser mit dem Löffelbohrer. Wenn du zweimal bohrst, siehst du, wie weit du mit dem Aushöhlen gehen kannst. Das dauert zwar länger, aber die Aushöhlung ist besser. Du schneidest dann an beiden Seiten des Loches, das du gebohrt hast, das Holz weg, von der Spitze bis zum Einstieg. Dann hebst du den Hacken aus ... Jean-Marie, wo bist du mit deinen Gedanken? Du bist nicht mehr derselbe seit einiger Zeit. Was ist nur mit dir los?«

»Nichts, ich hör Euch doch zu«, sagte Poleon verärgert.

»Du hörst mir nicht mehr auf dieselbe Weise zu. Ich habe dir die Holzarten beigebracht, und ich bin sicher, daß du schon vergessen hast, aus welchem Holz die Fässer gemacht werden.«

»Doch, ich weiß es noch. Aus Edelkastanienholz.«

»Gut. Und die Sprossen der Leiter, mit der du vorhin umgefallen bist, woraus waren die?«

»Aus Esche.«

»Hattest du so viel Zeit zu sehen, daß sie aus Esche sind?«

Jean-Marie machte sich eifrig daran, seinen Holzschuh mit einem Löffelbohrer auszuhöhlen. Er ließ sich eine gute Weile Zeit mit der Antwort und erwiderte mit spöttischem Unterton: »Zeit dazu hatte ich genug. Na klar, ich hatte Zeit genug zum Sehen.«

Ein neuer Winter kam, über den allein Weber-Jacques sich freute. Denn von nun an war für Jacques, im Gegensatz zu den anderen Dorfbewohnern, der Winter gleichbedeutend mit einem besseren Auskommen. Die Schule wurde nämlich wieder eröffnet, in der Wohnstube, in der der Webstuhl und das Bett den meisten Platz einnahmen. Humpelaugustines Eltern machten sich ganz klein neben dem Kamin. Gène und Touène zeigten weniger Verständnis. Touène war noch recht erträglich; er blieb in seinem Schaffell an einem Tragebalken angehängt und begnügte sich mit einem Geschrei, mit dem er ab und zu das Aufsagen von Auswendiggelerntem unterbrach. Aber der mickrige Gène, der drei Jahre alt war, verfiel manchmal darauf, bei den Schreibspielen im Sand mitmachen zu wollen und verwischte die Buchstaben, die die Schüler mit so viel Mühe gezeichnet hatten. Zwischen dem Weinen des bestraften Gène und dem des bitter enttäuschten Schülers, auf die umgehend das Geheule Touènes antwortete, kannte das Haus keine Langeweile.

Dieser Winter sollte für Jacques und seine Hausgemeinschaft ein guter Winter werden. Die Schülerzahl hatte sich verdoppelt, und manche Pachtbauern, die durch die Flurbereinigung des Grafen zu Wohlstand gelangt waren, bezahlten ihn mit Scheffeln Weizen, in Butter und Käse. Jeder Schüler brachte weiterhin ein Holzscheit mit, und da sie nun zahlreicher waren, wurde auch das Feuer besser genährt. Die Jungen kamen morgens mit warmen Füßen an, denn ihre Mütter hatten dafür Sorge getragen, daß ihre Holzschuhe vorher mit einer Schaufel heißer Asche angewärmt wurden.

Weber-Jacques vermied es, vor seinen Schülern von den Kobolden zu sprechen. Er erzählte ihnen die Geschichte von den Seelen der Verbrecher, die zu schwarzen Hunden wurden und die Schätze hüten; die Geschichte von den weißen Damen, die nachts mit brennenden Wachskerzen umherwandeln, von den Frauen, die nachts waschen gehen; vom roten Arm, der die Kinder verschlingt, die zu nah ans Flußufer gehen; von den Katzen, die Steigeisen tragen, um sich auf dem Eis nicht die Pfoten zu brechen, wenn sie in der Walpurgisnacht zum Hexensabbat laufen ... Von all diesen Gestalten, die der Angst vor der Dunkelheit und den Alpträumen entstiegen waren.

Die Kinder, die diese Märchen schon größtenteils von den Abenden im Familienkreis am Kamin kannten, wurden nicht müde, den Abenteuern der Melusine zu lauschen.

Weber-Jacques erzählte, wie er eines der von der Fee erbauten Schlösser im Wald von Mervent gesehen hatte; wie Melusine innerhalb von drei Nächten die Kirche von Parthenay-le-Vieux errichtete; wie sie in ihrer Schürze die Mauersteine trug und wie ihr manchmal einige herausfielen und zu diesen großen Feensteinen wurden, die niemand bewegen kann, wie der Gutpfarrerstein; wie sie auf ihrem Besenstiel ritt und dem Land die Saubohnen brachte, denn bis dahin hatten sich die armen Leute mit der Saintonger Platterbse begnügen müssen; wie die Melusine aus ihrer Ehe mit dem Ritter Raymondin, dem Neffen des Grafen von Poitiers, zehn Kinder gebar, von denen einer eine Löwenpranke auf der Backe trug und ein anderer nur ein Auge hatte (und Jacques zeigte auf sein einziges Auge und sagte: »Genauso wie ich, Kinder!« was seine Wirkung nicht verfehlte, denn jedes Kind hielt ihn einen Augenblick lang für den Sohn der Fee); und wie der sechste Sohn, Geoffroy, einen Eberzahn hatte, der ihm aus dem Mund herausragte.

Dem Kerzenpfarrer kamen diese Fabeln zu Ohren, und er machte sie Jacques zum Vorwurf: »Ihr müßt von der Geschichte Frankreichs, seinen Helden und Heiligen reden. Nicht diese stinklangweiligen Geschichten.«

»Euer Hochwürden, das kommt, weil ich die Heiligengeschichten schlecht kenne, außer natürlich die vom guten Sankt Martin und auch die vom heiligen Joseph. Die Geschichte Frankreichs, die habe ich nie gelernt. Ich erzähle die Geschichten von unserer Gegend.«

»Erzählt die Geschichten der Gegend, soviel Ihr wollt, aber nicht diese Hexengeschichten.«

»Aber, Euer Hochwürden!« entgegnete Jacques beleidigt, »Ihr wißt, daß ich den lieben Gott liebe und daß ich jeden Tag meinen Rosenkranz bete, aber wenn es jetzt verboten ist, an die Hexen zu glauben, dann werden nicht viele aus diesem Dorf ins Himmelreich eingehen.«

5

Auf ihrem kleinen, von Dickicht umgebenen Pachthof wirkten Victorine und Victor wie die letzten Verteidiger einer Festung, die sich trotz aller Aussichtslosigkeit darauf versteiften, der Belagerung standzuhalten. Jenseits der von dicken Kopfeichen bewachsenen Feldraine waren sie von den Ländereien des Grafen umzingelt. Nicht nur bedeuteten Tauben, die aus dem weit entfernten Schlag herübergeflogen kamen, einen schweren Zehnt, auch die Schaf- und Ziegenherden des Grafen drangen häufig in die von Eicheners Kindern bestellten Felder ein. Wenn auch die Schäfer und Ziegenhirten sich entschuldigten, so waren die Schäden doch nicht wieder gutzumachen.

Im Winter wurde der Hof zu einer Insel. Die Hohlwege waren überschwemmt und ließen weder Karren noch Reiter durch. Diese Abgeschlossenheit hatte zumindest den Vorteil, daß sie von den überraschenden Besuchen der Feldhüter verschont blieben, die unter dem Vorwand, einen Fuchs zu jagen, ihre Pferde in die Kornfelder trieben. Victor saß auf dem mit Kohl beladenen Karren, den seine beiden Kühe zogen. Er ließ sie langsam gehen, denn er befürchtete, das Gespann könne umkippen. Die Kühe sackten bis zum Bauch im Morast ein und kamen nur mit Mühe aus diesem Schlamm heraus. Nach dieser letzten Fuhre sollten Victorine und Victor den ganzen Winter über von der Welt abgeschnitten bleiben.

Von der Außenwelt, aber nicht von Wolfskopf, dem es gelang durchzukommen. Nie verging mehr als ein Monat, ohne daß Wolfskopf auftauchte, Sommer wie Winter, vollbepackt mit Wild unter seinem Ziegenfell.

Ungestüm gab ihm Victorine drei schallende Küsse. Trotz ihrer Armut, trotz des bevorstehenden Wochenbetts hatte sich Victorine ihr leidenschaftliches Temperament bewahrt. Sie hielt Wolfskopf vor, daß seine Wildereien unvorsichtig seien; gleichzeitig waren aber seine Wildbraten ein Geschenk des Himmels.

Wolfskopf brachte nicht nur Wild mit, manchmal machte er seiner Schwester noch wertvollere Geschenke. Eines Tages kam er mit einem Tonkrug auf der Schulter an, der mit einem Apfelknust verstopft und mit Walnußöl gefüllt war. Ein anderes Mal holte er unter seinem Ziegenfell einen Beutel Salz hervor. Victorine leerte ihn hastig in ihren großen Salzbehälter und rang Wolfskopf, der über ihre Angst immer nur lachte, das Versprechen ab, nie wieder Salz mit sich herumzutragen. In diesem Land, das so nah bei den Salzgärten des Atlantiks lag, hatte der Salzschmuggel so tiefe Spuren hinterlassen, daß dies Salz, das die Hände verbrannte, aber das Fleisch konservierte, in teuflischem Ruch stand. An allen Ästen der alten Eichen waren noch die Abdrücke der Seile zu sehen, in denen Jahrhunderte hindurch die Salzschmuggler aufgehängt worden waren.

Je mehr sich Victorine und Victor wegen Wolfskopfs Leichtsinn sorgten, desto lauter lachte er. Er erzählte ihnen die Neuigkeiten aus dem Dorf, vom schrecklichen Ende Wintersangs, vom Exil der Vertriebenen, von Eicheners unverhofftem Wohlstand. Er brachte ihnen die Salben und Pulver mit, die er beim großen Hexenmeister gegen Wolfsfleisch eingetauscht hatte.

Der große Bruder war die leibhaftig gewordene Vorsehung. Aber Wolfskopf wachte nicht aus Nächstenliebe über seine Schwester. Er fühlte sich wohl in Victorines und Victors Gesellschaft, er erwärmte sich an ihrer ehelichen Liebe, die genauso lebendig, genauso glühend heiß war wie ihre Zuneigung in der Kindheit. In ihrer Gesellschaft verlor er seinen wilden Gesichtsausdruck, entspannte er sich, machte ihm das Leben Freude. Die ihn für einen Teufel des Waldes hielten, wären recht erstaunt gewesen, wenn sie ihn dort am Kamin sitzen gesehen hätten, mit dem kleinen Jean auf dem Schoß, wie er mit ihm in die Hände klatschte.

»Frosch gefangen
Frosch gehangen.«

Im Haus seiner Schwester fand Wolfskopf den Frieden wieder, den er damals in den Vogesen beim alten Vater Lavendée kennengelernt hatte. Er blieb mehrere Tage, manchmal eine ganze Woche lang, wenn die Arbeiten auf den Feldern seine Hilfe erforderten. Dann stand er eines Morgens ein wenig verstört auf, schien etwas zu wittern, trat vor die Tür, hielt die große Nase in den Wind. Seufzend sagte dann Victorine: »Ich sehe schon, du hältst es nicht länger hier aus.«

Und Wolfskopf verschwand erneut im Wald.

Im Februar läuteten die Glocken der Kirche Sturm. Das ganze Dorf strömte herbei, um die Neuigkeit zu erfahren. Der junge Müller-Bürgermeister und der Kerzenpfarrer standen in strammer Haltung und mit Begräbnismienen vor dem Eingang. Der junge Müller-Bürgermeister trug einen Trauerflor. Er verkündete, daß der Herzog von Berry, der Thronfolger, in Paris ermordet worden war.

Am Abend wurde auf Eicheners Pachthof die Nachricht selbstverständlich besprochen, so wie in allen anderen Häusern. Sie fragten sich, wer dieser Herzog von Berry eigentlich genau war. Manche erinnerten sich daran, daß der Kronprinz Herzog von Angoulême hieß, eher wie ein Hanswurst aussah, und daß das Ungeheuer Turreau ihn in die Vendée begleitet hatte. Sollte dieser Herzog von Angoulême tot und dieser Herzog von Berry sein Bruder sein? Manche wußten, daß von den beiden Brüdern Louis' XVI. lediglich der Graf von Artois ihnen Sprößlinge geschenkt hatte. Daß dieser Graf von Provence, der dann Louis XVIII. wurde, keine Nachkommenschaft hatte, erstaunte sie nicht. Der Herrgott konnte doch keinen Pataud-König segnen.

Eichener hatte schon seit langer Zeit den Baron nicht mehr gesehen, denn er war zu beschäftigt durch die Vergrößerung seines Pachthofs, und auch der Verwalter des Grafen nahm ihn sehr in Anspruch. Wie immer, wenn der Ablauf der großen Geschichte das tägliche Leben störte und Rätsel aufgab, empfand Eichener das Bedürfnis, den Baron zu befragen. Ihn beunruhigte auch noch etwas anderes: der Pfarrer der Kleinen Kirche war verschwunden. Seit mindestens einem Jahr hatte keine Messe mehr stattgefunden. Daher wurden die Gläubigen immer weniger, denn die Mehrzahl der Dörfler zog eine Konkordatsmesse gar keiner Messe vor. Eicheners Pachthof wurde nicht nur eine Zufluchtsstätte für eine gewisse Zahl Vertriebener, sondern diese waren natürlich außerdem die Mitglieder der Kleinen Kirche. Die gemeinsamen Gebete in der Scheune wogen die fehlenden Gottesdienste und den fehlenden Priester auf. Von daher wurde Eichener eine doppelte Aufgabe zuteil: einen Haufen von armen Schluckern zu ernähren und ihnen einen geistlichen Fortbestand zu sichern.

Eichener traf den Baron in einem Zustand tiefster Niedergeschlagenheit an; er war so verstört, daß er es sogar vergaß, ihn wie sonst zu umarmen. Wenn jetzt sogar der Baron die alten Bräuche verleugnete, welch Wunder, daß die Welt auf dem Kopf stand. Der ungewohnte Empfang und das ständige Auf- und Abgehen seines Gastgebers, der im Selbstgespräch mit den Armen fuchtelte, verwirrten Eichener, der reglos, mit seinem Hut in der Hand dastand und schon bereute, gekommen zu sein. Schließlich aber, da er nun einmal hier war, lauschte er dem Baron, hörte aus dem Wortfluß heraus: »Fluch ... die Condé ... Unfruchtbarkeit ... der Kronprinz ... Bourbonen ... Frau Königin ...«

Hatten sie noch einen König? Oder hatten sie keinen mehr? Eichener war starr, wie damals, als er zu Pferd, den Zügel fest umklammert, verkrampft des Barons Befehl erwartete, auf den Feind loszugehen, diesen Befehl, der wie ein kurzes Bellen peitschte.

»Na Eichener, was denkst du von alledem?« rief der Baron endlich.

»Ich habe nichts verstanden.«

»Da gibt es auch nichts zu verstehen. Wir sind von Gott verlassen.«

»Was ist aus dem Pfarrer unserer Kirche geworden?«

»Er ist gestorben. Und siehst du wohl, das auch noch! Der Herrgott hätte ihn uns ein wenig länger erhalten können, solange, bis wir neue Priester bekommen. Aber nein, er hat ihn uns genommen. Wie er uns auch den Kronprinzen genommen hat. Die Bourbonen haben keine Erben mehr, Eichener. Es ist aus!«

»Ist der Herzog von Angoulême tot?«

»Nein, aber er hat keine Kinder. Der Herrgott hat die Ehe des Sohnes des Grafen von Artois mit der Tochter Louis' XVI. nicht segnen wollen. Der Graf von Artois wird künftiger König sein, wenn er seinen Bruder überlebt. Aber er ist alt und Witwer. Der Herzog von Angoulême wird vielleicht König, ist aber kinderlos. Und der Herzog von Berry hat uns in seiner dreijährigen Ehe keinen kleinen Prinzen geschenkt. Und jetzt ist er tot!«

»Die Bourbonen haben die Vendée verraten«, sagte Eichener ungerührt. »Ihre Kinderlosigkeit ist die gerechte Strafe Gottes.«

»Lästere nicht! Laß dich nicht hinreißen! Die Bourbonen haben uns weder verstanden noch geliebt, aber sie sind unser Königshaus!«

»Die Bourbonen haben die Vendée verraten«, wiederholte Eichener. »Wenn der Herrgott sie kinderlos gemacht hat, so deshalb, weil er vor aller Welt den Fluch auf dieser Familie zeigen will.«

»Du bist verrückt! Wen willst du denn als König?«

»Wir brauchen keinen König und auch keine Republik. Wir wollen selber die Herren bei uns sein. Ihr wißt es genau, dafür haben wir uns 93 geschlagen. Danach habt Ihr, die Adligen, uns eingewickelt.«

»Ohne eure adligen Offiziere wärt ihr von den Gendarmen eingefangen worden wie einfache Hühnerdiebe.«

»Stofflet war kein Adliger, und er war unser General, der Eure wie der meine. Auch wenn Ihr noch so sehr Baron wart, Ihr gehorchtet doch einem Wildhüter.«

»Du bist in mein Schloß gekommen und hast mich geholt. Ich hatte keine Lust, mich eurer Räuberbande anzuschließen. Niemand anderes als du hatte mich dazu gedrängt.«

»Ihr hattet versprochen, unserer Sache zu dienen. Und letztendlich haben wir Euch gedient. Wir haben sogar dem Grafen gedient, der es sich in Koblenz wohlergehen ließ und uns heute auspreßt.«

»Mich preßt er auch aus.«

Langes Schweigen unterbrach ihre Streiterei. Der Baron hörte auf, ständig auf- und abzugehen, und lud Eichener ein, vor dem Kamin Platz zu nehmen.

»Was den Grafen anbelangt, so habe ich schließlich nachgegeben. Er bietet mir ein Stück gutes Land in der Nähe des Fleckens im Austausch für den Pachthof deiner Tochter Victorine. Ich habe ihnen noch nichts davon gesagt. Ich werde sie besuchen, sobald die Hohlwege keine Schlammlöcher mehr sind. Du wirst sie wieder bei dir aufnehmen, du hast genug Arbeit jetzt.«

»Ich habe schon zu viele Leute. Und die Victorine mag gern ihre eigene Herrin im Haus sein.«

»Sie schuften sich doch nur ab auf diesem zu kleinen Pachthof.«

»Besser ein kleiner Hof, als bei anderen zu arbeiten.«

Eichener dachte an Victor und an die Freude, wieder mit ihm zu arbeiten. Er könnte Großknecht werden. Aber im selben Augenblick machte er sich Vorwürfe über diese selbstsüchtigen Gedanken und führte sich die Enttäuschung und den Kummer Victorines vor Augen, die nun gezwungen war, unter das väterliche Dach zurückzukehren.

Der Baron kam auf seine dynastischen Sorgen zurück. Er

sagte erneut wie im Selbstgespräch: »Die Condés haben lange nach dem Thron getrachtet. Sie hätten uns einen neuen König stellen können. Der Antichrist Napoleon wußte das wohl und ließ in den Gräben von Vincennes ihren letzten männlichen Nachkommen erschießen, den Herzog von Enghien.«

»Herr Baron, Ihr enttäuscht mich. Ihr verjagt Victorine, und Ihr sprecht mir vom Herzog von Enghien.«

»Ich verjage Victorine nicht, ich gebe sie dir zurück.«

»Ich hätte niemals gedacht, daß Ihr dem Grafen nachgeben würdet.«

»Aber du selbst tust doch alles, was er will! Wenn du ihm nicht so willfährig wärst, könnte er nicht die kleinen Pächter und Kötter zugrunde richten, so wie er es jetzt macht.«

»Die richtet doch nicht der Graf zugrunde. Das ist die Verwünschung. Wir hatten die Dürre, dann die Kobolde. Das Dorf ist verhext. Es gibt keinen Priester der echten Kirche mehr, um den Spuk zu vertreiben. Alles kommt daher.«

Der Baron packte Eichener bewegt bei den Schultern: »Du mein alter Kamerad! Der Graf hat ein großes Glück, als einzige Antwort auf seine Gaunereien eure Einfalt zu finden! Und ausgerechnet mit mir schimpfst du, und mir willst du böse sein!«

Ein Diener trat hastig in den Raum und unterrichtete den Baron von einem Unfall, der sich gerade auf einem seiner Pachthöfe ereignet hatte. Ein Bauer, der von einem Stier aufgespießt worden war, lag im Sterben und verlangte nach ihm. Er brach in aller Eile auf und bat Eichener, bis zu seiner Rückkehr auf ihn zu warten.

Eichener wartete geduldig vor dem Kamin und hing trüben Gedanken nach. Hatte der Fluch, der über das Dorf gekommen war, nicht etwas mit dem Fluch zu tun, der die Bourbonen strafte? Aber warum sollten die undankbaren Könige und die reingelegten Diener im gleichen Maße bestraft werden? Eichener verstand es nicht. Warum hatte der Baron ihn nicht wie sonst bei seiner Ankunft umarmt? Warum verjagte er Victorine? Warum hatte er sich lustig gemacht über das, was er seine Einfalt gegenüber den Gaunereien des Grafen nannte? Er versuchte, sich den Satz des Barons über seinen Gehorsam unter die Pläne des Grafen ins Gedächtnis zurückzurufen. Er kam nicht darauf. Er mußte das, was der Baron gesagt hatte, in seine eigene Sprache übersetzen. Aber das wollte nicht gehen. Das war nicht der richtige Ton.

Plötzlich, als er bemerkte, daß es Abend wurde und er nicht länger warten konnte, erinnerte er sich wieder an den Satz, ätzend wie Säure: »Wenn du ihm nicht so willfährig wärst, könnte er nicht die kleinen Pächter und Kötter zugrunde richten, so wie er es jetzt macht.«

Er sagte zu dem Diener, daß er vor Einbruch der Nacht aufbrechen müsse, schwang sich auf Minister und machte sich auf den Heimweg. Während er zwischen den entlaubten Hecken einhertrottete, fiel ihm auf, daß der Baron ihn verlassen hatte, ohne ihm die drei Friedensküsse gegeben zu haben, die er auch schon bei seiner Ankunft unterlassen hatte. Im eisigen Ostwind fror er und betrübt erreichte er den Hof.

In der Nacht zum ersten Tag des Monats Mai hielt mehr als ein Mädchen angestrengt Ausschau, und blieb mehr als ein Fenster geöffnet. Wenn die Augen der Mädchen in der Nacht wie die der Katzen leuchten könnten, wären an den Fensterkreuzen ganze Girlanden von Glühwürmchen zu sehen gewesen. Die Mädchen versuchten nämlich, ihre Liebsten in der Dunkelheit auszumachen, die, soviel wußten sie, sich nackt im Morgentau rollten, um ihr Herz zu erweichen. Im Morgengrauen liefen sie zur Tür, um nachzusehen, ob die Burschen ihnen eine Überraschung hinterlassen hatten. Die, die einen Strauß Geißblatt oder Weißdorn angehängt fanden, erfuhren, daß sie übers Jahr heiraten würden. Aber die, die eine Sonnenblume oder einen Holunderzweig von der Tür abnahmen, machten dies überstürzt oder verwirrt, denn sie verstanden, daß diese Botschaft sie als dumme oder eingebildete Gänse bezeichnete.

Diese Sträuße wurden die Maien genannt, ein Fortleben des uralten Maienbaums, den sich die Revolution unter dem Namen Freiheitsbaum hatte zueigen machen wollen.

Eine böse Überraschung wartete auf Louison: am Fensterladen ihres Verschlags fand sie einen dicken Kohlkopf angehängt. Ein Kohlkopf beschuldigte ein leichtes Mädchen.

Wer konnte es wagen, sie, die ehemalige Königin der Burschenschaft, so zu beleidigen! Kaum war sie am Abend mit ihrer Arbeit beim Müller-Bürgermeister fertig, lief sie zum Senkenhof, auf dem seit dem Brand von Wintersangs Schenke sich die jungen Leute im heiratsfähigen Alter trafen. Als sie an der Wegkreuzung angelangte, schlugen wütend die

Hunde an. Sie hielt einen Augenblick bei dem großen Granitkreuz inne, setzte sich auf den Sockel, auf dem die kleinen Holzkreuze der Beerdigungen aufgehäuft lagen. Ihr Herz schlug vor Aufregung und vor Wut. Was genau sollte dieser Kohlkopf bedeuten? War etwas von ihrer Beziehung zum Holzschuhmacher durchgesickert? War es ein Scherz oder eine Warnung?

Da die Hunde nicht zu bellen aufhörten, trat ein Mann aus dem Bauernhaus heraus, hob eine Laterne, in der eine Talgkerze flackerte, hoch. Louison ging auf ihn zu, gab sich zu erkennen und trat in das Haus ein.

Burschen und Mädchen saßen rittlings auf den Bänken, waren in ihrer Mehrzahl zu sehr mit dem Schlitzeln beschäftigt, um Louison zu bemerken. Im Halbdunkel erkannte sie den neuen König der Burschenschaft, einen Jungen im Rekrutenalter, der bald das Los ziehen sollte.

Beherzt ging sie auf ihn los: »Was soll das heißen, dieser Kohlkopf?«

Dieser Bursche, der neben Louison, die gerade sechsundzwanzig Jahre alt geworden war, eher wie ein Bürschchen aussah, lachte albern: »Das soll heißen, was es heißen soll.«

Ein Mädchen, das Wein in die Zinnbecher goß, stieß schnippisch hervor: »Was will die denn hier, die Alte?«

Der König der Burschenschaft, der nicht mehr sicher auf seinen Beinen stehen konnte, leerte in einem Zug seinen Becher und setzte hinzu: »Es ist wahr, du bist über das Alter hinaus, in dem man sich vergnügt. An Sankt Katharinen hast du die Altjungfernhaube bekommen. In deinem Alter ist ein Mädchen entweder verheiratet oder Hure.«

Louison versetzte dem Burschen eine schallende Ohrfeige. Von den Bänken erhob sich Geschrei. Sie ereiferten sich gegen sie, schimpften sie Luder, Schlampe. Der Mann mit der Laterne, der sie hereingelassen hatte, trennte sie von einer Gruppe Mädchen, die sie am Kleid zerrten und an den Haaren zu packen versuchten. Er stieß sie hastig nach draußen und begleitete sie mit seiner Laterne bis zum Kreuz: »Es ist schon wahr, du bist ein verflixtes Frauenzimmer. Kein Wunder, bei deiner Familie von Kobolden!«

Louison rannte zum Dorf, überlegte kurz und schlug dann den Weg zur alten Schmiede ein. Sie klopfte sachte an der Tür des Holzschuhmachers. Ein langgezogener, schriller, unheimlicher Schrei antwortete ihr. Louison klopfte noch einmal, fester. Der Gâtiner Holzschuhmacher öffnete: »Du bist es? Bist du denn verrückt!«

»Die Burschenschaften sind hinter mir her. Sie müssen etwas wissen.«

»Komm schnell rein.«

Louison erzählte. Mit ihrem wellenförmigen Flug, mit diesem unerträglichen zitterigen Schrei flog die Eule lautlos von einem Ende des Raumes zum anderen.

»Das ist nur die Schuld dieses Unglücksvogels«, schluchzte Louison. »Seht nur, sie fliegt wie ein Gespenst.«

»Sie beunruhigt mich ein wenig«, sagte der Holzschuhmacher. »Ich weiß nicht, was sie hat. Sie kann nicht ruhig sitzen bleiben, und sie schreit. Ab und zu setzt sie sich auf meine Schulter und zieht mit ihrem Schnabel den Schnurrbart glatt. Es ist, als wollte sie mir etwas sagen.«

»Ich habe Angst. Ich würde am liebsten diese Nacht bei Euch bleiben.«

»Es hat dich vielleicht niemand hereinkommen sehen, aber beim Weggehen wirst du bestimmt gesehen werden. Sei vorsichtig, Louison, das Dorf ist nicht mehr, was es einmal war. Das Elend macht boshaft und die Unwissenheit auch. Die Leute belauern sich, spionieren einander nach. Man kann noch nicht mal einen Furz lassen, ohne daß die Welt darüber hochgeht.«

Louison blieb, trotz des heftigen Protests der Schleiereule, die sich aufblies, ihr Gefieder aufplusterte, wie eine rasende Katze geiferte. Schließlich war der Gâtiner Holzschuhmacher mit seiner Geduld am Ende und sperrte sie in seinen Holzschuppen.

Ein Heidenlärm riß den Holzschuhmacher und Louison im frühen Morgengrauen brutal aus dem Schlaf; im ersten Augenblick waren sie überrascht. Dann begriffen sie rasch. Die Burschenschaften hielten ihnen ein Radauständchen, wußten also Bescheid. Mauleselschellen wurden geläutet, auf Kessel geschlagen, auf Kuhhörnern geblasen, Patronen explodierten. Sie hatten Flinten dabei, ein Zeichen dafür, daß es nicht nur ein Scherz war. Louison zog sich das Federbett über den Kopf, um nichts zu hören. Der Gâtiner Holzschuhmacher wußte nicht, wie er sich verhalten sollte. Sich vor eine Rotte überreizter Jugendlicher zu stellen, war nicht ungefährlich. Die Tür nicht zu öffnen, hätte bedeutet, sich schuldig zu bekennen. Er nahm von seiner Werkbank eins seiner Werkzeuge, wog es in der Hand, prüfte die Schärfe der Schneide. Aber er legte es zurück, zuckte mit den Schultern. Wozu! Er fachte das Feuer im Kamin neu an, stellte den Tontopf mit der Suppe zum Aufwärmen hinein, nahm zwei Schalen von einem Regal und rief Louison zu: »Komm Suppe essen!«

Verduzt kroch Louison unter ihrem Federbett hervor, sah den Holzschuhmacher auf seinem Hocker sitzen, eine Schale in der Hand, darauf wartend, daß die Suppe warm wurde. Draußen dauerte der Lärm an. Schreie, Lachen waren zu hören. Das Dorf war jetzt wach, vertraute Stimmen waren zu erkennen.

»Macht Euch das denn überhaupt nichts aus?«

Der Gâtiner Holzschuhmacher zwinkerte mit dem Auge: »Man muß den Tag immer mit einer Suppe beginnen. Danach wird schon alles werden.«

Draußen wurde es die Burschenschaft allmählich müde. Die Holzschuhe stampften noch eine kleine Weile auf der Straße, dann entfernten sie sich. Sie konnten noch die Kommentare der Nachbarn hören, dann nichts mehr. Ein Hahn krähte. Dann ein anderer. Von Hühnerstall zu Hühnerstall grüßten die Hähne das Licht der aufsteigenden Sonne. Louison mußte lachen: »Wie soll ich es jetzt nur anstellen, um ungesehen hier wegzukommen.«

Der Begriff Restauration beinhaltet die Wiederherstellung der Monarchie und der Kirche nach dem Zwischenspiel von Republik und Kaiserreich. Zwar war die Monarchie in der Tat wiederhergestellt in ihrem lächerlichen Prunk, wie eine Art altmodischer Dekor; zwar fand die Kirche wieder zu ihrem Pomp mit mitratragenden Bischöfen und Stiftsherren in Spitzengewändern, die Kirche des Volkes jedoch war und blieb vernichtet. Zu dem Antiklerikalismus der Revolution, des Direktoriums, des Konsulats und des Kaiserreichs kamen nun der Voltaire'sche Skeptizismus Louis'XVIII. hinzu und sein tiefes Mißtrauen für alles, was mit dem niederen Volke zu tun hatte. Die Landpfarrer standen dem Volke zu nahe, waren verdächtig.

Wie viele seiner Amtsbrüder entwickelte sich der Kerzenpfarrer nach und nach zu einem ackerbaubetreibenden Pfarrer-Bauern. In jedem Herbst war er über seinem Kartoffelacker gebückt, mit der Hacke in der Hand, als wollte er sein

Grab ausheben. Er ging mit einem Sack auf dem Rücken in den Wald und kam mit Kastanien beladen wieder. Er kochte sich Brennesselsuppe, ging nach den Schnittern Kornähren sammeln, fragte auf den Höfen um Arbeit nach, aber Arbeitskräfte waren ja im Überfluß vorhanden. Da er keinen Esel hatte, mußte er jeden Sonntag lange Fußwanderungen machen, um seine Pfarrkinder zu versorgen. Daß ein so frommes Land seinen Pfarrer derart leichtfertig behandelte, mag merkwürdig erscheinen. Für die Bauern wäre es nicht normal gewesen, aus einem Pfarrer einen fetten Kapaun zu machen. Sie sagten, daß alle die Erde zu bearbeiten hätten, und sahen überhaupt nicht ein, warum die Pfarrer nicht auch ihr Brot im Schweiße ihres Angesichts essen sollten, wie es in den Evangelien geschrieben steht. Manche fügten noch hinzu: »Der Eichener, der ist Bauer wie wir, und der kümmert sich auch noch um seine Kirche!«

Der Tod des Pfarres der Kleinen Kirche hatte nämlich die Gläubigen dazu geführt, Eichener zu bitten, nicht etwa ihr Priester zu werden, was unvorstellbar war, wohl aber ihr geistliches Oberhaupt. Allabendlich kamen die letzten Gläubigen der Nichtkonkordatskirche auf Eicheners Pachthof zusammen und beteten ihren Rosenkranz, und am Sonntagmorgen versah Eichener den Gottesdienst.

Ein Tisch in der Scheune diente als Altar. Eichener breitete das weiße Spitzenchorhemd des alten Pfarrers Noah aus. Dies ehrfürchtig aufbewahrte Chorhemd zeigte zugleich die Gegenwart und das Fehlen des Priesters. Vor dem Auseinandergehen wurde das ›Vexilla Regis‹ gesungen.

Auf dem Rand des Meßbuchs trug Eichener von nun an die Taufen, die Eheschließungen, die Todesfälle ein, so wie er es einst den Pfarrer Noah hatte machen sehen.

Als Poleon, nachdem Louison weggegangen war, beim Holzschuhmacher eintrat, rollte sich die Schleiereule wie zu einem Wollknäuel zusammen und begann zu winseln.

»Na sieh mal einer an«, sagte der Holzschuhmacher, »sie empfängt den Jean-Marie ja sehr unfreundlich, mein altes Mädchen.«

»Sie ist eifersüchtig«, knurrte der Lehrling.

»Und du, bist du nicht eifersüchtig?«

»Ich? Worauf denn?«

»Was weiß ich; vielleicht gefällt es dir nicht, daß ich es auf die Louison abgesehen habe?«

»Das tut Ihr gar nicht. Das macht die doch! Sie scharwenzelt doch ständig um Euch herum.«

»Ich dachte, daß du sie gern magst und eifersüchtig auf deinen alten Lehrherrn bist.«

Poleon spuckte voller Verachtung auf den Boden. »Das ist ein Koboldweib. Noch zäher als Wintersang. Sogar der Teufel hat sie nicht gewollt, als er sich die ganze Familie geschnappt hat.«

»Aber was ist denn nur mit euch los, warum haßt ihr euch alle so?« fuhr der Holzschuhmacher hoch. »Und ich wollte dir beibringen, wie man im Kern des Holzes die Zeit einfängt!«

Poleon hielt den Kopf gesenkt, schälte voller Eifer einen Ast glatt.

Die Eule war noch immer zu einer Kugel zusammengerollt und zischte weiter.

»Die kann sprechen, diese Schleiereule«, fuhr der Holzschuhmacher fort. »Sie erzählt mir gerade schöne Dinge über dich, verstehst du?«

Poleon sah beunruhigt zur Eule, dann brummelte er: »Die Eulen, die erzählen nichts als Lügen.«

»Du haßt Louison, das ist deine Sache. Aber ich glaubte, daß du etwas für mich übrig hättest.«

»Aber ja doch«, brauste Poleon auf, »ist doch klar, daß ich Euch gern mag. Aus diesem Grund will ich auch, daß Ihr Euch nicht mehr von dieser Teuflin einwickeln laßt.«

Der Holzschuhmacher konnte nicht mehr an sich halten, packte das Kind bei den Ohren: »Du weißt nicht, was du da angestellt hast. Du also hast uns verraten, nicht wahr? Und ich habe mich auf diesen Bengel verlassen!«

Poleon wehrte sich, versuchte, seine Ohren loszubekommen, die ihm kochendheiß wurden, er schluchzte: »Das hab ich doch Euretwegen getan, damit Ihr sie loswerdet ...«

Der Gâtiner Holzschuhmacher ließ ihn los und sagte: »Wenn du bei derselben Gelegenheit auch mich loswerden wolltest, hättest du es besser nicht anstellen können. Nun gut. Das Unglück ist geschehen. Bleibt uns nur noch abzuwarten, was noch kommt.«

Victorines und Victors Pachtvertrag lief zum Johannistag aus. Aber sie blieben noch bis Juli auf ihrem kleinen Hof, da sie das Korn mähen mußten, das sie gesät hatten, für das

Dreschen sollten sie jedoch keine Zeit mehr haben. Sie spannten ihre beiden Kühe vor einen Karren, luden die Garben auf und fuhren zu einer in der Nähe des Marktfleckens gelegenen gewaltigen Scheune, bei der sich die Pächter des Barons Jahr für Jahr mit ihrer Ernte einfanden. Manche seiner Pächter bestellten so winzige Parzellen Land, daß sie auf dem Rücken eines Esels die Kornsäcke herbeischaffen konnten. Als Victor mit seinen letzten Garben auf dem Weg war, stieß er auf eine Gruppe von Fuhrleuten und auf einen Leierspieler.

Der Älteste unter den Bauern des Barons sagte zu Victor: »Da du es bist, der aufhören will, steht dir nach dem Brauch das Recht des letzten Karren zu.«

Sie banden eine besonders große Garbe vorn auf Victors Karren fest und schmückten sie mit Blumen und Bändern. Dann ging der Leierspieler voran, und alle im Zug aufgestellten Karren folgten ihm nach; an ihrem breiten roten Wollgurt trugen die Schnitter ihre Sicheln.

Der Baron und seine Schwester erwarteten ihre Pächter auf dem großen Dreschboden vor der Scheune. Trotz ihrer verhältnismäßigen Armut stellten diese beiden kleinen Landadligen einen Kleiderluxus zur Schau, der kraß vom Äußeren ihrer Bauern mit ihren unzählige Male geflickten und immer wieder vom Dornengestrüpp und den niedrigen Ästen der Hecken zerrissenen, abgetragenen Kleidungsstükken abstach. Der Baron trug einen blauen, in der Taille enganliegenden Gehrock und einen perlgrauen Hut; seine Schwester bedeckte ihre Schultern mit einer Stola aus Kaschmir, was damals als untrüglicher Beweis für ländlichen Reichtum galt.

Der Leierspieler spielte auf seinem Instrument eine piepsige hüpfende Melodie. Der älteste Pachtbauer stieg auf Victors Karren und half ihm, die Prachtgarbe abzubinden. Dann legten sie das Ährenbündel langsam mit Sorgfalt dem Baron und seiner Schwester zu Füßen.

Der alte Pachtbauer sagte zu Victor: »Wenn du die Worte nicht kennst, sprich mir bloß nach: ›Gnädiger Herr, wir bringen Euch die Garbe, die Gott uns geschenkt hat. Wir haben sie gesät und geerntet. Wir wünschen Euch Reichtum für Euer Haus.‹«

Eine Dienerin brachte eine Flasche Wein und drei Gläser. Der Baron nahm eins, gab die beiden anderen dem alten

Pachtbauern, und Victor schenkte ein. Sie stießen feierlich an.

Der alte Pachtbauer flüsterte kaum hörbar Victor zu: »Gieß ein paar Tropfen auf die Ähren des Herrn.«

Beeindruckt von dieser Zeremonie gehorchte Victor.

Der Baron nahm seinen Hut ab, klemmte ihn unter seinen Arm, schwellte die Brust, wie um zu einer Rede anzusetzen: »Meine lieben Freunde ...«

Doch plötzlich hielt er inne, sah peinlich berührt Victor an: »Sag doch dem Eichener ...«

Aber weiter folgte nichts, außer einigen unverständlich gestammelten Wörtern. Der Baron setzte seinen Hut wieder auf, nahm seine Schwester beim Arm, und beide zogen sich langsamen Schrittes zu ihrem Herrensitz zurück.

Kurze Zeit später kamen Victorine, Victor und der kleine Jean auf ihrem von einer einzigen Kuh und einem Esel gezogenen Karren bei Eichener an. Sie hatten selbstverständlich die andere Kuh, wie auch die Hälfte von allem, was sie besaßen, dem Baron überlassen müssen. Bald darauf brachte Victorine ein Mädchen zur Welt, dem sie den Namen Marthe gab. Mit wenigen Tagen Abstand gebar Louise, ihre Mutter, ebenfalls ein Mädchen, das Marie genannt wurde.

Als die beiden Frauen vom Wochenbett aufgestanden waren, überließ Louise ihren Platz am Ende des großen Tisches Victorine, nahm ihren Napf und aß stehend neben dem Kamin. Damit bedeutete sie der ganzen Hausgemeinschaft, daß sie jetzt die alte Louise war und daß ihre Tochter Victorine nach Eichener die Herrin war.

Eines Morgens bei der Rückkehr von der Mühle, auf deren Speicherboden er die Nacht mit Louison verbracht hatte, fand der Holzschuhmacher seine Eule mit den Flügeln an seine Werkstattür genagelt.

Da überkam ihn selbst die Mordlust. Seit dem Radauständchen vom Mai hatte sie die Burschenschaft eigentlich in Ruhe gelassen. Sie fühlten sich überwacht, mußten dümmliches Gerede hinnehmen, aber sie hatten den Eindruck, daß ihre Gegner den Griff lockerten. Die Kreuzigung der Schleiereule bewies auf grausame Weise, daß dem nicht so war. Der Holzschuhmacher empfand Mordgelüste, und erstmals schnürte ihm die Angst die Kehle zu. Er sah Wolfskopf wieder vor sich, wie er ihm die Eule gebracht hatte, erinnerte sich an seine ursprüngliche Feindseligkeit gegenüber dem Nachtvogel. Es war ihm, als hörte er noch einmal Wolfskopf: »Ich sag Euch, diese Schleiereule bringt Euch Glück ... Solange sie bei Euch ist, habt Ihr nichts zu befürchten von all der Bosheit, die auf Euch lauert ...« Er hatte sich an die Eule gewöhnt. O ja, sie waren schon ein seltsames Paar, die beiden. Es ist wahr, daß sie ihn vor der Gefahr warnte, er aber hatte es nicht beachtet. »Solange sie bei Euch ist, habt Ihr nichts zu befürchten.« Was wußte er darüber, der Waldläufer? Das waren doch alles nur Ammenmärchen. Trotzdem aber sollte die Kreuzigung der Eule als weitere Warnung gelten. Die Burschenschaften hatten nicht kleinbeigegeben.

Der Holzschuhmacher und Louison ließen gut zehn Tage verstreichen, ohne sich erneut zu treffen. Doch dann, in einer Nacht, begingen sie die Unvorsichtigkeit, sich auf dem Kornspeicherboden zu verabreden. Als sie im Morgengrauen heruntersteigen wollten, war die Leiter verschwunden. Was tun? Der Speicher war zu hoch, so daß an einen Sprung in die Tiefe nicht zu denken war. Sie waren in der Scheune gefangen, fühlten sich aber gleichwohl in Sicherheit in diesem Speicher, der ganz nahe beim Wohnhaus des Müller-Bürgermeister lag und wohl nicht Gefahr lief, wie Wintersangs Schmiede und Schenke in Brand gesteckt zu werden. Gegen sechs Uhr in der Frühe vernahmen beide den unheilvollen Lärm von Fußgetrampel. Plötzlich drang ein Menschenauflauf in die Scheune ein, man schrie und ereiferte sich. Dazu heisere Blastöne aus Ochsenhörnern, in die die Burschen aus Leibeskräften stießen. Der Holzschuhmacher und Louison hörten, wie die Leiter angestellt wurde und jemand hinaufstieg. Der junge Müller-Bürgermeister erschien.

Von unten schrie ein Bursche: »Na also, von wegen Lügengeschichten! Seht Ihr, wie sie's zwischen den Säcken treiben?«

Der junge Müller-Bürgermeister machte ein bestürztes Gesicht. Offensichtlich hätte er am liebsten gar nichts gesehen.

Aber von unten wurde ihm wieder zugerufen: »Na also, wo haben sie sich denn verkrochen? Müssen wir erst hochkommen und ihnen den Arsch versohlen?«

»Ja, sie sind da«, sagte endlich der Müller-Bürgermeister.

Dann, an den Gâtiner Holzschuhmacher gerichtet: »Sie haben sich da ja was Schönes eingebrockt. Und das alles wegen dieser Schlampe. Hätte ich das geahnt, hätte ich sie auf den Landstraßen betteln lassen.«

Unten ging das Geschrei weiter, wurde dringlicher: »Laßt sie runterkommen! Wir werden ihnen schon das nötige Geleit geben! Die müssen mit Jauche gesegnet werden! Und wenn was Kleines dabei rauskommt, hebt es uns gut auf, Herr Bürgermeister!«

Der Müller-Bürgermeister stieg die Leiter halb herunter, drehte sich um und schaute mit einer Verachtung, die er abzuschwächen versuchte, auf die vergnügte Meute zu seinen Füßen. So energisch er konnte, sagte er: »Der Holzschuhmacher und die Louison sind meine Leute. Ihr krümmt ihnen kein Haar in meinem Haus. Ich habe die Gendarmen nicht gerufen, als Wintersangs Schmiede, die ja mein Eigentum ist, abbrannte. Wintersangs Tod ist eine finstere Angelegenheit. Wenn ihr die Gendarmen auf dem Hals haben wollt, braucht ihr nur zu versuchen, an diese Leiter heranzukommen!«

Die Meute murrte, fluchte, spuckte zu Boden. Da rief voller Wut der neue König der Burschenschaft, der auf dem Senkenhof über Louison die Ächtung ausgesprochen hatte: »Jetzt holen wir den Kerzenpfarrer.«

»Gut«, antwortete der Müller-Bürgermeister, »holt ihn. Er wird uns sagen, was zu tun ist.«

Sobald die Horde abgezogen war, ließ der Müller-Bürgermeister den Holzschuhmacher und Louison heruntersteigen.

»Dich«, sagte er zu Louison, »dich will ich hier nicht mehr sehen. Es ist wahr, überall wo sie gehen und stehen, bringen die Wintersangs Unglück.«

»Sie wissen genau, daß sie Wintersang umgebracht haben«, erwiderte der Holzschuhmacher. »Aber es ist bequemer, aus dem Opfer einen Beschuldigten zu machen. Wenn sie Louison wegjagen, dann gehe ich auch.«

Von der Horde gedrängt, kam der Kerzenpfarrer im Eilschritt herbei. Aufgeregt und mit heftiger Gebärde zeigte er mit dem Finger auf das Liebespaar, so als wollte er eine Verwünschung gegen sie aussprechen: »Herr Bürgermeister, dieser Mann ist ein gottloser Mensch. Seine Gottlosigkeit ist ein Skandal für die Pfarre. Zu lange haben wir ihn schon geduldet. Ist es verwunderlich, daß Gott sich von unserem Dorf abgewandt hat... Und dann hat er dies anständige Mädchen entehrt, das ...«

Während alle dem Pfarrer zuhörten, hatte Louison die allgemeine Unachtsamkeit genutzt und war aus dem Haus des Müller-Bürgermeisters entwichen. Um schneller laufen zu können, hatte sie ihre Holzschuhe zurückgelassen, die nun auf dem Steinfußboden des Raumes standen, seltsame Gegenstände, auf die ein jeder mit einer gewissen Verblüffung sah, so als ob sich Louison in Luft aufgelöst hätte und nur noch ihre Holzschuhe von ihrem Dasein zeugten.

»Herr Bürgermeister, ich fordere Sie auf, den Gâtiner Holzschuhmacher auszuweisen.«

Dieser Gegensatz zwischen dem Pfarrer und dem Bürgermeister war eine denkwürdige Neuauflage. Es war wie zu Zeiten des Pfarrers Noah und des republikanischen Müller-Bürgermeisters. Dabei verstanden sich der Kerzenpfarrer und der junge Müller-Bürgermeister, die ungefähr gleichaltrig waren, doch recht gut. Zwischen ihnen gab es weder politische noch religiöse Meinungsverschiedenheiten. Der eine wie der andere war vom gleichen Geist der Anpassung beseelt. Ab und zu allerdings verstieg sich der Pfarrer, obgleich er in einer fortschrittlichen Gesinnung erzogen worden war, zu einem Fanatismus, den er aus der dunkelsten Ecke der Sakristei hervorgekramt haben mußte. An jenem Tag hätte er den Gâtiner Holzschuhmacher am liebsten auf einem Scheiterhaufen verbrennen lassen, ausgerechnet er, der Weber-Jacques seine aufklärungsfeindlichen Geschichten zum Vorwurf machte.

»Der Holzschuhmacher wird das Dorf verlassen, das ist abgemacht«, sagte der junge Müller-Bürgermeister mit einem kräftigen Unterton in der Simme. »Aber nicht unter Zwang. Geht jetzt nach Hause.«

Er selbst war wohl am meisten erstaunt darüber, daß die Menge ihm gehorchte.

Louison kam nicht zurück. Der Gâtiner Holzschuhmacher sorgte sich um sie. Wohin konnte sie nur gegangen sein? Wer mochte bereit sein, sie zu verstecken? Nach dem Skandal verfiel das Dorf in eine merkwürdige Betäubung. Keinerlei beängstigende Nachricht drang zur Mühle, in der der Holzschuhmacher unter dem Schutz des Müller-Bürgermeisters wohnte. Er war wieder in den Besitz seines Werkzeuges gelangt, das ihm der nun kleinlaute Poleon gebracht hatte. Der Müller-Bürgermeister riet ihm jedoch, noch ein wenig zu warten, bis daß sich die Wut der Dörfler gelegt habe.

Eines Abends erschien in der Dämmerung Wolfskopf: »Ich werde Euch wegbringen, Holzschuhmacher. Wohin wollt Ihr?«

»Nach Nantes. Da werde ich wohl Arbeit finden. Ich habe wieder Lust auf das Stadtleben. Zuerst einmal müßte ich unbehelligt nach Montaigu kommen. Danach geht's immer die Landstraße entlang, bis zur Loire.«

»Ich werde Euch hier herausbringen, Holzschuhmacher.«

»Wann?«

»Jetzt sofort.«

»Du bist ja verrückt. Es ist pechschwarze Nacht.«

»Das ist genau der richtige Augenblick.«

»Da streicht ein Gelichter um die Mühle herum, das mir gar nicht geheuer ist.«

»Ich weiß, wie man es verscheuchen kann.«

Der Gâtiner Holzschuhmacher war unschlüssig, sagte sich, daß Wolfskopf, der schon so lange bei jedem Wetter und zu jeder Tages- und Nachtzeit durch Wald und Felder streifte, die sichersten Schleichwege kannte; er packte sein Werkzeug in einen Lederbeutel und folgte dem Sohn der Husarenzuhilf.

Kaum waren sie draußen, zeichneten sich längs der Scheune Schatten ab, waren Schritte auf dem Schotter zu hören.

»Horch ... Ich hatte dich gewarnt ...«

Wolfskopf begann zu pfeifen, erst leise, dann immer lauter. Das Hecheln schnell laufender Tiere war zu vernehmen, dann die Flucht der schreienden, barfüßigen Herumtreiber, die ihre Holzschuhe wie Bleuel zusammmenschlugen.

Wolfskopf pfiff noch einmal, wobei er allerdings einen anderen, weicheren Ton anschlug, und der Gâtiner Holzschuhmacher erblickte große Hunde mit spitzen Schnauzen und aufrechtstehenden Ohren, die sie aus schrägliegenden goldgelben, in der Dunkelheit leuchtenden Augen ansahen.

»Aber«, rief er, »das sind doch Wölfe!«

»Gehen wir, Holzschuhmacher. Jetzt ist die Straße frei. Und diese Glühaugen werden uns den Weg weisen.«

»Ist es denn wahr, was Louison sagte, daß du ein Wolfsführer bist?«

»Ihr seht es doch.«

Sie wanderten die ganze Nacht lang durch die verschlungenen Hohlwege, die so dunkel waren, daß es dem Gâtiner Holzschuhmacher vorkam, als irrten sie in einem unterirdischen Labyrinth. Die Wölfe liefen ihnen, auf dem Boden nach Spuren witternd, voraus. Im ersten Morgengrauen zeigte Wolfskopf auf einen Kirchturm in der Ferne, der über die Baumkronen herausragte: »Das ist Montaigu! Lebt wohl, Holzschuhmacher!«

Der Holzschuhmacher blieb stehen: »Hast du Louison nicht gesehen?«

»Nein.«

»Falls du sie siehst, sag ihr, daß ich in Nantes bin. Ach nein, sag ihr lieber nichts.«

Sie gaben sich die Hand. Wolfskopf schien sich an etwas zu erinnern: »Ich soll Euch von meinem Vater sagen, daß er nicht einverstanden ist mit ... Schade, daß Ihr ein Ungläubiger seid ... Ihr hättet gut miteinander auskommen können. Er sagt, daß Ihr im Grunde ein guter Kerl seid. Er wollte, daß ich Euch führe ...«

»Ach, der Eichener! Ich auch, ich hätte gern ... Egal, auch gut ... Und wir werden uns nicht einmal in einer besseren Welt wiedersehen!«

Der Gâtiner Holzschuhmacher rückte seinen Lederbeutel auf dem Rücken zurecht und machte sich auf den Weg nach Montaigu.

Eicheners letztes Zusammentreffen mit dem Baron schnürte ihm das Herz ab. Er dachte immerfort an diesen Vorwurf der Unterwürfigkeit gegenüber dem Grafen: »Aber du selber, du tust doch alles, was er will. Und wenn du ihm nicht so willfährig wärst, könnte er nicht die kleinen Pächter und Kötter zugrunde richten, so wie er es jetzt macht ...« Wenn er es recht betrachtete, so konnten all diese Katastrophen, die über das Dorf, das er doch mit geschaffen hatte, hereingebrochen waren, nicht ausschließlich von Verwünschungen kommen. Wintersang war bestraft worden, und nichtsdestoweniger nahmen die Verwünschungen weiter ihren Lauf. Jetzt war der Holzschuhmacher weg. Bald würde es keinen Handwerker mehr im Dorfe geben. Denn auch Jacques bekam kaum noch Aufträge und war mehr Schulmeister als Weber. Er mußte sich eingestehen, daß seine Freundschaft zu Jacques schwächer wurde. Eichener erkannte nur noch mit Mühe den Arbeiter aus Cholet, den er nach dem dritten Krieg mit ins Dorf gebracht hatte. Weber-Jacques war nicht der Kleinen Kirche treu geblieben, und sein gutes Verhältnis zum Kerzenpfarrer ärgerte Eichener. Ja, da war etwas Wahres dran am Vorwurf des Barons. Eichener begriff, daß er dem Verwalter des Grafen auf den Leim gegangen war und daß seine Unterwürfigkeit gar nicht so selbstlos war, denn im Gegenzug blieb er vom Elend verschont. Welch langer Weg von dem Tag, als er halbnackt aus seiner Eiche getreten war, bis heute, da er diesem großen Pachthof vorstand. Unbemerkt hatte er sich in einen reichen Bauern verwandelt, den die Knechte Meister Eichener nannten. Darüber empfand er ein Gefühl des Stolzes, und der machte ihn blind. Meister Eichener... Seit dem Gespräch mit dem Baron war ihm klargeworden, daß Meister Eichener nichts als ein Knecht war, der Knecht des Verwalters, der selber Knecht des Grafen war, und dieser Graf, der sich nie blicken ließ, war vielleicht selber Knecht des Königs? Und der König? Knecht der Patauds, die weiterhin in den Tiefen der Hölle die Fäden in der Hand hielten!

Eichener hätte sich erbrechen wollen. Mit einemmal fühlte er sich unendlich müde. Wenn das Brevier des Pfarrers Noah die Wahrheit sagte, hatte er zweifellos die sechzig Jahre überschritten. Er fühlte sich wie ein Sechzigjähriger, aber in Wirklichkeit erinnerte er sich daran, obwohl alles, was er erlebt hatte, bevor er in der alten, hohlen Eiche Zuflucht gesucht hatte, in seinem Gedächtnis verworren war, daß man ihm seinerzeit erzählt hatte, seine Geburt sei mit dem Tod Louis XV. zusammengefallen. In diesem Fall wäre er erst in den Vierzigern gewesen. Aber das war unwichtig. Man ist so alt, wie man sich fühlt. Und es kam Eichener vor, als habe er vom Tod Louis XV. bis zu jenem Jahr 1820 mehrere Jahrhunderte gelebt.

Noch einen anderen Satz des Barons wurde er nicht los: »Und ausgerechnet auf mich bist du böse!«

Ja, er war mehr auf den Baron als auf den Grafen böse. Hatte nicht auch der Baron, genauso wie die anderen Adligen, letztendlich seine Bauern im Stich gelassen? Wäre er sein Freund geblieben, hätte er nie und nimmer Victorine und Victor verjagt. Und warum hatte er ihm nicht diese Friedensküsse gegeben, in Erinnerung an 93?

Eichener befragte Weber-Jacques nach diesem Flachland im Süden voller Weizen, von dem er bei seiner Rückkehr von der Wanderschaft erzählt hatte. Jacques bestätigte seinen Bericht von einem Schlaraffenland, das ganz platt war und wo die Kornfelder im Winde wogen. Und gleich nebenan, auf den Moorweiden, wurde das Vieh einfach so ohne Hirten gehalten, denn die Wassergräben waren Umzäunung genug. Verglichen mit dem Bocage war das Leben hier durchaus leichter, aber mit den Jahren verwandelte Jacques dieses Flachland in eine Art Paradies auf Erden.

»Das Dorf behagt mir überhaupt nicht mehr«, sagte Eichener zu Weber-Jacques. »Wenn ich in den Süden aufbräche, kämst du mit?«

Weber-Jacques konnte sich gar nicht beruhigen: »Wegziehen? Ja warum denn? Der Müller-Bürgermeister und der Kerzenpfarrer sind mir wohlgesonnen. Sie haben mich zum Schulmeister gemacht. Wo jetzt der Holzschuhmacher weg ist, hat mir der Bürgermeister gesagt, könnte ich tageweise auf der Mühle arbeiten.«

Den ganzen Sommer über leitete Eichener seinen Hof, die wirkliche Begeisterung aber fehlte. Victor hatte den Platz des Großknechts eingenommen und Victorine den Louises. Vor allem den beiden war der gute Ertrag zu verdanken. Aber Victor, der zweckmäßiger dachte als Eichener, beklagte sich über die zu große Anzahl von Knechten und besonders über diesen ganzen Schwarm von Greisen, Frauen und Kindern, die im Wege standen.

»Das ist kein Bauernhof mehr, Vater, das ist eine Arche Noah.«

In der Tat sah Eicheners Pachthof in diesem Untergang des Dorfes immer mehr nach einer Arche aus. Eine Rettungsarche, in der die in Not geratenen Kötter und Pachtbauern Zuflucht suchten. Alte, Gebrechliche, Witwen mit ihren Kinderscharen, wenig gefügige Jugendliche, die ihre Bedürftigkeit nicht hinnehmen wollten und denen Eichener wie ein geiziger Gutsherr vorkam.

Eichener war sich bewußt, daß die Arche, zu voll beladen, unterzugehen drohte. Er hatte den Satz des Barons so sehr in seinem Kopf hin- und hergewälzt, daß er sich in einem anderen, erschreckenden Licht sah. Er hatte geglaubt, diese in Not geratenen Kötter und Pachtbauern zu retten. Tatsache aber war, daß der Verwalter, indem er sich seiner bediente, ihnen nur um so bequemer den Garaus machte. War er wirklich Opfer einer Täuschung? Oder hatte er sich nicht gehenlassen, getrieben von diesem alten Instinkt der Raffgier, Gier nach dem angebotenen, mit einemmal größeren Land, nach dieser riesigen Anbaufläche, die ihm der Graf vorschlug? Natürlich gehörte ihm dies Land nicht, aber der wahre Besitz der Erde liegt weniger in den Grundbüchern der Notare als in der Hand dessen, der sie bearbeitet, der sät und ihre Früchte erntet. Sein zutiefst religiöser Geist offenbarte ihm seine Sünde. Der Verwalter war die Verkörperung des Bösen, war der Versucher, den er nicht zu erkennen verstanden hatte. Da er sich in die Sünde der Begierde hatte gleiten lassen, hatte jener ihn ohne weiteres zur Sünde des Hochmuts geführt.

Er mußte in sich gehen. Wenn der Verwalter das nächste Mal vorbeikommt, so nahm er sich vor, werde ich die Kündigung des Pachtvertrages von ihm verlangen für den Sankt Michaelis-Tag.

Wolfskopf lebte jetzt die meiste Zeit im Wald und erschien nur für kurze Zeit im Dorf, denn er wußte, daß die Feldhüter des Grafen hinter ihm her waren, und er mißtraute den Leuten im Dorf, die ihn schief ansahen. Er konnte auch keinesfalls mehr auf Eicheners Pachthof wohnen, auf dem die Feldhüter schon mehrere Male unverhofft erschienen waren und ihn um ein Haar entdeckt hätten. Wenn er dennoch seinem Vater Besuche abstattete, so in der Dunkelheit, und ihm voraus liefen Wölfe und schnüffelten um das Haus herum, wie in jener schon weit zurückliegenden Nacht, als er von den Vogesen zurückkehrte. Unter seinem Ziegenfell zog Wolfskopf stets Hasen, einen Frischling oder Rebhühner hervor. Das Schlaraffenland, das lag unter Wolfkopfs Ziegenfell. Eichener protestierte, um die Form zu wahren. Diese großzügigen Geschenke waren ihm peinlich. Gegen die Wilderei hatte er nichts einzuwenden. Jeder Bauer betrachtete das Wildern als gerechten Ausgleich für das Jagdrecht, das ihnen die Adligen absprachen. Jedoch verdiente Wolfskopf sein Brot nicht, und das Brot, so stand es, sollte der Mensch im Schweiße seines Angesichts verdienen. Wolfskopf schummelte. Wie jeder Schummler würde er eines Tages auf frischer Tat ertappt werden. »Die Husaren«, klagte Eichener, »das Husarenblut hat mir diesen Jungen weggenommen!«

Wolfskopf brach immer vor dem Morgengrauen auf. Er

ging im Wald seinen Lieblingspfaden nach, orientierte sich an Anhaltspunkten, wie der Nageleiche, deren Stamm jetzt bis zu einer Höhe von sechs Fuß mit Nägeln bedeckt war. Jeder wandernde Handwerksgeselle, der hier vorbeikam, ob Zimmermann, Schreiner, Wagner oder Maurer, schlug einen Nagel ein. Sie hielten nicht zu Ehren Eicheners an, so wie die ersten, die diesen Brauch begründet hatten. Eine viel ältere Gepflogenheit veranlaßte sie, denn sie nannten diesen Baum die Druideneiche.

Wolfskopf ging gern zu diesem Gargantua-Stein, der zum Gutenpfarrerstein geworden war. Als er eines Tages dort ankam, vernahm er ein Geräusch im Unterholz und stürzte auf die raschelnden Äste zu, um das Tier, das sich dort versteckt hielt, zu packen. Es war kein Tier. Die völlig abgemagerte Louison kam zum Vorschein; in Lumpen gehüllt, mit blutenden Füßen. Sie war kaum noch wiederzuerkennen. Sie versuchte sich loszureißen, doch Wolfskopf hielt sie an ihren Fingern fest, die mager und hart waren wie Krallen. Zum einen war er wütend, sie in *seinem* Wald zu sehen. Zum anderen wußte er genau, daß sie in Stücke gerissen würde, falls sie ins Dorf zurückginge. Er löste seinen Griff. Louison lief zum Dolmen, so als ob sie von ihm Schutz erwartete.

Sie blieben beide für einen Augenblick unbeweglich, angespannt, ein jeder Jäger und Beute zugleich, so weit von den Menschen, vom Dorf entfernt, in dieser unermeßlichen Einsamkeit der Bäume und Farnkräuter. Wolfskopf sah Louison an, die nichts mehr von diesem erregenden und neckischen Mädchen aus der Schmiedenschenke an sich hatte. Sie hatte sich in einen Raubvogel verwandelt, in ein Tier mit Krallen und Zähnen, zum Beißen bereit. Er haßte Wintersangs Tochter, die zu selbstsicher, zu oberflächlich, zweifellos zu weiblich war für seine Grobheit. Aber zu diesem ausgehungerten, zum Aufspringen bereiten Wesen, fühlte er sich plötzlich ganz und gar hingezogen. Er sah nicht mehr Louison. Er sah die Wölfin. Er holte aus seinem Quersack einen Kanten Brot hervor und reichte ihn ihr.

Am letzten Tag des Monats September verließ ein Zug von Karren das Dorf in Richtung Süden. Voran zog ein von zwei Ochsen gezogener und von Victor geführter Gabeldeichselwagen. Eichener hatte sich gehörig mit dem Verwalter raufen müssen, um bei der Aufteilung diese beiden Ochsen zu erhalten. Sie hatten auch eine Kuh gerettet, die zusammen mit der von Victor den Wagen zog, auf dem Louise und Victorine mit ihren Neugeborenen saßen: Marthe und Marie, die beide in Weidenkörben eingepackt waren. Es folgten die Karren der Pächter und Kötter, die Eichener begleiteten. Oben auf den Truhen, Hühnerkäfigen, zwischen den eisernen Küchengeräten, dem Geschirr, den Kunkeln und Spinnrädern saßen die Alten, Kranken und die ganz kleinen Kinder. Die Erwachsenen gingen zu Fuß. Manche trieben einige Ziegen und Schafe vor sich her. Mit Säcken und Fässern beladene Esel und Maultiere folgten einer dem anderen. Der kleine Jean, das Patenkind Wolfskopfs (der die Reise nicht mitmachte) saß hoch oben auf Eicheners Schultern. An die Pluderhose seines Vaters geklammert, schritt Arsène der Dritte mit dem ganzen Ernst seiner fünf Jahre. Auf seiner Brust trug er in einem Lederbeutel seine aufgerollte Nabelschnur. Er sollte sie in dem Land, dort unten, in das ihre Reise führte, unter einem Rosenbusch eingraben.

Poleon heulte vor sich hin, ohne daß jemand erfuhr, warum. Anscheinend war er der einzige, der ihren Weggang aus dem Dorf bedauerte; die anderen Heranwachsenden beschimpften ihn und nannten ihn einen Angsthasen.

Weber-Jacques und Humpelaugustine hatten sich nicht dem Zug anschließen wollen. Da sie natürlich nicht auf dem Pachthof bleiben konnten, hatte der Kerzenpfarrer sie eingeladen, zu ihm ins Pfarrhaus zu ziehen. Indem sie ihr Elend zusammenlegten und aus einem Ort Pfarre und Schule machten, hofften beide Seiten, auf ihre Kosten zu kommen.

Eichener, wie auch die anderen Pachtbauern in seiner Begleitung, hatte fast die gesamte Frucht seiner Arbeit verloren. Der Verwalter fand immer wieder einen neuen Vorwand, um ein Schwein, einen Ochsen, eine Kuh, ein Schaf mehr einzubehalten. Aber der Verwalter hielt sich strikt an das Gesetz. Eichener wußte das. Er hatte das Land des Grafen fruchtbar gemacht, hatte seinen Viehbestand vervielfältigt, die Gebäude ausgebessert. Aber er war mit leeren Händen auf diesen Pachthof gekommen; und da er ihn mit einer kleinen Habe verließ, dankte er dem Herrgott für seine Großzügigkeit.

Der erste Herbstregen begann, die Wege aufzuweichen. Die Rüstleitern der Karren streiften die nassen Äste, von denen das Wasser herabtropfte. Es war höchste Zeit, das

Labyrinth der Hohlwege zu verlassen und auf die Landstraßen zu stoßen, auf denen die Wagen weniger einzusacken drohten. Allen voran ging Victor. Er sang eines dieser Ochsentreiberliedchen, die reine Lautmalerei waren, eine Art Unterhaltung mit den Ochsen, die in einem langsamen, kehligen Sprechgesang bei ihrem Namen gerufen wurden. Eichener, mit dem kleinen Jean auf den Schultern, Arsène den Dritten an seinem Hosenbein, fühlte sich plötzlich so glücklich, wie er es schon seit langem nicht mehr gewesen war. Er führte seine Arche zu einem neuen Dorf, das er im Süden zu gründen hoffte, zwischen dem Flachland und dem Moor, zwischen dem Korn und den Weiden. Alle, die ihm folgten, waren Anhänger der Kleinen Kirche. Er dachte an den Pfarrer Noah, fragte sich, ob dieser es gutgeheißen hätte, daß er seine Gläubiger fortführte. Alle Männer trugen sichtbar ihre großen Rosenkränze mit den dicken Buchsbaumperlen um den Hals. Und da manche auch ihre Jagdflinten umgebunden hatten, hätte man sich im Jahre 93 glauben können. Eichener fing an, eine alte Melodie zu trällern, die ihm in den Sinn kam. Erst sang er leise, dann sang er selbstsicherer, immer lauter. Überrascht reckten sich Louise und Victorine aus ihrem Wagen, um ihn zu sehen: Eichener, den sie bislang noch nicht einmal hatten summen hören, hatte mit einem Male seine Lieder wiedergefunden.

Der 200. Jahrestag des Sturms auf die Bastille steht bevor, und Frankreich rüstet sich, dies Ereignis gebührend zu begehen. Die einen als Feier, die anderen als mahnenden Gedenktag. Gelegenheit für Historiker, Schriftsteller, Filmemacher, die Große Revolution und ihre Probleme aufzuarbeiten, ein Stück französischer Vergangenheit zu bewältigen. Nach fast 200 Jahren ist der Bürgerkrieg in der Vendée noch immer Gegenstand heftiger Auseinandersetzungen. So mancher Pariser Intellektuelle hört auch heute noch nicht gern vom Völkermord der Revolution an den Vendéern reden, empört sich, wenn die Greuel der Vergeltungsschläge der republikanischen Truppen mit Oradour-sur-Glane der SS verglichen werden.

Der Aufstand der ländlichen Bevölkerung in Westfrankreich, im Anjou und im Nieder-Poitou, erfolgte zu einem für die Republik äußerst kritischen Zeitpunkt: geschwächt durch Niederlagen gegen die Mächte der Koalition war die Pariser Republik durch die Vendéer Heere ernsthaft in ihrem Bestand bedroht. Ebenso schwer wie die militärische wog die ideologische Infragestellung: die Revolte der Vendéer Bauern und Handwerker war den Revolutionären unbegreiflich, die im Namen des Volkes für Freiheit und Gleichheit zu handeln vorgaben. Der erste Vendée-Krieg war ein Aufstand des Volkes gegen die Freiheit von Gott und König, gegen die Unterdrückung des Klerus und des Adels. Die Republik antwortete mit der Entsendung des Generals Kléber und seiner kriegserfahrenen Truppen, der »Mainzer«. Am 17. 10. 1793 erlitten die Vendéer bei Cholet eine entscheidende Niederlage, am 23. 12. 1793 wurden sie nach dem langen Marsch durch den Nordwesten in der Schlacht von Savenay vernichtend geschlagen. Der von beiden Seiten mit rücksichtsloser Härte geführte ideologische Bürgerkrieg fand ein vorläufiges Ende durch den Ausrottungsfeldzug der höllischen Kolonnen des Generals Turreau während des Jahres 1794, dem Hunderttausende von Männern, Frauen und Kindern zum Opfer fielen.

Wer waren diese Vendéer? Am 14. 7. 1789 gab es noch keine Vendée. Die Vendée ist ein nach einem Nebenfluß der Sèvre Niortaise benanntes, neu geschaffenes Departement im Westen der alten Provinz Poitou. Die Revolution hatte die alten Provinzen abgeschafft und am 15. 1. 1790 ganz Frankreich in 83 Verwaltungseinheiten aufgeteilt, um das Land besser regieren zu können. Die Vendée stellt einen Ausnahmefall dar: hier schuf die Revolution mit der Bildung eines Departements eine neue kulturelle und politische Identität, die mit der einer Provinz zu vergleichen ist. Die »militärische Vendée«, das Gebiet der Aufständischen, deckt sich nicht mit dem Departement Vendée: sie umfaßt Teile des Anjou – die Hauptstadt der Aufstandsbewegung war Cholet, im Departement Maine-et-Loire –, das Pays-de-Retz südlich der Loire-Mündung, die Gâtine bei Parthenay und Thouars im Departement Deux-Sèvres. Auch außerhalb der Vendée leisteten Bauern und Handwerker bewaffneten Widerstand gegen die Revolution: in der angrenzenden Bretagne, der Normandie und im Maine (Le Mans, Laval), wo die Aufständischen wegen ihres Erkennungsrufs, der den Schrei einer Katze nachahmte (chats huants), Chouans genannt wurden. In der Folge wurde der Begriff Chouannerie für die Form des Partisanenkrieges verwendet, mit dem die Aufständischen nach der Zerschlagung der Großen Armee im Dezember 1793 gegen die republikanischen Truppen und Einrichtungen kämpften.

Die Wirtschaftskrise der späten 1780er Jahre, die zum Ausbruch der Revolution geführt hatte, verschärfte sich noch in den 90er Jahren und schuf in vielen Teilen der Republik Unruheherde. Der Vendéer Bocage und die Mauges bei Cholet mit ihren bewaldeten Hügeln, von Hecken und Hohlwegen durchzogenen Tälern waren eine unwegsame, für Menschen und Ideen undurchdringliche Gegend, in deren abgelegenen Weilern und Gehöften die Bauern an einer Mischung aus überkommenem christlichen Glauben und aus keltischer Zeit stammenden Aberglauben festhielten. Nach einer Zeit der Dechristianisierung und dem Vordringen des Protestantismus im 16. und 17. Jahrhundert hatten in den fünfzig Jahren vor der Revolution der aus der Bretagne gebürtige Pater von Monfort und seine Anhänger das Nieder-Poitou missioniert und einen neuen Glaubenseifer hervorgerufen, was die Stellung des Klerus in den rund 700 Pfarren ungemein stärkte. Die antiklerikale Politik der Revolutionäre – 70% der Vendéer Pfarrer weigerten sich, den Eid auf die Verfassung zu leisten und setzten sich damit der Verfolgung,

Verurteilung und Deportation aus – und die Massenaushebung von Rekruten ab Februar 1793 machten die strenggläubig katholischen Bauern der Vendée zu unversöhnlichen Feinden der Republik und ihrer Ideale. Der erste Vendée-Krieg war ein Auflehnen der ländlichen Bevölkerung gegen den Eingriff der fernen Zentralgewalt, die ihre religiöse Freiheit unterdrückte, indem sie ihnen die Pfarrer nahm, die sie ihrer Söhne, Ehemänner und Arbeitskräfte beraubte, indem sie die Rekruten abführte; er zielte nicht vorrangig darauf ab, die Monarchie wiederherzustellen. Die adligen Offiziere waren nur widerwillig mit den Bauern in den Krieg gezogen. Eher als ein Ziel war die Monarchie Symbol des Kampfes.

Revolution und Gegenrevolution der Vendée haben historisches Bewußtsein gebildet, auf beiden Seiten, und zu Einseitigkeiten verleitet. Hier werden Werte wie Demokratie, Aufklärung, Fortschritt angerufen; dort ist die Rede von Tradition, Glaubensfreiheit, Völkermord. Nicht verwunderlich, daß unzählige Romane über die Vendée-Kriege und die Chouannerie geschrieben wurden, manche parteiisch, andere mit Bewunderung für diese Bauern, die die Republik in die ärgste Bedrängnis hatten bringen können, für diese Giganten, wie Napoleon sie voller Anerkennung nannte.

»Die roten Tücher von Cholet« lautet der Titel von Michel Ragons Roman. Die Tücher sind für Cholet, was für Lübeck das Marzipan ist. Sie gehörten zur Kleidung der Landbevölkerung des Nieder-Poitou und waren das wohl einzige einheitliche Merkmal der Vendéer Soldaten. Ragon erzählt vom Volk, von den Bauern und den Handwerkern und ihren Beziehungen zur Obrigkeit, zu Adel und Bürgertum. Er stammt aus der Umgebung von Fontenay-le-Comte, der alten Hauptstadt des Nieder-Poitou, ist aufs engste vertraut mit der Sprache, den Bräuchen, der Arbeitswelt der Menschen des Bocage und des Moorlands, des Marais poitevin. Er stellt ein Vierteljahrhundert Geschichte eines fiktiven Dorfes dar, in einem realen geographischen und historischen Rahmen, in der Nähe von Les Herbiers, vom Frühling 1796 bis zum Herbst 1820. Er beschreibt voller Sympathie eine Vendée, die in den Kriegen, durch Unterdrückung und Vernichtungspolitik der Republik wohl über 500000 Tote zu beklagen hatte, ohne jedoch die Augen zu schließen vor den eigenen Grausamkeiten und Ungereimtheiten der Vendéer: engstirnige Fortschrittsfeindlichkeit, stures Beharren auf

Aberglauben, Fanatismus, Fremdenfeindlichkeit (obwohl die Zugewanderten aus angrenzenden Gegenden stammen, Weber-Jacques aus dem nahen Cholet, der Holzschuhmacher aus der benachbarten Gâtine, Wintersang aus dem Retzer Land, Eichener aus der südlichen Bretagne, bleiben sie Fremdlinge im Dorf). Ragons Vendéer sind Opfer der Revolution, der sie sich heldenhaft entgegengestellt hatten; von der Restauration werden sie verraten, denn das Königtum unterstützt die gesellschaftliche Entwicklung, der sie ohnmächtig zum Opfer fallen: das Profitstreben der neuen Bourgeoisie und des Großgrundbesitzeradels richtet sie ökonomisch zugrunde, zwingt sie zur Auswanderung, zur Aufgabe ihrer Identität. Die Ärmsten ziehen in die Städte, um die Reihen des Industrieproletariats aufzufüllen. Desillusioniert bricht Eichener mit seiner Gemeinde auf, wie ein biblischer Patriarch in ein gelobtes Land, in das Moorgebiet des Marais poitevin. Wer im nassen Moor über Nacht eine Hütte hatte aufbauen können, war Eigentümer und durfte durch Trockenlegen sein Land gewinnen.

Weit über die Vendée hinaus fand Ragons Roman, diese Geschichte der Vendée von unten, in ganz Frankreich eine positive Aufnahme. Angefeindet wurde er in der Vendée selbst. Von den Gralshütern des »Vendéer Gedenkens«, die diesen Roman als Geschichtsfälschung bezeichnen, ihm vorwerfen, den Vendée-Krieg über den Klassenkampfkamm zu scheren. Schade ist in der Tat, daß der historische General Turreau de Linière, unser Ungeheuer Turreau, 1814 nicht mit dem Herzog von Angoulême in Beaupréau war.

Ernst Gerhards

dtv klassik
Klassiker der romanischen Literatur

ARIOST
Der rasende Roland
(Orlando furioso)
Dünndruck-Ausgabe
dtv 5918 / 2 Bde.

CHARLES BAUDELAIRE
Les Fleurs du Mal
Die Blumen des Bösen
Zweisprachige Ausgabe
dtv 2173

MIGUEL DE CERVANTES
Der sinnreiche Junker Don Quijote von der Mancha
Dünndruck-Ausgabe
dtv 2060

DANTE ALIGHIERI
Die Göttliche Komödie
Dünndruck-Ausgabe
dtv 2107

Die Göttliche Komödie
Italienisch und deutsch
6 Bände in Kassette
dtv 5916

Vita Nova
Das Neue Leben
Übers. v. Karl Federn, hrsg. u. komment. von Anna Coseriu und Ulrike Kunkel
dtv 2199

ÉMILE ZOLA
Nana
Dünndruck-Ausgabe
dtv 2008

GUSTAVE FLAUBERT
Madame Bovary
Dünndruck-Ausgabe
dtv 2075

VICTOR HUGO
Die schwarze Fahne
dtv 2198

GEORGE SAND
Ein Winter auf Mallorca
dtv 2157

Sie sind ja eine Fee, Madame!
Märchen aus Schloß Nohant
dtv 2197

STENDHAL
Rot und Schwarz
Dünndruck-Ausgabe
dtv 2005

JEAN-JACQUES ROUSSEAU
Die Bekenntnisse
Dünndruck-Ausgabe
dtv 2096

Julie oder
Die neue Héloïse
Dünndruck-Ausgabe
dtv 2191

ANTOINE DE SAINT-EXUPÉRY
Gesammelte Schriften
Dünndruck-Ausgabe
dtv 5959/3 Bde.

ALESSANDRO MANZONI
Die Verlobten
Dünndruck-Ausgabe
dtv 2142

Die Nonne von Monza
dtv 2192

Marguerite Duras im dtv

Foto: Hélène Bamberger

Die Englische Geliebte

Den bestialischen Mord an der taubstummen Marie-Thérèse Bousquet kann sich in Viorne niemand erklären. Man findet Teile ihrer Leiche in Eisenbahnwaggons überall in Frankreich. Nur der Kopf bleibt verschollen. Die Kriminalpolizei kommt in die kleine Stadt, besucht das örtliche Cafe, stellt Fragen, versucht dem Mörder auf die Spur zu kommen. Hauptleidtragende sind Claire und Pierre Lannes. Marie Thérèse war die Kusine von Claire und hat dem Ehepaar den Haushalt geführt. Obwohl noch kein Verdacht auf sie gefallen war, gesteht Claire überraschend den Mord. Ein Motiv scheint sie nicht zu haben, und sie scheint auch keine Reue zu empfinden...
dtv 10730

India Song

»Es ist eine Wohnstätte der Inder. Geräumig. Wohnstätte von ›Weißen‹. Sofas, Lehnsessel. Möbel aus der Epoche von ›India Song‹. Ein Ventilator dreht sich an der Decke, aber mit der Langsamkeit eines Albtraums. Tüllnetze an den Fenstern, hinter den Netzen Alleen eines tropischen Parks. Lorbeerrosenbüsche, Palmbäume.« – ›India Song‹ ist eine Melodie aus der Zeit zwischen den Kriegen und die Geschichte einer Liebe, erlebt im Indien der dreißiger Jahre in einer übervölkerten Stadt am Ufer des Ganges. Im Mittelpunkt steht Anne-Marie Stretter, die schöne und elegante Frau des französischen Botschafters.
dtv 10996

Zerstören, sagt sie

»Madame, seit zehn Tagen beobachte ich Sie. Etwas an Ihnen fasziniert und bestürzt mich... Madame, ich möchte Sie kennenlernen, ohne auch nur das Geringste für mich zu erwarten...« In einem abgeschiedenen Hotel, das umgeben ist von einem rätselhaften, undurchdringlichen Wald, erholt sich Elisabeth Alione von einer Fehlgeburt – und wird zum Objekt der Begierde. Die achtzehnjährige Alissa und ihre beiden Liebhaber, ein Pariser Professor und der Jude Stein, beobachten sie, verfolgen sie, wollen sie besitzen, vielleicht auch zerstören. Die Identitäten verschmelzen...
dtv 11063

Julien Green im dtv

Foto: Isolde Ohlbaum

Junge Jahre
Autobiographie

Aufgewachsen zwischen zwei Kulturen, früh vom Tod seiner Mutter betroffen, mit siebzehn als Kriegsfreiwilliger schon an der Front, sucht ein ebenso sensibler wie arroganter junger Mann seinen Weg, stets im leidenschaftlichen Kampf mit der Sünde, der sexuellen Verfehlung, dem Bösen.
Julien Greens geistvolle Erinnerungen an die jungen Jahre sind geprägt von der souveränen Ironie des Alters und bleiben zugleich doch schonungsloses Bekenntnis, eine Entdeckungsreise in das Innerste des eigenen Ich.
dtv 10940

Jugend
Autobiographie 1919 – 1930

In Amerika, dem Land seiner Väter, erhält der junge Julien Green den Schlüssel zu seinen geheimen Wünschen und Sehnsüchten. Doch das Bewußtwerden seiner homoerotischen Neigungen stürzt ihn zugleich in eine tiefe persönliche Krise, die er erst in seiner Hinwendung zur Literatur überwinden kann.
dtv 11068

Paris

»Ich habe oft davon geträumt, ein Buch über Paris zu schreiben, das wie ein langer endloser Spaziergang wäre, auf dem man nichts von dem findet, was man sucht, aber vieles, was man nicht gesucht hatte.« In 19 Abschnitten streift Green durch die verschiedensten Viertel der Stadt, besucht Museen und Straßen, erlebt Jahreszeiten und Gesichter.
dtv 10997

Carlos Fuentes

»Südlich eurer Grenze...erstreckt sich ein Kontinent, der sich in voller revolutionärer Gärung befindet – ein Kontinent, der unermeßliche Reichtümer birgt und der dennoch in einem solchen Elend und solcher Trostlosigkeit lebt, wie ihr sie nie gekannt habt...« Rede an die Bürger der USA

dtv 10043

»Revolutionen, ketzerische Passionsgeschichte, Tod, Auferstehung, Reisen ohne Ziel, Blut, Feuer, Perversionen. Alte Welt, Neue Welt, Andere Welt... Ein faszinierendes Werk und sicher große Literatur.« (Die Welt

dtv